LES ALLÉES
DU POUVOIR

JEFFREY ARCHER

LES ALLÉES DU POUVOIR

FRANCE LOISIRS
123, boulevard de Grenelle, Paris

Titre original :
First among Equals

Traduction de Danielle MICHEL-CHICH

La loi du 11 mars 1957 n'autorisant, aux termes des alinéas 2 et 3 de l'article 41, d'une part, que les « copies ou reproductions strictement réservées à l'usage privé du copiste et non destinées à une utilisation collective » et, d'autre part, que les analyses et les courtes citations dans un but d'exemple et d'illustration, « toute représentation ou reproduction, intégrale ou partielle, faite sans le consentement de l'auteur ou de ses ayants droit ou ayants cause, est illicite » (alinéa 1er de l'article 40).
Cette représentation ou reproduction, par quelque procédé que ce soit, constituerait donc une contrefaçon sanctionnée par les articles 425 et suivants du code pénal.

Édition du Club France Loisirs, Paris,
avec l'autorisation des Presses de la Cité

© 1984, Jeffrey Archer
© Presses de la Cité, 1985 pour la traduction française
ISBN 2-7242-2889-8

PROLOGUE

Samedi 27 avril 1991.

La décision finale incomba au roi Charles III.
Les élections avaient eu lieu comme prévu à la suite de la proclamation royale. Les bureaux de vote avaient fermé leurs portes : on procéda alors au dépouillement des bulletins et tous, experts et hommes de la rue, s'étaient effondrés dans leur lit après une longue nuit sans croire vraiment le résultat final.
Le nouveau souverain n'avait pu trouver le sommeil ce vendredi soir et ne cessait de repenser aux nombreux avis qui lui avaient été dispensés au cours des dernières vingt-quatre heures. La décision qu'il devait prendre était d'autant plus délicate qu'il venait juste d'accéder au trône.
Peu après 6 heures, on déposa les journaux du matin devant sa porte. Le roi se leva tout doucement et surprit son garde du corps en allant les chercher. Puis il donna l'ordre de ne pas le déranger, s'installa dans son siège préféré et se mit à lire les éditoriaux. Un seul sujet faisait la une ce jour-là : tous les journalistes en arrivaient à la même conclusion : les résultats étaient si serrés que le roi se trouvait maintenant dans la position délicate de devoir choisir son Premier ministre.
La plupart des journaux proclamaient leur préférence selon leur couleur politique. Le *Times*, quant à lui, se contenta de suggérer que Sa Majesté devrait faire preuve de beaucoup de courage et d'une grande fermeté pour affronter

sa première crise constitutionnelle et préserver la crédibilité de la monarchie dans le monde moderne. Peu de temps auparavant, trois hommes étaient en ligne pour ce poste. Puis, brusquement, l'un d'entre eux s'était retiré de la compétition. Les deux candidats restants, qui n'avaient probablement pas dormi de la nuit, ne pouvaient être plus différents l'un de l'autre ; et pourtant, sous bien des aspects, ils se ressemblaient. Ils étaient tous deux entrés à la Chambre des communes en 1964 et avaient mené brillamment leur carrière politique. Ils avaient à eux deux occupé les postes de ministre du Commerce, de la Défense, des Affaires étrangères et des Finances avant d'être élus à la tête de leurs partis respectifs.

Alors qu'il était prince de Galles, le roi avait pu apprécier et admirer leur contribution à la vie publique. Il avouait d'ailleurs que, sur un plan personnel, il avait toujours aimé l'un et respecté l'autre.

Le souverain regarda l'heure et appuya sur un bouton situé près de lui. Son valet en uniforme bleu entra immédiatement dans la pièce comme s'il avait passé la nuit à attendre devant la porte. Il prépara les vêtements du roi qui alla prendre un bain dans la pièce d'à côté. Puis il revint dans sa chambre et s'habilla en silence avant de s'asseoir à table pour déjeuner. Il mangea seul et avait donné des instructions très strictes pour ne pas être dérangé par ses enfants.

A 8 heures, il se rendit dans son bureau pour écouter les nouvelles du matin à la radio : mais les commentateurs, en manque de nouvelles fraîches, se contentaient d'attendre l'annonce du choix royal.

A 9 heures 15, il décrocha son téléphone :
— Pouvez-vous monter ? dit-il simplement.

Un instant plus tard, le secrétaire personnel du roi entra dans la pièce. Il s'inclina sans mot dire en remarquant l'air préoccupé du monarque. Après un long silence, le roi dit enfin lentement :
— J'ai pris ma décision.

PREMIÈRE PARTIE

AU PARLEMENT
1964-1966

CHAPITRE PREMIER

En naissant neuf minutes plus tôt, Charles Gurney Hampton aurait eu le titre de comte et hérité d'un château en Écosse, de deux mille deux cents hectares dans le Somerset et d'une banque d'affaires prospère à Londres.

Il fallut plusieurs années au jeune Charles pour mesurer clairement ce que cette entrée dans le monde à la seconde place signifiait pour lui.

Son frère jumeau, Rupert, survécut difficilement à l'épreuve de la naissance et contracta, dans sa petite enfance, non seulement les maladies infantiles classiques mais aussi la scarlatine, la diphtérie et la méningite, et sa mère, lady Hampton, craignit à maintes reprises de le perdre.

Charles, quant à lui, était de la race des battants et avait hérité de l'ambition des Hampton. Au bout de quelques années, tous ceux qui voyaient les deux frères pour la première fois le considéraient d'emblée comme l'héritier du titre.

Au fil des années, le père de Charles tenta désespérément de proposer à Rupert des disciplines dans lesquelles il pourrait l'emporter sur son frère, mais en vain. A l'âge de 8 ans, les deux enfants furent envoyés au pensionnat de Summerfields, où des générations de Hampton s'étaient, avant eux, préparées à la rigueur d'Eton. Très vite, Charles fut un meneur et, un mois après la rentrée, il était déjà élu délégué de classe. Ils entrèrent tous deux à Eton et, dès le premier trimestre, Charles battit son frère Rupert dans toutes les matières scolaires, ainsi qu'en aviron et en boxe.

Mais lorsque, en 1947, le treizième comte de Bridgewater, leur grand-père, disparut, Rupert devint, à l'âge de 17 ans, le vicomte Hampton, alors que Charles hérita d'un titre sans importance : il ne pouvait entendre son frère se faire appeler *my lord* sans éprouver une certaine colère.

A Eton, Charles continua à être le meilleur et fut ainsi proposé pour le collège de Christ's Church à Oxford, où il devait étudier l'histoire. Rupert, pendant ce temps, ne se distingua en rien et, à 18 ans, regagna la propriété familiale dans le Somerset pour y passer le reste de ses jours à s'occuper de ses terres.

A Oxford, Charles, qui s'était débarrassé de l'ombre de Rupert, évolua en donnant l'impression que l'Université était pour lui une distraction : il passait en effet la semaine à étudier l'histoire de sa famille et, le week-end, partageait son temps entre les soirées et la chasse à courre. Personne n'osant même suggérer que Rupert entrerait dans la haute finance, il fut clair que, dès que Charles aurait obtenu son diplôme à Oxford, il prendrait la succession de son père à la banque Hampton, comme directeur tout d'abord, puis comme président, bien que le capital familial constituât l'héritage de Rupert seul.

Le destin ne suivit toutefois pas son cours lorsque, un soir, un étudiant entraîna l'honorable Charles Hampton à l'Association des étudiants où sir Winston Churchill venait débattre de la question suivante : « Mieux vaut être député aux Communes que siéger à la Chambre des lords. »

Charles, assis au fond de la salle qui était bondée d'étudiants fascinés par le spectacle du vieil homme d'État, ne le quitta pas des yeux tout au long de son discours plein de force et d'esprit, et ne cessa de penser que, par un pur hasard de date de naissance, Churchill aurait pu être le neuvième duc de Marlborough. Il se trouvait là devant un homme qui avait dominé la scène politique mondiale pendant trente ans et refusé tous les titres héréditaires possibles, y compris celui de duc de Londres.

A partir de ce moment, Charles ne se fit plus jamais

appeler par son titre : son ambition finale allait bien au-delà.

*
**

Dans cette assistance qui écoutait Churchill, un autre étudiant considérait aussi son avenir, mais il n'était pas assis parmi ses camarades : ce grand jeune homme, qui portait queue-de-pie et cravate blanche, siégeait sur une estrade réservée au président de l'Association des étudiants d'Oxford. Son physique agréable ne l'avait d'ailleurs nullement avantagé pour l'élection puisque les femmes n'étaient toujours pas autorisées à adhérer à l'association.

Bien que premier-né de sa famille, Simon Kerslake n'était pas aussi gâté que Charles Hampton. Fils aîné d'un avocat, Simon devina très tôt combien son père s'était sacrifié pour que son fils pût fréquenter la meilleure école privée de la ville, avant de mourir au cours de la dernière année de scolarité de Simon, ne laissant à son épouse qu'une petite rente et une magnifique horloge. Une semaine après l'enterrement, la mère de Simon vendit l'objet afin que son fils pût terminer sa dernière année sans être privé de toutes les activités extra-scolaires qui allaient de soi pour les autres garçons ; elle espérait que Simon pourrait ainsi entrer à l'université.

Dès ses premiers pas, en effet, son fils avait exprimé sa volonté d'être le meilleur. Les Américains l'auraient décrit comme un « gagnant », mais ses camarades le trouvaient plutôt arriviste, voire vaniteux, selon le degré de jalousie qu'il inspirait. Au cours de son dernier trimestre, il manqua de peu le titre de Meilleur Élève de l'école, puis, peu après, se vit refuser une place au Magdalen College, à Oxford, décision qu'il ne parvenait pas à admettre.

Le jour même où il fut informé de ce refus, une lettre de l'université de Durham lui offrait une bourse, offre qu'il déclina par retour du courrier.

— Les futurs Premiers ministres ne sortent pas de Durham, expliqua-t-il à sa mère.
— Pourquoi n'essaies-tu pas Cambridge ? suggéra-t-elle.
— Ils n'ont aucune tradition politique.
— Mais si tu n'as aucune chance d'entrer à Oxford...
— Non, mère. J'entrerai à Oxford le jour de la rentrée.

Après dix-huit années de victoires qui, pourtant, paraissaient toujours improbables au départ, Mme Kerslake avait appris à ne plus demander à son fils comment il allait y arriver.

Une quinzaine de jours avant le début du trimestre, Simon se rendit à Oxford, et loua une chambre dans une petite pension tout près de Iffley Road. Sur une table à tréteaux située dans un coin de cette chambre où il entendait bien s'installer définitivement, il établit une liste des différents collèges d'Oxford sur cinq colonnes et décida de se rendre dans trois collèges tous les matins, et dans trois autres tous les après-midi jusqu'à ce qu'un directeur d'études responsable des admissions lui répondît par l'affirmative à la question :

— Avez-vous eu des désistements de nouveaux inscrits ?

Ce n'est que le quatrième après-midi, alors que le doute commençait à s'installer en lui et qu'il se demandait s'il n'allait pas devoir se rendre à Cambridge la semaine suivante, qu'il reçut la première réponse affirmative.

Le responsable des admissions du Worcester College retira ses lunettes et regarda longuement ce grand jeune homme, dont une mèche brune balayait le front, et au regard si profond et si déterminé. Alan Brown était le vingt-deuxième professeur que Simon rencontrait depuis quatre jours.

— Oui, répondit-il. Un jeune homme de Nottingham High School, qui était admis ici, s'est tué dans un accident de moto le mois dernier.

— Dans quelle discipline était-il inscrit ?

Contrairement à son habitude, Simon bredouillait, tout en priant dans son for intérieur pour que ce ne fût pas en

chimie, en architecture ou en lettres classiques. Alan Brown vérifia dans son fichier, de toute évidence ravi par cette entrevue. Il jeta un coup d'œil à la fiche avant d'annoncer :
— Histoire.
Le cœur de Simon se mit à battre à cent vingt pulsations à la minute.
— J'ai raté de peu une place à Magdalen en sciences politiques, philosophie et économie. Puis-je postuler à celle-ci ?
Le vieil homme ne put réprimer un sourire : en vingt-quatre ans, c'était la première fois qu'il était confronté à une telle requête.
— Quel est votre nom ? demanda-t-il en remettant ses lunettes, comme s'il s'apprêtait maintenant à aborder les choses sérieuses.
— Simon John Kerslake.
M. Brown prit son téléphone et composa un numéro.
— Nigel ? C'est Alan Brown. Avez-vous étudié le dossier d'un certain Kerslake pour une place à Magdalen ?
Mme Kerslake ne fut nullement surprise d'apprendre que son fils était devenu président de l'Association des étudiants d'Oxford. Après tout, n'était-ce pas une étape de plus vers le poste de Premier ministre... Gladstone, Asquith... Kerslake ?

Ray Gould naquit dans une petite pièce sans fenêtre, au-dessus de la boucherie de son père, à Leeds. Pendant les neuf premières années de sa vie, il partagea sa chambre avec sa grand-mère malade, jusqu'à ce que celle-ci mourût, à l'âge de 61 ans.

L'intimité de Ray avec cette femme âgée, qui avait perdu son mari au cours de la Grande Guerre, lui parut d'abord très romantique : il écoutait avec passion l'histoire de la vie de ce grand-père héros dont l'uniforme kaki, qu'il portait sur la photo jaunie accrochée près du lit, était religieusement rangé dans la commode. Puis ces récits attristèrent Ray le jour où il se rendit compte qu'en fait, sa grand-mère était veuve depuis près de trente ans. Il fut alors pris de pitié pour cette femme qui ne connaissait rien du monde en dehors de cette chambre minuscule et d'une vieille enveloppe contenant cinq cents obligations de guerre non remboursables.

La grand-mère n'avait pas eu besoin de faire un testament. Elle lui laissait pour seul héritage cette chambre qui, du jour au lendemain, devint un bureau aux murs tapissés de cahiers et de livres de bibliothèque qui coûtaient à Ray tout son argent de poche en amendes pour retard. A chaque bulletin scolaire qu'il recevait, le père de Ray prenait conscience qu'il n'ajouterait jamais la mention « et fils » sur l'enseigne de son commerce.

A l'âge de 11 ans, Ray obtint, par concours, la bourse la plus importante pour Roundhay Grammar School. Et c'est avec sa première paire de pantalons longs et des lunettes à monture en écaille qui ne lui allaient pas très bien qu'il entra dans sa nouvelle école. La mère de Ray espérait secrètement qu'il ne serait pas le seul maigrichon boutonneux, et que ses cheveux roux et frisés ne lui attireraient pas trop de plaisanteries.

A la fin du premier trimestre, Ray fut surpris de constater qu'il était beaucoup plus fort que ses camarades ; le directeur jugea d'ailleurs raisonnable de lui faire sauter une classe « pour qu'il donne son maximum », comme il l'expliqua aux parents. A la fin de l'année, Ray était troisième au classement général, et premier en latin et en anglais. Toutefois, en sport, il ne parvenait pas à quitter la dernière place : il avait beau être extrêmement brillant, ses compétences physiques ne suivaient pas.

L'épreuve qui lui tenait le plus à cœur était le concours de composition : le gagnant en effet devait lire son essai devant l'assemblée des élèves et des parents. Avant même de le rendre, Ray s'entraîna à le lire à haute voix dans sa chambre, pour être sûr d'être prêt pour le grand jour.

Le professeur de Ray avait dit aux élèves que le sujet était libre, mais qu'ils devaient essayer de raconter une expérience extraordinaire qu'ils avaient vécue. Quand il eut lu le récit que Ray avait fait de la vie de sa grand-mère, dans la petite chambre au-dessus de la boucherie, il n'eut plus envie de lire d'autres essais et n'hésita pas à le sélectionner, en exprimant toutefois une petite réserve sur le choix du titre. Ray le remercia de son conseil mais ne changea pas un mot.

Le matin de la cérémonie, neuf cents élèves et leurs parents se pressaient dans le grand hall de l'école. A la fin de son discours, le directeur annonça solennellement :

— J'invite maintenant le vainqueur du concours de composition à venir lire son essai : Raymond Gould.

Ray quitta sa place et monta sur l'estrade d'un pas assuré. Il regarda les deux mille visages sans appréhension, en partie d'ailleurs parce qu'il ne voyait rien au-delà du troisième rang. Mais quand il lut le titre de son essai, de jeunes élèves se mirent à ricaner, et il bafouilla pendant quelques instants. A la fin de la première page, cependant, l'assistance avait refait silence et lui réserva, dès les derniers mots, la première ovation de sa carrière.

Le jeune Ray Gould, âgé de 12 ans, alla rejoindre ses parents. Sa mère tentait de dissimuler, en penchant la tête, les larmes qui coulaient sur ses joues, et son père essayait de ne pas paraître trop fier. Les applaudissements continuèrent même quand il se fut rassis et Ray ne put s'empêcher de jeter un coup d'œil au titre de son essai : *Les Réformes que je ferai quand je serai Premier ministre.*

CHAPITRE 2

Jeudi 10 décembre 1964.

Le président se leva et embrassa du regard la Chambre des communes, ajustant sa longue robe de soie noire et la perruque qui recouvrait son crâne dégarni. Le débat à la Chambre s'était révélé presque incontrôlable durant cette séance, particulièrement houleuse, de questions au Premier ministre. Aussi était-il ravi de voir qu'il était bientôt 15 heures 30, l'heure de passer à l'autre activité de la journée.

Il se balançait d'un pied sur l'autre en attendant que les cinq cents et quelques députés s'installent, puis annonça d'une voix solennelle :

— Députés voulant prêter serment.

Toute l'assemblée, comme les spectateurs d'un match de tennis, quitta des yeux le président pour regarder vers l'extrémité de la Chambre.

Le nouveau député se tenait dans l'entrée. Avec son mètre quatre-vingt-dix, un port de tête noble sur une charpente aristocratique et une chevelure blonde coiffée avec soin, il avait l'air d'être né pour le Parti conservateur. Portant un costume croisé gris foncé et une cravate bordeaux des Regimental Guards, accompagné de ses deux parrains, Charles Hampton avança de quatre pas. Comme des gardes bien entraînés, les députés s'inclinèrent avant de se diriger vers la longue table installée devant le siège du président. Charles fut surpris par la petite taille de la Chambre : les bancs du gouvernement et ceux de l'opposition étaient

17

séparés par un mètre environ, soit la longueur d'une épée, ce qui, dans le passé, était censé éviter toute violence entre des rivaux acharnés.

Laissant ses parrains derrière lui, il passa devant le Premier ministre et le ministre des Affaires étrangères et reçut le texte du serment des mains du secrétaire de la Chambre.

Il saisit le petit carton dans la main droite et parla avec autant de fermeté que s'il s'agissait de prononcer le « oui » matrimonial.

— Moi, Charles Hampton, je jure fidélité et obéissance à sa Majesté la reine Elisabeth, et à ses héritiers et successeurs, conformément à la loi et avec l'aide de Dieu.

— Bravo ! Bravo ! s'écrièrent ses amis tandis que le nouveau député se penchait pour apposer sa signature sur le livre-parchemin.

Charles s'avança vers le président puis s'inclina devant lui.

— Bienvenue à la Chambre, monsieur Hampton, lui dit celui-ci en lui serrant la main. J'espère vous voir ici pendant de nombreuses années.

— Merci, monsieur le président, répondit Charles en le saluant avant de se diriger vers les bancs de derrière.

La cérémonie se déroulait exactement comme à la répétition avec le *whip*[1] conservateur dans le couloir.

— Félicitations pour votre splendide victoire, Charles, lui dit sir Alec Douglas-Home, ancien Premier ministre et actuel chef de l'opposition, avec une chaleureuse poignée de main. Je sais que vous avez beaucoup à donner au Parti conservateur et au pays.

— Merci.

Le nouveau député attendit que sir Alec regagnât sa place sur les bancs de l'opposition pour se diriger vers le fond de la salle, où il prit place sur un banc vert.

---

1. *Whip* : député chargé d'assurer la discipline au sein d'un groupe parlementaire (notamment pour les votes) (N.d.T.).

Au cours des deux heures qui suivirent, Charles Hampton assista à la séance parlementaire avec un sentiment mitigé de respect et d'excitation.

Il admira la simplicité et l'équilibre du système parlementaire dans un débat animé comme celui qui se déroulait devant lui : travaillistes contre conservateurs, gouvernement contre opposition, ministres en place face aux ministres du cabinet fantôme. Il savait aussi que, si les conservateurs gagnaient les prochaines élections, une équipe était toute prête à prendre la relève du gouvernement travailliste sortant.

En haut, dans la galerie des visiteurs, il aperçut Fiona, son épouse, son père, le quatorzième comte de Bridgewater, et son frère, le vicomte Hampton, qui le regardaient avec fierté. Personne ne pouvait maintenant hésiter à reconnaître le véritable héritier du titre familial. Pour la première fois de sa vie, Charles accédait à une position par ses propres efforts et non par sa seule naissance.

Il s'installa solidement sur cette première marche de l'échelle.

Raymond Gould contempla l'invitation. Il ne connaissait pas l'intérieur du 10, Downing Street : d'ailleurs, au cours des treize années de gouvernement conservateur, peu de travaillistes y avaient été invités. Il tendit le carton à en-tête à sa femme au cours du petit déjeuner.

— Dois-je accepter ou refuser, Ray ? demanda-t-elle avec son fort accent du Yorkshire.

Elle seule l'appelait encore Ray, et il ne supportait même plus ses traits d'humour ; comme dans les tragédies grecques, elle semblait être son *destin*.

Il avait rencontré Joyce au cours d'une soirée donnée par les infirmières de l'hôpital de Leeds : il avait été convaincu, à grand-peine, par un camarade de deuxième année que ce serait un bon moyen de se divertir un peu. Pourtant, il s'était peu intéressé aux filles au cours de ses études et sa mère ne cessait de lui rappeler qu'il aurait bien le temps de s'en préoccuper quand il aurait son diplôme. Et quand il commença ses études supérieures, il eut la certitude qu'il était le seul étudiant vierge de l'université.

Il passa la soirée dans un coin de la salle décorée de ballons, assis tout seul devant son Coca. Toutes les fois que son ami le regardait de la piste de danse, où il évoluait avec des partenaires sans cesse différentes, Ray lui adressait un grand sourire ; mais, comme il avait mis ses lunettes Sécurité sociale dans sa poche, il n'était jamais sûr que c'était bien lui. Il commençait à se demander à quelle heure il pourrait décemment partir sans avoir l'air de s'être morfondu, et il aurait été effarouché par son approche si elle n'avait eu un accent prononcé du Yorkshire.

— Vous êtes aussi à l'université ?
— Aussi ? demanda-t-il sans oser affronter son regard.
— Comme votre ami.
— Oui.

En levant les yeux vers la jeune fille, il constata qu'elle devait avoir le même âge que lui.

— Je suis de Bradford.
— Et moi de Leeds, répliqua-t-il en sentant ses joues devenir aussi rouges que ses cheveux.
— Vous n'avez pas beaucoup d'accent.

Cette remarque lui fit plaisir.

— Je m'appelle Joyce.
— Moi, Ray, dit-il.
— On danse ?

Il aurait voulu lui dire qu'il n'avait jamais dansé de sa vie mais n'osa pas lui faire cet aveu. Alors, il se laissa guider, comme une marionnette, parmi les danseurs. Lui qui se croyait de la race des meneurs !

Une fois sur la piste, il la regarda vraiment : elle n'était pas mal, cela, tout garçon normal du Yorkshire en aurait convenu : un mètre soixante-cinq environ, une queue-de-cheval brune de la même couleur que ses yeux sombres trop maquillés. Son rouge à lèvres rose était assorti à sa jupe courte, qui laissait apparaître de très belles jambes encore plus séduisantes quand elle se mit à évoluer au son de la musique du petit orchestre d'étudiants. Raymond s'aperçut que, s'il la faisait tourner très vite, il pouvait voir le haut de son collant, et il resta sur la piste de danse beaucoup plus longtemps qu'il ne l'aurait pensé. Quand l'orchestre se tut, Joyce lui souhaita une bonne nuit et lui fit une bise, et Ray rentra dans sa petite chambre au-dessus de la boucherie.

Le dimanche suivant, il essaya de prendre la situation en main et invita Joyce à faire de l'aviron sur l'Aire, mais sa prestation ne fut pas meilleure que sur la piste de danse. Il fut vite dépassé par les événements, et il attendait du coin de l'œil son rire moqueur ; mais elle racontait, en souriant, qu'elle regrettait Bradford et voulait y retourner pour exercer son métier. Ray avait envie de lui expliquer qu'il rêvait de quitter Leeds et d'aller à Londres, mais il savait aussi qu'il ne voulait pas abandonner cette jolie fille. Quand il ramena le bateau au ponton, Joyce l'invita à venir prendre une tasse de thé dans son foyer d'infirmières. En passant devant sa propriétaire, Ray devint écarlate mais Joyce le poussa dans le vieil escalier jusqu'à sa chambre.

Ray s'assit au bord du petit lit pendant que Joyce préparait deux tasses de thé nature. Ils firent tous deux semblant de boire puis elle vint près de lui, les mains sagement posées sur les genoux. Il fixa son attention sur la sirène d'une ambulance qui passait. Puis elle se pencha pour l'embrasser et lui prit la main, qu'elle posa sur sa cuisse.

Leurs langues se touchèrent et il aima cette sensation bizarre et excitante : il garda les yeux fermés pendant qu'elle le guidait, et finalement ne put s'empêcher de se laisser aller à ce que sa mère considérait comme un péché mortel.

— Ce sera plus facile la prochaine fois, dit-elle timidement en sortant du lit pour remettre ses vêtements fripés qui étaient éparpillés sur le sol.

Elle avait raison : il eut envie d'elle moins d'une heure après et, cette fois, garda les yeux grands ouverts.

Six mois plus tard, Joyce se mit à faire allusion à l'avenir, mais Ray s'était lassé d'elle et visait une petite mathématicienne brillante originaire du Surrey.

Quand il eut enfin rassemblé suffisamment de courage pour lui dire que c'était fini entre eux, Joyce lui annonça qu'elle était enceinte. Son père lui aurait tranché la tête avec son énorme couteau de boucher s'il avait osé parler d'avortement illégal ; et sa mère était soulagée que ce fût une fille du Yorkshire.

Ray et Joyce se marièrent à l'église Saint Mary's de Bradford pendant les grandes vacances et, sur les photos, Ray avait l'air si triste et Joyce si heureuse qu'ils faisaient plus père et fille que mari et femme. Après une petite réception, les jeunes mariés partirent pour Douvres où ils devaient prendre le ferry de nuit. Mais la première nuit de M. et Mme Gould fut un fiasco total : Ray ne supportait pas le bateau. Joyce se disait qu'une fois à Paris, tout irait mieux, mais elle fit une fausse couche au cours de la deuxième nuit de leur lune de miel.

— C'est sans doute toute cette excitation, lui dit sa mère à son retour. Mais tu en auras un autre, n'est-ce pas, et cette fois, on ne pourra pas dire...

Mais Ray n'avait aucune envie d'avoir un enfant. Il obtint son diplôme supérieur de droit à Leeds et partit, comme prévu, à Londres pour terminer ses études de préparation au barreau. Au bout de quelques mois passés dans la métropole, Leeds lui semblait très loin et, au bout de deux ans, il fut accepté dans un cabinet londonien connu en qualité de conseiller stagiaire. A partir de ce moment, il parla très peu de ses racines provinciales dans son nouveau cercle d'amis, et ceux qui l'appelaient Ray se faisaient reprendre sèchement.

Raymond faisait cependant une exception au sujet de ses origines quand cela pouvait servir sa carrière politique débutante. Il avait été choisi, parmi trente-sept postulants, pour être le candidat travailliste de Leeds-Nord aux prochaines élections législatives, et les gens du Yorkshire n'aimaient guère que l'on quittât le pays. Raymond expliqua donc au comité de sélection, en exagérant son accent du Yorkshire, qu'il avait fait ses études à Roundhay Grammar School, située à la limite de la circonscription, et qu'il avait refusé une bourse à Cambridge pour aller à l'université de Leeds.

Dix ans après la mémorable lune de miel des Gould à Paris, Raymond avait accepté l'idée de se voir lié à Joyce pour la vie. A 32 ans, elle devait déjà cacher ces jambes dont la finesse l'avait autrefois séduit. Raymond avait envie de s'en prendre aux dieux et de leur demander pourquoi il était ainsi puni. Il pensait à l'époque qu'il était mûr alors qu'en fait, il avait totalement manqué de maturité, et le divorce aurait été la solution s'il n'avait signifié la fin de toute ambition politique : dans le Yorkshire, on n'élirait jamais un divorcé. Cela créerait aussi un problème aigu avec ses parents qui, hébergeant le jeune couple depuis dix ans pendant leurs séjours à Leeds, s'étaient mis à adorer leur belle-fille. Mais il fallait être honnête : tout n'était pas noir dans cette union. Raymond était bien forcé d'admettre que la population locale aussi adorait son épouse : pendant la campagne, en six semaines, elle avait sympathisé avec les syndicalistes et leurs femmes beaucoup plus vite qu'il n'en était lui-même capable, et force était de reconnaître qu'elle l'avait bien aidé pour recueillir les dix-neuf mille suffrages qui lui avaient valu d'emporter le siège de Leeds. Il se demandait comment elle pouvait avoir toujours l'air aussi sincère, sans jamais penser que c'était là son naturel.

— Pourquoi ne t'achètes-tu pas une nouvelle robe pour aller à Downing Street ? lui demanda Raymond pendant le petit déjeuner.

Elle sourit, incapable de se souvenir de la dernière fois qu'il avait fait une suggestion semblable. Joyce n'avait plus aucune illusion sur les sentiments que son mari éprouvait pour elle, mais elle espérait qu'avec le temps, il se rendrait compte qu'elle pourrait lui être utile pour réaliser son ambition secrète.

Le soir de la réception à Downing Street, Joyce s'efforça de paraître à son mieux. Elle avait passé la matinée chez *Marks and Spencer* à chercher une tenue pour l'occasion ; finalement, elle avait acheté l'ensemble qui lui avait sauté aux yeux dès son entrée dans le magasin. Ce n'était pas tout à fait sa taille mais la vendeuse l'avait assurée qu'elle était « sensationnelle », et Joyce espéra que les commentaires de Ray seraient au moins de moitié aussi élogieux. Mais en arrivant chez elle, elle se rendit compte qu'aucun de ses accessoires n'allait avec la couleur inhabituelle de l'ensemble.

Raymond rentra tard des Communes et fut content de trouver Joyce toute prête quand il sortit du bain : il retint à grand-peine un commentaire négatif en remarquant combien son nouvel ensemble allait peu avec ses vieilles chaussures. Pendant le trajet jusqu'à Westminster, il lui fit répéter, comme à une enfant, le nom de tous les membres du cabinet.

L'air était frais et vif ce soir-là, et Raymond décida de garer sa Volkswagen à New Palace Yard. Ils traversèrent Whitehall à pied pour arriver au Numéro Dix. Un seul policier montait la garde devant la porte de la résidence du Premier ministre et, voyant Raymond approcher, il frappa la porte avec le heurtoir de cuivre pour faire ouvrir au jeune député et à son épouse.

Tels deux élèves devant la porte du directeur de l'école, Raymond et Joyce attendirent gauchement dans l'entrée avant d'être conduits au premier étage. Ils montèrent lentement l'escalier, qui était moins imposant que dans l'imagination de Raymond, passant devant les photos des anciens Premiers ministres.

— Trop de conservateurs, murmura-t-il en passant devant Chamberlain, Churchill, Eden, Macmillan et Home, alors qu'Attlee était le seul travailliste.

En haut de l'escalier, la petite silhouette de Harold Wilson, pipe à la bouche, attendait ses hôtes. Raymond allait lui présenter son épouse quand le Premier ministre demanda :

— Comment allez-vous, Joyce ? Je suis très content que vous ayez pu venir.
— Pu venir ? Mais j'ai attendu ce moment toute la semaine !

Ce trait de franchise fit sourciller Raymond, qui ne remarqua pas le petit rictus de Wilson.

Il bavarda un moment avec la femme du Premier ministre de son récent livre de poésie, puis celle-ci alla accueillir un nouvel hôte. Raymond se dirigea alors dans le salon où il put converser avec des responsables syndicaux et leurs épouses, sans quitter du regard Joyce en grande conversation avec le secrétaire général de la Fédération des syndicats.

Raymond s'approcha de l'ambassadeur des États-Unis en train de dire à Jamie Sinclair, l'une des nouvelles recrues, originaire d'Écosse, combien il avait apprécié le Festival d'Edimbourg l'été précédent. Il ne put s'empêcher d'envier Sinclair pour son air détendu en société, avantage indéniable des aristocrates, et interrompit gauchement la conversation :

— Le dernier communiqué de Johnson sur le Viêt-nam m'a beaucoup intéressé et je dois dire que l'escalade...
— Sur quoi vous interroge-t-il ? demanda une voix derrière lui.

Raymond se retourna et vit le Premier ministre à ses côtés.

— Je dois vous prévenir, monsieur l'ambassadeur, que Raymond Gould est l'un des plus brillants espoirs de la jeune génération, et qu'il est tout à fait capable de citer vos propos des années plus tard, quand vous aurez vous-même oublié ce que vous avez dit.

— On disait, il n'y a pas très longtemps, la même chose de vous, répliqua l'ambassadeur.

En riant, le Premier ministre donna une tape amicale sur l'épaule de Raymond et s'éloigna vers un autre groupe d'invités.

Cette condescendance de Wilson contraria Raymond, qui s'en voulut d'avoir commis une bévue par simple nervosité.

Comme autrefois, ce sentiment d'humiliation se transforma en colère contre lui-même : il savait que les propos du Premier ministre exprimaient une admiration réelle à son égard car, si Raymond s'était illustré au cours de ses six premières semaines aux Communes, c'était bien en tant qu'intellectuel du parti ; mais il sentit renaître à ce moment sa vieille angoisse sur son incapacité à monnayer ses talents dans la vie politique. Contrairement à d'autres jeunes députés, comme Simon Kerslake par exemple, qui avaient fait des discours d'entrée très appréciés par les vieux députés, celui de Raymond n'avait pas reçu un accueil aussi chaleureux : lisant nerveusement un texte manuscrit, il n'avait pas réussi à captiver l'assistance.

Cloué sur place, il se sentait rougir. Mais, malgré cette impression familière, Raymond était décidé à garder son calme. Sa carrière, tentait-il de se convaincre pour la énième fois, ne suivait pas le schéma traditionnel et, s'il parvenait à mener à bien les efforts déjà amorcés, les autres députés n'auraient qu'à s'écarter sur son passage.

Après s'être ainsi réconforté, Raymond avança pour être présenté à des personnalités qu'il ne connaissait qu'à travers ses lectures, et il fut tout surpris de se voir considéré comme leur égal. A la fin de la soirée, où, comme il le dit à Joyce, ils étaient restés trop longtemps, il rentra avec son épouse à leur domicile de Lansdowne Road.

Pendant tout le trajet, il ne cessa de parler des gens qu'il avait rencontrés, de dire ce qu'il pensait d'eux, décrivant leurs postes et donnant ses impressions comme si elle n'avait pas assisté à la soirée.

Ils s'étaient peu vus au cours des six premières semaines que Simon Kerslake avait passées au Parlement, et cela faisait de cette soirée un événement. Le Parti travailliste avait beau être revenu au pouvoir après treize années dans l'opposition, il n'avait que quatre sièges d'avance et, dans ces conditions, Simon ne pouvait guère se coucher avant minuit ; il était d'ailleurs inconcevable de ralentir le rythme tant que l'un ou l'autre parti n'avait pas obtenu une franche majorité, et il fallait pour cela attendre les prochaines élections législatives. Mais ce que Simon craignait le plus, puisqu'il avait emporté son siège avec une si faible avance, c'est que les prochaines élections ne lui soient pas aussi favorables et que sa carrière politique soit alors l'une des plus brèves de l'histoire.

C'est en cela que Lavinia l'aidait le plus ; il appréciait la compagnie de cette grande fille élancée, à l'accent si chic, et ne supportait pas les bavardages sur leur liaison.

Il est vrai que sa carrière politique avait été lente à démarrer avant sa rencontre avec Lavinia Maxwell-Harrington. Il n'avait jamais, après ses études à Oxford et au cours de ses deux années de service militaire, perdu de vue son objectif ; son talent personnel lui permit d'obtenir un poste à la B.B.C. mais, néanmoins, il consacra tout son temps libre à la satisfaction de ses ambitions politiques : il adhéra à plusieurs organisations conservatrices, rédigea des tracts et prononça des discours à l'occasion de diverses conférences. Mais il ne fut considéré comme un candidat potentiel qu'en 1959, pour les élections législatives, alors que ses efforts l'avaient conduit à devenir le bras droit du président du parti.

C'est pendant la campagne électorale qu'il avait rencontré Lavinia Maxwell-Harrington, au cours d'un dîner donné en l'honneur du président du parti par son père, qui avait d'ailleurs été lui-même, « dans un passé sombre et lointain », selon les termes de Lavinia, président du Parti conservateur.

Quand les conservateurs furent revenus au pouvoir, Simon devint un invité régulier des Harrington pour le week-end. Puis, au moment des élections de 1964, il fut présenté par sir Rufus au Carlton, le seul club conservateur de Saint James, et les rubriques mondaines de la presse londonienne firent plusieurs fois état de l'imminence des fiançailles de Simon et de Lavinia.

Au cours de l'été 1964, et grâce, une fois de plus, à l'influence de sir Rufus, Simon se vit offrir la circonscription de Coventry-Centre où il réussit à sauver la faible majorité des conservateurs avec neuf cent soixante et onze voix d'avance.

Simon gara sa MGB devant le 4, Chelsea Square et regarda l'heure : il pesta une fois de plus pour avoir imposé quelques minutes de retard à Lavinia qui, néanmoins, connaissait bien les habitudes des hommes politiques. Il repoussa la mèche de cheveux bruns qui tombait sans cesse sur son front, boutonna son veston, redressa sa cravate puis tira la petite poignée de cuivre en jurant encore : il avait oublié de s'arrêter prendre les roses qu'il avait commandées pour Lavinia, alors qu'il était passé devant le magasin.

Le majordome ouvrit la porte et l'introduisit dans le salon où Lavinia et lady Maxwell-Harrington parlaient du prochain bal de Chelsea.

— Simon chéri, dit Lavinia en s'avançant vers lui. C'est formidable que tu sois là !

Simon sourit : il ne s'était pas encore habitué à la façon de parler des jeunes filles de ce quartier, entre Sloane Square et Kensington.

— J'espère que tu as pu t'échapper de cet endroit horrible pour toute la soirée.

— Absolument. Et j'ai réservé une table au *Caprice*.

— Bien. Es-tu attendu pour voter encore une loi stupide à 22 heures ?

— Non, je suis à toi toute la nuit, dit Simon, regrettant immédiatement ces mots.

Il perçut l'expression pincée de lady Maxwell-Harrington et s'adressa la troisième réprimande mentale de la soirée.

CHAPITRE 3

Charles Hampton se rendit dans sa Daimler de la Chambre des communes à la banque de son père dans la City : la Hampton de Threadneedle Street était toujours pour lui la banque de son père, bien que la famille fût, depuis deux générations déjà, un actionnaire minoritaire. Charles lui-même ne possédait que 2 % des actions mais, vu le peu d'intérêt que son frère portait à la banque, cela lui assurait un poste de directeur et un revenu suffisant pour compléter sa solde parlementaire dérisoire de 1 750 livres par an.

Depuis le jour où Charles avait commencé à siéger à la direction de la Hampton, il avait senti que le nouveau président, Derek Spencer, le considérait comme un rival dangereux : il avait intrigué pour que Rupert succédât à son père et ce n'est que par une insistance sans relâche que Charles avait réussi à convaincre le vieux comte.

Quand Charles brigua le siège de député, Spencer posa le problème de l'incompatibilité de ces lourdes responsabilités avec la charge quotidienne de la banque. Mais Charles réussit à convaincre la majorité de ses collègues des avantages d'avoir un député à la direction de la banque, tout en sachant que la règle voulait qu'il cessât toute occupation privée s'il était un jour nommé ministre de Sa Majesté.

Il laissa sa Daimler dans la cour de la Hampton, amusé par l'idée que sa place de parking valait vingt fois le prix de sa voiture : la cour qui s'étendait devant la banque était en fait une relique du temps de son arrière-grand-père : le douzième comte de Bridgewater avait prévu une entrée suffisamment vaste pour un carrosse à quatre chevaux, puis cet espace avait été transformé en douze places de parking pour les directeurs de la Hampton, et Spencer n'avait fait aucune contre-proposition pour son utilisation.

La jeune fille de la réception cessa de se faire les ongles pour saluer Charles, qui disparut rapidement dans l'ascenseur. Il alla s'asseoir devant son bureau de chêne, saisit un bloc de papier et précisa à sa secrétaire par l'interphone qu'il ne voulait pas être dérangé pendant l'heure qui suivait.

Tous les députés conservateurs pensaient que, après sa défaite, sir Alec Douglas-Home abandonnerait son poste de chef de l'opposition. On était au printemps 1965, Charles savait maintenant qu'il devait prendre parti. Tant qu'il était dans l'opposition, sa seule ambition était d'avoir un poste dans le cabinet fantôme, cela constituant un bon tremplin pour devenir ministre si les conservateurs gagnaient les élections. Il se trouvait donc confronté au premier choix décisif de sa carrière.

Une heure plus tard, douze noms étaient inscrits sur son bloc et barrés, à l'exception de ceux de Reginald Maudling et d'Edward Heath.

Charles arracha la feuille et la passa dans le broyeur de documents. Puis il essaya de s'intéresser à l'ordre du jour de la réunion hebdomadaire de la banque, mais seul le septième point lui parut important. Juste avant 11 heures, il rassembla ses papiers et se dirigea vers la salle du conseil. La plupart de ses collègues étaient déjà assis et Derek Spencer aborda le premier point de l'ordre du jour à 11 heures sonnantes.

Pendant l'inévitable discussion qui eut lieu sur les taux bancaires, le mouvement du prix de l'or, les eurotitres et la politique d'investissement, Charles ne pouvait s'empêcher de penser à la prochaine élection à la direction du parti, et à la nécessité pour la suite de sa carrière de faire le bon choix.

Quand ils abordèrent le septième point de l'ordre du jour, Charles avait pris sa décision. Derek Spencer entama le débat sur l'éventualité de prêts au Mexique ou à la Pologne, et la plupart des directeurs s'accordèrent pour dire que la banque ne devrait pas prendre le risque de prêter à ces deux pays.

Mais Charles n'avait nullement l'esprit à Mexico ou à Varsovie : ses pensées l'éloignaient beaucoup moins géographiquement de l'endroit où il se trouvait, et quand le président appela les participants à voter, son attention était ailleurs.

— Mexique ou Pologne, Charles ? Pour quel pays penchez-vous ?

— Heath, répondit-il.

— Pardon ?

Charles revint à Threadneedle Street pour se rendre compte que tous ses collègues le dévisageaient : il prit alors l'air de quelqu'un qui vient de réfléchir longuement à la question et répondit :

— Le Mexique... Le critère, c'est la capacité de remboursement de chacun des deux pays. Le Mexique ne voudra peut-être pas payer mais la Pologne, elle, ne pourra pas. En cas de litige, mieux vaut être confronté à un mauvais payeur qu'à un insolvable.

Les membres du conseil approuvèrent la démonstration d'un hochement de tête : c'était bien là le fils de Bridgewater.

A la fin de la réunion, Charles alla déjeuner avec ses collègues : dans la salle à manger deux tableaux de Hogarth, un Bruegel, un Goya et un Rembrandt, preuves là encore du goût de son arrière-grand-père pour les gagnants, détournaient les plus fins gourmets de leurs nourritures terrestres. Charles cependant partit avant le fromage car il voulait être aux Communes pour l'heure des questions.

Il se rendit immédiatement dans le fumoir, que les conservateurs avaient, pendant longtemps, considéré comme leur domaine réservé. Dans cette pièce meublée de fauteuils de cuir confortables, à l'atmosphère enfumée par les cigares, on ne parlait que du prochain successeur de sir Alec Douglas-Home.

A la fin de l'après-midi, Charles retourna à la Chambre des communes : il voulait voir comment Heath répondait aux amendements du gouvernement. Celui-là était debout, face au Premier ministre, et avait posé ses notes sur la tribune devant lui.

Charles allait partir quand Raymond Gould se leva pour proposer un amendement. Cela le cloua sur place : l'impact intellectuel de Raymond et la force de ses arguments ne pouvaient que susciter son admiration, bon gré mal gré, et compensaient aisément son manque de talent oratoire. Toutefois ce Gould, qui était un cran au-dessus du reste de la jeune promotion travailliste, n'effrayait pas Charles. Douze générations d'hommes d'affaires rusés et perspicaces avaient su maintenir d'importants secteurs de Leeds dans les mains de la famille Bridgewater sans même que des Raymond Gould en soient conscients.

Charles soupa ce soir-là dans la salle à manger des députés avec deux jeunes conservateurs : un seul sujet de conversation monopolisait l'intérêt, et deux noms revenaient sans cesse. De toute évidence, la lutte allait être serrée.

Quand Charles rentra à Eaton Square après le vote de 22 heures, Fiona lisait dans son lit.

— Ils t'ont libéré tôt ce soir.

— Ça peut aller, dit Charles en commençant à lui raconter sa journée avant de disparaître dans la salle de bains.

Lady Fiona Hampton née Campbell, fille unique du duc de Falkirk, était rusée par nature. L'union de Charles et de Fiona avait été décidée par leurs grands-parents respectifs et aucun n'avait contesté ce choix ni douté de son bien-fondé. Certes, Charles avait courtisé de nombreuses jeunes filles avant son mariage, mais il avait toujours eu la certitude qu'il reviendrait un jour vers Fiona ; de plus, son père, quatorzième comte de la lignée, soutenait que l'aristocratie sombrait dans le laxisme et le sentimentalisme et que « les femmes étaient là pour porter des enfants et assurer la descendance masculine ». Le vieux comte exprima ces convictions avec plus de force encore quand il lui apparut clairement que Rupert ne s'intéressait guère au sexe opposé et se plaisait peu en galante compagnie.

Fiona n'aurait jamais osé s'opposer au viel homme et aimait l'idée de donner le jour à un fils qui hériterait du comté. Mais en dépit d'efforts enthousiastes au début, puis moins spontanés avec le temps, Charles ne réussit pas à engendrer un fils. Fiona fut assurée par son médecin qu'elle n'était pas en cause ; le spécialiste lui suggéra de convaincre son époux de se faire examiner mais elle savait bien que Charles repousserait toujours cette idée, quel que fût son désir d'avoir un fils.

Fiona passait donc presque tout son temps dans leur circonscription de Sussex-Est à soutenir la carrière politique de son mari. Elle avait accepté l'idée que son mariage n'avait rien de romantique et s'était presque résignée aux avantages qu'elle en retirait. Devant les avances, plus ou moins discrètes, des nombreux hommes qui étaient séduits par son allure altière, elle restait toujours impassible.

Quand Charles sortit de la salle de bains, vêtu d'un pyjama de soie bleue, Fiona avait élaboré une stratégie, mais il lui fallait d'abord quelques renseignements.

— Qui soutiens-tu ?

— La lutte sera serrée, et j'ai passé l'après-midi à observer les candidats sérieux.

— En as-tu tiré des conclusions ?

— Oui. Heath et Maudling sont les mieux placés. Mais, honnêtement, je n'ai jamais parlé plus de cinq minutes avec chacun des deux.

— Bien. Dans ce cas, il faut transformer ce désavantage en atout.

— Que voulez-vous dire, madame ? demanda Charles en se mettant au lit.

— Pense à ta propre expérience passée. Quand tu étais

président du Pop à Eton, pouvais-tu donner le nom d'un seul élève de première année ?
— Absolument pas.
— Bon. Et je parie que ni Heath ni Maudling ne pourrait citer le nom d'un seul des vingt nouveaux députés conservateurs.
— Où m'entraînez-vous, lady Macbeth ?
— Nulle main meurtrière ne sera requise. Mais, quand tu auras choisi ton Duncan, il faudra lui proposer de se choisir quelques jeunes députés. S'il devient chef du parti, il aura bien besoin de quelqu'un qui pourra lui trouver un ou deux visages nouveaux pour son équipe.
— Tu es bien une Campbell !
— Dormons maintenant, dit Fiona en éteignant sa lampe de chevet.

Charles ne put s'endormir : il repensa toute la nuit à ce qu'elle venait de lui dire. Quand Fiona se réveilla le matin, elle reprit la conversation comme s'il n'y avait pas eu d'interruption.
— Il faut agir prudemment tant que le candidat de ton choix n'a pas annoncé sa candidature. Propose-lui d'être le candidat des jeunes députés.
— Astucieux, dit Charles.
— Pour qui t'es-tu décidé ?
— Heath, répondit Charles sans hésiter.
— Bien, je te laisse le soin du choix politique. Mais fie-toi à moi en ce qui concerne la tactique. Rédigeons tout d'abord une lettre.

Charles et Fiona s'installèrent alors par terre au pied du lit, tous deux vêtus de leurs élégantes robes de chambre, et firent un brouillon, corrigé et recorrigé, d'une lettre à Edward Heath.

A 9 heures 30, la note était fin prête et lui fut portée par un messager chez lui.

Le lendemain matin, Charles était invité à prendre le café chez le vieux célibataire. Ils parlèrent pendant plus d'une heure et le marché fut conclu.

Charles pensait que sir Alec annoncerait sa démission à la fin de l'été, ce qui lui laissait huit à dix semaines pour organiser une campagne. Fiona dressa une liste de tous les nouveaux députés et, au cours des semaines suivantes, chacun fut invité chez eux, à Eaton Square, pour boire un verre ; elle était assez subtile pour les mêler à d'autres invités, toujours plus nombreux qu'eux, et appartenant souvent à la Chambre des lords. Heath lui-même réussit à s'arracher à ses devoirs parlementaires au moment du vote du budget pour passer au moins une heure par semaine avec les Hampton. Plus le jour de la démission de sir Alec Douglas-Home approchait, plus Charles était convaincu qu'il avait mené son plan avec subtilité et discrétion : il était prêt à parier qu'à l'exception d'Edward Heath, personne ne soupçonnait à quel point il était mêlé à cette succession.

Pourtant, l'un des convives qui assistaient à la seconde soirée de Fiona observa exactement ce qui se passait. Alors que la plupart des invités étaient occupés à admirer la collection d'œuvres d'art des Hampton, Simon Kerslake ne quitta pas ses hôtes des yeux. Il n'était pas du tout convaincu qu'Edward Heath deviendrait le nouveau chef de l'opposition et croyait que le parti choisirait tout naturellement Reginald Maudling, qui était d'ailleurs ministre des Affaires étrangères dans le cabinet fantôme, ancien chancelier et beaucoup plus âgé que Heath ; de plus, il était marié et Simon était sûr que les conservateurs ne choisiraient jamais un vieux garçon pour diriger leur parti.

Après la soirée chez les Hampton, Kerslake sauta dans un taxi et retourna immédiatement aux Communes. Il retrouva Reginald Maudling, qui terminait son repas dans la salle à manger des députés, et lui demanda de lui accorder un entretien particulier. Maudling, très grand, la démarche traînante, ne savait plus très bien qui était ce jeune député ; s'il l'avait rencontré errant dans le bâtiment, avec cette allure-là, il aurait probablement pensé que c'était là un reporter chargé de couvrir l'élection à la direction du parti. Mais il invita Simon à venir prendre un café dans son bureau.

Maudling écouta avec intérêt tout ce que le jeune homme enthousiaste avait à lui dire et accepta l'opinion de ce député bien informé sans poser de questions : il fut convenu que Simon essaierait de faire barrage à la campagne de Hampton et qu'il viendrait rendre compte des résultats deux fois par semaine.

Alors que Hampton pouvait utiliser le poids et l'influence de ses relations du temps de Eton, Kerslake, lui, soupesa les avantages et les inconvénients de la compétition dans laquelle il s'était engagé avec la rigueur d'un homme d'affaires confirmé. Il ne possédait pas de demeure somptueuse à Eaton Square, ni de tableaux célèbres ; il n'avait pas d'épouse brillante en société, ni de richesse dont il pouvait se vanter, et avait dû économiser son salaire quand il travaillait à la B.B.C. afin de pouvoir quitter son minuscule appartement de Earl's Court pour une petite maison située au coin de Beaufort Street, à Chelsea : Lavinia y passait de plus en plus de nuits mais il n'avait pu la convaincre de s'y installer de façon permanente.

— Il n'y a pas assez de place dans ton placard pour mes chaussures, lui avait-elle répondu une fois en riant.

Néanmoins, Simon appréciait beaucoup sa présence et son flair politique. Au cours d'un dîner, le soir où il avait vu Maudling, elle lui demanda pourquoi il avait choisi de le soutenir.

— Reggie Maudling a une beaucoup plus grande expérience du pouvoir que Heath et, de toute façon, il est bien plus attentif à son entourage.

— Mais papa dit que Heath est un vrai professionnel.

— Oui, peut-être, mais les Britanniques ont toujours préféré de bons amateurs pour gérer leurs affaires, dit Simon.

Et de penser : « Il n'y a qu'à voir ton père ! »

— Si tu es si sûr de cette théorie, pourquoi veux-tu absolument devenir un vrai pro ?

Simon réfléchit un instant et but une gorgée de vin.

— Pour parler franchement, parce que je ne viens pas du milieu d'où sortent la plupart des conservateurs.

— Toi, non. Mais moi, oui, dit Lavinia avec un petit sourire.

Simon s'occupa, les jours suivants, à repérer qui soutenait Maudling et qui appuyait la candidature de Heath, mais de nombreux députés prétendaient soutenir l'un ou l'autre, selon leur interlocuteur : ceux-ci étaient alors classés dans la colonne des indécis. Lorsque Enoch Powell se jeta dans la bataille, Simon ne trouva qu'Alec Pimkin pour le soutenir ouvertement. Mais il ne tenta pas de l'influencer : s'il n'avait pas voté pour Powell, Pimkin ne se serait de toute façon pas laissé convaincre par Simon, car il ne cachait pas son admiration respectueuse pour son vieux copain d'école, Charles Hampton. Simon devait donc suivre quarante jeunes députés dont douze étaient, d'après lui, acquis à Heath, onze à Maudling et un à Powell ; restaient seize indécis qui, à mesure que la date de l'élection approchait, paraissaient soit ne connaître aucun candidat, soit ne pas savoir vraiment pour qui voter.

Simon ne pouvait pas les inviter tous dans sa petite maison de Beaufort Street : il lui fallait donc aller vers eux. Au cours des six dernières semaines de la course, il accompagna Maudling dans les circonscriptions de vingt-trois nouveaux députés, de Bodmin à Glasgow, et de Penrith à Great Yarmouth, préparant consciencieusement les réunions avec lui.

Il apparut progressivement que Charles Hampton et Simon Kerslake étaient les lieutenants chargés par les deux candidats des nouveaux députés. Certains étaient agacés par les rumeurs qui circulaient au cours des soirées à Eaton Square, ou en apprenant que Simon Kerslake s'était rendu dans leurs circonscriptions, alors que d'autres se contentaient d'envier par avance la récompense qui serait à coup sûr accordée au vainqueur.

Le 22 juillet 1965, sir Alec Douglas-Home annonça officiellement sa démission devant la commission 1922, composée de tous les députés conservateurs sans portefeuille.

L'élection du nouveau chef du parti devait avoir lieu cinq jours plus tard. Charles et Simon commençaient à s'ignorer, et Fiona parla de Kerslake comme « de ce *self-made man* arriviste » elle ne cessa d'utiliser cette expression que lorsque Alec Pimkin lui demanda si elle voulait parler d'Edward Heath.

Le matin du scrutin à bulletin secret, Simon et Charles votèrent très tôt et passèrent le reste de la journée à arpenter les couloirs des Communes en essayant de deviner le résultat. A l'heure du déjeuner, chacun était extérieurement d'un optimisme débordant, mais découragé dans son for intérieur.

A 14 heures 45, dans la grande salle de réunion, le président de la commission 1922 annonça le résultat historique :

>   Edward HEATH .... 150 voix
>   Reginald MAUDLING....................... 133 voix
>   Enoch POWELL .... 15 voix

Charles et Fiona fêtèrent ce succès au champagne tandis que Simon emmena Lavinia au théâtre.

Il dormit pendant toute la représentation, brillante par ailleurs, puis Lavinia le raccompagna chez lui en silence.

— Tu étais d'une compagnie vraiment charmante ce soir !

— Excuse-moi. Je te promets de surmonter cela très vite. Allons dîner chez *Annabel*... lundi. Nous ferons de la soirée une petite fête.

Lavinia sourit pour la première fois de la soirée.

⁂

Quand Edward Heath annonça la composition de son cabinet fantôme, Reginald Maudling fut nommé numéro deux du parti. Charles Hampton fut invité à participer à l'équipe chargée de l'environnement, dont il devint le porte-parole. Il était le premier jeune député à avoir des responsabilités dans le cabinet fantôme.

Simon Kerslake, lui, reçut une lettre manuscrite de Reginald Maudling le remerciant pour ses efforts courageux.

CHAPITRE 4

Il fallut presque une semaine à Simon pour se remettre de la déception causée par l'élection de Heath et pour mettre au point un nouveau plan d'action. Il vérifia que le programme des votes ne prévoyait rien après 18 heures pour le lundi et réserva chez *Annabel* pour 22 heures ; Louis lui promit une table placée dans un renfoncement discret, à l'écart de la piste de danse.

Le lundi matin, Simon arpenta les boutiques de Bond Street et finit par ressortir de chez *Cartier* avec une petite boîte de cuir bleu qu'il rangea dans la poche de sa veste. Puis il retourna aux Communes où il eut bien du mal à se concentrer sur l'ordre du jour.

Il quitta la Chambre peu après 19 heures et rentra à Beaufort Street. Après avoir regardé les nouvelles à la télévision, il prit une douche et se lava les cheveux, se rasa pour la deuxième fois de la journée puis sortit de son emballage une chemise de soirée toute neuve. Il mit la petite boîte bleue dans la poche de son veston de soirée, redressa son nœud papillon et partit.

Il gara sa MGB devant le 4, Chelsea Square et, une fois de plus, fut introduit par le majordome. Simon entendit la voix de Lavinia dans le salon et, en entrant dans la pièce, se rendit compte qu'elle était en fait en conversation avec son père.

— Bonsoir, Simon.
— Bonsoir, dit-il en lui déposant un baiser sur la joue.

Elle portait une robe longue de mousseline verte qui découvrait ses épaules blanches.

— Papa pense qu'il peut t'être d'une certaine utilité avec Ted Heath.

— A quel sujet ? demanda Simon avec étonnement.

— Eh bien, dit sir Rufus, vous n'avez pas soutenu notre chef de file dans sa campagne, mais, moi, je l'ai fait, et je peux me targuer d'avoir une certaine influence sur lui.

Simon accepta le verre de sherry que Lavinia lui tendait.

— Je déjeune demain avec Heath et lui dirai un mot à votre sujet.

— C'est très aimable de votre part, dit Simon, qui répugnait toujours à constater que les contacts étaient plus utiles que les compétences.

— C'est tout à fait normal, jeune homme. A vrai dire, vous voilà presque de la famille maintenant.

Simon jouait nerveusement avec la petite boîte qu'il avait dans la poche.

— N'est-ce pas adorable de la part de papa ? demanda Lavinia.

— Absolument.

— Eh bien, l'affaire est close. Allons chez *Annabel*.

— D'accord. La table est réservée pour 22 heures.

— Comment est cet endroit ? s'enquit sir Rufus.

— C'est formidable, papa. Vous devriez y venir un jour.

— Ces endroits ne durent pas. S'il existe encore l'année prochaine à la même date, j'y ferai un petit tour.

— Mais c'est vous qui risquez de ne plus être là l'année prochaine, papa, dit Lavinia en riant.

Simon essaya de garder son sérieux.

— Si elle m'avait parlé comme cela quelques années plus tôt, je lui aurais donné une fessée.

Cette fois, Simon eut un sourire poli.

— Allez, Simon. Nous allons être en retard, dit Lavinia en embrassant son père.

Simon serra la main de sir Rufus respectueusement et accompagna Lavinia jusqu'à sa voiture.

— N'est-ce pas merveilleux ? demanda-t-elle au moment où il tournait la clé de contact.
— Absolument. C'est très aimable de la part de ton père.
Une petite pluie l'obligea à mettre les essuie-glaces en marche.
— Maman pense que tu devrais être le porte-parole du cabinet fantôme.
— Aucun espoir.
— Allons, ne sois pas si pessimiste ! Avec ma famille, tu arriveras à tout.
Simon se sentait nauséeux.
— Et puis maman connaît toutes les femmes bien placées du parti.
Simon se dit que, maintenant que le parti était dirigé par un vieux célibataire, cela ne serait guère utile.
Il vit le chat débouler devant l'autobus et freina juste à temps. Lavinia poussa un hurlement et Simon vit un filet de sang sur son front.
— Mon Dieu, je saigne. Emmène-moi à l'hôpital, demanda-t-elle en sanglotant.
Simon se précipita à l'hôpital Saint George, au coin de Hyde Park, et abandonna sa voiture en stationnement interdit. Il aida Lavinia à sortir et la soutint jusqu'aux urgences. Le sang coulait toujours mais la plaie ne lui semblait pas profonde du tout. Galamment, il posa son veston sur les épaules nues de Lavinia et fit tout ce qu'il put pour la consoler et arrêter ses tremblements, mais en vain.
L'infirmière de garde, probablement impressionnée par leurs vêtements de soirée, fit diligence et le médecin arriva quelques instants plus tard.
— Ma belle robe est toute tachée, dit Lavinia entre deux sanglots.
— Ne vous inquiétez pas : cela part au lavage, répondit le médecin très prosaïquement.
— Garderai-je une cicatrice pour le restant de mes jours ?
— Mon Dieu, non ! C'est juste une égratignure qui ne nécessite même pas de point de suture. Tout ce que vous

risquez d'avoir, c'est une bonne migraine. Mais vous n'aurez plus aucune trace dans deux semaines.
— Vous en êtes sûre ?
Simon ne pouvait détacher ses yeux du médecin.
— Absolument, répondit-elle en plaçant un sparadrap sur la plaie. Il serait raisonnable de rentrer vous changer si vous voulez encore dîner au restaurant.
— Bien sûr, docteur Drummond, dit Simon qui avait vérifié son nom sur son badge. Je prendrai soin d'elle.
Il remercia le médecin et raccompagna Lavinia à Chelsea Square. Celle-ci ne cessait de geindre et ne remarqua même pas que Simon restait silencieux. En arrivant chez elle, il expliqua ce qui s'était passé à lady Maxwell-Harrington, qui mit immédiatement sa fille au lit.
Simon rentra chez lui, sortit la petite boîte de son veston maculé de sang, l'ouvrit et regarda longuement ce saphir serti de diamants. Il savait maintenant sur quelle main il voulait voir ce bijou.
Le lendemain matin, il téléphona pour prendre des nouvelles de Lavinia, qui allait tout à fait bien mais avait été encouragée par son père à passer la journée au lit. Simon promit de lui rendre visite dans la soirée.
Une fois arrivé dans son bureau aux Communes, il téléphona à l'hôpital Saint George où on lui répondit que le docteur Drummond ne prendrait son tour de garde qu'en fin d'après-midi. Il n'était pas nécessaire d'être Sherlock Holmes pour trouver le docteur E. Drummond dans l'annuaire du téléphone.
— C'est Simon Kerslake. Je voudrais vous remercier du soin avec lequel vous vous êtes occupée de Lavinia hier soir.
— Ce n'était rien du tout. C'était même la moins grave des urgences de la nuit dernière.
Simon eut un petit rire nerveux avant d'oser poser sa question :
— Seriez-vous, par hasard, libre pour déjeuner ?
Le docteur Drummond parut surprise mais accepta de

retrouver Simon au *Coq-d'Or*, qui se trouvait tout près de l'hôpital, à 13 heures.

Simon arriva avec quelques minutes d'avance et commanda une bière au bar. A 1 heure moins cinq, le maître d'hôtel accompagna le médecin jusqu'à lui.

— C'est gentil d'avoir accepté une invitation au pied levé !

— C'était irrésistible ! Ce n'est pas tous les jours que je suis invitée à déjeuner simplement parce que j'ai soigné une égratignure !

Simon éclata de rire et se mit à dévisager cette belle femme. Il repensa au calme et au sang-froid de la veille : aujourd'hui elle irradiait un enthousiasme débordant auquel il ne résistait pas. Ils se dirigèrent vers une table située dans un coin de la salle. Simon contempla encore la silhouette élancée et les grands yeux sombres qui l'avaient hanté presque toute la nuit ; il remarqua qu'à son passage, les hommes s'arrêtaient au milieu d'une phrase.

— Je sais bien que c'est ridicule, dit-il une fois assis, mais je voudrais connaître votre prénom.

— Elisabeth.

— Moi, c'est Simon.

— Je sais. Je vous ai vu à l'émission *Panorama* le mois dernier donner votre avis sur le système de Sécurité sociale.

— Ah bon ? dit Simon avec une pointe de satisfaction. Cela vous a plu ?

— Vous étiez remarquable.

Simon sourit.

— Seul un expert aurait pu déceler que vous ne saviez rien sur la question.

Simon fut un instant abasourdi puis se mit à rire.

Il apprit, au cours du repas, qu'Elisabeth avait fait ses études à Londres puis son stage à l'hôpital Saint Thomas.

— Je suis en équipe de garde à Saint George cette semaine seulement, expliqua-t-elle, mais je vais avoir un poste de gynécologue à Saint Mary's. Si Mlle Maxwell-Harrington était venue à l'hôpital une semaine plus tard, nous ne nous serions pas rencontrés. Au fait, comment va-t-elle ?

— Elle passe la journée au lit.

— Vous plaisantez ? Je l'ai renvoyée chez elle pour se changer, pas pour une convalescence !

Simon éclata de rire pour la seconde fois.

— Excusez-moi. J'ai probablement insulté une de vos amies.

— Non, dit Simon. Cela, c'était hier.

Simon retourna à Chelsea Square ce soir-là et apprit par Lavinia que « papa avait tout arrangé avec Ted Heath » et qu'il aurait bientôt de bonnes nouvelles. Mais cela ne l'empêcha nullement d'avouer à Lavinia sa rencontre avec Elisabeth Drummond avec qui, pourtant, rien ne s'était encore passé. Il fut très surpris par le calme avec lequel Lavinia accueillit la nouvelle et regagna rapidement les Communes pour le vote de 22 heures.

Dans le couloir, il rencontra le *chief whip* qui lui demanda de passer dans son bureau le lendemain à midi, ce que Simon s'empressa d'accepter.

L'anxiété lui ôta le sommeil et il était bien agité intérieurement quand il se présenta à midi moins dix, malgré ses efforts pour dissimuler son impatience.

Mlle Norse, la secrétaire du *whip*, leva les yeux de sa machine à écrire et cessa un instant de taper.

— Bonjour, monsieur Kerslake. Je suis vraiment désolée : le *whip* a été retenu par une réunion avec M. Heath.

— Je comprends tout à fait. Dois-je attendre ou reprendre un autre rendez-vous ?

— Non, dit Mlle Norse, l'air un peu surpris. Non, non. Il m'a simplement dit que ce qu'il voulait vous dire n'était plus important et qu'il s'excusait de vous avoir fait perdre votre temps.

Simon comprit immédiatement ce qui s'était passé et se

précipita vers la cabine téléphonique la plus proche : il composa les cinq chiffres du numéro de Lavinia puis raccrocha brusquement. Quelques instants plus tard, il composa un numéro à sept chiffres.

— Docteur Drummond, dit-elle brièvement.

— Elisabeth, c'est Simon Kerslake. Pouvez-vous dîner avec moi ?

— Pourquoi donc ? Il faut changer le pansement de Lavinia ?

— Non, répondit Simon. Lavinia est morte prématurément.

— J'espère que ce n'est pas contagieux, plaisanta-t-elle. Je ne suis pas libre avant 22 heures 30.

— Moi non plus. Je passe vous prendre à l'hôpital.

— Vous avez l'air un peu déprimé.

— Pas déprimé, non. Simplement plus âgé. J'ai vieilli d'une vingtaine d'années en deux jours.

Charles Hampton, qui n'était rien d'autre qu'un messager de haut rang, appréciait néanmoins beaucoup d'être le porte-parole de l'opposition pour l'environnement. Il se sentait enfin au cœur des choses et, même s'il ne participait pas directement à l'élaboration du projet politique, il en était au moins le témoin. Pour tous les débats aux Communes concernant le logement, il pouvait prendre place sur les bancs de devant avec l'équipe des conservateurs. Grâce à lui, deux amendements mineurs à la loi de planification urbaine avaient été refusés, et un amendement sur la protection des arbres avait été ajouté par ses soins.

— Je n'empêcherai pas un conflit mondial, mais c'est tout de même important, confia-t-il à Fiona. Et si nous gagnons les prochaines élections, je suis presque sûr maintenant que l'on me proposera un secrétariat d'État. Alors je participerai vraiment à la vie politique.

Fiona continuait à jouer son rôle et à organiser des soirées régulièrement dans leur maison de Eaton Square. A la fin de l'année, tous les membres du cabinet fantôme avaient dîné au moins une fois chez les Hampton : Fiona ne faisait jamais servir deux fois le même menu, et ne portait jamais deux fois la même robe.

Au début de la session parlementaire, en octobre, les observateurs politiques s'accordaient pour dire qu'il fallait surveiller ce Charles Hampton et que c'était « un jeune loup ». Que ce soit sur les subventions aux producteurs de beurre ou sur la législation sur le viol, les journalistes voulaient toujours avoir son avis. Fiona gardait tous les articles de presse concernant son époux et remarqua qu'un seul député était aussi apprécié que Charles par les journalistes : il s'agissait d'un jeune homme de Leeds nommé Raymond Gould.

Raymond était rivé à sa machine à écrire, et il tapait sans répit jusque tard dans la nuit, après avoir décroché son téléphone. Il rédigeait chaque page avec soin, vérifiant et revérifiant chaque détail et se plongeant fréquemment dans les piles de livres qui recouvraient son bureau.

Quand son ouvrage, *le Plein Emploi, mais à quel prix ?*, parut avec le sous-titre *Réflexions d'un travailleur éduqué après les années 30*, il fit beaucoup parler de lui. L'idée que les syndicats allaient perdre leur influence et que le Parti travailliste devait tout miser sur les jeunes ne plaça guère Raymond en odeur de sainteté auprès des militants de base du parti. Il avait d'ailleurs prévu ce tollé des dirigeants syndicaux, et même de ses collègues les plus à gauche. Mais quand A.J.P. Taylor déclara, dans le *Times*, que c'était l'opinion la plus intelligente et la plus réaliste émise sur le Parti travailliste depuis longtemps, et que son auteur était un homme politique d'une honnêteté et d'un courage tout à fait rares, Raymond comprit que son travail et sa réflexion portaient enfin leurs fruits. Il était devenu l'un des sujets de conversation essentiels de tous les dîners politiques londoniens.

Joyce apprécia beaucoup l'ouvrage et mit toute son

énergie à convaincre les syndicalistes qu'en fait, il témoignait de l'intérêt passionné que son mari portait à leur mouvement, et qu'il analysait avec réalisme les chances que le Parti travailliste avait d'accéder au pouvoir dans les dix années à venir.

Le *whip* travailliste convoqua Raymond et lui dit :

— Vous avez provoqué un remous salutaire, monsieur Gould. Dans quelques mois, tous les membres du cabinet vous citeront comme une référence officielle du parti.

Raymond n'eut pas à attendre des mois. Trois semaines après la sortie du livre, il reçut un mot de Downing Street lui demandant de relire le discours du Premier ministre pour le Congrès des syndicats et de faire toute suggestion qu'il jugerait utile. Raymond relut la missive, ravi d'être reconnu, et se prit à espérer être le premier député de la nouvelle promotion invité à faire partie du gouvernement.

Pour Simon Kerslake, l'échec lors de la défaite de Maudling et l'incident avec le *whip* étaient des contretemps tout à fait surmontables. Il mit alors au point une stratégie destinée à gagner le respect de ses collègues et utilisa le quart d'heure bi-hebdomadaire réservé aux questions pour mettre en avant ses qualités d'orateur. Il employa toute son habileté à critiquer le gouvernement : toutes les semaines, il étudiait soigneusement l'ordre du jour et notamment les cinq premières questions prévues pour le mardi et le jeudi.

Les questions supplémentaires devaient avoir un lien, de près ou de loin, avec le sujet du jour, ce qui laissait les ministres, qui préparaient à fond le sujet principal, dans l'expectative quant aux questions suivantes. Tous les lundis matin, Simon préparait des interventions supplémentaires sur au moins trois sujets, les travaillait et les retravaillait pour être sûr qu'elles soient cinglantes et embarrassantes pour le Parti travailliste ; cela lui prenait souvent des heures mais le tout gardait une grande spontanéité dans la forme, tout comme Churchill qui, se souvenait-il, avait avoué, alors qu'on le félicitait pour une repartie :

— Mes répliques les mieux envoyées ont toujours été préparées des jours à l'avance.

Simon fut tout de même surpris de voir à quel point la Chambre avait vite fait de lui le champion des attaques contre le Premier ministre. Dès qu'il se levait, les rangs du parti étaient agités de remous impatients et nombre de ses reparties étaient citées dans les colonnes politiques des journaux le lendemain. Le Parti travailliste faisait lourdement les frais de cette contribution régulière de Simon Kerslake aux débats.

Aujourd'hui, c'était le chômage qui était à l'ordre du jour. Simon se leva prestement, pointant un doigt en direction du gouvernement.

— En nommant quatre secrétaires d'État supplémentaires cette semaine, le Premier ministre peut au moins se targuer d'avoir résorbé le chômage au sein de son gouvernement !

Celui-là s'enfonça dans son siège, attendant avec quelque impatience la fin de la séance.

Grande fut la joie de Simon quand il lut dans le *Sunday Express* que « le Premier ministre n'aimait sans doute pas Edward Heath, mais détestait à coup sûr Simon Kerslake ». Enfin, les résultats obtenus étaient les fruits de ses propres efforts, et non de ses relations.

DEUXIÈME PARTIE

PREMIÈRES CHARGES
1966-1972

CHAPITRE 5

La constitution britannique reste un grand mystère à la fois pour ceux qui ne sont pas nés sur cette île de la mer du Nord et pour ceux qui ne l'ont jamais quittée. Cela s'explique sans doute par le fait que, à la différence des Américains, les Britanniques n'ont pas eu de constitution écrite depuis la Grande Charte de 1215 et que, depuis cette date, ils ont toujours légiféré par référence au texte précédent.

Un Premier ministre est élu pour cinq ans mais peut convoquer ses concitoyens aux urnes quand il le souhaite, c'est-à-dire en fait quand il pense avoir les meilleures chances de gagner les élections législatives. Si le gouvernement a une solide majorité à la Chambre, l'électorat s'attend à ce qu'il garde le pouvoir pendant au moins quatre des cinq années de la législature, et, dans de telles circonstances, organiser des élections anticipées est considéré comme de l'opportunisme par les électeurs qui condamnent le plus souvent cette décision. Mais quand un parti a une faible majorité à la Chambre, ce qui était le cas du gouvernement travailliste de Harold Wilson, la presse ne cesse de spéculer sur la date du prochain scrutin.

Le seul moyen pour l'opposition de déloger le parti au pouvoir avant l'expiration de la législature est de demander un vote de confiance : en effet, si le gouvernement est désavoué au cours de ce vote, le Premier ministre doit organiser des élections dans les semaines suivantes, et peut très bien les perdre. Légalement, la décision finale revient au roi ou à la reine mais, au cours des deux derniers siècles, les monarques anglais n'ont fait qu'entériner la décision du Premier ministre, en dépit de leur désapprobation parfois évidente.

En 1966, Harold Wilson n'avait plus le choix. Avec une majorité de quatre sièges, il ne pouvait guère se permettre de ne pas organiser des élections législatives. En mars 1966, il eut une entrevue avec la reine qui accepta de dissoudre la Chambre. La campagne électorale commençait le lendemain.

*
**

— Tu verras, tu aimeras beaucoup, lui déclara Simon en se dirigeant vers la porte.

Elisabeth n'était pas très sûre de ce que représentait vraiment la politique sur le terrain mais elle avait pris quelques jours de congé pour être à Coventry avec Simon. Elle n'aurait jamais pensé tomber amoureuse d'un homme politique mais force était de reconnaître qu'elle n'avait pu résister à son charme, surtout si elle le comparait aux manières directes de ses collègues médecins.

Simon Kerslake, qui devait défendre sa très faible majorité, passa le plus de temps possible dans sa circonscription de Coventry. Les gens de la région s'étaient laissé séduire par ce tout jeune député mais les observateurs politiques notèrent froidement qu'une perte de moins de 1 % des voix le priverait de son siège aux Communes pour cinq ans. Et au terme de ces cinq années, ses concurrents seraient déjà parvenus à la seconde barre de l'échelle.

Le *chief whip* du Parti conservateur conseilla à Simon de rester à Coventry et de ne pas se mêler de ce qui se passait aux Communes.

— Aucune question importante ne sera abordée jusqu'aux élections. Restez plutôt dans votre circonscription et gagnez-y des voix, au lieu de venir en perdre à Westminster.

L'adversaire de Simon était l'ancien député Alf Abbott, qui avait de plus en plus confiance à mesure que la balance penchait pour les travaillistes au cours de la campagne. Le Parti libéral, nettement moins important que les deux autres, présenta un candidat, Nigel Bainbridge, tout en reconnaissant qu'il ne pouvait arriver qu'en troisième position.

Lors de leur première tournée électorale, Elisabeth portait son seul tailleur, acheté pour l'entretien qui précéda son embauche à l'hôpital. Simon la trouva parfaitement adaptée à la situation : son tailleur séduirait les mères de famille de la circonscription tandis que sa chevelure blonde et sa silhouette élancée ne manqueraient pas d'intéresser les photographes de presse.

Simon avait dans sa poche une fiche qui portait le nom des rues et des électeurs.

— Bonjour, madame Foster. Je suis Simon Kerslake, votre candidat conservateur.

— Je suis ravie de vous rencontrer. J'ai tant de choses à vous dire. Entrez donc prendre une tasse de thé !

— C'est très gentil à vous, madame Foster, mais je dois couvrir un grand territoire en quelques jours.

Quand la porte se fut refermée, Simon barra son nom d'un trait rouge sur sa fiche.

— Comment peux-tu être sûr qu'elle vote travailliste ? demanda Elisabeth. Elle avait l'air avenant.

— Les électeurs travaillistes sont connus pour inviter les autres candidats : ils veulent leur faire perdre leur temps en leur offrant une tasse de thé. Les nôtres disent plutôt : « Ma voix vous est acquise, ne perdez pas votre temps avec moi » et te laissent aller convaincre ceux qui n'ont pas d'opinion.

Elisabeth ne put dissimuler ses doutes.

— Voilà bien qui confirme mes craintes sur les hommes politiques. Je me demande comment j'ai bien pu être séduite par l'un d'entre eux.

— Peut-être m'as-tu pris pour l'un de tes patients ?

— Mes patients ne me disent pas qu'ils ont un bras cassé quand ils sont en train de perdre la vue.

La voisine de Mme Foster déclara être une électrice

conservatrice fidèle et Simon barra son nom en bleu avant de frapper à la porte suivante.
— Mon nom est Simon Kerslake. Je...
— Je sais qui vous êtes, monsieur. Vos idées ne m'intéressent pas.
— Puis-je vous demander pour qui vous votez ?
— Je vote libéral.
— Pour quelles raisons ? demanda Elisabeth.
— Parce que je soutiens les marginaux.
— Mais c'est une voix perdue !
— Absolument pas. Lloyd George fut le plus grand Premier ministre de ce siècle.
— Désolé, Elisabeth, dit Simon en sortant. Quand ils citent Lloyd George, nous n'avons aucune chance : ou bien ils sont gallois, ou bien ils ont une mémoire remarquable.
Il frappa à la porte suivante.
— Mon nom est Simon Kerslake. Je...
— Va te faire foutre, ordure.
— Qui traitez-vous d'ordure ? demanda Elisabeth.
Mais on leur claqua la porte au nez.
— Quel homme charmant !
— Ne soyez pas offensée, docteur Drummond. C'est à moi qu'il s'adressait, pas à vous !
— Que mettre à côté de son nom ?
— Un point d'interrogation. Impossible de savoir pour qui il vote. C'est probablement un abstentionniste.
Il essaya la porte suivante.
— Bonjour, Simon, dit une dame joviale. Ne perdez pas votre temps avec moi. Je voterai pour vous.
— Merci, madame Irvine. Et votre voisin ?
— C'est un vieux grincheux, mais je veillerai à ce qu'il aille voter et qu'il mette le bon bulletin dans l'urne. Il a intérêt, sinon je ne surveillerai plus son lévrier pendant son absence.
— Merci beaucoup, madame Irvine.
— Encore un trait bleu, ajouta Simon.
— Tu auras peut-être même la voix du lévrier !

Ils parcoururent quatre rues pendant les trois heures suivantes et Simon continuait à cocher en bleu les noms de ceux dont les voix lui paraissaient acquises.

— Pourquoi faut-il que tu sois sûr à l'avance ?

— Parce que, lorsque nous leur téléphonons le jour du scrutin, nous ne voulons pas leur rappeler l'opposition, ni leur organiser une promenade jusqu'au bureau de vote pour qu'ils aillent déposer un bulletin travailliste dans l'urne.

Elisabeth éclata de rire.

— Ce que la politique peut être malhonnête !

— Estime-toi heureuse de ne pas vivre avec un sénateur américain, dit Simon en cochant un autre nom en bleu. Nous, au moins, nous n'avons pas besoin d'être millionnaires pour être candidats.

— J'aimerais peut-être épouser un millionnaire.

— Avec ma solde parlementaire, il me faudrait environ deux cent quarante-deux ans pour y arriver !

— Je ne crois pas que je pourrai attendre tout ce temps.

Quatre jours avant le scrutin, dans la grande salle de la mairie de Coventry, Simon et Elisabeth étaient opposés dans un débat public à Alf Abbott et Nigel Bainbridge et leurs épouses. Le correspondant politique du *Coventry Evening Telegraph* faisait office de président de séance et commença par présenter les orateurs au public qui les salua par des applaudissements. Simon parla le premier pendant plus de vingt minutes et ceux qui tentèrent de l'interrompre le regrettèrent amèrement. Sans jeter un seul coup d'œil à ses notes, il cita des chiffres et des textes de lois avec une aisance qui impressionna Elisabeth. Et, au cours de la discussion qui suivit, il parut beaucoup plus informé sur tous les sujets qu'Abbott et Bainbridge. Pourtant, il savait bien que cette salle bondée ne contenait que sept cents personnes par cette froide soirée de mars, alors qu'il y avait quinze mille électeurs de plus à Coventry, rivés à leur récepteur de télévision pour le feuilleton.

La presse locale en fit le grand vainqueur de ce débat mais les journaux nationaux inquiétaient Simon en prédisant un raz de marée travailliste.

Le jour du scrutin, Simon et Elisabeth furent parmi les premiers électeurs à se rendre aux urnes, dans la petite école primaire. Puis ils passèrent la journée à aller des bureaux de vote au siège du parti pour tenter de préserver le bon moral de leurs sympathisants. Tous croyaient à sa victoire mais Simon savait que la partie allait se jouer dans un mouchoir de poche. Un député conservateur d'un certain âge lui avait dit un jour que, avec une personnalité exceptionnelle, un député pouvait gagner mille voix et qu'un adversaire peu solide pouvait aisément lui en rapporter mille autres, mais même ces deux mille voix-là ne suffiraient pas à assurer sa victoire.

A 21 heures précises, le dernier bulletin de vote fut déposé dans l'urne : les dés étaient jetés. Simon croisa une dame joviale, accompagnée d'un monsieur pincé, qui sortait de la mairie, le visage éclairé d'un sourire satisfait.

— Bonjour, madame. Comment allez-vous ?

— Bien, Simon.

— On dirait qu'elle a fait voter le lévrier, chuchota Elisabeth.

— Ne vous tracassez pas, jeune homme. En cinquante-deux ans, j'ai toujours voté pour le gagnant, dit-elle avec un clin d'œil.

Quelques sympathisants accompagnèrent Simon et Elisabeth à l'intérieur de la mairie pour le dépouillement. La première personne qu'ils y virent fut Alf Abbott qui arborait un grand sourire. Simon cependant ne fut nullement abattu par cet optimisme affiché. Abbott aurait dû savoir que l'on commençait toujours par dépouiller les urnes de banlieues bien connues pour leurs sympathies travaillistes.

Les deux candidats firent le tour des tables où les bulletins étaient triés en dizaines, puis en centaines et enfin en milliers avant d'être confiés à l'employé de mairie. Plus la nuit avançait, plus le visage d'Abbott exprimait l'angoisse, à mesure que l'écart entre les deux hommes se resserrait.

Pendant trois heures environ, on continua à vider les urnes : les scrutateurs vérifiaient les bulletins un par un avant d'inscrire le résultat sur leurs registres. A 1 heure du matin, l'employé de mairie fit les totaux définitifs et demanda aux trois candidats de s'approcher. Il leur communiqua alors les résultats : Alf Abbott eut un sourire alors que Simon, impassible, demanda un recomptage des voix.

Pendant plus d'une heure, il arpenta la salle en tous sens : une rectification ici, un oubli là. Enfin, les scrutateurs donnèrent les résultats et, de nouveau, l'employé fit les totaux et appela les candidats. Cette fois, ce fut au tour de Simon de sourire, alors qu'Abbott, surpris, demanda une seconde vérification. L'employé accepta mais précisa que c'était la dernière. Les deux candidats approuvèrent cette décision alors que le concurrent libéral, lui, dormait tranquillement dans un coin, certain que, de toute façon, toutes ces vérifications n'auraient aucune incidence sur son propre score.

Une fois de plus, donc, les résultats furent recomptés, et l'on découvrit cinq erreurs dans les quarante-deux mille cinq cent quatre-vingt-huit suffrages exprimés. A 3 heures et demie du matin, alors que tout le monde commençait à sommeiller, l'employé de mairie rappela les candidats : tous deux restèrent abasourdis en entendant les résultats. On leur expliqua alors qu'on procéderait à un nouveau recomptage le matin, quand le personnel se serait un peu reposé.

Tous les bulletins furent donc replacés dans les urnes qui furent verrouillées et placées dans un coffre, puis les candidats partirent se coucher. Simon et Elisabeth avaient réservé deux chambres à l'*hôtel Leofric.*

Simon dormit par intermittence pendant le reste de la nuit et Elisabeth lui apporta une tasse de thé à 8 heures.

— Simon, tu as l'air d'un patient juste avant l'opération.
— Je crois que je vais essayer d'échapper à l'opération.

— Allons, ce n'est pas le moment de lâcher. Tu es toujours député et tu as le devoir, vis-à-vis de tes électeurs, de rester aussi optimiste qu'eux.

Simon s'assit dans son lit et regarda Elisabeth.

— Bien, dit-il en prenant sa tasse de thé, sans dissimuler le plaisir qu'il avait à constater combien elle s'était prise au jeu politique.

Simon prit longuement son bain, se rasa soigneusement et ils arrivèrent à la mairie quelques minutes seulement avant la reprise du recomptage. Simon fut accueilli par une masse de reporters de télévision et de journalistes qui étaient au courant du résultat et ne voulaient pas manquer la dernière manche.

Les employés chargés de compter les bulletins s'apprêtaient à commencer dès qu'on leur ferait signe. On ouvrit les urnes que l'on plaça devant eux pour la quatrième fois et ils recommencèrent à constituer de petits tas par dizaines puis par centaines et enfin par milliers. Simon fit le tour des tables, plus pour brûler son énergie débordante que pour vérifier ce qui se faisait. Il avait engagé trente scrutateurs pour s'assurer qu'aucune erreur ou manœuvre frauduleuse ne jouerait contre lui.

A la fin de l'opération, l'employé de mairie refit les totaux une dernière fois. Il expliqua à Simon et à Abbott la procédure qu'il avait l'intention d'adopter : il leur dit qu'il avait discuté avec lord Elwyn Jones à 9 heures du matin et que le lord chancelier avait vérifié dans le code électoral les dispositions prévues pour cette circonstance tout à fait extraordinaire.

Il s'avança sur l'estrade en compagnie des candidats qui avaient tous deux l'air inquiet. Quand le brouhaha de voix et de bruits de chaises se tut, l'employé tapota son micro pour vérifier son fonctionnement puis commença à parler :

— Moi, fonctionnaire chargé des élections dans le district de Coventry-Centre, déclare que chacun des candidats a obtenu les résultats suivants :

Alf ABBOTT (Parti travailliste) .... 18 437 voix
Nigel BAINBRIDGE (Parti libéral) .... 5 714 voix
Simon KERSLAKE (Parti conservateur) .... 18 437 voix

Une vive émotion saisit les deux camps. Au bout de plusieurs minutes, enfin, on put à nouveau entendre la voix de l'employé dans ce brouhaha où l'on identifiait aisément l'accent des Midlands.

— En référence au paragraphe 16 de la loi électorale de 1949 et du paragraphe 50 du Code électoral parlementaire, c'est le sort qui départagera les deux candidats classés ex aequo, annonça-t-il. C'est le chancelier lui-même qui m'a confirmé que les candidats pourraient recourir soit au tirage à pile ou face, soit à la courte paille. Ils ont choisi la première solution, d'un commun accord.

Simon et Abbott, immobiles, attendaient que leur destin soit enfin fixé, dans un brouhaha qui avait repris de plus belle.

— Hier soir, j'ai emprunté une couronne en or à la Barclay's Bank, poursuivit l'employé, tout à fait conscient du fait que dix millions de téléspectateurs l'observaient pour la première, et sans doute pour la dernière fois de sa vie. D'un côté figure le portrait du roi George III, de l'autre Britannia. J'invite donc le candidat sortant, M. Kerslake, à faire son choix.

Abbott approuva d'un signe de tête et les deux hommes examinèrent la pièce que l'employé tenait dans sa main. Puis celui-ci se tourna vers Simon pour lui expliquer :

— Monsieur Kerslake, vous ferez votre choix pendant que la pièce sera en l'air.

Le silence était total. Le cœur de Simon se mit à battre la chamade au moment où l'employé lança la pièce.

— Pile, choisit-il.

La pièce retomba sur le sol puis sauta plusieurs fois avant de venir s'immobiliser devant les pieds de l'employé.

— Conformément au tirage au sort qui vient d'être

effectué, je déclare M. Simon Kerslake élu député de la circonscription de Coventry-Centre.

Les supporters de Simon se ruèrent vers lui et le portèrent sur leurs épaules dans les rues de Coventry. Simon tenta d'apercevoir Elisabeth mais elle disparut dans la foule.

Le lendemain, la Barclay's Bank offrit la pièce d'or à Simon. Un journaliste du *Coventry Evening Telegraph* l'appela pour lui demander s'il avait eu une raison précise pour choisir le côté pile.

— Oui, répondit-il. George III a perdu l'Amérique. Je ne voulais pas qu'il me fasse perdre Coventry.

Le raz de marée travailliste profita à Raymond Gould qui emporta son siège avec douze mille quatre cent treize voix, et Joyce s'apprêtait à prendre une semaine de repos.

Charles Hampton ne put jamais citer exactement les chiffres de sa victoire : en effet, comme Fiona se plut à l'expliquer au vieux comte le lendemain matin, « on ne compte pas les voix des conservateurs dans la circonscription de Sussex Downs, on les pèse ».

Le lendemain de l'élection, Simon sillonna sa circonscription pour remercier tous ceux qui avaient contribué à sa victoire. Quant à son supporter le plus dévoué, il lui réservait une question en trois mots :

— Veux-tu m'épouser ?

CHAPITRE 6

Dans la plupart des pays démocratiques, les chefs de parti nouvellement élus prévoient une période transitoire pour annoncer leur politique et mettre en place leur équipe. Mais, en Grande-Bretagne, les députés montent la garde près du téléphone pendant les quarante-huit heures qui suivent leur élection : s'ils reçoivent un appel dans les douze premières heures, c'est qu'ils feront partie du Cabinet restreint, dans les douze heures suivantes, ils seront parmi les trente secrétaires d'État ; un appel au cours de la troisième demi-journée leur assure un des quarante postes de sous-secrétaires d'État et, enfin, un coup de téléphone reçu à la fin de ces quarante-huit heures leur permet d'être secrétaire de Cabinet. Si leur téléphone reste silencieux, ils ne feront pas partie du gouvernement.

Raymond rentra de Leeds dès que les résultats furent proclamés, laissant à Joyce le soin d'effectuer la traditionnelle tournée de remerciements dans la circonscription.

Il passa la journée suivante assis près du téléphone ; par moments, il tournait autour du récepteur, remontant ses lunettes sur son nez d'un geste crispé. Ce fut sa mère qui appela la première pour le féliciter.

— De quoi ? demanda-t-il. As-tu entendu quelque chose ?

— Mais non, chéri. Je t'appelle simplement pour te dire

combien j'ai été contente d'apprendre que tu avais renforcé ta majorité.

— Ah !

— Et pour te dire que nous avons bien regretté de ne pas t'avoir vu avant ton départ, d'autant plus que tu as dû passer devant le magasin pour rattraper l'autoroute.

Raymond se tut. Non, mère, pas cette fois-ci encore.

Le second appel provenait d'un collègue qui voulait savoir si Raymond s'était déjà vu offrir un poste.

— Pas encore, dit-il avant d'apprendre la promotion de son interlocuteur.

Le téléphone sonna une troisième fois : c'était une amie de Joyce.

— Quand sera-t-elle de retour ? demanda-t-elle avec un fort accent du Yorkshire.

— Je n'en ai aucune idée, répondit Raymond qui ne pensait qu'à libérer la ligne.

— Je rappellerai cet après-midi.

— D'accord, dit-il en raccrochant rapidement.

Il disparut dans la cuisine pour se faire un sandwich au fromage mais dut se résoudre à manger du pain avec du beurre vieux de trois semaines. Il en était à sa deuxième tartine lorsque le téléphone sonna.

— Raymond ?

Il retint son souffle.

— Noel Brewster.

Il ne put retenir un soupir d'exaspération en reconnaissant la voix du curé.

— Pourrez-vous lire un texte la prochaine fois que vous remonterez à Leeds ? Nous avions espéré que vous pourriez le faire ce matin mais votre femme...

— Oui, promit-il. Je le ferai dès que je serai à Leeds pour le week-end.

Dès qu'il eut raccroché, le téléphone sonna de nouveau.

— Raymond Gould ? demanda une voix anonyme.

— Lui-même.

— Ne quittez pas. Le Premier ministre veut vous parler.

Raymond attendit. La porte d'entrée s'ouvrit et une autre voix lui cria :

— Ce n'est que moi. Je suppose que tu n'as rien trouvé à manger, mon pauvre chéri.

Sans même lever les yeux en direction de sa femme, Raymond la fit taire d'un geste.

— Raymond, dit l'autre voix au bout de la ligne.

— Bonjour, monsieur le Premier ministre.

— J'ai pensé que vous pourriez faire partie de l'équipe en tant que sous-secrétaire d'État à l'Emploi.

Raymond poussa un soupir de soulagement : c'est exactement ce qu'il espérait.

— Je serai ravi de remplir ces fonctions, monsieur.

— Bien. Voilà qui occupera les dirigeants syndicaux.

La communication était terminée. Raymond Gould, sous-secrétaire d'État à l'Emploi, resta immobile en pensant à ce nouvel échelon qu'il venait de gravir.

En sortant de chez lui le lendemain matin, il fut salué par un chauffeur qui l'attendait près d'une Austin Westminster noire qui, à la différence de sa vieille Volkswagen, reluisait dans la lumière du matin. Le chauffeur lui ouvrit la portière arrière puis démarra en direction du ministère. Sur la banquette, Raymond trouva une sacoche de cuir rouge d'une taille imposante sur laquelle étaient écrits les mots suivants en lettres dorées : SOUS-SECRÉTAIRE D'ÉTAT A L'EMPLOI. Il l'ouvrit à l'aide de la petite clé et eut l'impression d'être Alice au moment où elle pénètre dans le terrier.

Quand Charles Hampton retourna aux Communes le mardi, il trouva un mot du *whip* dans son casier. L'un des membres de l'équipe chargée de l'environnement avait perdu son poste et Charles devenait ainsi le numéro deux de ce ministère dans le cabinet fantôme.

— Finie la protection des arbres. Vous allez vous occuper

de choses plus importantes maintenant, lui dit le *chief whip*. La pollution, le manque d'eau, les fumées toxiques...

Charles arborait un sourire de satisfaction en traversant les Communes, reconnaissant des têtes anciennes et remarquant un bon nombre de nouveaux visages. Il n'osa pas adresser la parole aux nouveaux venus, ne sachant pas s'ils étaient travaillistes ou conservateurs ; le résultat global permettait d'ailleurs de deviner que la plupart étaient des députés travaillistes. Beaucoup de ses anciens collègues faisaient triste mine : pour certains d'entre eux, en effet, il faudrait attendre longtemps pour retrouver un portefeuille de ministre alors que d'autres savaient bien qu'ils venaient d'exercer cette fonction pour la dernière fois. Il avait récemment compris qu'en politique, l'âge et le temps pouvaient jouer un rôle considérable dans la carrière d'un homme, quelles que soient ses qualités. Mais, à 35 ans, Charles pouvait aisément dissiper de telles craintes.

Il regagna son bureau pour dépouiller le courrier de sa circonscription. Fiona lui avait rappelé qu'il avait huit cents lettres de remerciement à adresser aux militants du parti, et la seule pensée de cette corvée l'ennuyait mortellement.

— Mme Blenkinsop, présidente de l'Association féminine du Sussex, désire que vous prononciez une allocution pour le repas annuel, lui annonça sa secrétaire dès qu'il se fut installé.

— Bien, dites oui. C'est pour quand ?

— Le 16 juin.

— Elles sont stupides : c'est la journée d'Ascot. Dites-leur que je fais déjà un discours à une conférence sur l'environnement, mais que je veillerai à me libérer pour l'événement l'année prochaine.

La secrétaire le regarda avec une certaine inquiétude.

— Ne vous inquiétez pas, lui dit Charles. Elle ne saura jamais.

La secrétaire passa à la lettre suivante.

⁂

Simon lui avait passé au doigt le petit saphir entouré de diamants. Trois mois plus tard, une alliance vint s'ajouter à cette bague de fiançailles.

Après une lune de miel en Italie, M. et Mme Kerslake vinrent s'installer à Beaufort Street où Elisabeth eut plaisir à ranger ses propres affaires. Simon, quant à lui, découvrit rapidement qu'il venait d'épouser une femme tout à fait exceptionnelle.

Au début de leur vie commune, ils eurent quelques difficultés à concilier leurs deux carrières prenantes puis finirent par trouver un *modus vivendi* agréable. Simon se demandait si cela pourrait continuer ainsi quand ils auraient des enfants ou s'il devenait ministre, mais cette dernière hypothèse ne se réaliserait probablement pas avant des années car les conservateurs n'allaient sans doute pas changer de président avant que Heath se trouve confronté une seconde fois à une élection.

Simon se mit à écrire des articles pour le *Spectator* et le *Sunday Express*, à la fois pour s'établir une bonne réputation à l'extérieur des Communes et pour arrondir sa solde parlementaire de trois mille quatre cents livres par an : en effet, même avec le salaire de médecin d'Elisabeth, il avait du mal à joindre les deux bouts, tout en essayant de ne pas inquiéter sa femme. Il se prenait d'ailleurs souvent à envier Charles Hampton qui ne se souciait nullement de cet aspect de la vie. Simon étudia l'état de son propre compte bancaire : une fois de plus, un chiffre d'environ cinq cents livres figurait dans la colonne de droite, et son compte était débiteur.

Il continua à poser des questions au Premier ministre tous les mardis et jeudis. Mais même quand cela devint une sorte de routine, il continua à préparer ses interventions avec son perfectionnisme habituel et s'attira même une fois les félicitations de son chef taciturne. Mais, plus les semaines passaient, plus il pensait à ses finances, ou plutôt à leur absence.

Il n'avait pas encore rencontré Ronnie Nethercote.

La réputation de Raymond s'affirmait et il s'acquittait très bien de sa tâche importante dans un ministère aussi fondamental que l'emploi. La plupart des fonctionnaires qui eurent l'occasion d'établir un contact avec Raymond le trouvèrent brillant, exigeant, travailleur et, bien que cela ne lui fût jamais dit, arrogant. Sa façon d'interrompre un jeune fonctionnaire au milieu d'une phrase ou de corriger sa secrétaire particulière pour des détails ne facilitait pas ses relations avec ses proches collaborateurs, qui désiraient rester loyaux à l'égard de leur ministre.

Raymond abattait une quantité de travail prodigieuse et le secrétaire permanent lui-même connaissait bien ses « Ne vous excusez pas » quand il tentait de s'opposer à l'une des visées de Raymond. Les fonctionnaires de haut niveau parlaient du moment de la promotion de Gould, et non de l'éventualité d'un tel événement. Le ministre d'État dont il dépendait, qui était toujours attendu dans six endroits au même moment, demandait souvent à Raymond de le remplacer. Et pourtant ce dernier fut tout surpris en apprenant qu'il était invité à représenter le ministère en tant qu'invité d'honneur au dîner de la Confédération des industries britanniques.

Joyce vérifia le bon état de la veste de smoking, de la chemise et des chaussures de son époux. Son discours, élaboré avec soin, témoignant à la fois de son dévouement au service de l'État et, par quelques phrases plus fortes, de son désir de prouver à cette assemblée de patrons que tous les travaillistes n'étaient pas « des communistes excités », était rangé dans sa poche intérieure. Son chauffeur l'emmena de sa maison de Lansdowne Road vers le West End.

Raymond apprécia beaucoup cette réunion et, malgré une certaine nervosité au moment où il se leva pour répondre à ses hôtes, au nom du gouvernement, il se dit en regagnant son siège qu'il venait de faire là l'une de ses meilleures prestations. L'ovation qui salua son discours fut d'ailleurs plus que simple politesse, compte tenu de l'hostilité naturelle du public.

— Ce discours était plus sec que du chablis, chuchota l'un des invités à l'oreille du président, avant d'admettre néanmoins qu'avec des hommes comme Gould à des postes importants, la vie sous un gouvernement travailliste serait infiniment plus facile.

L'homme qui était assis à la gauche de Simon Kerslake exprima son opinion sur Raymond Gould avec un franc-parler certain :

— Ce foutu bonhomme pense comme un conservateur, parle comme un conservateur. Alors, pourquoi n'est-il pas l'un des nôtres ?

Simon sourit à cet homme prématurément chauve qui avait exprimé ses vues avec autant de verve pendant tout le dîner. Avec ses cent kilos, Ronnie Nethercote donnait l'impression de déborder de toutes parts de son smoking.

— Je suppose, répondit Simon, que Gould, qui est né à Leeds dans les années 30 et y a vécu, n'aurait pas pu rejoindre la Jeunesse conservatrice.

— Des clous, dit Ronnie. Je l'ai fait et pourtant je suis né dans l'East End de Londres et n'ai eu aucun des avantages dont il a bénéficié. Bien, dites-moi, monsieur Kerslake, que faites-vous quand vous ne perdez pas votre temps aux Communes ?

Raymond resta après le dîner pour bavarder avec certains responsables industriels. Il regagna Lansdowne Road peu après 23 heures.

Son chauffeur roulait lentement de Grosvenor House vers Park Lane et le sous-secrétaire salua chaleureusement son hôte. Quelqu'un lui fit un signe et Raymond pensa tout d'abord qu'il s'agissait d'un autre invité ; puis il regarda par la portière et remarqua ses jambes. Debout dans un coin, juste devant la station-service de Park Lane, la jeune fille lui adressa un sourire accrocheur. Elle portait une minijupe de cuir blanc guère plus grande qu'un mouchoir de poche.

Ses longues jambes lui rappelaient celles de Joyce dix ans plus tôt, et ses cheveux bouclés, la forme de ses hanches, restèrent présents à l'esprit de Raymond tout le long du chemin.

A Lansdowne Road, Raymond descendit de la voiture officielle et souhaita une bonne nuit à son chauffeur avant de marcher lentement vers sa porte. Lorsqu'il fut sûr que le chauffeur avait tourné au coin de la rue et que toutes les lumières étaient bien éteintes chez lui, il retourna dans la rue où il chercha sa Volkswagen. Il prit sa clé dans son trousseau, avec l'impression d'être un voleur de voitures ; au bout de trois tentatives, le moteur démarra dans un vacarme tel que Raymond craignit de réveiller tout le voisinage. Arrivé à Marble Arch, il roula lentement sur la file centrale de circulation. Quelques invités en tenue de soirée sortaient encore de Grosvenor House. Puis il passa devant la station-service. La jeune fille n'avait pas bougé. Elle lui sourit et il accéléra, heurtant presque la voiture de devant. Raymond retourna à Marble Arch mais, au lieu de rentrer chez lui, il revint vers Park Lane, plus lentement cette fois et sur la contre-allée. En approchant de la station-service, il leva le pied de l'accélérateur et elle lui fit encore un signe. Une fois de plus, il repartit en direction de Marble Arch avant de refaire un détour par Park Lane, plus lentement encore. Il repassa devant Grosvenor House pour la troisième fois pour s'assurer qu'aucun invité ne s'attardait encore à bavarder sur le trottoir. La voie était libre. Il arrêta sa voiture juste devant la station-service et attendit.

La fille regarda des deux côtés de la rue avant de se diriger vers la voiture, puis ouvrit la porte du côté du passager et prit place près du sous-secrétaire d'État à l'Emploi.

— Vous avez besoin de quelqu'un ?

— Que voulez-vous dire ? demanda Raymond brutalement.

— Allons, chéri. Tu ne crois quand même pas que je reste là à cette heure pour me faire bronzer !

Raymond regarda longuement la fille et eut envie de la toucher malgré l'odeur de parfum bon marché qui traînait sur elle. Trois boutons de son chemisier noir étaient déjà défaits et ne laissaient plus grande place à l'imagination.

— C'est dix livres chez moi.

— Où est-ce ?

— Je travaille dans un hôtel de Paddington.

— Comment fait-on pour y aller ? demanda-t-il en passant nerveusement sa main dans ses cheveux roux.

— Va jusqu'à Marble Arch et je t'expliquerai.

Raymond démarra et prit une fois de plus la direction de Hyde Park Corner et de Marble Arch.

— Je m'appelle Mandy. Et toi ?

Raymond hésita.

— Malcolm.

— Et que fais-tu, Malcolm, par ces temps difficiles ?

— Je... Je vends des voitures d'occasion.

— Eh ben, tu t'en es pas trouvé une formidable ! dit-elle en riant.

Raymond resta silencieux. Mais cela n'intimida nullement Mandy.

— Et que fait un vendeur de voitures d'occasion habillé comme un dandy ?

— Je... Je viens juste d'assister à une conférence... au... à l'*hôtel Hilton*.

— C'est bien ma chance, dit-elle en allumant une cigarette. J'ai attendu devant Grosvenor House toute la nuit dans l'espoir de trouver un type riche à la sortie de la soirée.

Les joues de Raymond s'empourprèrent.

— Ralentis et prends la deuxième à gauche.

Il suivit ses instructions et arriva devant un petit hôtel minable.

— Je vais sortir la première. Tu viendras après. Traverse simplement la réception et suis-moi dans l'escalier.

Quand elle sortit, il eut envie de faire demi-tour mais son regard se posa sur le balancement de ses hanches.

Il suivit ses indications et monta plusieurs étages pour arriver tout en haut. Une fois sur le palier, il croisa une blonde à la poitrine imposante qui descendait.

— Salut, Mandy, cria-t-elle à sa copine.
— Salut, Syl. La chambre est libre ?
— A l'instant même.

Mandy ouvrit la porte et Raymond la suivit dans la pièce. L'endroit était petit et étroit : dans un coin étaient posés un petit lit et un tapis élimé. Le papier peint d'une couleur jaune passé était arraché à divers endroits. Un lavabo était fixé au mur et le robinet qui gouttait avait fait une marque marron sur l'émail.

Mandy tendit la main et attendit.

— Ah oui, bien sûr, dit Raymond en sortant son porte-monnaie.

Il n'avait que neuf livres.

La fille se renfrogna.

— Je ne vais pas faire d'heures supplémentaires ce soir, hein, chéri ?

Elle rangea soigneusement l'argent dans son sac puis commença à se déshabiller sans poésie.

Mais bien que cette séance de déshabillage ait été vraiment prosaïque, Raymond était ébahi par la beauté de son corps. Il avait l'impression d'avoir quitté le monde du réel et ne pouvait détacher ses yeux de la jeune femme, impatient de toucher sa peau mais n'osant pas bouger. Elle s'allongea sur le lit.

— Allons-y, chéri. Il faut que je gagne ma vie.

Raymond se déshabilla rapidement en lui tournant le dos. Puis il plia soigneusement ses vêtements et les posa sur le sol puisqu'il n'y avait pas de chaise. Enfin, il s'allongea sur elle. Cela ne dura que quelques minutes.

— Tu jouis vite, hein, chéri ? demanda Mandy en souriant.

Raymond se détourna et se lava le mieux qu'il put dans le petit lavabo. Puis il s'habilla rapidement et se dit qu'il devait quitter cet endroit au plus vite.

— Est-ce que tu peux me déposer à la station-service, chéri ? demanda Mandy.

— C'est exactement la direction opposée à la mienne, dit-il en s'efforçant de masquer son inquiétude.

Il croisa Syl qui montait avec un homme : elle le regarda de plus près pour la seconde fois. Quelques instants plus tard, le ministre était dans sa voiture. Il rentra rapidement chez lui, non sans ouvrir les vitres de la voiture pour se débarrasser de cette odeur de tabac et de mauvais parfum.

Une fois à Lansdowne Road, il se doucha longuement puis se glissa dans le lit aux côtés de Joyce qui bougea à peine.

Charles accompagna son épouse à Ascot suffisamment tôt pour être sûr d'éviter les embouteillages. Avec sa taille et sa stature, Charles était fait pour porter une queue-de-pie et un haut-de-forme ; Fiona, quant à elle, arborait un chapeau qui aurait été du plus grand ridicule sur toute autre personne moins assurée. Ils étaient invités à rejoindre les Macalpine dans l'après-midi et, lorsqu'ils arrivèrent, sir Robert les attendait dans son box privé.

— Vous avez dû partir très tôt, dit Charles qui savait que les Macalpine habitaient dans le centre de Londres.

— Il y a une demi-heure environ, répondit-il en riant.

Fiona eut un regard poli mais incrédule.

— Je viens toujours ici en hélicoptère, expliqua sir Robert.

On leur servit du homard et des fraises accompagnés d'un très bon champagne que le sommelier ne cessait de verser. Charles n'aurait sans doute pas tant bu s'il n'avait pas joué les chevaux gagnants dans les trois premières courses. Au cours de la cinquième course, il resta affalé dans un coin du box et ne dut qu'au bruit de la foule de ne pas s'endormir.

S'ils n'étaient pas restés pour un dernier verre d'adieu après la dernière course, Charles se serait évité bien des désagréments : il avait oublié que son hôte rentrait en hélicoptère.

La longue file de voitures qui encombraient la chaussée énerva Charles qui passa la quatrième dès qu'il arriva sur la grand-route. Il n'avait pas remarqué le véhicule de police qui le suivit à grand renfort de sirène et lui ordonna de s'arrêter.

— Fais attention, murmura Fiona.

— N'aie pas peur. Je sais exactement comment contourner la loi, dit-il avant d'ouvrir la vitre pour demander au policier : Savez-vous qui je suis, monsieur l'agent ?

— Non, monsieur, mais je voudrais que vous me suiviez...

— Certainement pas. Je suis député...

— Calme-toi, dit Fiona, et cesse de te ridiculiser ainsi.

— Je suis aux Communes et je n'accepterai pas d'être traité...

— Te rends-tu compte à quel point tu peux être présomptueux ?

— Veuillez m'accompagner au poste, monsieur.

— Je veux parler à mon avocat.

— Bien sûr, monsieur, dès que nous serons au poste de police.

Une fois au commissariat, Charles se montra incapable de marcher droit et refusa le prélèvement sanguin.

— Je suis le député conservateur de Sussex Downs.

« Voilà qui ne va pas t'aider », pensa Fiona, tandis qu'il lui demandait de téléphoner à l'avocat de la famille de la firme Speechly, Bircham et Soames.

Ian Kimmins parla gentiment puis plus fermement à

Charles et réussit enfin à convaincre son client de coopérer avec la police.

Charles rédigea sa déclaration écrite et Fiona le ramena chez eux en priant pour que l'incident ne soit pas relaté dans la presse.

CHAPITRE 7

— Tu ne l'aimes pas parce qu'il vient de l'East End, dit Simon après lui avoir montré la lettre.
— Pas du tout, répliqua Elisabeth. Je ne l'aime pas car je ne lui fais pas confiance.
— Mais tu ne l'as vu que deux fois !
— Une seule m'aurait suffi.
— Eh bien, laisse-moi te dire que je suis passablement impressionné par l'empire immense qu'il a bâti au cours des dix dernières années. Honnêtement, c'est une proposition que je ne peux pas refuser.
— Mais tu ne vas pas accepter à n'importe quel prix ?
— Je n'aurai jamais plus une occasion pareille. Et puis, nous avons besoin d'argent. C'est idiot, mais tout le monde croit que tout député conservateur a une position lucrative et siège à la tête de deux ou trois établissements. Je n'ai reçu aucune proposition sérieuse depuis que je suis à la Chambre et nous ne pouvons pas nous permettre de refuser deux mille livres par an pour une réunion mensuelle d'un conseil d'administration.
— Et quoi encore ?
— Que veux-tu dire ?
— Que te demandera M. Nethercote pour ces deux mille livres ? Ne sois pas naïf, Simon. Il ne fait pas cette proposition gratuitement.
— Eh bien, il espère sans doute profiter de mes quelques relations et de l'influence que je peux avoir sur une ou deux personnes...

— Sans aucun doute !

— Tu as des idées préconçues, Elisabeth.

— Je suis contre tout ce qui pourrait, à long terme, nuire à ta carrière. Bats-toi mais ne sacrifie jamais ton intégrité, dont tu aimes à te targuer devant la population de Coventry.

Quand le cas de Charles pour conduite en état d'ivresse passa devant le tribunal de Reading, il donna C.G. Hampton comme identité, sans mentionner sa fonction de député ; à la rubrique profession, il écrivit « banquier ».

Son cas fut le sixième a être examiné ce matin-là : en l'absence de son client, ce fut Ian Kimmins qui comparut et il présenta des excuses aux magistrats of Reading en les assurant que cela ne se reproduirait plus. Charles eut une amende de cinquante livres et un retrait de permis de conduire de six mois. L'affaire fut classée en quatre minutes.

Quand il apprit la conclusion du procès par téléphone, plus tard dans la journée, Charles apprécia l'aide de Kimmins et pensa qu'il s'en tirait bien, étant donné les circonstances ; il ne pouvait en effet s'empêcher de penser à la publicité dont George Brown avait fait l'objet dans la presse pour un incident comparable devant l'*hôtel Hilton*.

Fiona, quant à elle, resta silencieuse.

Fleet Street était à ce moment-là en pleine période creuse, au beau milieu de l'été, moment où les journalistes n'ont rien à se mettre sous la dent. Il n'y avait eu qu'un seul reporter présent au tribunal et, pourtant, il fut lui-même surpris de constater l'intérêt que les journaux avaient porté à l'incident. Sur de nombreux quotidiens s'étalaient des photos de Charles devant sa maison de campagne et les titres variaient de « Six mois de retrait de permis pour conduite en état d'ivresse pour le fils du comte » à « Pour le député, la fête à Ascot s'est mal terminée : lourde amende ». Le *Times* lui-même mentionnait l'incident dans ses pages de nouvelles intérieures.

A midi, le même jour, les principaux journaux avaient essayé de prendre contact avec Charles, ainsi que le *chief whip*. Ce dernier ne mâcha pas ses mots : un jeune secrétaire du cabinet fantôme peut survivre à ce genre de publicité une fois, mais pas deux.

— Dans tous les cas, évitez absolument de conduire un véhicule dans les six mois à venir, et ne reprenez plus jamais le volant quand vous avez bu.

Charles acquiesça, tout en espérant qu'il n'entendrait plus parler de cette affaire. Mais, au cours d'un week-end tranquille, il tomba sur la première page du *Sussex Gazette* : « Ne votons pas la motion de confiance à notre député. » Mme Blenkinsop, la présidente de l'Association féminine, proposait le vote de la motion de confiance non parce que Charles avait conduit en état d'ivresse, mais parce qu'il l'avait trompée sur les véritables raisons qui l'avaient empêché d'assister à leur repas annuel.

Raymond était si habitué à recevoir des lettres portant la mention *Strictement personnel*, ou *Top secret*, ou même *Pour vos beaux yeux*, qu'il remarqua à peine celle sur laquelle les mots *Confidentiel* et *Personnel* étaient écrits gauchement. Il l'ouvrit tandis que Joyce faisait cuire les œufs du petit déjeuner.

— Quatre minutes quarante-cinq secondes, juste comme tu les aimes, dit-elle en les posant devant lui. Ça va, chéri ? Tu es blanc comme un linge.

Raymond se reprit rapidement et mit la lettre dans sa poche puis regarda sa montre :

— Je n'ai pas le temps de manger un autre œuf. Je suis déjà en retard pour le Conseil des ministres.

« Bizarre, pensa Joyce en regardant son mari se précipiter

vers la porte. Le Conseil des ministres ne se réunit jamais avant 10 heures et il n'a même pas mangé son premier œuf. » Elle s'assit à table et mangea le petit déjeuner de son mari en se demandant pourquoi il n'avait pas emporté son courrier.

Une fois installé dans sa voiture officielle, Raymond relut la lettre : elle n'était pas longue.

Cher « Malcolm »,
J'ai eu beaucoup de plaisir à notre petite rencontre l'autre soir, et cinq mille livres m'aideraient à tout oublier une fois pour toutes.
Affectueusement,
MANDY.
P.S. Je reprendrai contact prochainement.

Il relut la lettre une fois de plus et essaya de reprendre ses esprits. Aucune adresse n'était indiquée et l'enveloppe ne permettait pas de savoir où la lettre avait été postée.

Raymond resta quelques minutes dans sa voiture devant le ministère du Travail.

— Vous ne vous sentez pas bien, monsieur ? demanda le chauffeur.

— Si, si, merci, répondit Raymond en sortant brusquement du véhicule.

Il courut jusqu'à son bureau et cria à sa secrétaire :

— Qu'on ne me dérange pas !

— N'oubliez pas le Conseil à 10 heures, monsieur.

— Non, dit-il d'une voix sèche en claquant la porte.

Une fois à son bureau, il essaya de se calmer et se demanda ce qu'il aurait fait en tant qu'avocat. Il lui fallait un bon homme de loi : il hésita entre Arnold Goodham et sir Roger Pelham qu'il considérait comme les deux meilleurs avocats du pays. Pelham, moins connu du grand public que son confrère, emporta ses suffrages et il prit rendez-vous avec lui pour le voir dans l'après-midi.

Raymond n'ouvrit pas la bouche au cours du Conseil des

ministres mais comme la plupart de ses collègues voulaient prendre la parole, personne ne remarqua son silence. A la fin de la réunion, il sauta dans un taxi en direction de High Holborn.

Sir Roger Pelham, qui était assis derrière un immense bureau de style victorien, se leva pour saluer le jeune secrétaire d'État.

— Je sais que vous êtes un homme très occupé, Gould, dit-il en se rasseyant dans son siège de cuir noir. Je ne veux donc pas vous faire perdre votre temps. Dites-moi ce que je peux faire pour vous.

— C'est très gentil de votre part de m'avoir reçu si vite.

Puis, sans rien ajouter, il lui montra la lettre.

— Merci, dit l'avocat en remettant ses lunettes.

Puis il lut le message trois fois avant de faire un commentaire :

— Le chantage est quelque chose que nous détestons tous. Toutefois, il faut que vous me disiez toute la vérité sans omettre aucun détail. N'oubliez pas que je suis avec vous. Vous savez sûrement, en tant qu'ancien avocat, combien nous avons du mal à défendre un cas lorsque nous ne connaissons que la moitié de la vérité.

Pelham se caressait le nez du bout des doigts en écoutant Raymond faire le récit de ce qui s'était passé cette nuit-là.

— Pensez-vous avoir été vu ? demanda-t-il immédiatement.

Raymond réfléchit un instant puis fit un signe de tête.

— Oui. J'ai été vu par une autre fille dans l'escalier.

Pelham relut la lettre.

— Mon premier conseil, dit-il en regardant Raymond dans les yeux et en parlant lentement pour donner du poids à ses propos, que vous n'apprécierez sans doute pas, est de ne rien faire.

— Mais que dirai-je si elle prend contact avec la presse ?

— Elle le fera probablement dans les deux cas, même si vous payez les cinq mille livres, ou plus. Ne croyez pas que vous êtes le premier homme politique à être victime de

81

chantage, monsieur Gould. Les députés homosexuels vivent dans la peur permanente et se livrent à un véritable jeu de cache-cache. Il y a très peu de gens, à l'exception des saints, qui n'ont rien à cacher. Le problème, quand on est dans la vie publique, c'est que l'on est exposé à la curiosité de nombreuses personnes.

Raymond ne dit rien, mais il ne pouvait dissimuler son inquiétude.

— Appelez-moi sur ma ligne privée dès que vous recevrez la prochaine lettre, dit Pelham en lui écrivant son numéro sur un petit morceau de papier.

— Merci, dit Raymond, soulagé d'avoir partagé son secret avec quelqu'un.

Il trouva cependant difficile de se concentrer sur son travail pendant le reste de la journée et dormit par intermittence la nuit suivante. Le lendemain, il fut effaré de voir l'importance accordée dans la presse à l'incident mineur dans lequel Charles s'était illustré. Il était la proie rêvée ! Lorsque le courrier arriva, il chercha immédiatement l'écriture maladroite ; la lettre se cachait sous une publicité de l'American Express et demandait que les cinq mille livres soient déposées dans une poste de Pimlico. Sir Roger Pelham reçut le ministre une heure plus tard.

Malgré la requête de ce dernier, l'avocat lui conseilla toujours de ne rien faire.

— Pensez-y, Simon, dit Ronnie au moment où ils arrivaient devant la salle du conseil. Deux mille livres par an, ce n'est déjà pas si mal. Mais si vous achetez des parts dans ma société immobilière, vous pouvez vous constituer un petit capital.

— A quoi pensez-vous ? demanda Simon en tentant de dissimuler son impatience.

— Vous m'avez été extrêmement utile. Vous m'avez permis de déjeuner avec des gens qui ne m'ouvraient pas leur porte. Je vous vendrai ces actions à bon prix et vous pourrez avoir cinquante mille parts à une livre l'une. Quand nous deviendrons société anonyme, dans deux ans environ, vous ferez un malheur !

— Il ne m'est pas facile de réunir cinquante mille livres, Ronnie.

— Votre banquier vous prêtera sans difficulté lorsqu'il aura vu mes livres de comptes.

Effectivement, lorsque la Midland Bank eut examiné les comptes publics de la société Nethercote et que le directeur eut un entretien avec Simon, ils accédèrent à sa requête, à la condition qu'il déposât ses actions à la banque.

« Elisabeth s'est bien trompée », pensa Simon, ravi de pouvoir rapporter chez lui une copie du rapport annuel pour montrer à son épouse que la société Nethercote avait réalisé d'importants bénéfices.

— Cela n'a pas l'air mal, dut-elle reconnaître. Mais je n'ai toujours pas confiance en ce Ronnie Nethercote.

Au moment du congrès annuel de la Fédération conservatrice de Sussex Downs, en octobre, Charles eut le plaisir d'apprendre que la motion de censure de Mme Blenkinsop avait été rejetée. La presse locale fit mousser l'affaire, mais les journaux nationaux titraient sur la catastrophe minière d'Abervan dans laquelle cent seize écoliers avaient été tués. Aucun rédacteur ne put trouver la place nécessaire pour l'événement de Sussex Downs.

Le discours de Charles à la réunion fut bien reçu. Pendant la discussion, il fut soulagé de constater que personne ne tentait de l'embarrasser avec des questions pernicieuses.

Au moment où les Hampton prenaient congé, Charles demanda au président :

— Comment avez-vous fait ?

— J'ai expliqué à Mme Blenkinsop que si la question de la motion de censure était abordée au cours de la conférence, il me serait très pénible de la voir privée de l'ordre de l'Empire britannique qui devait lui être attribué pour bons et loyaux services rendus au parti. Vous devriez pouvoir lui obtenir cela, n'est-ce pas, Charles ?

※※

A chaque coup de téléphone, Raymond s'attendait à ce qu'un journaliste lui demande s'il connaissait une personne répondant au nom de Mandy. C'était souvent un journaliste, d'ailleurs, mais tout ce qu'il voulait, c'était une opinion sur les derniers chiffres du chômage ou sur la dévaluation éventuelle de la livre.

Ce fut Mike Molloy, du *Daily Mirror*, qui fut le premier à demander à Raymond quel commentaire il avait à apporter à la déclaration que lui avait faite une certaine Mandy Page.

— Je n'ai rien à dire sur ce sujet. Voyez mon avocat, sir Roger Pelham, dit le sous-secrétaire d'État avec une sensation de nausée.

Quelques instants plus tard, le téléphone sonna à nouveau. C'était Pelham qui confirmait que Molloy l'avait appelé.

— Je suppose que vous ne lui avez rien dit.

— Bien au contraire, je lui ai dit la vérité, répondit Pelham.

— Quoi ? explosa Raymond.

— Estimez-vous heureux qu'elle soit tombée sur un journaliste honnête. Fleet Street n'est pas aussi pourri qu'on l'imagine. Les journalistes détestent deux choses : les policiers véreux et les maîtres chanteurs. Je ne pense pas qu'il y aura quoi que ce soit dans la presse demain.

Sir Roger s'était trompé.

Raymond surprit le marchand de journaux le lendemain à 5 heures et demie du matin en demandant un numéro du *Daily Mirror*. On parlait de lui sur toute la page cinq sous le titre : « La dévaluation ne m'apparaît pas souhaitable tant que les chiffres du chômage restent aussi élevés. » La photo qui illustrait l'article était plutôt flatteuse.

Simon Kerslake lut un compte rendu détaillé dans le *Times* de l'opinion du sous-secrétaire d'État sur la dévaluation, et il admira la fermeté de Raymond Gould contre ce qui apparaissait comme la politique inévitable du gouvernement. Simon leva les yeux de son journal et se demanda comment piéger Gould. S'il pouvait l'entraîner à multiplier les déclarations contre la dévaluation devant la Chambre, Gould finirait par être contraint de démissionner. Simon griffonna une question sur un coin de son journal mais ne réussit pas à se concentrer sur la lecture car il ne cessait de penser à ce qu'Elisabeth lui avait annoncé avant de partir à son travail.

Il relut l'article et, cette fois, son visage s'éclaira d'un grand sourire. Ce n'était pas la pensée d'embarrasser Raymond Gould par ses questions qui le réjouissait ainsi. Non, une pensée sexiste lui avait traversé l'esprit :

— J'espère que ce sera un garçon, dit-il à voix haute.

Charles Hampton fut content d'avoir à nouveau le vent en poupe et sourit lorsque Fiona lui montra dans le *East Sussex News* la photo d'une Mme Blenkinsop de toute évidence très fière de recevoir l'ordre de l'Empire britannique.

Six mois après sa première visite à Sir Roger Pelham, Raymond Gould versa un acompte de cinq cents livres à son avocat pour services rendus.

CHAPITRE 8

Simon quitta la Chambre pour se rendre à Whitechapel Road où devait avoir lieu la réunion du conseil d'administration de la société Nethercote. Il arriva avec quelques minutes de retard et prit place en silence pour écouter Ronnie Nethercote qui parlait d'un nouveau beau coup.

Ronnie déclara en effet avoir signé le matin même l'achat de quatre importants immeubles pour vingt-six millions de livres, lesquels immeubles garantissaient un revenu locatif de trois millions deux cent mille livres par an pour les sept premières années du bail de vingt et un ans.

Simon le félicita et lui demanda si cela aurait quelque incidence sur les délais pour que Nethercote et Compagnie devienne une société anonyme. Il avait en effet conseillé à Ronnie de ne pas monnayer les actions Nethercote en Bourse tant que les conservateurs n'avaient pas repris le pouvoir.

— Il faudra peut-être attendre deux ans, avait-il dit à Ronnie, mais tout le monde est sûr que les conservateurs emporteront les prochaines élections. Il suffit pour cela de regarder les sondages.

— Nous pensons toujours patienter, lui disait maintenant Ronnie, bien que l'apport de liquide que nous pourrons tirer des actions risque d'être utile. Mais, instinctivement, je me fie à votre conseil et je veux voir si les conservateurs gagnent les prochaines élections.

— Je suis sûr que c'est une décision raisonnable, dit Simon en jetant un regard circulaire sur l'assistance.

— Mais s'ils ne gagnent pas, je n'attendrai pas si longtemps.

— Absolument d'accord avec vous, monsieur le président, concéda Simon.

A la fin de la réunion, il alla rejoindre Nethercote dans son bureau.

— Je voudrais vous remercier, lui dit Ronnie, de m'avoir introduit auprès de Harold Samuel et de Hugh Ainesworth. La tractation en a été beaucoup facilitée.

— Est-ce que cela signifie que je pourrai acheter d'autres actions ?

Ronnie marqua un temps d'hésitation.

— Pourquoi pas ? Vous les avez bien gagnées. Mais n'en achetez pas plus de dix mille : n'allez pas trop loin, Simon. Cela pourrait vous attirer la jalousie des autres directeurs.

Dans la voiture, alors qu'il allait chercher Elisabeth, Simon décida de prendre une seconde hypothèque sur leur maison de Beaufort Street pour acheter de nouvelles parts. Elisabeth manifestait toujours aussi peu d'estime pour Ronnie et, maintenant qu'elle était enceinte, Simon décida de ne pas l'inquiéter avec ces détails.

— Si le gouvernement fait volte-face et dévalue la livre, le sous-secrétaire pourra-t-il rester en poste ?

Raymond Gould sursauta en entendant Simon Kerslake poser cette question.

La maîtrise qu'il avait de la législation et sa connaissance approfondie du sujet le rendaient presque intouchable. Néanmoins, dans son ouvrage *le Plein Emploi, mais à quel prix ?*, il ne faisait aucune allusion à une dévaluation possible de la livre. Il allait donc à nouveau être la proie de l'opposition, et, une fois de plus, c'était Simon Kerslake qui se chargeait de l'embarrasser.

Comme toujours, Raymond fit sa réponse stéréotypée :

— La politique du gouvernement de Sa Majesté est à 100 pour 100 antidévaluation. La question ne se pose donc pas.
— Qui vivra verra, cria Kerslake.
— S'il vous plaît, dit le président de la Chambre à l'encontre de Simon, l'honorable député sait bien qu'il ne doit pas s'adresser à la Chambre en restant assis. Monsieur le sous-secrétaire d'État.
Raymond se releva.
— Le gouvernement croit dans une livre forte qui reste pour nous le meilleur garant d'un taux de chômage bas.

— Mais que feras-tu si le gouvernement décide de dévaluer ? lui demanda Joyce en lisant la réponse de son mari à la question de Kerslake dans le *Times* du lendemain.
Raymond acceptait déjà l'idée que la dévaluation devenait chaque jour de plus en plus probable. La combinaison d'un dollar fort et d'une série de grèves au cours de l'été 1967 avait conduit les banquiers étrangers à demander non plus « si » mais « pourquoi ».
— Il faudra que je démissionne, répondit-il.
— Pourquoi ? Tu seras le seul ministre à le faire.
— Je crois que Kerslake a raison. Je suis sur la corde raide et il s'emploie à ce que tout le monde le sache. Mais ne t'inquiète pas : Harold ne dévaluera pas. Il m'a donné cette assurance à maintes reprises.
— Il peut pourtant finir par changer d'avis.

Le grand orateur Iain Macleod fit une fois remarquer que c'étaient les deux premières minutes d'un discours qui décidaient de son destin : ou bien l'on capte l'attention de la Chambre et elle vous suit, ou bien l'on se perd dans des dédales oratoires et rien ne peut rattraper ce désintérêt.
Lorsque Charles Hampton fut invité à prononcer le

discours de clôture de l'opposition dans le débat sur l'environnement, il pensait l'avoir bien préparé. Bien que conscient de ne pouvoir rallier les députés de la majorité à ses vues, il pensait que la presse lui donnerait l'avantage et reconnaîtrait qu'il avait mis le gouvernement dans une situation embarrassante. Il est vrai que, chaque jour, des rumeurs faisaient état d'une prochaine dévaluation et de problèmes économiques, et Charles espérait bien saisir cette occasion pour se faire connaître.

Lorsqu'un débat a lieu aux Communes, le porte-parole de l'opposition est invité à faire sa dernière intervention à 9 heures à la tribune. A 9 heures et demie, un ministre en exercice résume la position du gouvernement dans un discours de clôture.

Charles se leva, notes en main, prêt à détailler la liste des critiques que le Parti conservateur adressait au gouvernement : la situation économique déplorable, les conséquences fatales de la dévaluation, le taux record d'inflation, aggravé par un important degré d'endettement, ainsi qu'une défiance extérieure jamais vue à l'égard du pays.

Très droit, il lança un regard belliqueux en direction des membres du gouvernement.

— Monsieur le président, je ne pense pas... commença-t-il.

— Alors, ce n'est pas la peine de parler ! cria-t-on du côté de la majorité.

Des éclats de rire fusèrent et Charles tenta de retrouver son assurance initiale.

— Je ne peux pas imaginer...

— Il n'a pas d'imagination non plus ! Un vrai conservateur !

— ... pourquoi cette question a été mise à l'ordre du jour aux Communes.

— Certainement pas pour vous permettre de nous donner un cours d'art oratoire !

— S'il vous plaît ! cria le président.

Mais c'était trop tard.

Charles avait perdu l'attention de son auditoire et lutta pendant une demi-heure alors que le président était le seul à écouter. Plusieurs ministres somnolaient, les pieds sur la table. Le reste des députés bavardaient en attendant le vote de 22 heures, ultime humiliation que la Chambre réservait à ses mauvais orateurs. Le président dut rappeler l'assistance à l'ordre plusieurs fois pendant le discours de Charles, et dut même se lever une fois pour faire taire les députés particulièrement inattentifs.

— La Chambre ne sort pas grandie de telles séances, hurla-t-il.

Mais personne ne prêta l'oreille à ses remontrances et les conversations reprirent. A 21 heures 30, Charles s'assit, couvert d'une sueur glacée. Quelques-uns de ses compagnons tentèrent, sans conviction, de rétablir le silence.

Lorsque le porte-parole de l'opposition décrivit, dans son introduction, le discours de Charles comme l'un des plus pathétiques qu'il lui ait été donné d'entendre dans sa carrière, il exagérait peut-être mais plusieurs députés conservateurs semblaient pourtant du même avis.

Elisabeth regarda Simon avec un grand sourire :

— J'ai mis au monde plus de mille bébés au cours des cinq dernières années. Et pourtant, j'ai eu l'impression de voir mon premier accouchement. J'ai pensé que tu aimerais savoir que la mère et l'enfant se portent bien.

Simon la prit dans ses bras.

— Combien de temps dois-je attendre pour savoir la vérité ?

— C'est un garçon, lui annonça-t-elle.

— Bravo, chérie. Je suis si fier de toi, dit-il en lui passant la main dans les cheveux. Ainsi donc, ce sera Peter, et non Lucy.

— J'espère bien, si tu ne veux pas que ton fils soit la risée de ses copains toute sa vie.

Une infirmière entra avec un tout petit bébé presque entièrement enveloppé dans une couverture. Simon prit son fils dans ses bras et fixa ses grands yeux bleus.

— J'ai l'impression qu'il sera Premier ministre.

— Il n'en est pas question. Et d'ailleurs, il a l'air bien trop intelligent pour caresser des rêves aussi fous.

Elle tendit les bras et Simon lui céda à contrecœur le bébé.

Simon resta assis au bord du lit, à admirer sa femme et son premier-né, alors qu'Elisabeth se préparait à lui donner le sein.

— Tu pourrais peut-être prendre un peu de repos. Tu as bien besoin de vacances.

— Impossible, répondit Elisabeth en couvant son fils du regard. Je suis à nouveau prévue dans l'organigramme de la semaine prochaine. Et n'oublie pas que mon salaire est nécessaire tant qu'on paie si mal les députés !

Simon ne dit rien. Il comprit que s'il voulait convaincre sa femme de se ménager, il lui faudrait être plus subtil.

— Peter et moi, nous te trouvons formidable.

Elisabeth regarda son fils.

— Je ne sais pas si Peter en est vraiment sûr, mais au moins il dort du sommeil du juste.

La décision fut finalement prise par le cabinet restreint des douze le mardi 16 novembre 1967. Le vendredi, tous les employés de banque de Tokyo étaient au courant du secret, et lorsque le Premier ministre annonça officiellement la dévaluation le samedi après-midi, la Banque d'Angleterre avait perdu six cents millions de dollars de réserve sur le marché des changes étrangers.

Au moment de la déclaration du Premier ministre, Raymond était à Leeds où il assurait l'une de ses permanences bimensuelles. Il expliquait la nouvelle loi sur le logement à un couple de jeunes mariés quand Fred Padgett, qui avait dirigé sa campagne, fit irruption dans la pièce.

— Raymond, je suis désolé de te déranger, mais j'ai pensé que tu préférerais être au courant tout de suite. Downing Street vient d'annoncer une dévaluation de la livre de deux dollars quatre-vingts à deux dollars quarante.

Le député fut abasourdi, et le problème du logement échappa un moment à son attention. Il avait un regard lointain et finit par s'excuser auprès de ses deux administrés qui étaient venus pour un conseil.

— Un instant, je vous prie, monsieur Higginbottom. Je dois donner un coup de téléphone.

L'instant dura en fait un quart d'heure, pendant lequel Raymond contacta le ministère pour avoir confirmation de la nouvelle. Puis il appela Joyce et lui recommanda de ne pas répondre au téléphone jusqu'à son retour. Après cela, il se composa une attitude sereine et regagna son bureau.

— Combien de personnes y a-t-il encore pour moi dans la salle d'attente, Fred ?

— Après les Higginbottom, il ne reste plus que le commandant fou qui est convaincu que les Martiens vont arriver sur le toit de l'hôtel de ville de Leeds.

— Et pourquoi arriveraient-ils d'abord à Leeds ? demanda Raymond qui tentait de masquer son angoisse derrière un humour forcé.

— Eh bien, une fois qu'ils tiendront le Yorkshire, le reste sera facile.

— Difficile d'argumenter contre cela. Bien, dis au commandant que cela me préoccupe beaucoup mais que je dois étudier ce problème plus en détail et contacter le ministère de la Défense. Donne-lui un rendez-vous pour mon prochain jour de réception ; à ce moment-là, j'aurai un plan à lui proposer.

Fred Padgett sourit :

— Cela lui fournira un sujet de conversation avec ses amis pendant au moins deux semaines.

Raymond alla retrouver M. et Mme Higginbottom et leur assura qu'il allait régler leur problème de logement dans les

93

jours prochains ; il nota sur sa fiche d'appeler le responsable des logements de Leeds.

— Quel après-midi ! s'exclama-t-il quand la porte se fut refermée derrière eux. Une femme battue, une coupure d'électricité dans une famille avec quatre enfants de moins de dix ans, un problème de pollution sur l'Aire, un problème de logement, sans oublier le commandant fou et sa menace martienne. Et maintenant, pour couronner le tout, la dévaluation !

— Comment peux-tu rester aussi calme dans de telles circonstances ? demanda Fred Padgett.

— Je ne peux pas me permettre de montrer ce que je ressens vraiment.

Normalement, après sa permanence, Raymond allait au bistrot du coin boire une bière et faire l'inévitable brin de causette avec les gens du coin, ce qui lui permettait de se tenir au courant de ce qui s'était passé à Leeds pendant les semaines précédentes. Mais ce jour-là, il faillit à son habitude et rentra rapidement chez ses parents.

Joyce lui dit que le téléphone avait sonné si souvent qu'elle avait fini par décrocher sans donner la véritable raison à sa mère.

— Très bien, dit Raymond.
— Que vas-tu faire ? lui demanda-t-elle.
— Je vais démissionner.
— Mais pourquoi ? Cela va nuire à ta carrière.
— Tu as peut-être raison, mais je ne peux pas faire autrement.
— Mais tu commences à peine à maîtriser tes fonctions !
— Joyce, je ne veux pas avoir l'air trop solennel, mais je dois te dire que, même si j'ai de nombreux défauts, je ne suis pas lâche. Et je ne suis pas assez arriviste pour abandonner mes principes.
— Tu parles comme un homme qui pense qu'il va devenir Premier ministre.
— Tu viens de me dire que ma démission met fin à ma carrière. Il faudrait savoir.

— Je sais, maintenant.
Raymond se retira en souriant dans son bureau où il rédigea une courte lettre à la main.

Samedi 18 novembre 1967.
Monsieur le Premier Ministre,
Après l'annonce que vous avez faite cet après-midi d'une dévaluation et en raison de la position que j'ai toujours défendue, je n'ai pas d'autre solution que de vous présenter ma démission du poste de sous-secrétaire d'État à l'Emploi.
Je voudrais vous remercier de m'avoir donné l'occasion de servir dans votre administration.
Soyez certain que je continuerai à soutenir le gouvernement sur toutes les autres questions en tant que député.
Je vous prie d'agréer, Monsieur le Premier Ministre, l'expression de mon profond respect.
Raymond GOULD.

Raymond demanda au messager de porter cette lettre au 10, Downing Street le samedi soir. Il ouvrit sa sacoche ministérielle pour la dernière fois en pensant que le ministère devait répondre aux questions sur l'emploi à la Chambre ce lundi et se demanda qui serait choisi pour le remplacer.

A cause de l'effervescence qui suivit l'annonce de la dévaluation, le Premier ministre ne put lire la lettre de Raymond que tard le dimanche soir. Le téléphone des Gould était toujours décroché et ce fut un Fred Padgett visiblement inquiet qui frappa à leur porte à la fin de la soirée.

— N'ouvre pas, dit Raymond. C'est sûrement encore un journaliste.
— Mais non. C'est Fred, dit Joyce qui avait jeté un coup d'œil derrière le rideau.
Et elle alla ouvrir la porte.
— Où est passé raymond ? demanda immédiatement Fred.

— Je suis là, dit ce dernier qui sortait de la cuisine en brandissant tous les journaux du dimanche.

— Le Premier ministre a essayé de te joindre pendant toute la matinée.

Raymond rebrancha immédiatement le téléphone puis appela le WHI 44 33 à Londres. Un instant plus tard, il avait le Premier ministre en ligne, et Raymond le trouva très calme.

— Raymond, avez-vous fait une déclaration quelconque à la presse ?

— Non, je voulais d'abord m'assurer que vous aviez bien reçu ma lettre.

— Bien. Ne parlez de votre démission à personne avant que nous nous voyions. Pourriez-vous être à Downing Street à 20 heures ?

— Oui, monsieur le Premier ministre.

— Et n'oubliez pas, pas un mot à la presse.

Raymond entendit le déclic du téléphone.

Dans l'heure qui suivit, il était en route pour Londres et il arriva chez lui à Lansdowne Road un peu après 19 heures. Il tenta d'ignorer la sonnerie du téléphone puis pensa que c'était peut-être Downing Street.

— Allô.

— Je suis bien chez Raymond Gould ?

— Qui est à l'appareil ?

— Walter Terry, du *Daily Mail.*

— Je n'ai rien à déclarer, dit Raymond.

— Pensez-vous que le Premier ministre a bien fait de dévaluer ?

— Je n'ai rien dit, Walter.

— Est-ce que cela signifie que vous avez l'intention de démissionner ?

— Walter, je n'ai rien à dire.

— Est-il vrai que vous avez déjà remis votre démission ?

Raymond hésita.

— C'est bien ce que je pensais.

— Mais je n'ai rien dit, bredouilla Raymond avant de reposer le combiné puis de décrocher l'appareil.

Il se lava rapidement et changea de chemise avant de partir. Il faillit ne pas voir le billet qui se trouvait sur son paillasson mais son attention fut attirée par les grosses lettres noires qui occupaient le coin gauche de l'enveloppe : PREMIER MINISTRE. Raymond la déchira. Un mot manuscrit d'une secrétaire le priait d'entrer par la porte arrière de Downing Street, et non par l'entrée de devant, et était accompagné d'une petite carte. Raymond commençait à en avoir assez.

Deux journalistes l'attendaient à la grille de chez lui et l'accompagnèrent jusqu'à sa voiture.

— Monsieur le ministre, avez-vous démissionné ?
— Aucun commentaire.
— Allez-vous voir le Premier ministre ?

Raymond ne prit même pas la peine de répondre et démarra très rapidement pour échapper à ses poursuivants.

Douze minutes plus tard, à 19 heures 55, il était assis dans l'antichambre du 10, Downing Street. A 20 heures sonnantes, il était introduit dans le bureau de Harold Wilson. Il fut surpris d'y trouver son propre ministre.

— Ray, comment allez-vous ?
— Très bien, merci, monsieur le Premier ministre.
— Votre lettre m'a beaucoup attristé et je comprends tout à fait la situation dans laquelle vous vous trouvez, mais j'espère que nous pourrons trouver une solution.
— Trouver une solution ? demanda Raymond sans cacher sa surprise.
— Oui. Nous comprenons tous que la dévaluation vous pose problème après la publication du *Plein Emploi, mais à quel prix ?*, mais j'ai pensé qu'une promotion au ministère des Affaires étrangères en tant que secrétaire d'État vous aiderait à sortir de ce dilemme. C'est une promotion que vous avez bien méritée.

Raymond était hésitant.

— Vous serez peut-être content d'apprendre, poursuivit

le Premier ministre, que le chancelier de l'Échiquier a également démissionné et qu'il sera désormais à l'Intérieur.

— Je suis surpris, dit Raymond. Mais, dans mon cas, je pense qu'il ne serait pas très honnête de...

Le Premier ministre l'interrompit d'un geste.

— Vu les difficultés qui se préparent avec la Rhodésie et l'Europe, vos talents de juriste nous seront précieux.

Pour la première fois de sa vie, Raymond détesta la politique.

Les lundis étaient en général très calmes aux Communes. Les *whips* ne prévoyaient jamais aucun débat important, sachant bien que la plupart des députés arrivaient de leurs circonscriptions, et la Chambre était rarement pleine avant le début de la soirée. Mais l'annonce d'une déclaration du chancelier de l'Échiquier sur la dévaluation à 15 heures 30 avait attiré une assistance importante.

A 14 heures 45 déjà, plus un siège n'était vide. Les bancs verts qui pouvaient juste recevoir les quatre cent vingt-sept députés avaient été restaurés, retrouvant l'aspect qu'ils avaient avant le bombardement du palais de Westminster par les Allemands, le 10 mai 1941, et la Chambre avait conservé son allure de petit théâtre. Sir Giles Gilbert Scott avait eu du mal à résister à la tentation d'accentuer le décor gothique, mais Churchill l'avait convaincu qu'agrandir la Chambre lui ferait perdre cette atmosphère houleuse qu'elle avait certains jours d'affluence.

Certains députés se pressaient même sur les marches près du fauteuil du président et au pied des secrétaires parlementaires. Un ou deux étaient agrippés comme des moineaux affamés au perchoir derrière le siège du président.

Raymond Gould se leva pour répondre à la question numéro sept de l'ordre du jour, assez innocente d'ailleurs puisqu'elle concernait les allocations de chômage des femmes. Dès son arrivée à la tribune, il fut accueilli par les cris de « Démission ». Raymond eut du mal à dissimuler sa gêne et chacun put voir qu'il était cramoisi. Malgré la fatigue d'une nuit sans sommeil, il répondit aux questions mais les cris de « Démission » ne cessèrent pas. Puis il s'assit et l'opposition attendit une prochaine occasion pour le faire venir à la tribune. La question suivante à laquelle il dut répondre était de Simon Kerslake et fut posée peu après 15 heures.

— Quelle est l'analyse que fait votre ministère des facteurs spécifiques responsables de l'augmentation du chômage dans les Midlands ?

Raymond jeta un coup d'œil à ses notes avant de répondre.

— La fermeture de deux usines importantes dans la région, dont une dans la circonscription de M. le député, n'a fait qu'aggraver le chômage local. Les deux usines étaient spécialisées dans la fabrication de pièces détachées de voitures, et ont beaucoup souffert de la grève de Leyland.

Simon se leva lentement pour demander un complément d'information. Sur les bancs de l'opposition, les députés piaffaient d'impatience.

— Mais M. le ministre se souvient certainement avoir expliqué à la Chambre, en réponse à mon intervention d'avril dernier, que la dévaluation accroîtrait considérablement le chômage dans les Midlands et dans tout le pays. S'il partage toujours cette conviction, pourquoi n'a-t-il pas démissionné ?

Simon se rassit tandis que ses collègues faisaient écho : « Pourquoi ? Pourquoi ? »

— Le discours que j'ai prononcé devant les Communes ce jour-là est cité hors contexte, et la situation a changé depuis cette date.

— Sans aucun doute, hurlèrent quelques conservateurs tandis que, de toutes parts, fusaient des demandes de démission.

Simon se leva et ses collègues se turent pour la mise à mort.

Chacun regardait alternativement les deux hommes, la silhouette brune de Kerslake pointant une fois de plus son index en direction de Raymond Gould qui, la tête baissée, attendait que l'horloge indique 15 heures 30.

— Monsieur le président, au cours de ce débat qu'il semble maintenant désireux de nier, M. le ministre n'a fait que reprendre les idées qu'il a exprimées dans son ouvrage *le Plein Emploi, mais à quel prix ?* Peut-il avoir changé totalement d'avis en trois ans, ou bien son désir de rester en poste le fait-il penser que son emploi peut être préservé à quelque prix que ce soit ?

A nouveau, dans les bancs de l'opposition, des cris de « Démission, démission » retentirent.

— Cette question n'a rien à voir avec ce que j'ai dit à la Chambre ce jour-là, répliqua Raymond avec colère.

En un éclair, Simon était à nouveau debout et le président le nomma une fois de plus.

— M. le ministre est-il en train d'expliquer à la Chambre qu'il respecte certains critères moraux quand il parle et d'autres quand il écrit ?

Le brouhaha était maintenant général et très peu de membres entendirent Raymond répondre :

— Mais non, monsieur. J'essaie simplement de recentrer le débat.

Le président se leva pour faire le silence mais n'eut qu'un faible succès. Le front plissé, il déclara alors :

— Je comprends que la Chambre soit passionnée par ce débat, mais je dois demander à M. le député de Coventry-Centre de retirer sa remarque selon laquelle M. le ministre aurait été malhonnête.

Simon se leva et retira immédiatement sa déclaration mais le mal était fait. Rien ne pouvait empêcher les députés de crier « Démission » jusqu'à ce que Raymond quitte la Chambre quelques minutes plus tard.

Simon se rassit avec un air satisfait après le départ de Gould et tous les députés conservateurs reconnurent qu'il avait complètement écrasé le sous-secrétaire d'État. Le chancelier de l'Échiquier se leva alors pour faire sa déclaration prévue sur la dévaluation. Simon fut horrifié par les phrases d'introduction :

— M. le député de Leeds-Nord a présenté sa démission au Premier ministre samedi soir, mais a accepté de ne pas le faire publiquement avant mon intervention devant la Chambre.

Puis le chancelier fit l'éloge de Raymond et de sa tâche accomplie au ministère du Travail.

Jamie Sinclair rejoignit Raymond dans son bureau dès que le chancelier eut fini de répondre aux questions. Il le trouva affalé à sa table de travail, le regard absent. Sinclair était venu lui exprimer son admiration pour son attitude au cours de l'incident.

— Merci beaucoup, dit Raymond qui était encore tremblant.

— Je n'aimerais pas être à la place de Kerslake en ce moment. Il doit vraiment avoir le sentiment d'avoir fait la bourde du siècle.

— Il ne pouvait pas savoir. Il avait de toute évidence bien préparé ses interventions et ses questions étaient bien ciblées. Je suis sûr que nous aurions eu la même approche de la situation, si les circonstances avaient été différentes.

D'autres députés passèrent pour exprimer leur sympathie à Raymond qui, avant de rentrer chez lui passer une soirée tranquille avec Joyce, se rendit au ministère pour dire au revoir à son équipe.

Après un long silence, le secrétaire permanent hasarda une opinion :

— J'espère, monsieur, que vous reviendrez bientôt au gouvernement. Vous nous avez certainement rendu la vie difficile, mais pour ceux qui ont bénéficié de votre action, le quotidien est sans aucun doute plus facile maintenant.

La sincérité de ces propos toucha d'autant plus Raymond que le fonctionnaire avait déjà un nouveau patron.

Au fil des jours, il vécut la vie paisible d'un homme qui a le temps de regarder la télévision, de lire, de se promener, et qui n'est pas sans cesse dérangé par des messages et des coups de téléphone.

Il reçut plus de cent lettres de ses collègues de la Chambre mais n'en conserva qu'une.

Lundi 20 novembre 1967.
Cher Gould,
Je vous dois des excuses. Nous faisons tous, au cours de notre carrière politique, des erreurs de jugement sur les personnes, et j'en ai fait une aujourd'hui. Je crois sincèrement que la plupart des députés ont un désir réel de servir leur pays : nul ne peut le prouver de façon plus honorable qu'en démissionnant lorsqu'il pense que son parti a fait le mauvais choix.
J'envie le respect que vous inspirez à la Chambre tout entière.
Amicalement,
Simon KERSLAKE.

Quand Raymond réapparut aux Communes cet après-midi-là, il fut acclamé par des députés des deux bords. Le ministre qui s'adressait alors à la Chambre dut s'interrompre jusqu'à ce que Raymond ait rejoint les bancs des députés sans portefeuille.

CHAPITRE 9

Simon était déjà parti quand Edward Heath appela chez lui et Elisabeth ne put le joindre qu'une heure plus tard pour lui faire dire que le chef de file du parti voulait le voir à 14 heures 30.

Charles était à la banque lorsque le *chief whip* l'appela pour lui demander s'ils pouvaient se rencontrer à 14 heures 30 avant la réunion des Communes. Il avait l'impression d'être un écolier convoqué chez le directeur : la dernière fois en effet que le *whip* lui avait téléphoné, c'était pour lui demander de faire son triste discours de clôture, et ils s'étaient très peu parlé depuis cette date. Charles était inquiet : il aurait préféré savoir tout de suite de quoi il s'agissait. Il décida donc de partir très tôt de la banque et de déjeuner à la Chambre pour plus de sûreté.

Il prit place près de plusieurs de ses collègues autour de la grande table de la salle à manger, près de Simon Kerslake, puisque c'était le seul siège disponible : les deux hommes n'étaient pas en très bons termes depuis la bataille Heath-Maudling pour la direction du parti.

Charles n'avait guère d'estime pour Kerslake : il avait dit une fois à Fiona que c'était l'un des jeunes conservateurs les plus arrivistes et n'avait pas été mécontent de son embarras le jour de la démission de Gould.

Simon observa Charles et se demanda pendant combien de temps encore le parti élirait de jeunes aristocrates sortis de Eton et plus occupés à faire fructifier leur argent à la City et à le dépenser à Ascot qu'à travailler aux Communes ; il n'aurait cependant pas osé exprimer cette critique, si ce n'est à ses plus proches confidents.

La discussion au cours de ce repas porta sur les remarquables résultats obtenus par les conservateurs lors des élections partielles dans trois circonscriptions clés. De toute évidence, les députés présents souhaitaient des élections législatives, bien qu'il n'y ait aucune obligation pour le Premier ministre d'en organiser avant trois ans encore.

Ni Charles ni Simon n'offrit le café.

A 14 heures 25, Charles vit que le *whip* quittait sa table et se dirigeait vers son bureau. Il regarda l'heure et attendit un instant avant de lui emboîter le pas pendant que ses collègues amorçaient une discussion animée sur l'entrée de la Grande-Bretagne dans le Marché commun.

Il passa devant le fumoir puis tourna à gauche à l'entrée de la bibliothèque ; il continua dans ce long couloir et passa devant le bureau du *whip* de l'opposition avant d'arriver dans celui du *whip* de la majorité. La secrétaire, Mlle Norse, s'arrêta de taper à la machine.

— J'ai un rendez-vous avec le *chief whip*.

— Oui, monsieur Hampton. Il vous attend. Veuillez avancer.

La machine se remit immédiatement à crépiter.

Charles fut accueilli par le *whip* qui l'attendait sur le pas de sa porte.

— Entrez, Charles. Puis-je vous offrir quelque chose à boire ?

— Non, merci, répondit Charles qui n'avait nulle envie de perdre du temps.

Le *whip* se versa un gin-tonic avant de se rasseoir.

— J'espère que vous considérerez ce que j'ai à vous dire comme de bonnes nouvelles. Notre leader pense qu'un petit séjour dans l'équipe du *whip* vous ferait du bien et je serais ravi que vous acceptiez de vous joindre à nous...

— Et de quitter l'environnement ? répliqua Charles qui retint une protestation.

— Euh, oui, et le reste aussi, car M. Heath souhaite que tous les *whips* abandonnent tout engagement extérieur. Il ne s'agit pas d'une activité à mi-temps.

Charles avait besoin de réfléchir.

— Et si je refuse, garderai-je mon poste à l'environnement ?

— Ce n'est pas à moi de décider, mais ce n'est un secret pour personne que Ted Heath prépare plusieurs changements pour la période qui va précéder les élections.

— Je dispose de combien de temps pour réfléchir ?

— Vous pourriez peut-être me donner votre réponse demain avant l'heure des questions.

— Très bien. Merci beaucoup, dit Charles.

Il quitta le bureau du *whip* et rentra à Eaton Square.

Simon, lui aussi, arriva à 14 heures 25, avec cinq minutes d'avance sur son rendez-vous avec le chef du parti. Il avait essayé de ne hasarder aucune hypothèse sur les raisons de cette convocation chez Heath pour éviter toute déception. Douglas Hurd, qui dirigeait son secrétariat particulier, le fit entrer immédiatement.

— Simon, voudriez-vous faire partie de l'équipe qui s'occupe de l'environnement ?

Ne pas perdre de temps en bavardages inutiles était tout à fait typique de Heath et la soudaineté de cette offre surprit Simon.

— Merci beaucoup. Oui... Euh... Merci.

— Bien, mettez-vous tout de suite à votre tâche et essayez d'obtenir d'aussi bons résultats à la tribune que vous venez de le faire.

Le secrétaire particulier ouvrit la porte, ce qui signifiait clairement que l'entretien était terminé. Simon se retrouva dans le couloir à 14 heures 33 et mit un certain temps avant de se rendre pleinement compte de ce qui venait de lui être proposé. Puis il se précipita vers la cabine téléphonique la plus proche, appela le standard de Saint Mary's et demanda à parler au docteur Kerslake dans le tintement des sonneries qui indiquaient le début de la session de la journée. Une femme prit l'appareil à l'autre bout du fil.

— C'est toi, chérie ?
— Non, monsieur. C'est une opératrice. Le docteur Kerslake est au bloc.
— Est-il possible de la déranger ?
— Il faudrait que vous ayez des contractions, monsieur.

— Comment se fait-il que tu rentres si tôt ? demanda Fiona en voyant arriver Charles.
— J'ai besoin de parler.

Fiona ne savait jamais si elle devait se sentir flattée et ne dit rien. Sa présence était devenue si rare qu'elle était absolument ravie de le voir.

Charles lui rapporta mot à mot sa conversation avec le *whip* et Fiona ne l'interrompit pas pendant son monologue.

— Alors, qu'en penses-tu ? demanda-t-il.
— Tout cela pour un mauvais discours à la tribune..., commenta-t-elle d'un ton désabusé.
— C'est vrai, mais si je refuse et que nous gagnons les prochaines élections...
— Tu resteras sur le carreau.
— Ou plus exactement écarté pour toujours du gouvernement.
— Charles, la politique a été ton premier amour, lui dit Fiona en lui caressant la joue. Tu n'as donc pas le choix, et si cela implique des sacrifices, tu ne m'entendras jamais me plaindre, je te l'assure.
— Merci, ma chérie, dit-il en se levant. Je vais voir Derek Spencer tout de suite.

— Et n'oublie pas que Ted Heath est parvenu à la tête du parti en commençant dans l'équipe du *whip*.

Charles sourit pour la première fois de la journée.

— Veux-tu que nous dînions tranquillement à la maison ce soir ? suggéra Fiona.

— Je ne peux pas. J'ai un vote aux Communes tard dans la soirée.

Fiona le regarda partir en se demandant si elle allait ainsi passer le reste de ses jours à attendre un homme qui ne semblait avoir nul besoin de son affection.

Enfin, il put l'avoir au téléphone.

— Sortons ce soir.

— Pourquoi ? Que célébrons-nous ?

— Je viens d'être invité à faire partie de l'équipe qui s'occupe de l'environnement.

— Bravo, mon chéri. Qu'est-ce que c'est au juste que l'environnement ?

— Le logement, le milieu urbain, les transports, la décentralisation, les monuments historiques, les aéroports, le tunnel sous la Manche, les jardins publics...

— Et que font-ils dans les autres équipes ?

— Mais ce n'est là que la moitié de nos attributions. Tout ce qui est extérieur me concerne désormais. Je te parlerai de tout cela pendant le dîner.

— Je ne pense pas pouvoir sortir avant 20 heures et il faut que je fasse venir la baby-sitter. Est-ce que cela aussi est du ressort de l'environnement ?

— Absolument, dit Simon en riant. Je m'en occuperai et réserverai une table à *la Grange* pour 20 heures 30.

— As-tu un vote à 22 heures ?

— J'en ai peur.

— Je vois. Je vais encore prendre le café avec la baby-sitter. (Puis elle ajouta, après un temps d'arrêt :) Je suis très fière de toi.

⁂

Derek Spencer, assis derrière son imposant bureau, écouta religieusement ce que Charles avait à lui dire.

— La banque vous regrettera, dit-il. Mais personne ne voudrait gêner votre carrière politique, et surtout pas moi.

Charles remarqua que Spencer ne le regardait pas dans les yeux quand il s'adressait à lui.

— Pourrais-je savoir si je retrouverais mon poste à la direction de la banque au cas où ma situation aux Communes changerait ?

— Bien sûr, dit Spencer. Ce n'était même pas la peine de le demander.

— C'est très gentil à vous, répondit Charles avec soulagement.

Il se leva, s'avança vers son interlocuteur et les deux hommes se serrèrent solennellement la main.

— Bonne chance, Charles, lui dit Spencer.

⁂

— Est-ce que cela signifie que vous devez quitter la société ? demanda Ronnie Nethercote après avoir écouté Simon.

— Non, tant que je suis dans l'opposition et que je ne fais partie que du cabinet fantôme. Mais si nous gagnons les prochaines élections et que l'on m'offre un poste au gouvernement, il faudra que je démissionne immédiatement.

— Vos services nous sont donc assurés pour trois années de plus ?

— Oui, à moins que le Premier ministre n'avance la date des élections, ou que nous les perdions.

— Je n'ai aucune crainte pour la seconde hypothèse. Je savais que j'avais mis la main sur un gagnant le jour où je vous ai rencontré, et je ne crois pas regretter un jour de vous avoir invité à la direction de ma société.

⁂

Au cours des mois qui suivirent, Charles découvrit avec étonnement qu'il avait beaucoup de plaisir à travailler dans le bureau du *whip*, malgré la colère éprouvée lorsqu'il apprit que c'était Kerslake qui avait pris sa succession à l'environnement. Mais la discipline et la camaraderie qu'il trouva dans sa nouvelle fonction lui rappelèrent l'époque de son service militaire dans les grenadiers. Charles avait de nombreuses responsabilités, du contrôle de l'assiduité des députés aux réunions de leurs commissions et à la prise de notes au cours des séances pour relever les bons mots des députés. Il était également chargé de déceler tout signe de dissension ou de rébellion dans les rangs de l'opposition tout en observant scrupuleusement ce qui se passait dans la majorité. En plus de ces tâches, il était responsable de cinquante députés des Midlands dont il devait assurer la présence aux réunions. Tous les jeudis, il faisait passer une feuille de papier sur laquelle étaient mentionnés les votes de la semaine suivante : les débats importants étaient soulignés de trois traits, ceux qui l'étaient moins avaient deux traits et permettaient aux députés de s'absenter s'ils réussissaient à s'arranger pour qu'il y ait un absent dans les rangs du parti opposé, et s'ils prévenaient le bureau du *whip*. Les rares débats qui n'étaient soulignés qu'une fois n'étaient pas obligatoires.

Charles savait qu'un député ne pouvait manquer un débat marqué de trois traits sous aucun prétexte, sauf en cas de décès, et même dans ce cas, le *chief whip* lui avait expliqué qu'il fallait fournir un certificat.

— Veillez à ce que vos députés n'en manquent jamais un, lui avait-il recommandé, car ils regretteront de ne pas avoir de certificat de décès.

Les *whips* ne devaient en aucun cas prononcer de discours à la tribune, et cette fonction convenait parfaitement à Charles. Fiona lui rappela une fois de plus que Ted Heath était passé de ce poste à celui de chancelier dans le cabinet fantôme ; elle était ravie de voir combien son mari s'intéressait à la vie des Communes, mais souffrait de devoir se coucher seule tous les soirs et s'endormir avant son retour.

※※※

Simon aussi apprécia beaucoup ses nouvelles fonctions dès le début. On lui confia tout spécialement la question du transport et, au cours de la première année, il lut des livres sur le sujet, étudia des tracts, tint des réunions avec des responsables nationaux des sociétés aériennes, maritimes et ferroviaires, et travailla souvent tard dans la nuit pour maîtriser ce domaine nouveau pour lui. Mais Simon était l'une de ces personnalités qui, au bout de quelques semaines seulement, semblent avoir fait partie du cabinet fantôme toute leur vie.

※※※

Peter était un bébé bruyant qui, à quelques semaines, semblait déjà siéger aux Communes.
— Peut-être sera-t-il un homme politique, après tout, conclut Elisabeth en regardant son fils.
— Qu'est-ce qui t'a fait changer d'avis ?
— Il crie toujours et il est uniquement préoccupé de lui-même ; de plus, il s'endort dès que quelqu'un d'autre exprime une opinion.
— C'est très méchant à l'égard de mon fils, dit Simon en le prenant dans ses bras, geste qu'il regretta dès qu'il sentit la couche du bébé.
Elisabeth avait été surprise de voir combien Simon s'occupait de son fils. Elle avoua même, au cours d'une interview au *Northampton News*, que le député savait changer une couche comme une professionnelle.
Dès que Peter sut ramper, il toucha à tout, y compris à la serviette de Simon, dans laquelle il déposait des morceaux

de chocolats collants, des anneaux de caoutchouc ou son jouet préféré.

Simon ouvrit un jour sa serviette en pleine réunion de l'équipe chargée de l'environnement et trouva « Ted Heath », le nounours maltraité de Peter, parmi ses papiers. Il replaça l'animal en peluche à l'intérieur et sortit son « projet pour un futur gouvernement conservateur ».

— C'est une soupape de sécurité ? demanda le chef de l'opposition avec un sourire.

— Quoi donc, mon fils ou le nounours ? répliqua Simon.

Au cours de sa deuxième année, Peter se sentit assez sûr de lui pour marcher tandis que son père commençait à avoir sa petite opinion sur plusieurs questions concernant le parti. Au fil des mois, ils acquirent tous deux une certaine confiance ; tout ce que Simon souhaitait maintenant, c'est que Harold Wilson organise des élections législatives.

Tout ce dont Peter rêvait, c'était d'un ballon de football.

Tout le monde se mit soudain à parler d'élections. Et juste au moment où les conservateurs arrivaient en tête des sondages, les travaillistes enregistrèrent une série de victoires dans des élections partielles début 1970.

Les sondages du mois confirmèrent cette tendance favorable aux travaillistes ; Harold Wilson se rendit à Buckingham Palace et demanda à la reine de dissoudre le Parlement. Les élections furent fixées au 18 juin 1970.

La presse donnait alors l'avantage à Wilson et pensait que le Parti travailliste emporterait sa troisième victoire consécutive, ce qu'aucun homme politique n'avait encore réussi. Les députés conservateurs savaient que ce serait la fin de la carrière de Heath à la tête du parti.

Trois semaines plus tard, contre toute attente, les conservateurs eurent la majorité avec trente sièges d'avance. La reine invita Edward Heath à Buckingham et le chargea de former un gouvernement.

Simon Kerslake eut pour la première fois une majorité imposante puisqu'il emporta le siège de Coventry-Centre avec 2 118 voix d'avance.

Lorsque le vieux comte demanda à Fiona combien de suffrages s'étaient portés sur le nom de Charles, elle lui répondit qu'elle ne savait pas exactement, mais qu'elle avait entendu son mari déclarer à un journaliste qu'il avait obtenu autant de voix que tous les autres candidats ensemble.

Raymond Gould ne perdit que 2 % des voix et emporta son siège avec dix mille quatre cent seize suffrages : les gens de Leeds admirent l'indépendance chez un député, et notamment le respect de ses propres principes.

CHAPITRE 10

Lorsque Simon se réveilla, le vendredi après les élections, il était à la fois épuisé et excité. Il resta longtemps allongé à imaginer comment ces ministres travaillistes, qui la veille encore pensaient qu'ils retrouveraient leur poste, devaient maintenant réagir.

Elisabeth se retourna dans un bâillement plein de sommeil et Simon contempla sa femme : au cours des quatre années de leur union, elle n'avait perdu aucun charme pour lui et il aimait toujours autant regarder son corps pendant son sommeil. Ses longs cheveux blonds tombaient sur ses épaules et sa mince silhouette se devinait sous sa chemise de nuit de soie. Il lui caressa le dos et la regarda s'éveiller lentement. Puis elle se retourna et il la prit dans ses bras.

— J'admire vraiment ton énergie, lui dit-elle. Si tu es toujours en forme après trois semaines de campagne, comment puis-je me plaindre d'une migraine ?

Il l'embrassa délicatement, ravi de ce moment d'intimité entre la folie des élections et la nomination éventuelle au gouvernement : aucun électeur ne pourrait le priver de ce rare instant de plaisir.

— Papa, dit Peter debout dans l'embrasure de la porte. J'ai faim.

En rentrant à Londres, dans la voiture, Elisabeth demanda à Simon quel poste il pensait se voir proposer.

— Je n'ose pas anticiper, mais j'espère bien être sous-secrétaire d'État à l'environnement.
— Mais tu n'es toujours pas sûr d'avoir un poste ?
— Absolument pas. Personne ne sait à quelles pressions un Premier ministre est soumis.
— Par exemple ? demanda Elisabeth.
— L'aile droite et l'aile gauche du parti, le nord et le sud du pays, sans compter les dettes qu'il doit honorer à l'égard de tous ceux qui l'ont aidé à entrer à Downing Street.
— Est-ce que cela veut dire qu'il pourrait ne pas te prendre ?
— Certainement. Mais je serais vraiment furieux.
— As-tu un moyen de pression ?
— Pas du tout. On ne peut rien faire et tous les députés le savent bien. Le pouvoir de décision du Premier ministre est total.
— Cela n'aura pas une grande importance, chéri, si tu continues à rouler sur la mauvaise file.

Raymond n'en revenait pas : il n'arrivait pas à croire que les sondages aient été aussi loin de la réalité. Il n'avait pas osé dire à Joyce qu'il avait espéré une victoire de son parti pour revenir lui-même au gouvernement, pensant que cette période passée comme simple député avait été plus que suffisante.
— Il n'y a rien d'autre à faire, lui dit-il, que retourner au barreau. Il se peut que nous soyons dans l'opposition pour un certain temps.
— Mais cela ne sera pas une occupation à plein temps ?
— Il faut regarder l'avenir avec réalisme.
— Peut-être feras-tu partie du cabinet fantôme ?
— Non. Il y a beaucoup moins de postes dans l'opposition, et, de toute façon, le parti doit d'abord récompenser des orateurs comme Jamie Sinclair. Tout ce qu'il me reste à faire, c'est attendre les prochaines élections.

Raymond ne savait pas comment aborder le sujet qui lui tenait à cœur et essaya d'avoir l'air de rien :

— Peut-être est-il temps de penser à emménager dans notre circonscription ? hasarda-t-il.

— Pourquoi donc ? demanda Joyce, l'air surpris. C'est une dépense superflue et la maison de tes parents est très bien. De plus, ils seraient sans doute choqués que nous les quittions.

— Mon premier souci doit être mes électeurs, et cela leur prouverait mon dévouement à long terme ; mes parents comprendront sûrement cela.

— Mais il faudra entretenir deux maisons !

— Ce sera plus facile que lorsque j'étais au gouvernement. De toute façon, c'est toi qui as toujours voulu habiter Leeds. Cela te permettra de ne plus faire le trajet toutes les semaines jusqu'à Londres. Maintenant, c'est à mon tour. Pourquoi ne restes-tu pas à Leeds pour prendre contact avec quelques agents immobiliers et voir ce qui est disponible sur le marché ?

— D'accord, si tu le veux vraiment. Je m'y mettrai la semaine prochaine.

Raymond fut content de constater que Joyce commençait à apprécier cette idée.

Charles et Fiona passèrent un week-end dans leur maison de campagne du Sussex : mais Charles surveillait d'une oreille le téléphone tout en s'affairant dans le jardin, et Fiona comprit combien il était angoissé lorsqu'elle s'aperçut qu'il venait d'arracher son plus beau pied-d'alouette comme une mauvaise herbe.

Il finit par abandonner le jardinage et vint s'installer devant la télévision où il vit Maudling, Macleod, Thatcher et Carrington arriver à Downing Street, l'air sérieux. Les portefeuilles principaux avaient été attribués et le gouvernement commençait à prendre forme. Le nouveau Premier ministre conservateur sortit saluer la foule avant de filer dans une voiture officielle.

Heath se souviendrait-il du nom de celui qui avait organisé le vote des jeunes députés au moment de son élection à la tête du parti ?

— Quand veux-tu rentrer à Eaton Square ? demanda Fiona de la cuisine.

— Cela dépend.

— De quoi ?

— De la sonnerie du téléphone.

Simon raccrocha le combiné et continua à regarder la télévision. Toutes ces heures de travail pour l'environnement, et le Premier ministre avait offert le portefeuille à un autre député. Il avait regardé la télévision toute la journée sans réussir à savoir qui était l'heureux élu, mais avait appris que le reste de l'équipe restait inchangé.

— Je me demande pourquoi je m'en fais, pensa-t-il à voix haute. Tout cela n'est qu'une farce.

— Que dis-tu, chéri ? demanda Elisabeth en entrant dans la pièce.

Le téléphone sonna une fois de plus. C'était Reginald Maudling, le nouveau ministre de l'Intérieur.

— Simon ?

— Bravo, Reggie, pour ta nomination, qui ne m'a d'ailleurs pas surpris.

— C'est précisément pour cela que je t'appelle, Simon. Voudrais-tu travailler avec moi comme sous-secrétaire à l'Intérieur ?

— Bien sûr, je serais ravi.

— Dieu merci. Il m'a fallu des heures pour convaincre Ted Heath que tu devais quitter l'environnement.

Simon se tourna vers sa femme pour lui apprendre la nouvelle.

— Rien ne pouvait me faire plus plaisir, ajouta-t-il.

— Ah bon ?
Simon regarda Elisabeth avec étonnement.
— Qu'est-ce que tu es lent ! dit-elle en se tapotant le ventre. Nous allons avoir notre second enfant.

Lorsque Raymond retrouva le barreau de Londres, il fit bien savoir qu'il voulait crouler sous le travail. Au cours d'un déjeuner, il expliqua à son associé, sir Nigel Hartwell, que, d'après lui, le Parti travailliste mettrait un certain temps avant de retrouver le pouvoir.

— Vous n'avez passé que cinq ans à la Chambre, Raymond, et à 36 ans, vous devez cesser de vous considérer comme un vieux.

— Peut-être, dit-il d'un ton pessimiste qui lui était étranger.

— Bon, ne vous inquiétez pas pour le travail. Les entreprises juridiques n'ont cessé d'appeler dès qu'elles ont su que vous reveniez sur un poste permanent.

Raymond commença à se détendre.

Joyce l'appela après le déjeuner pour lui dire qu'elle n'avait rien trouvé mais que l'agent immobilier lui avait certifié que la situation s'améliorerait à l'automne.

— Bien, continue à chercher.

— D'accord, dit Joyce qui semblait apprécier cette fonction. Si nous trouvons quelque chose, peut-être pourrons-nous envisager d'avoir un enfant.

— Peut-être, répliqua sèchement Raymond.

Charles eut finalement un coup de téléphone le lundi soir, non du numéro 10, Downing Street, mais du numéro 12, le bureau du *chief whip* : ce dernier lui proposait de reprendre ses fonctions de *whip* ; « pour le moment », ajouta-t-il lorsqu'il perçut la déception de Charles.

— Pour le moment, répondit-il en raccrochant.

— Tu fais au moins partie du gouvernement : tu n'as pas été laissé sur le carreau. De toute façon, il y aura d'autres mouvements au cours des cinq années à venir et le temps joue pour toi, lui dit Fiona.

Charles était d'accord, mais cela n'atténuait pas sa déception.

Cependant, retrouver la Chambre en étant dans la majorité fut beaucoup plus exaltant que prévu. Cette fois, c'était son parti qui prenait les décisions et les priorités étaient déjà définies lorsque la reine prononça son discours à la Chambre des lords pour l'inauguration de la nouvelle assemblée parlementaire.

La reine Elisabeth se rendit ce matin de novembre à la Chambre des lords dans son carrosse irlandais. Elle était escortée par un régiment de cavalerie, et précédée par une procession de carrosses plus petits transportant la couronne du roi Edouard et les autres emblèmes royaux. Charles se souvenait avoir assisté à ce cortège dans la rue quand il était petit ; mais cette fois, il y participait. Lorsque la souveraine arriva à la Chambre des lords, le lord-chancelier l'accompagna jusqu'au salon d'habillage où ses dames d'honneur commencèrent à la préparer pour la cérémonie.

A l'heure dite, le président, vêtu lui aussi de sa robe de satin noir brodé d'or, descendit de son siège. Il conduisit la traditionnelle procession de sortie des Communes en direction de la Chambre des lords, suivi du secrétaire de la Chambre et du sergent en armes qui portait la masse, puis du Premier ministre accompagné du chef de l'opposition, des membres du gouvernement et de leurs homologues dans le cabinet fantôme de l'opposition, et enfin d'autant de députés que pouvait contenir la Chambre des lords.

Les lords attendaient dans la Chambre haute, vêtus de leur cape rouge et de leur collerette d'hermine, tels des

Draculas bienveillants, accompagnés de leurs épouses en robe longue parées de diadèmes de diamants. La reine était assise sur le trône, entourée de sa longue traîne impériale, et portait la couronne du roi Edouard III : elle attendait maintenant que la Chambre fût pleine et que s'instaurât un silence solennel.

Le lord-chancelier avança puis s'agenouilla devant la reine en lui présentant un document écrit : c'était le texte du discours rédigé par le nouveau gouvernement. La souveraine, qui avait pris connaissance du document la veille, n'y avait rien changé, jouant dans cette cérémonie un simple rôle de représentation. Elle leva la tête vers ses sujets puis commença à lire le discours.

Charles Hampton resta tout au fond de la salle bondée, mais, avec sa taille, il n'eut aucun mal à suivre toute la cérémonie.

Il repéra son père, le comte de Bridgewater, qui ponctuait de hochements de tête le discours de la reine, lequel reprenait point par point le programme des conservateurs. Comme tous les députés, Charles faisait le compte des lois qui allaient être votées au cours des neuf mois à venir, et conclut que la session serait agitée pour les *whips*.

A la fin du discours royal, il regarda encore en direction de son père, qui dormait profondément. Charles redoutait le jour où il devrait voir son frère siéger dans la toge d'hermine, et la seule compensation qu'il envisageait était d'avoir un fils qui, un jour, pourrait hériter, puisqu'il était maintenant évident que Rupert resterait célibataire. Malgré tous ses efforts, Fiona n'avait pu jusqu'ici concevoir et Charles se demandait s'il n'était pas temps qu'elle voie un spécialiste : il craignait de s'entendre dire qu'elle ne pouvait pas avoir d'enfant.

Mais un héritier ne compenserait pas sa déception si sa carrière devait s'arrêter au poste de *whip*, et il était plus déterminé que jamais à prouver qu'il était digne de mieux.

Après son discours, la reine quitta la Chambre haute,

suivie du prince Philippe, du prince Charles et d'une fanfare de trompettes.

*
* *

Dès le premier jour, Simon aima tous les aspects de son travail à l'Intérieur. Au moment du discours de la reine en novembre, il était déjà prêt à représenter son ministère à la Chambre, bien que légèrement crispé de savoir que son homologue dans le cabinet fantôme était Jamie Sinclair.

Dès la mise en place du nouveau gouvernement conservateur, les deux hommes eurent des affrontements violents sur différentes questions et devinrent vite les deux ténors de la nouvelle assemblée. Toutefois, Simon et Jamie avaient des relations personnelles beaucoup plus détendues. Souvent, d'ailleurs, des députés de bords opposés aimaient à bavarder ensemble dès qu'ils échappaient à la curiosité de la presse puis reprenaient leurs échanges violents à la tribune, avides de démonter les arguments de l'adversaire. Toutes les fois que les noms de Kerslake ou Sinclair apparaissaient sur le tableau d'affichage pour indiquer que l'un ou l'autre s'était inscrit pour une contribution orale, une foule de députés se pressaient à la Chambre.

Sur une question, cependant, ils se trouvèrent en parfait accord : depuis août 1969, date à laquelle les premiers régiments avaient été envoyés en Irlande du Nord, le Parlement avait été agité par de nombreux débats sur la question irlandaise. En février 1971, les Communes consacrèrent une journée entière à ce sujet, afin que les députés puissent s'exprimer, dans un effort permanent pour trouver une solution à l'affrontement croissant entre les extrémistes protestants et l'I.R.A. La motion qui devait être votée par la Chambre concernait le renouvellement des pouvoirs d'urgence à la province.

Simon se leva pour prononcer le discours d'introduction du gouvernement puis surprit ses collègues en quittant la Chambre une fois sa mission accomplie.

Il est en effet d'usage que les orateurs des deux partis restent à leur place au moment où les autres députés apportent leur contribution au débat, et le départ de Simon fut longuement commenté. A son retour, il ne resta qu'une vingtaine de minutes à sa place puis s'échappa de nouveau et n'assista même pas au discours final de Jamie Sinclair auquel il était censé répondre.

Lorsqu'il revint enfin et reprit sa place sur le banc du gouvernement, un député travailliste d'un certain âge se leva et demanda la parole ; Jamie s'assit immédiatement pour écouter son collègue.

— Ce n'est pas une tradition honorée aux Communes, monsieur, qu'un ministre de Sa Majesté n'ait pas la courtoisie d'assister au débat afin d'écouter les contributions autres que les siennes.

— Ce n'est pas vraiment une intervention, dit le président tandis que les autres députés travaillistes criaient : « Écoutez ».

Simon gribouilla un mot qu'il fit passer à Jamie sur le banc d'en face et qui ne portait qu'une seule phrase.

— J'accepte l'excuse de mon collègue, déclara Sinclair. Je me serais d'ailleurs plaint moi-même d'un tel comportement si je n'avais su qu'il n'avait passé la plus grande partie de l'après-midi à l'hôpital — Sinclair fit une pause pour ménager son effet — où sa femme accouchait. Je suis rarement impressionné par la réponse de quelqu'un qui n'a pas entendu mon propre discours, mais je suppose qu'aujourd'hui, mon honorable collègue était occupé à rallier son nouveau-né à la cause des conservateurs.

Sinclair attendit que la salle s'arrête de rire pour poursuivre :

— Pour les députés qui sont des fanatiques de chiffres et de précisions, c'est une fille et elle pèse trois kilos huit cents.

Simon retourna regarder sa fille derrière la vitre. Il lui fit un petit signe auquel elle resta totalement insensible. Des deux côtés de son berceau, des petits garçons s'époumonaient : Simon sourit à l'idée que la petite Lucy faisait déjà un tel effet sur le sexe opposé.

CHAPITRE 11

Le *chief whip* jeta un regard circulaire à ses collègues en se demandant qui pourrait accepter une tâche aussi ingrate. Une main se leva et il fut agréablement surpris.
— Merci, Charles.
Charles avait déjà prévenu Fiona qu'il serait volontaire pour être le *whip* responsable de la question qui avait dominé la dernière campagne électorale : l'entrée de la Grande-Bretagne dans le Marché commun. Tous ses collègues étaient convaincus qu'il s'agissait d'un véritable marathon et il y eut un soupir de soulagement lorsque Charles se proposa pour la fonction.
— Ce n'est pas un boulot pour quelqu'un qui a un mariage chancelant, entendit-il quelqu'un chuchoter.
Lui au moins n'avait pas ce souci ; mais il projeta d'apporter des fleurs à Fiona le soir même.
— Pourquoi voulaient-ils tous éviter cette loi ? demanda-t-elle.
— Parce que beaucoup, chez les conservateurs, ne soutiennent pas Heath dans sa volonté de faire entrer la Grande-Bretagne dans le Marché commun, expliqua Charles en prenant un verre de brandy. A cela s'ajoute le problème de présenter une loi qui permette de contrôler le pouvoir des syndicats, ce qui pourrait très bien nous priver des voix des travaillistes qui soutiennent nos positions sur l'Europe. C'est pour cela que le Premier ministre souhaite connaître régulièrement les intentions de vote de la Chambre, alors que le projet de loi ne sera sans doute pas présenté

avant un an : il veut savoir périodiquement combien de conservateurs sont opposés à notre entrée dans la C.E.E. et combien de membres de l'opposition nous donneront leur voix au moment du vote fatidique.

— Il ne me reste sans doute plus qu'à devenir député si je veux passer plus de temps avec toi.

— Surtout si tu es hésitante sur la question du Marché commun.

Malgré la lassitude ressentie dans la population à propos de ce « grand débat » traité jour après jour par les médias, les députés étaient conscients de préparer un vote historique. Cette animation, d'ailleurs, qui empêchait les *whips* de maîtriser totalement le déroulement des débats, donnait aux Communes une vie et une excitation qui ne firent que croître au fil des semaines et des mois.

Charles était toujours responsable de cinquante députés pour tous les votes, mais la priorité de la loi sur l'entrée dans le Marché commun lui permit d'être déchargé de toutes ses autres activités. Il savait que c'était là l'occasion de racheter son désastreux discours sur l'économie, que ses collègues n'avaient toujours pas complètement oublié.

Cela n'était pas sans risques, comme il l'avait expliqué à Fiona :

— Je mise tout sur un seul tableau. Si nous perdons le vote final, terminé pour moi le gouvernement.

— Et si nous gagnons ?

— Il sera impossible de ne pas me donner un porte-feuille.

— Je pense que nous avons enfin trouvé.

Raymond prit donc le train pour Leeds le vendredi suivant. Joyce avait sélectionné quatre maisons ; il était d'avis lui aussi que celle qui se trouvait dans le quartier de Chapel Allerton correspondait tout à fait à ce qu'ils cherchaient. Mais c'était aussi de loin la plus chère.

— Pouvons-nous nous le permettre ? s'inquiéta Joyce.
— Probablement pas.
— Je vais continuer à chercher.
— Non, tu as trouvé la maison qu'il nous faut ; à nous maintenant de trouver comment la payer. J'ai peut-être une idée.

Joyce resta silencieuse, attendant la suite.

— Peut-être pourrions-nous vendre notre maison de Lansdowne Road ?
— Mais où vivras-tu quand tu seras à Londres ?
— Je pourrais louer un petit appartement entre le tribunal et la Chambre et tu installeras notre vraie maison à Leeds.
— Mais ne te sentiras-tu pas seul ?
— Bien sûr, répondit Raymond en s'efforçant de mettre un brin de conviction dans sa voix. Mais tous les députés de circonscriptions situées au nord de Birmingham vivent cette vie, loin de leurs femmes, pendant la semaine. D'ailleurs, tu as toujours voulu revenir t'installer dans le Yorkshire ; cela me semble l'occasion rêvée. Si les affaires marchent bien pour moi, nous pourrons peut-être acheter une seconde maison à Londres plus tard.

Joyce semblait hésitante.

— De plus, si tu habites Leeds, j'ai l'assurance de ne jamais perdre mon siège.

Joyce sourit : dès que Raymond lui témoignait la moindre marque d'intérêt, elle se sentait rassurée.

Dès le lundi matin, Raymond fit une offre pour la maison de Chapel Allerton avant de retourner à Londres. Il discuta un peu les prix au téléphone pendant la semaine puis tomba d'accord sur une somme définitive avec le propriétaire. Le jeudi, il mettait sa maison de Lansdowne Road en vente et fut surpris de sa valeur.

Il ne lui restait maintenant qu'à se trouver un appartement.

*
**

Simon adressa un mot de remerciement à Ronnie pour le tenir aussi bien informé de ce qui se passait chez Nethercote. Il en avait démissionné depuis huit mois, au moment de sa nomination ministérielle, mais Ronnie veillait toujours à lui faire envoyer les comptes rendus de toutes les réunions pour qu'il les étudie « à ses moments perdus ». L'expression faisait d'ailleurs rire Simon.

Son découvert bancaire excédait maintenant de peu soixante-deux mille livres, mais dans la mesure où Ronnie estimait que les parts vaudraient cinq livres l'unité si la société devenait anonyme, Simon avait encore une certaine marge puisque son volume d'actions était ainsi estimé à trois cent mille livres. Elisabeth lui demanda de ne pas dépenser un penny tant que l'argent ne serait pas en sécurité à la banque et Simon était bien content de lui avoir dissimulé une partie de ses emprunts.

Au cours de l'un de leurs rares déjeuners au *Ritz*, Ronnie exposa à Simon ses plans d'avenir pour la société :

— Bien que les conservateurs soient au pouvoir, je crois que je vais encore attendre dix-huit mois pour transformer ma société en société anonyme. Les marges bénéficiaires de cette année ont augmenté et l'année prochaine s'annonce encore meilleure. Ce sera parfait en 1973.

Simon eut l'air inquiet et Ronnie s'empressa de le rassurer.

— Si vous avez des problèmes, Simon, je serai très heureux de vous racheter vos actions à leur valeur en Bourse. De cette façon, au moins, vous ferez un petit bénéfice.

— Non, non. Maintenant que j'ai tant attendu, je peux bien patienter encore un peu.

— Comme vous voulez. Dites-moi, êtes-vous content à l'Intérieur ?

Simon posa sa fourchette et son couteau.

— C'est le ministère où l'on s'occupe le plus des problèmes humains. Chaque jour apporte de nouveaux problèmes personnels à résoudre. C'est parfois déprimant : mettre des gens en prison, interdire l'entrée dans le pays à des immigrants et renvoyer des étrangers inoffensifs ne me réjouit guère. Mais c'est tout de même un privilège que de travailler dans l'un des trois grands ministères.

— Je suis sûr que vous serez un jour aux Affaires étrangères et aux Finances. Et l'Irlande ?

— Que voulez-vous dire ? demanda Simon avec un haussement d'épaules.

— Moi, je serais pour rendre le Nord à l'Eire, dit Ronnie, ou bien pour leur donner l'indépendance avec une bonne prime financière. Pour le moment, on ne fait que jeter l'argent par les fenêtres.

— Nous parlons des gens, pas d'argent, répliqua Simon.

— 90 % des électeurs me soutiendraient, dit Ronnie en allumant un cigare.

— Chacun pense que 90 % de la population est de son avis, jusqu'au jour où il est candidat à une élection. La question irlandaise est bien trop grave pour qu'on puisse la traiter par-dessus la jambe. Comme je vous l'ai dit, il s'agit de huit millions de gens, dont chacun a le même droit à la justice que vous et moi. Et tant que je serai à l'Intérieur, j'y veillerai.

Ronnie resta sans mot dire.

— Excusez-moi, Ronnie. Mais trop de gens trouvent des solutions faciles pour l'Irlande. S'il était possible de résoudre le problème aussi aisément, il n'aurait pas déjà duré deux siècles.

— Ne vous excusez pas, Simon. Je suis stupide et je viens de comprendre pour la première fois pourquoi vous êtes dans la vie publique.

— Vous êtes un vrai fasciste autodidacte, plaisanta Simon.

— Cela est absolument certain. Vous ne me ferez pas changer d'avis sur la peine de mort. Les conservateurs devraient restaurer la pendaison : les rues ne sont plus sûres du tout.

※

— Que diriez-vous de plaider le viol ? demanda Raymond.

— Je ne pense pas que ce soit une bonne chose, répondit Stéphanie Arnold. Je crois qu'ils m'attendent au tournant.

— Mais pourquoi donc ?

— Ils m'auront ; ils vont me descendre en flèche.

— Mais dans quel but ? Ils ne pourront pas plaider le refus.

— Peut-être, mais ils vont utiliser cet argument pour prouver le reste.

— Ce n'est pas parce qu'on a commis un viol que l'on est automatiquement responsable du meurtre de la victime.

Raymond et Stéphanie Arnold, une nouvelle venue au barreau, discutèrent leur premier cas en chemin, et elle montra clairement à Raymond combien elle était ravie de se laisser guider par lui : ils devaient tous deux défendre un travailleur agricole accusé d'avoir violé et tué sa belle-fille.

— Ce sera un cas bâclé, malheureusement, dit Raymond, mais nous allons obliger la cour à donner des preuves irréfutables.

Le procès se prolongea pendant une seconde semaine. Raymond commençait à se dire que les jurés étaient si crédules que Stéphanie et lui allaient peut-être obtenir l'acquittement. Stéphanie d'ailleurs en était sûre.

La veille de l'instruction, Raymond l'invita à dîner aux Communes : « Voilà qui va les impressionner, se dit-il. Je suis sûr qu'ils n'ont pas vu quelqu'un comme Stéphanie depuis quelque temps. »

Celle-ci fut flattée par l'invitation et impressionnée lorsque, au cours du dîner dans la salle de restaurant de la Chambre, d'anciens ministres vinrent saluer Raymond.

— Vous habituez-vous à votre nouvel appartement ?

— Oui, assez bien. Je trouve que le quartier de Barbican est bien situé à la fois pour le tribunal et pour le Parlement.

— Est-ce que votre femme s'y plaît ? demanda-t-elle en allumant une cigarette, sans croiser son regard.
— Elle est très peu à Londres maintenant. Elle passe presque tout son temps à Leeds : elle n'aime pas beaucoup la capitale.

Le silence gêné qui suivit fut brisé par la sonnerie.
— Il y a le feu ?
— Pas du tout, dit Raymond en riant. C'est simplement le début de la séance de 22 heures. Il faut que j'aille voter. Je serai là dans une quinzaine de minutes.
— Puis-je commander le café ?
— Non, ce n'est pas la peine. Peut-être... euh... voudriez-vous passer à Barbican : vous pourrez ainsi me donner votre verdict sur mon appartement.
— Ce sera un cas expédié, sourit-elle.

Raymond lui sourit à son tour avant de rejoindre ses collègues qui sortaient de la salle à manger et se dirigeaient vers la Chambre. Il n'avait pas besoin d'expliquer à Stéphanie qu'il ne lui fallait que six minutes pour choisir entre le clan des « oui » et celui des « non ».

Lorsqu'il vint la rejoindre après le vote, elle était occupée à se remettre du rouge à lèvres et se regardait dans son miroir de poche : elle avait un petit visage rond encadré par une chevelure brune. Tout à coup, il se sentit un peu gros pour un homme de moins de quarante ans : il n'était absolument pas conscient du fait que les femmes devenaient sensibles à son charme et que quelques kilos de plus et quelques cheveux gris en imposaient.

Une fois chez lui, Raymond mit un disque d'Ella Fitzgerald et alla préparer du café dans sa cuisine.
— Cela fait vraiment garçonnière, dit-elle en appréciant du regard le confortable siège en cuir, le porte-pipe et les journaux satiriques qui recouvraient les murs.
— Sans doute parce que c'en est une, dit-il en posant son plateau sur lequel se trouvaient une cafetière, deux tasses et deux verres généreusement remplis de cognac.
— Vous ne vous sentez jamais seul ?

— Parfois, avoua-t-il en versant le café.
— Et entre-temps ?
— Noir ? demanda-t-il sans la regarder.
— Oui.
— Du sucre ?
— Pour un homme qui a été ministre de Sa Majesté et qui, d'après ce que l'on dit, est en passe de devenir le plus jeune conseiller de la reine, vous manquez d'assurance avec les femmes.

Raymond rougit mais la regarda droit dans les yeux.

Dans le silence, il entendit les paroles de la chanson : *Votre merveilleux visage...*
— Mon honorable ami m'accorderait-il une danse ?

Raymond se souvenait parfaitement de la dernière fois qu'il avait dansé. Mais là, il était décidé à ce que tout soit différent. Il tint Stéphanie de très près et ils se balancèrent au rythme de la musique de Cole Porter. Elle ne remarqua même pas que Raymond enlevait ses lunettes et les glissait dans la poche de son veston. Quand il se pencha pour l'embrasser dans le cou, elle poussa un long soupir.

Lucy s'assit par terre et se mit à pleurer : elle s'assit parce qu'elle ne savait pas marcher et, une fois de plus, Peter la mit debout et lui ordonna de marcher, comme si ses mots suffisaient. Une fois de plus, Lucy se laissa tomber comme un paquet. Simon, sentant qu'il était temps de voler au secours de sa fille de neuf mois, posa son couteau et sa fourchette.
— Laisse-la, papa, demanda Peter.
— Pourquoi veux-tu tant qu'elle sache marcher ?
— Parce que j'ai besoin de quelqu'un pour jouer au football quand tu n'es pas là.
— Et maman ?
— Elle est trop faible : elle ne peut même pas plaquer.

Cette fois, Simon se mit à rire, souleva Lucy et la mit dans sa chaise haute pour le petit déjeuner. Elisabeth arriva avec une assiette de porridge au moment où Peter éclatait en sanglots.

— Que se passe-t-il ? demanda-t-elle.

— Papa ne veut pas que j'apprenne à marcher à Lucy, dit-il en quittant la pièce.

— Il va la tuer, expliqua Simon. Je crois qu'il veut s'en servir comme d'un ballon de foot.

※
※※

Charles étudia la liste des trois cent trente conservateurs : il était sûr de deux cent dix-sept d'entre eux, moins sûr de cinquante-quatre autres et avait abandonné la partie avec les cinquante-neuf derniers. Du côté travailliste, tout ce qu'il avait pu savoir, c'est que cinquante députés avaient prévu de braver leur *whip* et de voter avec les conservateurs.

— Le grain de sable qui risque de bloquer la machine, expliqua-t-il au *chief whip*, c'est la loi qui limite le pouvoir syndical. La gauche essaie de convaincre les travaillistes qui veulent voter pour nous que, pour rien au monde, ils ne doivent soutenir « ces bouffeurs de syndicats » conservateurs.

Il précisa que, si le gouvernement ne modifiait pas sa loi sur les syndicats, cela pourrait lui coûter l'Europe.

— Et Alec Pimkin n'arrange pas les choses en tentant de regrouper les indécis autour de lui, ajouta-t-il.

— Le Premier ministre ne changera en aucun cas sa loi sur les syndicats, répondit le *chief whip* en avalant son gin-tonic. Il a promis cette loi pendant la campagne et a bien l'intention de la présenter lorsqu'il ira à Blackpool à la fin de l'année. Je peux aussi vous dire qu'il n'appréciera guère vos conclusions sur Pimkin, Charles.

Charles eut envie de protester.

— Je ne me plains pas. Vous avez très bien travaillé pour le moment. Continuez à tenter de convaincre les cinquante indécis. Employez tous les moyens : la gentillesse, la flatterie, la violence, la corruption. Mais convainquez-les, y compris Pimkin.

— Puis-je utiliser le sexe ?

— Vous avez vu trop de films américains, répondit le *whip* en riant. De toute façon, nous n'avons rien de mieux que Mlle Norse à leur offrir.

Charles rentra dans son bureau et examina une fois de plus la liste : son index s'arrêta à la lettre P. Charles sortit dans le couloir et regarda des deux côtés : sa proie était introuvable. Il chercha dans la Chambre, en vain également. Puis il passa devant la bibliothèque : « Inutile de chercher là », pensa-t-il et il se dirigea vers le fumoir où il trouva son homme, qui commandait un autre gin.

— Alec, dit Charles en souriant.

Pimkin tourna sa grosse tête ronde de son côté.

« Jouons tout de suite la carte de la corruption », se dit Charles.

— Puis-je vous offrir un verre ?

— C'est très gentil de votre part, remercia Pimkin en jouant nerveusement avec son nœud papillon.

— Dites donc, Alec, que signifie ce projet de voter contre l'Europe ?

*
**

Simon fut horrifié lorsqu'il lut le document initial : ses implications étaient bien trop évidentes.

Le rapport de la commission chargée du redécoupage électoral lui avait été remis pour qu'il puisse l'étudier pendant le week-end. Mais, au cours d'une réunion avec des responsables de l'Intérieur, il avait accepté d'y jeter un coup d'œil aux Communes afin que l'on puisse savoir quels sièges seraient discutés pour les prochaines élections. Et le ministre lui rappela que cela ne souffrait aucun retard.

Simon avait lu deux fois le document. En théorie, les changements étaient justifiés et, avec l'exode rural, cela permettrait sans aucun doute d'accroître le nombre de sièges conservateurs. Il comprenait bien pourquoi le parti était si pressé. Mais que pouvait-il faire contre les propositions de la commission au sujet de sa circonscription, Coventry-Centre ? Il avait les mains liées. S'il suggérait la moindre modification aux conclusions du rapport, il serait aussitôt accusé de tirer la couverture à lui.

En raison de la baisse démographique dans la ville, la commission avait conseillé de réduire le nombre de circonscriptions de quatre à trois ; c'était Coventry-Centre qui était appelé à disparaître, ses électeurs étant répartis entre Coventry-Ouest, Coventry-Est et Coventry-Nord. Simon, connaissant la précarité de son siège actuel, comprit que cela assurait un siège à son collègue et deux aux travaillistes. Il risquait donc maintenant de se retrouver sans circonscription et il lui faudrait faire le tour du pays pour en trouver une autre avant les prochaines élections, tout en continuant à s'occuper de celle dont il était encore l'élu. D'un coup de stylo, de son propre stylo, son siège serait attribué à quelqu'un d'autre ; il se dit alors que s'il était resté à l'environnement, il aurait pu tenter de conserver les quatre sièges de Coventry.

Elisabeth fut très affectée lorsqu'il lui exposa la situation mais il lui recommanda de ne pas trop s'inquiéter tant qu'il n'aurait pas vu le vice-précident du parti.

— Cela peut jouer en ta faveur, lui dit-elle pour le réconforter. Tu trouveras peut-être quelque chose de mieux.

— Que veux-tu dire ? demanda Simon.

— Eh bien, tu auras peut-être un siège moins précaire, plus près de Londres.

— Je veux bien aller n'importe où du moment que je ne dois pas jouer le reste de ma vie à pile ou face.

Elisabeth lui prépara son repas préféré et tenta de lui remonter le moral pendant toute la soirée. Après trois parts de hachis Parmentier, Simon s'endormit dès qu'il posa la tête sur l'oreiller. Mais Elisabeth ne parvint pas à trouver le sommeil.

La conversation qu'elle avait eue avec le patron du service

de gynécologie de Saint Mary's était présente dans sa mémoire et elle aurait pu en citer tous les mots :

— Je remarque, d'après l'organigramme, que vous avez pris beaucoup plus de jours de congé que ceux auxquels vous aviez droit, docteur Kerslake. Il faut savoir si vous voulez être médecin ou femme de député.

Elisabeth ne cessait de se retourner en tous sens en examinant le problème, mais ne prit aucune décision si ce n'est celle de ne pas inquiéter Simon.

⁂

Juste au moment où Raymond se décidait à mettre un terme à cette aventure, Stéphanie prit l'habitude de laisser quelques vêtements dans son appartement.

Ils avaient tous deux suivi des voies différentes après leur procès commun, mais avaient continué à se voir deux soirées par semaine. Raymond avait même fait faire une clé supplémentaire pour que Stéphanie ne passe pas son temps à se demander s'il avait une réunion obligatoire.

Au début, il essaya tout simplement de l'éviter, mais elle le poursuivait. Il la trouvait souvent chez lui à son retour des Communes. Puis il lui demanda un peu plus de discrétion, et elle se mit à le menacer, avec subtilité dans les premiers temps, ensuite de plus en plus directement.

Pendant son aventure avec Stéphanie, Raymond s'occupa de trois cas extrêmement importants, avec succès pour chacun d'entre eux, ce qui ne fit qu'accroître sa réputation. Chaque fois, il prit soin de ne pas travailler en équipe avec elle. Maintenant qu'il avait résolu son problème de logement, son seul souci était de mettre un terme à cette liaison.

Mais il devait se rendre compte qu'il allait être beaucoup plus difficile de se débarrasser d'elle que de la séduire.

Simon était à l'heure pour son rendez-vous au siège du

parti. Il expliqua longuement son dilemme à sir Edward Mountjoy, le vice-président qui était responsable des candidatures.

— Quelle malchance ! lui dit-il. Peut-être pourrai-je vous aider, ajouta-t-il en ouvrant le grand dossier qui se trouvait devant lui.

Simon comprit qu'il était en train de considérer une liste de noms. Cela lui rappela le temps où, postulant à Oxford, il attendait le décès d'un étudiant.

— Il semble qu'il y aura une douzaine de sièges vacants aux prochaines élections, soit à cause de départs à la retraite, soit à cause de la redistribution.

— Pouvez-vous m'en recommander un en particulier ?

— Oui, Littlehampton.

— Où est-ce ?

— Dans le Hampshire, à la limite du Sussex. Une nouvelle circonscription, tout à fait sûre.

Il étudia la carte qui était attachée au dossier.

— C'est près de la circonscription de Charles Hampton, qui ne bouge pas. Je ne pense pas que vous aurez beaucoup de concurrents là-bas. Pourquoi ne pas en parler avec Charles ? Il connaît sans doute certaines des personnes qui vont choisir le candidat.

— Rien d'autre d'intéressant ? demanda Simon, qui se doutait que Hampton ne serait pas ravi de l'aider.

— Voyons. Je ne peux pas mettre tous les œufs dans le même panier, n'est-ce pas ? Ah, oui. Redcorn, dans le Northumberland. C'est à quatre cent quatre-vingts kilomètres environ de Londres, dit-il après avoir regardé sa carte, et il n'y a pas d'aéroport à moins de cent vingt kilomètres ; d'autre part, la gare de grandes lignes est à soixante kilomètres. A mon avis, il vaut mieux parler avec Charles Hampton de Littlehampton : il place toujours le parti au-dessus de ses sentiments personnels lorsqu'il s'agit de ces choses-là.

— Vous avez sûrement raison, sir Edward.

— On est en train de mettre en place les comités de sélection. Ne perdez pas de temps.

— J'apprécie beaucoup votre aide, dit Simon. Peut-être pourrez-vous me tenir informé si quelque chose se présente dans l'intervalle ?

— Oui, bien sûr, avec plaisir. Le problème, c'est que si un député meurt au cours de la législature, vous ne pourrez pas abandonner votre siège actuel car cela ferait deux élections partielles. Et nous n'avons nul besoin d'organiser une élection partielle pour que vous soyez accusé d'aller sauver vos meubles ailleurs.

— Ce n'est pas la peine de me le rappeler.

— Je pense vraiment que ce que vous avez de mieux à faire est de parler avec Charles Hampton. Il doit savoir tâter le terrain dans cette région.

« Quel langage imagé ! se dit Simon. Dieu merci, sir Edward ne fera jamais de discours à la tribune. » Il le remercia une fois de plus et quitta le siège du parti conservateur.

Charles avait réduit les cinquante-neuf opposants au Marché commun à cinquante et un, mais restait confronté au noyau dur qui résistait à la flatterie autant qu'à la violence. Lorsqu'il fit son rapport au *chief whip*, il put lui apporter l'assurance que le nombre de conservateurs qui voteraient contre l'entrée dans la C.E.E. était inférieur à celui des travaillistes qui se déclaraient favorables au projet gouvernemental. Le *whip* semblait satisfait mais demanda à Charles s'il avait avancé avec les disciples de Pimkin.

— Ces douze fous d'extrême droite ! Ils semblent prêts à suivre Pimkin dans la vallée de la Mort. J'ai tout essayé, mais ils sont déterminés à voter contre l'Europe à n'importe quel prix.

— Ce qui est terrible, c'est que ce foutu gêneur de Pimkin n'a rien à perdre. Son siège disparaît dans la redistribution à la fin de cette législature et je ne pense pas qu'il retrouve une circonscription, avec ses vues extrémistes. Mais il aura déjà sévi à ce moment-là. Si seulement ces douze-là s'abstenaient, je pourrais presque assurer le Premier ministre de sa victoire.

— Le problème est de convaincre Pimkin de jouer le rôle de Judas et de le faire entraîner les douze autres dans notre camp, dit Charles.

— Vous y arriverez, Charles, et nous gagnerons.

Charles retourna dans son bureau, où Simon l'attendait.

— Je suis passé par hasard, en espérant que vous auriez un instant à me consacrer.

— Bien sûr, répondit Charles, essayant de ne pas sembler trop froid. Asseyez-vous.

Simon s'assit en face de lui.

— Vous avez sans doute entendu dire que je perdais mon siège dans la refonte des circonscriptions. Sir Edward m'a suggéré de m'adresser à vous à propos de Littlehampton, la nouvelle circonscription qui jouxte la vôtre.

— Oui, je vois, dit Charles en dissimulant sa surprise. (Il n'avait pas pensé au problème, puisque sa propre circonscription n'était pas touchée par le redécoupage électoral.) Je ferai tout ce que je pourrai. C'est très sage de la part de Sir Edward de vous envoyer à moi.

— Littlehampton serait parfait pour moi, d'autant que ma femme travaille toujours à Londres.

Charles leva les sourcils pour marquer son étonnement.

— Vous n'avez sans doute pas rencontré Elisabeth : elle est médecin à Saint Mary's.

— Ah, je vois votre problème. Je pense que je vais commencer par parler avec Alexander Dalglish, le secrétaire fédéral, et voir ce que nous pouvons faire ensemble.

— Cela serait sans doute extrêmement utile.

— Bien, je l'appellerai chez lui ce soir pour voir où ils en sont dans la sélection des candidats et je vous appuierai.

— Je vous en serai très reconnaissant.

— Puisque je vous tiens, je vais vous donner le programme de la semaine prochaine, dit Charles en lui tendant une feuille de papier. Je vous appellerai dès que j'aurai des nouvelles.

Simon se sentit mieux et changea d'avis quant à Charles, qu'il regarda disparaître dans la Chambre pour reprendre ses activités.

Aux Communes, la question devait être débattue pendant six jours : c'était, de mémoire de député, la période la plus longue accordée à une motion de censure.

Charles avança vers les bancs de devant et prit place pour écouter encore quelques discours. Tom Carson, député travailliste de Liverpool Dockside, venait de se lancer dans une diatribe injurieuse à l'encontre du gouvernement. Charles écoutait d'ailleurs rarement les discours extrémistes de Carson : la quantité de remarques à voix basse et de toussotements qui se poursuivirent pendant son intervention le confortèrent dans l'idée qu'il n'était pas le seul. A la fin du discours, il avait un plan.

Il quitta la Chambre mais, au lieu de retourner dans son bureau, qui ne lui laissait aucune intimité, disparut dans l'une des cabines téléphoniques qui se trouvaient derrière le cloître, au-dessus du vestiaire. Il vérifia le numéro avant de le composer.

— Alexander, c'est Charles. Charles Hampton.

— Ah, je suis content de vous entendre, depuis tout ce temps. Comment allez-vous ?

— Bien, merci. Et vous ?

— Je n'ai pas à me plaindre. Que puis-je faire pour un homme occupé comme vous ?

— Je voulais juste vous parler de la nouvelle circonscription du Sussex. Littlehampton, vous savez ? Comment se passe la sélection des candidats ?

— Je dois choisir six candidats pour la réunion de la commission dans une dizaine de jours.

— Avez-vous pensé à vous présenter, Alexander ?

— Oui, souvent, mais madame ne veut pas ; et mon compte en banque ne me le permet pas non plus. Avez-vous des idées ?

— Je pourrai peut-être vous aider. Pourquoi ne venez-vous pas dîner tranquillement chez moi la semaine prochaine ?
— C'est très gentil de votre part, Charles.
— Mais non, je serai très content de vous revoir. Depuis tout ce temps ! Lundi prochain ?
— D'accord.
— Bien, disons à 20 heures. 27, Eaton Square.

Charles raccrocha et retourna dans son bureau noter ce dîner dans son agenda.

Raymond venait de terminer son intervention dans le débat européen lorsque Charles revint aux Communes. Il avait fait une démonstration cohérente de la nécessité économique de rester indépendant à l'égard des six autres pays européens et de resserrer les liens avec le Commonwealth et les États-Unis, exprimant son scepticisme quant à la capacité de la Grande-Bretagne à supporter le fardeau financier que représentait cette entrée dans un « club » aussi ancien. Si le pays était entré dans la C.E.E. au moment de sa formation, cela aurait été différent, expliqua-t-il. Mais il ne pouvait que voter contre cette aventure hasardeuse qui aurait pour conséquence une aggravation du chômage. Avant la fin de son intervention, Charles mit une croix à côté du nom de Gould.

L'un des suisses des Communes, vêtu d'un queue-de-pie noir et blanc, fit passer un mot à Raymond. Le message lui demandait d'appeler sir Nigel Hartwell dès que possible.

Raymond se rendit immédiatement à la cabine téléphonique la plus proche et put le joindre tout de suite.

— Vous vouliez que je vous appelle ?
— Oui, répondit sir Nigel. Êtes-vous libre en ce moment ?
— Oui, pourquoi ? Y a-t-il quelque chose d'urgent ?
— Je préfère ne pas en parler au téléphone.

Raymond prit le métro de Westminster à Temple et arriva au cabinet en quelques minutes. Il se rendit directement dans le bureau de sir Nigel, s'installa dans un confortable fauteuil et le regarda arpenter la pièce devant lui. Il avait de toute évidence quelque chose à dire.

— Raymond, on vient de m'annoncer votre nomination au poste de conseiller de la reine. J'ai dit que vous seriez parfait pour cette fonction.

Un sourire éclaira le visage de Raymond mais disparut rapidement.

— Mais si vous devez devenir avocat de la couronne, ajouta-t-il, il faut me faire une promesse.

— Une promesse ?

— Oui, poursuivit sir Nigel. Il faut cesser cette stupide... euh... liaison avec un autre avocat de l'étude.

Il fit le tour et dévisagea Raymond.

Celui-ci devint cramoisi et, avant même qu'il pût ouvrir la bouche, son patron poursuivit :

— Je veux votre promesse que cela se terminera, et tout de suite.

— Vous avez ma parole.

— Je ne veux pas moraliser, mais si vous devez avoir une liaison, pour l'amour du ciel, choisissez-la le plus loin possible du bureau, et, si je peux me permettre de vous donner un conseil, en dehors des Communes aussi. Le monde est grand, et abonde en personnes du sexe féminin.

Raymond approuva de la tête, ne trouvant rien à répliquer à cette logique.

Sir Nigel poursuivit, de toute évidence embarrassé par le sujet :

— Il y a un cas délicat de fraude qui est examiné à partir de lundi prochain à Manchester. Notre client a été accusé d'avoir ouvert une série de sociétés spécialisées dans l'assurance-vie mais qui ne paient pas les primes. Je suppose que vous vous souvenez de la publicité qui a été faite autour de l'affaire. Mlle Arnold a été désignée pour s'en occuper en tant que stagiaire. Cela peut apparemment durer plusieurs semaines.

— Elle essaiera de refuser, dit Raymond d'une voix triste.

— Elle a déjà essayé, mais je lui ai dit clairement que, si elle se sentait incapable de traiter ce dossier, elle devrait trouver un autre cabinet.

Raymond poussa un soupir de soulagement.

— Merci beaucoup, dit-il.

— Je suis vraiment désolé de tout cela. Mais je sais que vous méritez ce poste et je ne peux pas vous laisser ainsi vous gâcher. Merci de votre coopération : je ne dirais pas que j'ai beaucoup aimé faire ce travail, mais il le fallait.

— Vous avez quelques instants pour parler ? demanda Charles.

— Vous perdez votre temps, cher ami, si vous pensez convaincre des gens si tard, dit Alec Pimkin. Tous les douze, nous allons voter contre le gouvernement sur la question de l'Europe. Un point, c'est tout.

— Je ne veux pas parler de l'Europe, cette fois, Alec : c'est beaucoup plus sérieux et plus personnel. Allons prendre un verre sur la terrasse.

Charles commanda les boissons et les deux hommes se dirigèrent vers un coin tranquille. Charles s'arrêta lorsqu'il fut sûr que personne ne pouvait les entendre.

— Si ce n'est pas l'Europe, qu'est-ce donc ? demanda Pimkin, en regardant la Tamise et en jouant avec la rose qu'il portait à la boutonnière.

— Qu'est-ce que c'est que ces bruits qui courent sur la possibilité que vous perdiez votre siège ?

Pimkin pâlit et eut quelques gestes nerveux :

— C'est à cause de ce foutu redécoupage de circonscriptions. La mienne disparaît et personne ne semble vouloir me sélectionner pour un autre siège.

— Qu'aurai-je en échange si je vous assure un siège pour le restant de vos jours ?

Pimkin regarda Charles d'un air soupçonneux :

— Rien d'autre qu'une livre de chair, cher Shylock, dit-il avec un rire jaune.

— Non, il ne sera pas nécessaire de donner autant.

Pimkin retrouva ses couleurs.

— Pour n'importe quoi, vous pourrez compter sur moi.

— Pouvez-vous convaincre vos disciples de voter autrement ?

Pimkin redevint pâle.

— Je ne parle pas des votes mineurs de la commission, expliqua Charles sans laisser Pimkin répondre. Pas même des différentes clauses, mais simplement du principe lui-même. Il faut les convaincre d'être fidèles au parti dans les grands moments, de ne pas lui faire courir le risque d'être confronté à des élections anticipées, etc. Je vous laisse le soin de trouver des arguments. Je suis sûr que vous pourrez les convaincre, Alec.

Pimkin n'avait toujours pas ouvert la bouche.

— Je vous obtiens un siège en or et vous me garantissez les douze voix. C'est un bon marché, non ?

— Ne vous contenterez-vous pas de leur abstention ?

Charles marqua une pause, comme s'il réfléchissait à cette proposition, puis, n'ayant jamais cru un instant qu'il obtiendrait plus, dit :

— Marché conclu.

Alexander Dalglish arriva à Eaton Square peu après 20 heures. Fiona vint à la rencontre de ce grand homme élégant pour lui expliquer que Charles n'était pas encore rentré des Communes.

— Il devrait arriver d'une minute à l'autre, ajouta-t-elle. Puis-je vous offrir un verre de sherry ?

— Désolé d'être en retard, dit Charles en arrivant une demi-heure plus tard. J'espérais être là juste avant vous.

Il embrassa sa femme sur le front.

— Ce n'est pas grave du tout, dit Alexander en levant son verre. Je n'aurais pu être en meilleure compagnie.

— Que veux-tu boire, mon chéri ?

— Un whisky. Allons dîner : je dois retourner à la Chambre à 22 heures.

Charles introduisit son hôte dans la salle à manger et le plaça en bout de table avant de s'asseoir lui-même juste sous le portrait du premier comte de Bridgewater, un héritage de son grand-père ; Fiona prit place en face de son mari. Au cours du repas, Charles s'enquit de ce qu'Alexander avait fait depuis leur dernière entrevue mais ne fit aucune allusion au vrai motif de cette invitation jusqu'à ce que Fiona leur permette d'avoir un entretien au moment du café.

— Je sais que vous avez beaucoup de choses à vous dire. Je vous laisse.

— Merci pour ce charmant dîner, dit Alexander en regardant Fiona avec un plaisir évident.

Elle sortit en souriant.

— Maintenant, Charles, dit Alexander en saisissant une liste qu'il avait posée sur le sol en arrivant, j'ai besoin de vos lumières.

— Allons-y. Je serais ravi de pouvoir vous aider.

— Sir Edward Mountjoy m'a envoyé une longue liste à examiner. Parmi tous ces noms, j'ai relevé un secrétaire à l'Intérieur et un ou deux députés qui vont perdre leur siège actuel. Que pensez-vous de... ?

Dalglish lui montra la liste tandis que Charles versait de généreuses rasades de porto et lui tendait un cigare.

— Quel objet magnifique ! dit Alexander en admirant un coffret qui portait les armoiries familiales et les initiales C.G.H.

— Un héritage, dit Charles, qui aurait dû revenir à mon frère Rupert, mais j'ai la chance d'avoir les mêmes initiales que mon grand-père.

Alexander lui rendit l'objet et revint à sa liste.
— Il y a un homme qui m'impressionne. Il s'agit de Simon Kerslake.

Charles ne fit aucun commentaire.
— Avez-vous un avis sur lui, Charles ?
— Oui.
— Eh bien, que pensez-vous de Kerslake ?
— C'est strictement de vous à moi ?

Dalglish fit oui de la tête sans mot dire.
— Excellent, dit-il.
— Qui, Kerslake ?
— Non, le porto. Du Taylor's 35. Je ne pourrais pas dire que Kerslake soit un aussi bon cru. Dois-je en dire plus ?
— Non, quel dommage ! D'après sa fiche, c'est quelqu'un de très bien.
— Sur le papier, c'est une chose, mais l'avoir comme député pour vingt ans en est une autre. Et sa femme... On ne la voit jamais dans la circonscription, vous savez. Bon, je suis peut-être allé un peu loin.
— Non, non. Je vois tout à fait. Le suivant est Norman Lamont.
— Formidable, mais j'ai bien peur qu'il n'ait déjà été retenu pour Kingston.

Dalglish jeta un coup d'œil à sa liste.
— Bien, que pensez-vous de Pimkin ?
— Nous étions ensemble à Eton. Son allure ne l'aide pas, comme disait ma grand-mère, mais il est intelligent et très dévoué dans sa circonscription, d'après ce que l'on me dit.
— Vous le recommanderiez donc ?
— Je m'empresserais de le sélectionner, si j'étais vous, avant qu'il ne soit pris ailleurs.
— Il est donc si populaire que cela ? dit Alexander. Merci pour le tuyau. C'est dommage pour Kerslake.
— C'était strictement de vous à moi, n'est-ce pas ?
— Bien sûr ! Je ne dirai pas un mot ; vous pouvez compter sur moi.
— Vous aimez ce porto ?

— Excellent, dit Alexander. Mais votre goût a toujours été très sûr. Il suffit de regarder Fiona pour en avoir confirmation.

Charles sourit.

Quant à la plupart des autres noms que Dalglish mentionna, ou bien Charles ne les connaissait pas, ou bien ils ne convenaient pas et étaient faciles à éliminer. Lorsque Alexander prit congé un peu avant 22 heures, Fiona lui demanda si leur conversation avait été profitable.

— Oui, répondit-il. Je pense que nous avons trouvé l'homme qu'il nous faut.

Raymond fit changer les serrures de son appartement cet après-midi-là. Cela s'était avéré plus cher qu'il ne l'avait pensé et le serrurier avait insisté pour être payé en liquide et d'avance.

Il sourit en empochant l'argent.

— Je fais fortune avec ce travail, monsieur. Au moins un monsieur comme vous par jour, toujours en liquide et sans facture. C'est comme ça que, ma femme et moi, on peut passer un mois par an à Ibiza, hors taxes.

Cela fit sourire Raymond. Il regarda sa montre et se dit qu'il avait juste le temps d'attraper le train de 19 heures 10 à King's Cross pour aller passer un long week-end à Leeds.

Alexander Dalglish appela Charles une semaine plus tard pour lui dire que Pimkin avait été sélectionné et que Kerslake n'avait pas été retenu.

— Pimkin n'a pas eu un très bon contact avec la commission au cours de ce premier entretien.

— Cela ne m'étonne pas, dit Charles. Je vous ai dit que son allure jouait contre lui et il a sûrement des positions un peu trop extrémistes à droite certaines fois, mais il est très intelligent et sera d'un grand dévouement, je vous l'assure.

— Il va bien falloir le prendre. Maintenant que nous avons éliminé Kerslake, il est le seul candidat.

Charles raccrocha puis fit le numéro du ministère de l'Intérieur.

— Je voudrais parler à Simon Kerslake, s'il vous plaît.
— De la part de qui ?
— Hampton. Bureau du *whip*.

On le lui passa immédiatement.

— Simon, c'est Charles. J'ai pensé que vous voudriez avoir quelques nouvelles de Littlehampton.

— C'est très gentil de votre part.

— J'ai bien peur que les nouvelles ne soient pas très bonnes. Il se trouve que le secrétaire fédéral veut le siège pour lui et s'arrange pour que la commission ne voie que des candidats sans intérêt.

— Comment en êtes-vous sûr ?

— J'ai vu la liste des candidats retenus : Pimkin est le seul député.

— C'est incroyable.

— Oui, j'ai été extrêmement choqué, moi aussi, et j'ai fait ce que j'ai pu pour que vous soyez retenu, mais c'est tombé dans l'oreille d'un sourd. Ils n'ont pas aimé votre position sur la pendaison et d'autres déclarations que vous avez faites. Mais je continue à croire que vous n'aurez aucun mal à trouver un siège.

— J'espère que vous avez raison, Charles. Merci, de toute façon, d'avoir essayé de m'aider.

— Je vous en prie, je suis à votre service. Dites-moi si vous postulez ailleurs. J'ai beaucoup d'amis un peu partout.

Deux jours plus tard, Alec Pimkin fut invité par la Fédération conservatrice de Littlehampton pour un entretien au siège de la nouvelle circonscription.

— Comment vous remercier ? dit-il à Charles lorsqu'ils se retrouvèrent au bar.
— Tenez votre parole et mettez-le-moi par écrit.
— Que voulez-vous dire ?
— Faites une lettre au *chief whip* pour lui dire que vous avez changé d'avis sur la question de l'Europe et que vous et vos amis vous vous abstiendrez lors du vote jeudi.

Pimkin eut l'air très sûr de lui.
— Et si je ne joue pas le jeu ?
— Vous n'avez pas encore le siège, cher ami. Et je pourrais très bien téléphoner à Alexander Dalglish pour lui dire combien vous étiez ridicule du temps d'Oxford.

Lorsque le *whip* reçut la lettre de Pimkin trois jours plus tard, il convoqua immédiatement Charles.
— Bien joué, lui dit-il. Comment avez-vous fait pour réussir là où tout le monde s'est cassé le nez ? Lui et ses amis, en plus !
— Simple question de loyauté. Pimkin a fini par s'en rendre compte.

Le jour du grand débat sur l'entrée de la Grande-Bretagne dans le Marché commun, le Premier ministre Edward Heath prononça un discours pour résumer la position du gouvernement. A 9 heures 30, il se leva sous les acclamations des deux partis. Puis à 10 heures, la Chambre procéda au vote et approuva le « principe » de l'entrée dans la C.E.E. avec une majorité de cent douze voix, ce qui excédait de très loin les espoirs de Charles. Soixante-neuf députés travaillistes avaient participé à cette victoire du gouvernement.

Conformément à ses convictions de toujours, Raymond vota contre la motion, tandis que Simon Kerslake et Charles Hampton l'approuvaient. Alex Pimkin et ses douze amis restèrent à leur place au moment du vote.

Lorsque Charles entendit le président annoncer le résultat définitif, il triompha ; certes, il fallait encore franchir l'étape de la commission, où des centaines de clauses allaient être discutées, mais il venait de gagner le premier round.

⁂

Dix jours plus tard, un jeune conservateur tout frais sorti de Cambridge et une conseillère municipale locale furent battus derrière Alec Pimkin qui fut donc choisi comme candidat pour la circonscription de Littlehampton.

CHAPITRE 12

Raymond étudia encore la question puis décida de mener sa propre enquête : trop de ses administrés lui avaient prouvé, dans le passé, qu'ils n'hésitaient pas à lui mentir autant dans son bureau qu'ils le feraient devant le juge, à la barre des témoins.

Il appela le procureur, qui était homme à s'arrêter au milieu d'une phrase.

— Bonjour, monsieur Gould. Que puis-je pour vous ?

Cela arracha un sourire à Raymond : Angus Fraser en effet était arrivé au barreau en même temps que lui mais, dès qu'il était dans son bureau, il traitait toutes les personnes qu'il voyait comme s'il ne les connaissait pas, sans aucune exception.

— Il appelle même sa femme « Mme Fraser » lorsqu'elle l'appelle ici, lui avait dit un jour sir Nigel.

Raymond décida de jouer le jeu.

— Bonjour, monsieur Fraser. J'ai besoin de vos conseils.

— Je serais très heureux de vous aider, monsieur.

— Je voudrais vous parler de vous à moi du cas Paddy O'Halloran. Vous vous en souvenez ?

— Oui, bien sûr, tout le monde s'en souvient ici.

— Bien. Vous allez peut-être me sortir de l'impasse. Certains de mes administrés, à qui je ne fais pas plus confiance que cela, prétendent que O'Halloran a été victime d'un coup monté à propos du hold-up de la banque de Prince's Street l'année dernière. Ils ne nient pas qu'il ait un comportement frisant l'illégalité, mais ils disent qu'il n'a pas quitté un bar qui s'appelle le *Walter Scott* le soir du hold-up. Tout ce que je vous demande, monsieur Fraser, c'est de me dire si vous êtes absolument sûr de la culpabilité de O'Halloran. Dans ce cas j'arrêterai toute enquête. Mais si vous ne me dites rien, j'irai plus loin.

Raymond attendit, mais n'obtint aucune réponse.

— Merci, monsieur Fraser. Je vous verrai samedi pour le match de foot.

Le silence fut maintenu.

— Au revoir, monsieur Fraser.

— Au revoir, monsieur Gould.

Raymond se prépara à une longue bataille : voilà qui serait au moins une occasion de mettre ses talents de juriste au service de l'un de ses administrés ; peut-être même cela grandirait-il encore sa réputation à la Chambre. Il commença par contacter toutes les personnes qui avaient confirmé l'alibi de O'Halloran cette nuit-là, mais après en avoir vu huit en arriva à la décevante conclusion qu'aucun d'entre eux n'était un témoin fiable. Les amis de O'Halloran illustraient tout à fait, selon lui, l'expression « se prostituer pour une chope de bière ». Il lui fallait parler au propriétaire de l'établissement.

— Je ne peux pas vous l'affirmer, monsieur Gould, mais je pense qu'il était là ce soir-là. Le problème, c'est que O'Halloran était là presque tous les soirs. Alors, c'est difficile de savoir.

— Connaissez-vous quelqu'un qui pourrait se souvenir ? Quelqu'un à qui vous confieriez votre caisse ?

— Là, vous allez un peu loin, monsieur Gould.

Le propriétaire marqua un temps d'arrêt puis continua :

— Il y a la vieille Mme Bloxham. Elle est assise dans ce coin tous les soirs.

Il montra du doigt une petite table ronde qui ne pouvait recevoir plus de deux personnes.

— Si elle vous dit qu'il était là, c'est que c'est vrai.

Raymond demanda l'adresse de cette dame puis se rendit au 43, Mafeking Road, dans l'espoir de la rencontrer. Il passa au milieu d'un groupe d'enfants qui jouaient au ballon sur la route.

— Déjà de nouvelles élections ? demanda une vieille femme qui regardait par la fente destinée au courrier.

— Non, cela n'a rien à voir avec la politique, madame Bloxham. Je viens vous demander votre avis sur une question personnelle.

— Entrez donc. Il y a un terrible courant d'air dans le couloir.

Raymond suivit la vieille femme le long du triste couloir jusqu'à une pièce qui semblait plus froide que l'extérieur. Rien ne décorait la pièce à l'exception d'un crucifix posé sur la cheminée, sous une image de la Vierge Marie. Mme Bloxham pria Raymond de s'asseoir sur un siège en bois près d'une table non desservie, et s'assit sur un siège en crin de cheval qui grogna sous son poids imposant. Elle était vêtue d'un châle noir et d'une robe usagés.

Une fois installée dans son siège, elle retira ses pantoufles en expliquant :

— J'ai beaucoup de problèmes avec mes pieds.

Raymond réprima son dégoût.

— Et le docteur ne trouve aucune cause à cette enflure, poursuivit-elle sans amertume.

Raymond s'appuya sur la table dont il apprécia la beauté presque incongrue dans cet endroit et la dame remarqua son admiration.

— C'est mon arrière-grand-père qui l'a donnée à mon arrière-grand-mère le jour de leur mariage.

— Elle est magnifique.

Elle ne sembla pas entendre le compliment ; elle se contenta de demander ce qu'elle pourrait faire pour lui.

Raymond lui raconta alors l'affaire O'Halloran, que Mme Bloxham écouta religieusement en mettant sa main en cornet contre son oreille pour être sûre de ne pas perdre un seul mot.

— Ce O'Halloran est un mauvais garçon, on ne peut absolument pas lui faire confiance. Notre Vierge Marie aura beaucoup à lui pardonner pour lui permettre d'entrer dans le royaume du ciel.

Cela fit sourire Raymond. Puis elle ajouta :

— Je ne pense pas rencontrer beaucoup d'hommes politiques là-haut non plus.

— Pensez-vous que O'Halloran était là ce vendredi soir, comme le soutiennent tous ses amis ?

— Oui, il était là. Je l'ai vu de mes propres yeux.

— Comment pouvez-vous en être aussi sûre ?

— Il a renversé sa bière sur ma plus belle robe, et je savais que quelque chose m'arriverait ce jour-là parce que c'était vendredi 13. Je n'ai toujours pas pu enlever cette tache, et pourtant j'ai essayé toutes les lessives dont ils parlent à la télé.

— Pourquoi ne l'avez-vous pas dit tout de suite à la police ?

— On ne m'a rien demandé. Depuis longtemps, ils voulaient le pincer, mais n'y sont jamais arrivés. Pour une fois qu'ils pouvaient l'épingler !

Raymond acheva de prendre des notes puis se leva pour prendre congé. Mme Bloxham se leva également et l'accompagna jusqu'à la porte.

— Excusez-moi de ne pas vous avoir offert une tasse de thé mais je n'en ai plus. Si vous étiez passé demain, vous en auriez eu.

Raymond s'arrêta sur le pas de la porte.

— Je touche ma pension demain, expliqua-t-elle en réponse à sa question muette.

Elisabeth prit un jour de congé pour accompagner Simon à Redcorn où il avait un entretien. Une fois de plus, les enfants allaient rester avec leur baby-sitter. La presse locale et nationale le plaçait favori pour le nouveau siège et Elisabeth portait ce qu'elle considérait comme son plus bel uniforme conservateur : un tailleur bleu ciel avec un grand collet bleu marine, qui la dissimulait, comme le remarqua Simon, jusqu'aux genoux.

— J'ai failli ne pas vous reconnaître, docteur, dit-il en souriant.

— Je comprends. Je me suis déguisée en femme d'homme politique.

Il leur fallut trois heures vingt pour aller de Londres à Newcastle, bien qu'ils aient pris un « express ». Simon eut le temps de faire tout ce qu'il avait prévu et se dit que les fonctionnaires qui travaillaient à plein temps n'avaient vraiment pas une minute à consacrer à leur éventuelle carrière politique. On n'aurait peut-être pas apprécié d'apprendre qu'il avait passé une heure, pendant le voyage, à lire les quatre derniers numéros du *Redcorn News*.

A Newcastle, ils furent accueillis par la femme du trésorier de la fédération qui les accompagna pour être sûre qu'ils soient à l'heure pour l'entretien.

— C'est très délicat de votre part, dit Elisabeth en jetant un coup d'œil au véhicule qui allait leur faire faire les soixante kilomètres suivants.

La vieille Austin Mini en effet mit plus d'une heure et demie sur les petites routes avant d'arriver à destination, et la femme du trésorier ne cessa de parler pendant tout le voyage jusqu'à Redcorn : Simon et Elisabeth étaient physiquement et moralement épuisés.

Ils arrivèrent au siège du parti où ils furent présentés au responsable de la campagne.

— Merci d'être venus. C'est un voyage terrible, n'est-ce pas ?

Elisabeth ne put le démentir mais n'ajouta aucune remarque, car c'était la meilleure chance que Simon avait de retourner aux Communes, et elle avait déjà décidé de le soutenir autant qu'elle le pourrait. Néanmoins, elle était affolée à l'idée que son mari pourrait faire ce voyage jusqu'à Redcorn deux fois par mois : cela voudrait dire se voir encore moins, sans compter ce que cela impliquait pour les enfants.

— Bien. Nous allons interviewer six candidats potentiels, expliqua le responsable de la campagne, et vous êtes le dernier, ajouta-t-il avec un sourire de connivence.

Simon et Elisabeth sourirent sans trop comprendre.

— Je pense que nous en avons pour deux heures encore. Vous avez donc le temps de vous promener dans la ville.

Simon était ravi de cette occasion de se détendre les jambes et de jeter un coup d'œil à la ville. Ils se promenèrent tous deux lentement dans la jolie petite cité dont ils apprécièrent l'architecture élisabéthaine qui avait su résister aux promoteurs sans scrupules. Ils grimpèrent sur la colline pour admirer la magnifique église gothique qui dominait le paysage.

En passant dans la grand-rue très commerçante, Simon salua quelques habitants qui semblaient le reconnaître.

— Beaucoup de gens ont l'air de savoir qui tu es, dit Elisabeth.

Ils passèrent alors devant le kiosque à journaux et regardèrent les gros titres. Puis ils s'assirent sur un banc, sur la place du Marché, pour lire l'article qui accompagnait une grande photo de Simon.

« Le prochain député de Redcorn ? » disait le titre.

L'article expliquait que, bien que Simon Kerslake soit le favori, Bill Travers, un fermier de la région qui avait été élu président du conseil régional l'année précédente, avait une chance sérieuse d'être choisi.

Simon se sentit légèrement nauséeux : cela lui rappelait le jour où il avait été interviewé pour le siège de Coventry-Centre, huit ans plus tôt. Il avait beau être ministre de Sa Majesté, cela ne lui enlevait pas son inquiétude.

Lorsqu'ils retournèrent tous deux au siège de la fédération, on leur annonça que deux candidats seulement avaient été vus et qu'un troisième était sur la sellette. Ils refirent donc le tour de la ville, plus lentement cette fois, regardant les magasins se fermer.

— C'est une agréable petite ville commerçante, dit Simon.

— Et, comparés aux Londoniens, les gens ont l'air si gentils ! ajouta Elisabeth.

Sur leur route vers le siège du parti, ils croisèrent plusieurs personnes qui les saluèrent, des gens courtois que Simon aurait été fier de représenter. Bien que marchant lentement, ils ne réussirent pas à prolonger leur promenade au-delà de vingt minutes.

Ils arrivèrent donc pour la troisième fois au quartier général : le quatrième candidat sortait juste de la pièce où se déroulaient les entretiens. Ils attendirent encore quarante minutes avant de voir sortir, sous les applaudissements de l'assistance, un homme vêtu d'un veston de tweed et d'un pantalon marron qui n'avait pas l'air satisfait.

Simon et Elisabeth furent introduits dans la pièce à leur tour et toutes les personnes présentes à l'intérieur se levèrent : Redcorn ne recevait guère de visite de ministres.

Simon prit le siège qui faisait face aux membres de la commission ; il estima l'assistance à une cinquantaine de personnes qui, toutes, avaient les yeux braqués sur lui, sans agressivité mais avec curiosité. La plupart de ces gens, hommes et femmes, portaient des vêtements de tweed : avec son costume à rayures sombres, Simon se sentait déplacé.

— Nous saluons maintenant M. le député Simon Kerslake. M. Kerslake prendra la parole pendant vingt minutes, puis, comme il l'a accepté, répondra à nos questions.

Simon veilla à parler correctement, mais même ses meilleurs jeux de mots ne lui valurent que quelques pâles sourires et il ne suscita aucune réaction ; ces gens n'étaient de toute évidence pas là pour exprimer leurs sentiments. La fin de son intervention fut saluée par quelques applaudissements et des murmures.

— M. le ministre va maintenant répondre à nos questions, dit le président.

— Quelle est votre position concernant la peine de mort ? demanda une quinquagénaire renfrognée assise au premier rang.

Simon expliqua pourquoi il était farouchement opposé à

la peine de mort : la dame ne se dérida pas et Simon se dit qu'elle aurait été beaucoup plus satisfaite par la réponse d'un Ronnie Nethercote.

Un homme lui demanda ensuite ce qu'il pensait de la subvention agricole de l'année.

— Bien pour les œufs, moyen pour le bœuf et désastreux pour les éleveurs de cochons. C'est du moins ce que j'en ai lu sur la première page du *Farmer's Weekly* hier.

Certaines personnes se mirent à rire dans l'assistance.

— Étant député de Coventry-Centre, il est bien évident que je n'ai pas eu besoin jusque-là de me pencher sur les questions agricoles, mais si j'ai la chance d'être choisi pour Redcorn, je me mettrai très rapidement au courant et, avec l'aide de vous tous, maîtriserai très vite les problèmes des agriculteurs.

Plusieurs membres de la commission hochèrent la tête en signe d'approbation.

— Puis-je poser une question à Mme Kerslake ? demanda une grande dame à l'allure de vieille fille. Je me présente : Mlle Tweedsmuir, présidente de l'Association féminine. Si votre mari se voit offrir le siège, accepterez-vous de venir vivre dans le Northumberland ?

Elisabeth redoutait cette question car elle savait bien que, si Simon devenait député de Redcorn, elle devrait abandonner son poste à l'hôpital. Simon se tourna vers sa femme.

— Non, répondit-elle. Je suis médecin à l'hôpital Saint Mary's, dans le service de gynécologie et obstétrique. Je soutiens la carrière de mon mari mais, tout comme Margaret Thatcher, je pense que les femmes ont le droit de recevoir une bonne éducation et d'utiliser au mieux leurs qualifications.

Des applaudissements fusèrent dans l'assistance et Simon adressa un sourire à Elisabeth.

La question suivante concernait le Marché commun, et le candidat expliqua clairement pourquoi il avait soutenu le Premier ministre dans son désir de voir la Grande-Bretagne faire partie de l'Europe.

Puis il répondit à des questions allant du projet de loi sur les syndicats à la violence à la télévision ; enfin le président demanda s'il y avait d'autres questions.

Il y eut un long silence et il s'apprêtait juste à remercier Simon lorsque la dame renfrognée du premier rang demanda à Simon ce qu'il pensait de l'avortement.

— Moralement, je suis contre, expliqua-t-il. Au moment de la loi sur l'interruption de grossesse, nous pensions tous que cela endiguerait le flot des divorces. Mais nous avons fait erreur car le nombre de divorces a doublé. Toutefois, pour certains cas graves, je soutiens la position des médecins qui a été exprimée à l'époque. Elisabeth et moi avons deux enfants et le travail de mon épouse est de mettre des enfants au monde dans les meilleures conditions, ajouta-t-il.

La grimace de l'interrogatrice se transforma en masque inexpressif.

— Merci, dit le président. C'était très aimable à vous de nous consacrer autant de temps. Vous voudrez bien avoir l'amabilité d'attendre avec Mme Kerslake à l'extérieur.

Simon et Elisabeth rejoignirent les autres candidats, leurs femmes et le responsable de la campagne dans une petite pièce triste au fond du bâtiment. Lorsqu'ils virent la table à moitié desservie, ils pensèrent qu'ils n'avaient rien mangé et dévorèrent ce qu'il restait de sandwiches.

— Que va-t-il se passer maintenant ? demanda Simon entre deux bouchées.

— Ils vont discuter, et chacun exprimera son opinion, puis ils procéderont à un vote. Cela devrait être terminé dans une vingtaine de minutes.

Une heure plus tard, comme personne n'était encore sorti de la pièce, le responsable de la campagne suggéra aux candidats, qui avaient tous un long voyage devant eux, d'aller réserver une chambre à l'auberge voisine. Mais ils l'avaient tous déjà fait.

— Reste là pour le cas où tu serais appelé, dit Elisabeth. Je vais réserver une chambre et appeler à la maison pour voir si tout va bien avec les enfants. Ils ont probablement fait la peau à la pauvre baby-sitter à l'heure qu'il est.

Simon ouvrit sa sacoche et tenta de travailler un peu tandis qu'Elisabeth se dirigeait vers le *Bell Inn*.

L'homme qui avait l'air d'un agriculteur s'avança pour se présenter.

— Je suis Bill Travers, le président de la fédération locale. Je voulais juste vous dire que vous aurez mon soutien total si vous êtes sélectionné.

— Merci, dit Simon.

— J'espérais représenter la région, comme mon grand-père. Mais je comprendrais très bien que Redcorn choisisse une personnalité nationale destinée au gouvernement plutôt qu'un homme qui restera simple député.

Simon fut impressionné par la sincérité et la dignité de son adversaire et aurait aimé lui répondre avec gentillesse, mais Travers ajouta rapidement :

— Pardonnez-moi. Je ne veux pas vous faire perdre plus de temps. Je vois que vous avez beaucoup à faire.

Simon se sentit coupable en le voyant s'éloigner. Quelques minutes plus tard, Elisabeth revint et s'efforça de sourire.

— La seule chambre qui reste est plus petite que celle de Peter et donne sur la grand-rue.

— Au moins, nous n'aurons pas les enfants pour nous réveiller en criant « J'ai faim », dit-il en lui prenant la main.

Peu après 21 heures, un président à l'air las vint demander à tous les candidats un instant d'attention. Tous les candidats et leurs femmes se tournèrent vers lui.

— La commission voudrait vous remercier d'avoir bien voulu vous soumettre à cette procédure pénible. Il a été extrêmement difficile de prendre une décision que nous espérons bien ne pas discuter avant une vingtaine d'années.

Il marqua un temps d'arrêt puis annonça :

— La commission a décidé d'inviter M. Bill Travers à se battre pour le siège de Redcorn à l'occasion des prochaines élections.

En une phrase, tout fut terminé. Simon sentit sa gorge se serrer.

Elisabeth et lui ne trouvèrent guère le sommeil dans leur petite chambre du *Bell Inn* et la connaissance des résultats du vote, vingt-cinq voix contre vingt-trois, ne les consola pas.

— Je crois que cette Mlle Tweedsmuir ne m'a pas appréciée, dit Elisabeth avec culpabilité. Si je lui avais dit que j'acceptais de venir vivre ici, tu aurais peut-être été choisi.

— J'en doute. De toute façon, il est inutile d'accepter leurs conditions au cours de l'entretien pour n'en faire qu'à sa tête une fois que l'on est élu. Non, je pense qu'ils ont choisi le bon candidat.

Elisabeth sourit à son mari, reconnaissante pour ces propos.

— Il y aura d'autres occasions, dit Simon, conscient que le temps pressait. Tu verras.

Elisabeth souhaitait de tout son cœur qu'il ne se trompe pas et que, la prochaine fois, elle ne soit pas confrontée au dilemme qu'elle avait jusque-là pu contourner.

Joyce fit l'un de ses rares voyages jusqu'à Londres pour la cérémonie au cours de laquelle Raymond devint conseiller de la reine. Elle jugea l'occasion digne d'une autre visite au magasin *Marks and Spencer*, et cela lui rappela ses premiers achats au même endroit, bien des années plus tôt, lorsque son mari avait été reçu par le Premier ministre. Raymond était arrivé si loin depuis ce temps-là, malgré la stérilité de leur relation ! Elle ne pouvait s'empêcher de songer qu'il s'était vraiment amélioré physiquement avec l'âge. Elle regrettait malgré tout qu'on ne puisse pas en dire autant d'elle.

Elle eut beaucoup de plaisir à assister à la cérémonie qui eut lieu en latin, et que personne ne comprit. Tout d'un coup, son mari, Raymond Gould, était le conseiller de Sa Majesté.

Raymond et elle arrivèrent en retard pour la soirée donnée au cabinet : tous les avocats semblaient être là pour faire une ovation à Raymond. Celui-ci se sentit très serein quand sir Nigel lui tendit une coupe de champagne ; puis il remarqua une silhouette qui lui était familière et se souvint que le procès de Manchester était terminé. Il fit le tour de la pièce, et parla à tous les invités en évitant soigneusement Stéphanie Arnold. A sa grande horreur, il vit qu'elle se présentait à sa femme : toutes les fois qu'il regardait dans leur direction, leur conversation semblait de plus en plus animée.

— Mesdames et messieurs, dit sir Nigel en tapant sur la table. Nous sommes toujours fiers que l'un des nôtres soit appelé à servir la reine. C'est une récompense non seulement pour l'homme, mais pour tout le cabinet. Et lorsqu'il s'agit du plus jeune conseiller, qui a moins de quarante ans, cela ne fait qu'accroître notre fierté. Vous savez sans doute tous que Raymond est également élu à d'autres fonctions dont nous pensons qu'elles lui assureront une gloire plus grande encore. Je voudrais enfin ajouter quel plaisir nous avons ce soir à être en présence de son épouse, Joyce. Mesdames et messieurs, levons notre verre à Raymond Gould, conseiller de la reine.

Les applaudissements furent sincères. Lorsque des collègues vinrent le féliciter, Raymond ne peut s'empêcher de remarquer que Stéphanie et Joyce avaient repris leur conversation.

On lui tendit une autre coupe de champagne puis un jeune stagiaire brillant, Patrick Montague, qui venait juste de quitter Bristol pour travailler avec eux, l'entraîna dans une longue conversation. Il n'avait pas encore eu l'occasion de parler vraiment avec leur nouvelle recrue qui semblait avoir des opinions très claires en matière de législation criminelle et sur les réformes qui s'imposaient. Pour la

première fois de sa vie, Raymond eut l'impression de ne plus être tout jeune.
　Tout à coup les deux femmes se trouvèrent près de lui.
　— Bonjour, Raymond.
　— Bonjour, Stéphanie, dit-il gauchement.
　Il lança un regard inquiet en direction de sa femme.
　— Connaissez-vous Patrick Montague ? demanda-t-il d'un air distrait.
　Ses trois interlocuteurs partirent d'un grand éclat de rire.
　— Qu'y a-t-il de si drôle ?
　— Tu te mets parfois dans des situations vraiment embarrassantes, Raymond, expliqua Joyce. Tu sais sûrement que Patrick et Stéphanie sont fiancés, non ?

CHAPITRE 13

— Savez-vous pourquoi Simon Kerslake n'était pas là hier pour le vote ?
— Non, je ne sais pas, dit Charles au *chief whip*. Je lui ai donné les prévisions hebdomadaires comme à tous les autres.
— Qu'est-ce que cela signifie donc ?
— Je pense que le pauvre homme passe tout son temps à faire le tour du pays dans l'espoir de trouver une circonscription pour les prochaines élections.
— Ce n'est pas une excuse. Les devoirs à la Chambre sont primordiaux, tous les députés le savent. Il a manqué un vote sur une question essentielle alors que tous ses collègues ont pris soin d'être là. Je me demande si je ne vais pas lui dire un mot.
— Il vaut mieux ne pas le faire, dit Charles, essayant de ne pas avoir l'air d'insister. Je considère cela comme ma propre responsabilité et lui parlerai pour éviter que cela se reproduise.
— Bien, Charles, comme vous voulez. Heureusement que le débat est bientôt terminé et que la loi sera votée sous peu. Mais nous devons rester vigilants pour toutes les clauses : les travaillistes savent très bien que, s'ils parviennent à s'opposer à certaines clauses, ils peuvent couler la loi. Et si cela se produisait à une voix près, je crois que je tuerais Kerslake, ou toute autre personne responsable de l'échec.
— Je lui ferai la leçon, soyez-en sûr, promit Charles.

— Fiona supporte-t-elle toutes ces soirées toute seule ? s'enquit le *whip* plus détendu.

— Elle supporte apparemment très bien la situation. Je pourrais même dire que je l'ai rarement trouvée aussi bien.

— Je ne peux pas en dire autant de ma femme qui supporte de moins en moins ce qu'elle appelle nos « escapades d'étudiants » et j'ai dû lui promettre de l'emmener cet hiver aux Antilles pour compenser. Bien, je vous laisse faire avec Kerslake : soyez ferme.

***

— Norman Edwards ? répéta Raymond d'un ton incrédule. Le secrétaire général du Syndicat des transporteurs ?

— Oui, dit Fred Padgett en se levant.

— Mais il a brûlé mon livre *le Plein Emploi* sur la place publique après avoir réuni tous les journalistes possibles pour assister à l'autodafé.

— Oui, je sais, dit Fred en remettant une lettre dans le fichier. Mais je suis responsable de la campagne : je ne suis pas là pour résoudre les mystères de l'univers.

— Quand veut-il me voir ?

— Dès que possible.

— Demandez-lui donc s'il ne veut pas venir prendre un verre à la maison ce soir à 6 heures.

Raymond avait eu un samedi chargé et n'avait eu que le temps d'avaler un sandwich au pub voisin avant d'aller voir Leeds jouer contre Liverpool : il n'avait jamais été un passionné de football mais il allait maintenant s'afficher dans la tribune d'honneur et soutenir l'équipe locale de foot, faisant ainsi d'une pierre deux coups. Il veillait toujours d'ailleurs à reprendre son vieil accent du Yorkshire quand il s'adressait aux joueurs dans le vestiaire, et s'exprimait dans un langage qui était bien loin de celui qu'il utilisait pour s'adresser aux juges pendant la semaine.

Leeds gagna trois à deux, et Raymond qui avait rejoint

l'équipe dans le vestiaire faillit oublier son rendez-vous avec le dirigeant syndical.

Joyce montrait les perce-neige à son hôte lorsqu'il arriva.

— Je suis désolé d'être en retard, expliqua-t-il en enlevant son écharpe jaune et noire. J'étais au match.

— Qui a gagné ? demanda Edwards.

— Leeds, bien sûr, trois à deux. Entrez donc prendre une bière.

— Je préférerais une vodka, je crois.

Les deux hommes entrèrent dans la maison tandis que Joyce reprenait son jardinage.

— Eh bien, dit Raymond en versant un verre de Smirnoff à son invité. Si vous n'êtes pas venu de Liverpool pour le match de football, pourquoi vous êtes-vous déplacé ? Vous voulez peut-être un exemplaire dédicacé de mon livre pour votre prochain autodafé ?

— Ne vous moquez pas de moi, Ray, je vous prie. Je suis venu jusqu'ici parce que j'ai besoin de vous. C'est aussi simple que cela.

— Je suis tout ouïe, dit Raymond qui ne fit aucun commentaire sur l'utilisation de son diminutif.

— Nous avons eu une réunion générale de la commission qui définit nos objectifs hier, et l'un de nos camarades a mentionné une clause de la loi sur le Marché commun qui nous priverait tous d'emploi : il s'agit de la clause qui concerne le transport jusqu'aux côtes de la Manche.

Norman présenta une copie du texte de loi à Raymond : le paragraphe en question était souligné en rouge.

— Si cela est voté, mes hommes seront dans une situation terrible.

— Oui, dit Raymond. Je vois. Mais je suis très étonné que l'on soit allé si loin.

Raymond étudia le texte en détail tandis qu'Edwards se versait un autre verre de vodka.

— Combien cela ajoutera-t-il au coût du transport, selon vous ?

— Eh bien, assez pour nous empêcher d'être concurrentiels, expliqua le dirigeant syndical.
— D'accord. Mais pourquoi n'avez-vous pas contacté votre propre député ? Pourquoi vous être adressé à moi ?
— Je ne lui fais pas confiance. Il est pro-européen à tout prix.
— Pourquoi alors ne pas avoir contacté le responsable des syndicats aux Communes ?
— Tom Carson ? Vous plaisantez ! Il est tellement à l'extrême gauche que ses propres alliés se méfient de lui quand il défend une cause. Non, ce que ma commission voudrait savoir, c'est si vous accepteriez de combattre cette clause pour nous à la Chambre. D'autant que nous avons peu à vous offrir en retour.
— Je suis sûr que vous pourrez me remercier d'une façon ou d'une autre dans l'avenir, dit Raymond.
— Je vois. Que dois-je faire maintenant ?
— Rentrer à Liverpool et espérer que je sois aussi fort que vous le pensez.

Norman Edwards remit son vieil imperméable et commença à le boutonner.

— J'ai détesté votre livre, Ray, lui dit-il en souriant. Mais cela ne veut pas dire que je n'en ai pas admiré le courage.

— Le bougre a encore manqué une réunion obligatoire, Charles. C'est la dernière fois que vous le protégez.
— Cela ne se produira plus, dit-il avec conviction. Donnons-lui encore une chance, s'il vous plaît.
— Vous êtes très gentil avec lui. Mais, je vous préviens, je vais aller voir Kerslake moi-même et clarifier la situation.
— Cela ne se produira plus, répéta Charles.
— Hmm... Bien, y a-t-il d'autres clauses de la loi sur le Marché commun qui vont nous inquiéter la semaine prochaine ? s'enquit le *chief whip*.
— Oui. Cette clause du transport par camion que Ray-

mond Gould combat. Il l'a fait très brillamment et a rallié tous les travaillistes et la moitié de nos troupes.

— Mais ce n'est pas lui qui est chargé du Syndicat des transporteurs !

— Non, de toute évidence, les syndicats ont jugé que Tom Carson ne ferait pas l'affaire et il est extrêmement vexé.

— C'est futé de leur part d'avoir choisi Gould : il s'améliore à chaque discours où je l'entends. Et c'est un juriste imbattable.

— Si je comprends bien, il nous faut accepter l'idée que nous allons être vaincus pour cette clause, dit Charles d'une voix abattue.

— Pas du tout. Nous allons reformuler le texte afin qu'il devienne acceptable et qu'il ait l'air de prendre les problèmes en compte. Après tout, ce n'est pas un mauvais moment pour apparaître comme le défenseur des droits des travailleurs, et cela empêchera Gould d'être le seul à s'en soucier. J'en parlerai au Premier ministre dès ce soir. Entre-temps, n'oubliez pas ce que je vous ai dit à propos de Kerslake.

Charles retourna dans son bureau en se disant qu'il lui faudrait à l'avenir être plus prudent avec Simon Kerslake lorsqu'il s'agirait de clauses concernant la loi sur le Marché commun : il se dit qu'il avait utilisé cette ruse autant qu'il l'avait pu jusqu'à présent.

— Souhaitez-vous un entretien privé ? demanda Simon lorsque Raymond entra dans son bureau.

— Oui, s'il vous plaît.

— Bien.

Simon appuya sur le bouton de l'interphone et demanda à sa secrétaire de ne pas le déranger pendant l'entretien qu'il avait avec M. Gould puis il invita son collègue à prendre place dans un siège confortable. Depuis le moment où Gould avait demandé cette rencontre, il n'avait cessé d'essayer de deviner ce qu'il pouvait vouloir. Au fil des années, depuis qu'ils s'étaient affrontés sur la question de la dévaluation, ils avaient eu peu de contacts.

— Ma femme me demandait ce matin où vous en étiez dans votre recherche de circonscription, dit Raymond.

— Votre femme est plus au courant que la plupart de mes collègues. A vrai dire, cela ne va pas très bien. Pour les trois dernières circonscriptions déclarées vacantes, je n'ai même pas été convoqué : je n'ai toujours pas compris pourquoi. Leur point commun est d'avoir toujours choisi un candidat local.

— Mais vous avez encore le temps jusqu'aux élections, dit Raymond. Vous êtes sûr de trouver quelque chose pour ce moment.

— Ce moment arrivera peut-être plus vite que prévu si le Premier ministre décide d'organiser des élections pour mesurer sa force contre les syndicats.

— Ce serait complètement fou. Il arrivera peut-être à nous battre mais il n'aura pas le dessus avec les syndicats.

Une jeune secrétaire entra dans le bureau avec deux tasses de café qu'elle posa sur une table basse. Lorsqu'elle fut sortie de la pièce, Raymond révéla le motif de sa visite.

— Avez-vous eu le temps de jeter un coup d'œil au dossier ? demanda-t-il.

— Oui, je l'ai regardé hier soir pendant que j'aidais mon fils à faire ses devoirs et ma fille à construire une maquette de bateau.

— Et alors ?

— Ce n'était pas terrible. J'ai beaucoup de mal avec les mathématiques modernes et le mât du bateau est tombé dès que Lucy a mis le bateau dans la baignoire.

Raymond se mit à rire.

— Oui, je pense que c'est un dossier intéressant, poursuivit-il. Mais qu'attendez-vous de moi ?

— La justice, dit Raymond. C'est pour cette raison que je tenais à vous voir en privé. Ce n'est pas une question politique, pour aucun d'entre nous, et je n'ai aucune envie de l'exploiter contre le ministère de l'Intérieur. Mais je

pense que, dans l'intérêt de mon administré, je me dois de coopérer autant que je le peux avec vous.
— Bien, dit Simon. Où voulez-vous donc en venir ?
— Je voudrais adresser une question écrite à votre ministère dans l'espoir de faire rouvrir l'enquête. Si celle-ci en arrive aux mêmes conclusions que moi, je souhaiterais qu'un nouveau procès ait lieu.
Simon hésita un instant.
— Et dans le cas où l'enquête vous donnerait tort ? Accepteriez-vous d'en rester là avec le ministère de l'Intérieur ?
— Vous avez ma parole.
— Et s'il y a bien une chose que j'ai apprise, à mes dépens, c'est que vous ne manquez jamais à votre parole.
— C'est de l'histoire ancienne, dit Raymond en souriant.

Le mardi suivant, le président tourna la tête en direction des bancs des travaillistes et appela :
— M. Raymond Gould.
— Numéro dix-sept, monsieur, dit celui-ci.
Le président vérifia la question, qui demandait au ministère de l'Intérieur de rouvrir l'enquête du cas O'Halloran.
Simon se leva à la tribune, ouvrit son dossier et dit :
— Oui, monsieur.
Raymond se leva lui aussi pour poser sa question.
— Je voudrais remercier M. le ministre d'avoir accepté de rouvrir l'enquête si rapidement. Je lui demande, pour le cas où une injustice serait découverte à propos de M. O'Halloran, qu'un nouveau procès soit ordonné immédiatement.
— Oui, monsieur, dit Simon.
— J'en suis extrêmement reconnaissant à M. le ministre.
Tout cela prit moins d'une minute, mais les vieux députés comprirent que ce bref échange ne pouvait que faire suite à une préparation minutieuse des deux parties.

⁂

Simon lisait le rapport final du cas O'Halloran pendant qu'Elisabeth tentait de s'endormir. Il dut en examiner les détails une seconde fois pour comprendre qu'il devrait ordonner un nouveau procès et ouvrir une enquête complète sur les membres de la police chargés de l'affaire.

Ce fut au troisième jour du procès que M. Justice Comyns décida, après avoir entendu le témoignage irréfutable de Mme Bloxham, d'arrêter la procédure et de demander aux jurés de déclarer M. O'Halloran non coupable.

Raymond fut loué de toute part mais reconnut l'aide reçue de Simon Kerslake et du ministère. Le *Times* consacra même son éditorial du lendemain aux bonnes utilisations qu'un député pouvait faire de son influence.

Pour Raymond, le revers de la médaille fut que toutes les mères d'accusés firent la queue pour le voir deux fois par mois, pendant ses heures de réception. Mais, au cours de l'année, il n'examina sérieusement qu'un seul cas dont il prit également la peine de considérer tous les détails.

Cette fois, Raymond appela Angus Fraser pour découvrir que personne n'était connu sous le nom de Ricky Hodge et que cette personne n'avait pas de casier judiciaire. Raymond pensa alors qu'il était tombé sur un cas aux implications internationales.

Étant donné que Ricky Hodge était dans une prison turque, toute enquête devait être menée via le ministère des Affaires étrangères. Mais Raymond n'avait pas les mêmes relations avec le ministre qu'avec Simon et préféra un contact direct : il décida donc de poser une question à laquelle il serait répondu à la Chambre. Il la formula avec soin.

— Quelle action M. le ministre a-t-il l'intention d'entreprendre dans le cas de la confiscation du passeport britannique d'un citoyen résidant dans la circonscription de Leeds-Nord, cas dont tous les détails lui ont été communiqués ?

Lorsque la question fut posée le mercredi suivant devant toute la Chambre, le ministre se leva pour y répondre lui-même. Debout à la tribune, il regardait l'assistance par-dessus ses lunettes demi-lune :

— Le gouvernement de Sa Majesté mène l'enquête par les voies diplomatiques habituelles.

Raymond se leva d'un bond.

— M. le ministre d'État se rend-il compte que cette personne est dans une prison turque depuis six mois sans avoir encore été accusée d'un délit quelconque ?

— Oui, monsieur. J'ai demandé à l'ambassade de Turquie de nous fournir de plus amples détails sur ce cas.

Raymond bondit de nouveau.

— Pendant combien de temps mon administré devra-t-il être oublié à Ankara pour que le ministre d'État daigne faire plus que demander des détails sur son cas ?

Le ministre répondit sans manifester le moindre embarras :

— Je vous ferai part des conclusions auxquelles je serai arrivé dès que possible.

— Quand donc ? Demain ? La semaine prochaine ? L'année prochaine ? cria Raymond avec violence.

— Quand donc ? cria-t-on des bancs de l'opposition.

Une heure plus tard, Raymond reçut une note manuscrite du ministère des Affaires étrangères : *Si M. Gould veut bien prendre contact par téléphone, le ministre d'État sera ravi de lui accorder un rendez-vous.*

Il appela des Communes et fut invité à se rendre à Whitehall sur-le-champ.

Le ministère des Affaires étrangères, que ses occupants surnomment « le palais », a une atmosphère bien particulière : même Raymond, qui avait pourtant exercé les fonctions de secrétaire d'État, fut frappé par la solennité du lieu. On l'accompagna dans d'interminables couloirs de marbre avant de le conduire, en haut d'un large escalier, jusqu'au bureau du ministre d'État.

— Sir Alec Douglas-Home va vous recevoir dans un instant, monsieur Gould, lui dit le secrétaire particulier.

Il fut introduit dans une pièce majestueuse : le ministre des Affaires étrangères était debout devant la cheminée au-dessus de laquelle était suspendu un portrait de lord Palmerston.

— C'est très gentil à vous d'être venu si vite, Gould. J'espère que cela ne vous a pas trop dérangé.

« Banalités », se dit Raymond.

— Je sais que vous êtes très occupé aussi. Venons-en directement au fait, s'il vous plaît.

— Bien sûr, répondit sir Alec sèchement.

Sans un mot de plus, il tendit à Raymond un dossier intitulé *Richard M. Hodge — Confidentiel*.

— Je suis sûr que vous respecterez le caractère confidentiel de ce dossier.

« Encore un mensonge », pensa Raymond.

Il ouvrit la chemise : c'était exactement ce qu'il avait soupçonné : au cours des six mois qu'avait duré son incarcération, Ricky Hodge n'avait pas été jugé.

Il tourna la page : « Rome : prostitution d'enfants ; Marseille : trafic de stupéfiants ; Paris : chantage » ; page après page, jusqu'en Turquie où Hodge avait été trouvé en possession de deux kilos d'héroïne qu'il avait vendue en petites doses. Il n'avait effectivement pas de casier judiciaire en Angleterre, mais à l'âge de 29 ans, Ricky Hodge avait passé onze des quatorze dernières années dans des prisons étrangères.

Raymond referma le dossier et sentit la sueur couler sur son front ; il mit quelques instants avant de pouvoir parler :

— Je vous prie de m'excuser, monsieur le ministre. Je me suis ridiculisé.

— Lorsque j'étais jeune, raconta alors sir Alec, j'ai commis la même erreur pour l'un de mes administrés. C'était Ernie Bevin qui était ministre des Affaires étrangères à l'époque et il aurait pu avoir ma peau en exposant publiquement l'affaire aux Communes. Mais il préféra m'en parler en privé autour d'un verre. Je voudrais parfois que le public puisse voir les députés dans leur intimité : cela équilibrerait l'image qu'ils donnent dans leurs joutes verbales.

Raymond remercia sir Alec et rentra, pensif, aux Communes.

Lorsqu'il assura sa permanence suivante à Leeds, il eut la surprise de voir que Mme Bloxham avait pris rendez-vous avec lui.

Il fut encore plus étonné lorsqu'il l'accueillit sur le pas de sa porte : elle avait en effet troqué ses vêtements usés et ses vieilles savates pour une robe de coton toute neuve et une nouvelle paire de chaussures de cuir marron. Raymond la fit asseoir.

— Je suis venue remercier votre femme, monsieur Gould, expliqua-t-elle.

— Pourquoi donc ? demanda-t-il, étonné.

— Parce qu'elle m'a envoyé ce charmant jeune homme de chez *Christie's*. Ils ont vendu la table de ma grand-mère. Je ne pouvais pas croire que j'avais tant de chance : mille quatre cents livres.

Raymond resta sans paroles.

— Alors, ce n'est plus si grave pour la tache de bière sur ma robe. J'ai même eu assez pour manger pendant trois mois.

Au cours du long été caniculaire de 1972, la loi sur l'entrée de la Grande-Bretagne dans le Marché commun fut votée point par point, souvent jusqu'en plein milieu de la nuit. Pour certaines clauses, le gouvernement n'eut qu'une très faible majorité de cinq ou six voix, mais la loi passa entièrement.

Charles rentrait fréquemment à Eaton Square vers 3 heures du matin : il trouvait Fiona endormie et la quittait avant son réveil. Tous les anciens des Communes déclaraient n'avoir jamais vécu une expérience aussi épuisante depuis la Seconde Guerre mondiale.

Puis, d'un jour à l'autre, le dernier vote eut lieu et le marathon prit fin. La loi fut transmise à la Chambre des lords pour ratification et Charles se demanda ce qu'il allait faire de toutes ces heures libres dont il disposait maintenant.

Lorsque la loi reçut enfin « l'assentiment royal » en octobre, le *chief whip* offrit un repas au *Carlton Club* pour remercier toute l'équipe, « et en particulier Charles Hampton », ajouta-t-il en levant son verre. Après le repas, il le raccompagna aux Communes dans sa voiture officielle. Ils traversèrent Piccadilly, Haymarket, puis Trafalgar Square avant d'arriver à Whitehall. Alors que les Communes étaient toutes proches, la voiture prit Downing Street, et Charles pensa que le *whip* souhaitait être déposé au Numéro 12. Mais ils s'arrêtèrent avant et il lui annonça :

— Le Premier ministre vous attend dans cinq minutes.

— Quoi ? Pourquoi donc ?

— C'était bien synchronisé, n'est-ce pas ? dit le *chief whip* avant de disparaître au Numéro 12.

Charles était tout seul debout devant le 10, Downing Street.

Un homme vêtu d'un long manteau noir lui ouvrit la porte et le Premier ministre le reçut dans son bureau : comme d'habitude, il ne perdit pas de temps en bavardages inutiles.

— Merci pour le travail que vous venez de faire pour la loi sur le Marché commun.

— C'était très excitant, dit Charles en cherchant ses mots.

— Tout comme le seront vos prochaines fonctions, dit M. Heath. Il est temps de faire vos preuves dans un autre domaine. Je vous nomme secrétaire d'État au Commerce et à l'Industrie.

Charles resta sans mot dire.

— Avec tous les problèmes auxquels nous aurons à faire face dans le mois à venir, vous devriez trouver de quoi vous occuper.

— Certainement, dit Charles.

Le Premier ministre ne lui avait toujours pas demandé de s'asseoir et il lui signifiait déjà que l'entretien était terminé.

— Il faut que vous veniez avec Fiona dîner à Downing Street dès que vous aurez pris vos nouvelles fonctions.

— Merci beaucoup, dit Charles en prenant congé.

Lorsqu'il sortit dans la rue, un chauffeur lui ouvrit la portière d'une Austin Westminster. Charles mit un certain temps avant de comprendre que la voiture et le chauffeur lui étaient désormais destinés.

— Aux Communes, monsieur ?

— Non, je voudrais passer une minute à Eaton Square, dit Charles en s'installant dans le véhicule pour savourer sa nouvelle promotion.

La voiture passa devant les Communes et emprunta Victoria Street pour arriver à Eaton Square. Charles mourait d'impatience d'annoncer la bonne nouvelle à Fiona. Il se sentait coupable de l'avoir tant abandonnée ces derniers temps, tout en sachant que cela risquait fort de ne pas être beaucoup mieux à cause de la législation à venir sur les syndicats. Il espérait encore tant avoir un fils ! Peut-être cela serait-il possible maintenant. La voiture s'arrêta devant la maison du XVIIIe siècle. Charles grimpa les marches en courant et entra. Il entendit la voix de sa femme qui venait d'en haut, monta en deux enjambées et ouvrit la porte de la chambre.

— Je suis nommé secrétaire d'État au Commerce et à l'Industrie, annonça-t-il à Fiona qui était dans son lit.

Alexander Dalglish leva les yeux vers lui et sembla se moquer complètement de la promotion de Charles.

TROISIÈME PARTIE

SECRÉTAIRES D'ÉTAT
1973-1977

CHAPITRE 14

Simon regarda les conclusions de la commission chargée du redécoupage électoral : il venait de perdre officiellement sa circonscription. Ses collègues de Coventry se montrèrent très compréhensifs et s'occupèrent des sections électorales qui seraient les leurs après les prochaines élections afin de permettre à Simon de chercher un autre siège.

Sept sièges se libérèrent au cours de l'année mais la candidature de Simon ne fut retenue que deux fois. Les deux circonscriptions se trouvaient à la frontière écossaise et, dans les deux cas, il fut placé en seconde position : il commençait à se sentir un peu comme un favori des Jeux Olympiques qui obtiendrait la médaille d'argent.

Les rapports mensuels de Ronnie Nethercote étaient de plus en plus inquiétants, reflétant dans la vie réelle ce que les hommes politiques dénonçaient depuis peu à la Chambre. Ronnie avait une fois de plus décidé de retarder la transformation de sa société en société anonyme jusqu'à ce que la conjoncture soit plus favorable et Simon ne pouvait pas vraiment critiquer cette décision, mais lorsqu'il examina son découvert bancaire, il ne put que constater que les taux d'intérêt l'avaient porté à quatre-vingt-dix mille livres.

Lorsque le nombre de chômeurs dépassa le million, Ted Heath ordonna un blocage des prix et des salaires et des grèves éclatèrent un peu partout dans le pays.

Au cours de la session parlementaire de l'automne 1973, les questions économiques dominèrent d'autant plus que la situation ne cessa de s'aggraver. Charles Hampton fut une fois de plus écrasé de travail et dut négocier très souvent jusqu'à une heure avancée de la nuit avec les responsables syndicaux. Il s'était tellement informé sur ces problèmes qu'il était devenu un représentant de haut niveau du gouvernement. Raymond Gould eut maintes fois l'occasion de faire des discours passionnés en faveur des syndicats mais la majorité conservatrice eut toujours le dessus.

Toutefois le Premier ministre, Ted Heath, semblait se diriger vers une rupture avec les organisations syndicales et des élections anticipées.

Dès la fin des congrès annuels des trois partis, les députés retournèrent aux Communes avec la conviction que c'était probablement la dernière session avant les élections : on disait d'ailleurs ouvertement dans les couloirs que le Premier ministre n'attendait qu'un détonateur. Le Syndicat des mineurs lui fournit cette occasion : au beau milieu d'un hiver très rude, en effet, il déclencha une grève pour une augmentation de salaires, bravant ainsi la nouvelle législation en matière d'action syndicale. Tout d'un coup, le pays dut fonctionner sur la base d'une semaine de trois jours de travail.

Au cours d'un entretien télévisé, le Premier ministre expliqua qu'avec un chiffre de chômage qui avait atteint un million six cent mille et la semaine de travail réduite à trois jours, il avait le devoir d'organiser des élections pour assurer le maintien de l'ordre. Son cabinet lui conseilla de choisir la date du 28 février 1974.

« Qui dirige le pays ? » devint le thème de la campagne des conservateurs, mais cela apparemment ne fit qu'aggraver les différences de classes au lieu d'unifier le pays, comme l'avait souhaité le Premier ministre.

Raymond Gould retourna à Leeds, convaincu que le Nord industriel rejetterait la mainmise de Heath sur les affaires du pays.

Charles quant à lui avait la certitude que les électeurs soutiendraient tout parti qui avait eu le courage de tenir tête aux syndicats : mais la gauche, conduite par un Tom Carson exalté, expliquait que le gouvernement voulait écraser le mouvement travailliste une fois pour toutes. Charles se rendit dans sa circonscription du Sussex où ses électeurs lui dirent leur espoir de se débarrasser de « ces sales syndicats noyautés par les cocos ».

Le soir de l'élection, Simon dîna tranquillement avec Elisabeth et les enfants. Il regarda sans mot dire ses collègues apprendre leurs résultats électoraux.

Il fallut de nombreux mois pour que Charles puisse avoir une vraie conversation avec Fiona. Aucun des deux ne voulait divorcer, chacun prenant prétexte du vieux comte de Bridgewater malade, bien que la honte d'annoncer la nouvelle publiquement soit en fait la vraie raison. Il était difficile de remarquer le changement qui affectait leur relation, puisqu'ils n'avaient jamais manifesté leurs liens de façon ostentatoire.

Charles se rendit peu à peu compte que des unions pouvaient ainsi être terminées depuis des années sans que personne ne le remarque. Le vieux comte ne se douta certainement de rien, puisque, sur son lit de mort, il demanda encore à Fiona de vite concevoir un héritier.

— Penses-tu que tu me pardonneras un jour ? demanda un jour Fiona à Charles.

— Jamais, répondit-il d'un ton mettant fin à tout espoir de discussion.

Au cours des trois semaines de campagne dans le Sussex, ils remplirent tous deux leurs différentes tâches avec un professionnalisme qui cachait totalement leurs sentiments réels.

— Comment va votre mari ? demandait-on à Fiona.

— Il prend beaucoup de plaisir à faire campagne et attend avec impatience le moment de rejoindre le gouvernement, répondait-elle.

— Comment se porte notre chère lady Fiona ? s'enquérait-on sans cesse auprès de Charles.

— Elle ne va jamais aussi bien que lorsqu'elle se dévoue pour la circonscription, disait-il.

Le dimanche, dans une église après l'autre, il lisait une page de la Bible avec assurance tandis qu'elle chantait d'une voix sûre.

Les exigences d'une circonscription rurale n'ont rien à voir avec les devoirs que représente une circonscription en ville : chaque village, même minuscule, s'attend à recevoir une visite de son député qui, lui, doit connaître tous les noms des notables locaux. Mais de subtils changements s'opérèrent : Fiona ne soufflait plus les noms dans l'oreille de Charles qui, lui, ne se tournait plus vers elle pour lui demander conseil.

Au cours de la campagne, Charles prit l'habitude de téléphoner au photographe du journal local pour savoir quels événements il avait l'intention de couvrir ce jour-là. Il avait alors la liste des différentes manifestations publiques et arrivait toujours quelques minutes avant le photographe. Le candidat travailliste se plaignit officiellement au rédacteur en chef du journal de ce que M. Hampton était omniprésent dans son quotidien.

— Si vous assistiez à ces manifestations, nous serions ravis de publier votre photo, lui répondit-il.

— Mais on ne m'invite jamais, protesta le travailliste.

« On n'invite pas Hampton non plus, avait envie de dire le rédacteur en chef. Il se débrouille pour être là. » Mais il n'oubliait jamais que le propriétaire du journal était une notabilité conservatrice, et se tut.

Jusqu'au jour du scrutin, Charles et Fiona ne cessèrent d'inaugurer des ventes de charité, d'assister à des dîners et d'embrasser des bébés.

Charles avoua un jour à Fiona, qui lui posait la question, que son espoir secret était de devenir secrétaire d'État aux Affaires étrangères.

Le jour du scrutin, ils s'habillèrent en silence et se rendirent au bureau de vote : le photographe les attendait devant la porte et ils se rapprochèrent l'un de l'autre pour la photo, ayant ainsi l'air d'un couple heureux, lui en costume sombre et elle vêtue d'un tailleur foncé. Charles savait que ce serait la photo qui ferait la une de la *Sussex Gazette* du lendemain et que le candidat travailliste n'aurait qu'une demi-colonne en dernière page, non loin des avis de décès.

Il ne pouvait s'empêcher d'escompter une majorité conservatrice en arrivant à la mairie, malheureusement, le vendredi à l'aube, les résultats étaient toujours tangents.

Edward Heath refusa de s'avouer vaincu lorsque les journalistes commencèrent à annoncer qu'il risquait fort de se voir refuser la majorité dont il avait besoin. Charles passa la journée à arpenter la mairie avec un air inquiet. Les petits tas de bulletins de vote ne cessèrent de grossir et il apparut bientôt clairement qu'il obtiendrait le siège avec sa majorité habituelle de vingt et un ou vingt-deux mille voix : il ne savait toujours pas le chiffre exact. Mais au fil des heures, il devint de plus en plus difficile de prévoir les résultats nationaux.

Les derniers chiffres arrivèrent d'Irlande du Nord peu après 16 heures et un commentateur de la B.B.C. annonça :

Parti travailliste .... 301 sièges
Parti conservateur .... 296 sièges

Parti libéral... 14 sièges
Unionistes d'Ulster .... 7 sièges
Nationalistes écossais .... 2 sièges
Autres mouvements...................... 4 sièges

Ted Heath invita les responsables du Parti libéral à venir discuter à Downing Street dans l'espoir de former une coalition ; mais les libéraux posèrent une condition très ferme : ils souhaitaient que le gouvernement s'engage à procéder à une réforme électorale favorisant les petits partis. Heath savait que les députés ne suivraient pas et, dès le lundi matin, il déclara à la reine, qu'il alla voir à Buckingham Palace, qu'il était dans l'impossibilité de former un gouvernement. La souveraine appela donc le dirigeant travailliste, Harold Wilson, pour cette tâche. Celui-ci entra à Downing Street par la grande porte tandis que Heath sortait par derrière.

Dès le mardi après-midi, tous les députés étaient rentrés à Londres. Raymond avait affirmé sa majorité et il espérait bien que le Premier ministre aurait oublié sa démission et lui offrirait un portefeuille.

Charles, qui ne savait toujours pas le nombre exact de voix qui s'étaient portées sur son nom, rentra à Londres, résigné à retrouver sa place dans l'opposition. Sa seule consolation était de siéger à nouveau à la direction de la banque Hampton, où il ne manquerait pas de bénéficier de son expérience au ministère de l'Industrie et du Commerce.

Simon quitta l'Intérieur le 1er mars 1974 et Ronnie Nethercote l'invita immédiatement à revenir à la direction de la société Nethercote pour un salaire de cinq mille livres par an, ce qu'Elisabeth elle-même reconnut être un geste généreux.

Cela pourtant ne réconforta guère Simon qui se voyait maintenant député d'opposition pour une dizaine d'années.

Il alla de bureau en bureau pour dire au revoir à tous les fonctionnaires. Tous semblaient avoir la certitude qu'il reviendrait bientôt.

CHAPITRE 15

— Son carnet de rendez-vous est chargé en ce moment, monsieur Charles.
— Dans ce cas, donnez-moi un rendez-vous dès que cela est possible.
Il entendit tourner les pages du carnet à l'autre bout du fil.
— Le 12 mars à 10 heures et demie ?
— Mais c'est dans deux semaines ! dit Charles d'un ton irrité.
— M. Spencer vient juste de rentrer des États-Unis et...
— Ne peut-il pas déjeuner avec moi à mon club ? proposa Charles.
— Ce ne sera pas possible avant le 20 mars.
— Bien. D'accord pour le 12 mars à 10 heures et demie.
Au cours de ces deux semaines d'attente, Charles eut tout le loisir d'apprécier son rôle insignifiant dans l'opposition : plus de voiture officielle ; personne pour lui demander son avis sur des questions d'intérêt national : il traversait ce qu'il est commun d'appeler « la dépression des ex-ministres ».
Il fut soulagé lorsque arriva enfin le jour de son rendez-vous avec Derek Spencer. Il dut attendre une dizaine de minutes avant d'être introduit par la secrétaire du président dans son bureau.
— Voilà si longtemps que nous ne nous sommes vus ! dit Derek Spencer en se levant pour l'accueillir. Votre dernière visite à la banque doit remonter à au moins six ans.
— Oui, je suppose que c'est exact, dit Charles. Mais en

regardant l'endroit, j'ai l'impression que c'était hier. Vous avez été très occupé, n'est-ce pas ?

— Pas autant qu'un ministre, mais j'espère avoir obtenu de meilleurs résultats.

Ils se mirent à rire tous les deux.

— Je me suis toujours tenu au courant de ce qui se passait à la banque.

— Vraiment ?

— Oui, j'ai lu tous les rapports que vous m'avez envoyés et, bien sûr, le *Financial Times*.

— J'espère que vous trouvez que nous avons progressé pendant votre absence.

— Certainement, dit Charles, qui était toujours assis. C'est très impressionnant.

— Bien. Que puis-je faire pour vous ? demanda le président de la banque.

— Eh bien, c'est très simple : je voudrais être réintégré à la direction.

Il y eut un long silence.

— Ce n'est pas aussi simple que cela, Charles. Je viens juste de nommer deux nouveaux directeurs et...

— Mais bien sûr que c'est très simple, dit Charles en changeant de ton. Vous n'avez qu'à proposer mon nom à la prochaine réunion et je serai réintégré, d'autant que vous n'avez aucun membre de la famille à la direction pour le moment.

— Si, nous en avons un en fait : votre frère Rupert, comte de Bridgewater, vient d'être nommé au poste de directeur.

— Quoi ? Rupert ne m'en a pas parlé. Vous non plus, d'ailleurs.

— C'est vrai, mais les choses ont changé depuis...

— Rien n'a changé, sauf le peu de crédit que j'accorde maintenant à votre parole, dit Charles en comprenant que Spencer n'avait aucune intention de le réintégrer. Vous m'aviez assuré...

— Je n'accepte pas que l'on me parle ainsi dans mon propre bureau.

— Si vous ne faites pas attention à vos propos, je risque fort de vous parler ainsi dans la salle du conseil. Bien, Votre Honneur va-t-il coopérer ou non ?

— Je refuse d'entendre vos menaces, Hampton. Sortez de mon bureau avant que je ne vous fasse chasser. Je peux vous assurer que vous ne siégerez pas à la direction de la banque tant que je serai président-directeur général.

Charles sortit et claqua la porte : il ne savait pas très bien avec qui discuter du problème et rentra immédiatement à Eaton Square pour mettre au point un plan de campagne.

— Tiens donc. Pourquoi rentres-tu au milieu de l'après-midi ? demanda Fiona.

Charles hésita puis alla rejoindre sa femme dans la cuisine et lui raconta ce qui lui était arrivé à la banque. Fiona continua à râper du fromage en l'écoutant.

— Bien. Une chose est certaine, lui dit-elle après quelques instants de silence, après une telle scène, il est inconcevable que vous vous retrouviez tous les deux à la direction.

— Alors, que penses-tu que je doive faire, ma grande ?

Fiona sourit : cela faisait presque deux ans qu'il ne l'avait pas appelée ainsi.

— Tout le monde a ses secrets : je me demande ce que peuvent être ceux de M. Spencer.

— C'est un type tristounet issu des classes moyennes. Je doute que...

— Je viens de recevoir une lettre de la banque Hampton, dit Fiona brusquement.

— A quel propos ?

— C'est juste une circulaire destinée aux actionnaires. Il semble que Margaret Trubshaw prenne sa retraite après avoir assuré le secrétariat pendant douze ans. Il paraît qu'elle voulait prolonger ses fonctions pour cinq ans, mais que le président a quelqu'un d'autre en vue. Je pense que je pourrais déjeuner avec elle.

Charles sourit à sa femme.

*
**

Ronnie Nethercote avait nommé Simon au poste de directeur du personnel d'une société qui employait presque deux cents personnes et celui-ci aimait beaucoup négocier avec les syndicats à un niveau qu'il n'avait pas eu l'occasion de connaître auparavant. Ronnie ne mâcha pas ses mots pour expliquer comment il serait venu à bout de ces « salauds de cocos » qui étaient responsables de la chute du gouvernement.

— Vous n'auriez pas tenu plus d'une semaine aux Communes, lui dit Simon.

— Effectivement, au bout de deux semaines avec ces hâbleurs, j'aurais été ravi de retrouver la réalité.

Simon sourit : Ronnie, comme tant d'autres personnes, pensait que tous les députés étaient inemployables, sauf celui qu'il connaissait.

Raymond attendit la dernière annonce de nomination gouvernementale pour abandonner tout espoir. Plusieurs journalistes remarquèrent qu'il n'avait pas eu de portefeuille alors que des députés moins en vue avaient été nommés à des postes de gouvernement, mais cela ne le consolait guère. Il retrouva sans joie le barreau.

Le Premier ministre, Harold Wilson, déclara son intention de gouverner aussi longtemps que possible avant d'organiser des élections. Mais la plupart des députés pensaient qu'il ne pourrait pas tenir plus de quelques mois.

Fiona rentra radieuse de son déjeuner avec Mlle Trubshaw. Ce sourire ne la quitta pas jusqu'au retour de Charles, plusieurs heures plus tard.

— Tu as l'air très contente de toi, dit Charles en secouant son parapluie avant de fermer la porte.

— Comment s'est passée ta journée ? lui demanda-t-elle.
— Moyen, répondit Charles, impatient de connaître les dernières nouvelles. Alors ?
— Ce n'était pas mal. J'ai pris le café avec ta mère ce matin : elle avait l'air d'aller très bien, juste un léger refroidissement mais...
— Cela suffit avec ma mère. Comment s'est passé ton déjeuner avec Mlle Trubshaw ?
— Je me demandais combien de temps il faudrait pour en venir là.

Ils allèrent dans le salon ; elle s'assit puis expliqua :
— Après dix-huit années passées comme secrétaire de ton père et douze comme secrétaire de la direction, Mlle Trubshaw n'ignore pas grand-chose de la banque Hampton et de son actuel président.
— Alors, qu'as-tu découvert ?
— Que veux-tu savoir d'abord, le nom de sa maîtresse ou le numéro de son compte en Suisse ?

Fiona lui révéla tout ce qu'elle avait appris au cours de ce déjeuner, que Mlle Trubshaw avait arrosé, contrairement à ses habitudes, d'un pommard millésimé. Le sourire de Charles se fit de plus en plus radieux et Fiona eut l'impression d'être devant un petit garçon qui vient de recevoir une boîte de chocolats et qui découvre une seconde rangée sous celle qu'il a déjà dévorée.

— Bien joué, ma grande, dit-il à la fin du récit. Mais comment pourrai-je avoir toutes les preuves dont j'ai besoin ?
— J'ai conclu un marché avec Mlle Trubshaw.
— Quoi ?
— Oui, un marché. Tu auras les preuves à condition qu'elle reste à la banque cinq années de plus, sans aucune perte de retraite.
— Et c'est tout ce qu'elle veut ?
— Oui, avec la promesse d'un autre déjeuner au gril du *Savoy* quand tu auras réintégré la direction de la banque.

⁂

A la différence de la plupart de ses collègues travaillistes, Raymond aimait beaucoup porter l'habit et fréquenter la haute société londonienne. Il apprécia donc l'invitation au banquet annuel des banquiers au Guildhall : le Premier ministre était l'invité d'honneur et Raymond hésita un instant avant de lui demander combien de temps il comptait attendre avant d'organiser des élections.

Après l'apéritif, Raymond échangea quelques mots avec le lord-maire de Londres puis se mit à discuter avec un juge de la parité des condamnations.

Lorsque le dîner fut annoncé, Raymond se trouva assis assez loin de la table principale : sa place était signalée par un petit carton à son nom ; à sa droite se trouvait Michael Edwardes, le président de Chloride, et à sa gauche un banquier américain qui venait juste de commencer à travailler à la City.

Il fut fasciné par l'opinion de Michael Edwardes sur la façon dont le Premier ministre devrait considérer les industries nationalisées mais fut encore plus intéressé par les propos de l'analyste financier de la Chase Manhattan. Elle n'avait pas plus de 30 ans, d'après l'évaluation de Raymond à partir de son aveu d'avoir été en première année d'université l'année de la mort de Kennedy. Il ne fut pas surpris d'apprendre qu'elle jouait au tennis l'été et nageait tous les jours en hiver afin de perdre du poids. Kate avait un visage ovale plein de chaleur encadré par des cheveux bruns que Raymond pensait être coupés à la Mary Quant. Son nez se relevait légèrement à l'extrémité et coûterait une fortune à faire reproduire par un chirurgien esthétique. Il ne put voir ses jambes car elle portait une robe longue, mais ce qu'il en devinait le ravissait déjà.

— Je vois sur votre carton que vous êtes député, monsieur Gould. Puis-je vous demander de quel parti vous êtes l'élu ? demanda-t-elle avec un accent typique de Boston.

— Je suis travailliste, madame Garthwaite. A quel parti vont vos sympathies ?
— J'aurais voté travailliste aux dernières élections, si j'avais pu voter, déclara-t-elle.
— Dois-je être surpris ? plaisanta-t-il.
— Absolument. Mon ex-mari est un sénateur républicain.

Il allait lui poser une autre question lorsque l'on demanda le silence. Pour la première fois de la soirée, Raymond regarda en direction de l'estrade où le Premier ministre, Harold Wilson, commença son discours centré sur les problèmes économiques et le rôle du Parti travailliste, sans donner aucune indication sur la date des prochaines élections. Néanmoins, Raymond fut satisfait de sa soirée : il avait établi un contact avec le président d'une grande société anonyme et il avait obtenu le numéro de téléphone de Kate.

Le président accepta de mauvaise grâce de lui accorder un second entretien et il fut clair, dès les premières minutes, qu'il avait l'intention de l'écourter le plus possible.
— J'ai pensé qu'il valait mieux que je vous voie personnellement, dit Charles en prenant place dans le siège confortable et en allumant une cigarette, plutôt que d'exprimer ma requête lors de la réunion annuelle le mois prochain.

Le président Spencer laissa apparaître les premiers signes d'inquiétude mais ne dit rien.
— Je serais content de savoir pourquoi la banque paie un salaire mensuel de quatre cents livres à une employée nommée Mlle Janet Darrow, que je n'ai jamais rencontrée bien que son nom apparaisse dans la comptabilité depuis cinq ans. Les chèques ont, semble-t-il, été déposés à une succursale de la Lloyd's à Kensington.

Derek Spencer rougit.
— Ce que je voudrais découvrir, donc, poursuivit Charles, c'est la nature des services que Mlle Darrow a rendus à

la banque : ils sont sans nul doute importants pour lui avoir valu la somme de vingt-cinq mille livres au cours des cinq dernières années. Je vous accorde que c'est une somme modeste au regard du chiffre d'affaires de la banque de cent vingt-trois millions de livres pour l'année précédente, mais mon grand-père m'a inculqué dès mon plus jeune âge la devise selon laquelle il faut prendre soin des petits sous pour ne pas avoir à se soucier des grosses sommes.

Derek Spencer ne disait toujours rien, mais des gouttes de sueur perlaient sur son front. Soudain le ton de Charles changea :

— Si je ne suis pas réintégré à la direction de la banque le jour de la réunion annuelle, je considérerai de mon devoir de mettre les autres actionnaires au courant de cette légère irrégularité dans les comptes.

— Vous êtes un salaud, Hampton, dit tranquillement le président.

— Ce jugement est erroné. Je suis le second fils de l'ancien président de la banque et j'ai une ressemblance frappante avec mon père, bien que chacun s'accorde à dire que j'ai les yeux de ma mère.

— Quel est donc le marché que vous proposez ?

— Ce n'est pas un marché. Vous devez simplement respecter l'engagement que vous avez pris avec moi et veiller à ce que je sois réintégré avant la réunion annuelle. Vous ferez également cesser les versements à Mlle Darrow immédiatement.

— Si j'accepte, jurerez-vous de ne jamais mentionner cette question à personne ?

— Oui, et, contrairement à vous, j'ai l'habitude de tenir ma parole.

Charles se leva et se pencha au-dessus du bureau pour écraser son mégot de cigarette dans le cendrier du président.

※※

— Ils ont fait quoi ? demanda Joyce.

Le responsable de la campagne répéta :

— Deux communistes se sont portés candidats à la commission générale.

— Il faudra passer sur mon cadavre, dit Joyce d'une voix étrangement amère.

— Je pensais bien que vous réagiriez ainsi, commenta Fred Padgett.

Joyce chercha le crayon et le papier qui étaient normalement sur la table du téléphone.

— Quelle est la date de la réunion ? demanda-t-elle.

— Jeudi prochain.

— Avons-nous des gens valables à présenter contre eux ?

— Oui, bien sûr : le conseiller Reg Prescott et Jenny Simpkins de la Ligue.

— Oui, ils sont assez bien, mais ils n'ont pas inventé le fil à couper le beurre.

— Dois-je appeler Raymond à la Chambre pour lui demander de venir à la réunion ?

— Non, dit Joyce. Il a déjà bien assez de soucis à se refaire une situation, maintenant que nous sommes de nouveau au pouvoir. Je vais m'en occuper.

Elle reposa le combiné et s'assit pour réfléchir : c'était tout de même une ironie du sort qu'il soit exposé à une menace de l'extrême gauche au moment même où les syndicats commençaient à tenir compte de son avis. Quelques minutes plus tard, elle alla chercher dans son bureau la liste des membres de la commission générale : elle en vérifia soigneusement les seize noms et conclut que, si les communistes parvenaient à se faire élire cette fois, ils pourraient contrôler toute la commission dans cinq ans, et même faire sauter Raymond. Elle savait comment ces gens travaillaient : avec un peu de chance, s'ils étaient échaudés tout de suite, ils pourraient s'attaquer à une autre circonscription.

Elle relut une fois de plus la liste des seize membres puis

mit une paire de bonnes chaussures de marche : au cours des quatre jours suivants, elle rendit visite à plusieurs foyers de la circonscription.

— Je passais juste devant chez vous, expliqua-t-elle aux neuf femmes dont les maris faisaient partie de la commission.

Les quatre hommes qui n'écoutaient jamais ce que disaient leurs femmes reçurent la visite de Joyce après leur travail ; quant aux trois qui ne s'étaient jamais ralliés à ce que disait Raymond, elle les laissa tranquilles.

Le jeudi après-midi, treize personnes savaient parfaitement ce que l'on attendait d'elles. Joyce espérait que Raymond appellerait dans la soirée et se prépara à dîner, mais toucha à peine à son repas, puis elle s'endormit devant son émission de télévision préférée. Le téléphone sonna à 11 heures moins 5.

— Raymond ?

— J'espère que je ne vous ai pas réveillée, dit Fred.

— Non, non, répondit Joyce impatiente de savoir comment s'était passée la réunion. Que s'est-il passé ?

— Reg et Jenny l'ont emporté. Ces deux salauds de communistes n'ont eu que trois voix à eux deux.

— Bien joué, dit Joyce.

— Je n'ai rien fait, à part compter les bulletins de vote. Dois-je informer Raymond de ce qui s'est passé ?

— Non, inutile de lui dire que nous avons eu tant de problèmes.

Joyce s'installa dans le siège près du téléphone, retira ses chaussures et se rendormit.

27 Eaton Square
Londres SW1
Le 23 avril 1974

Cher Derek,
Merci pour votre lettre du 18 avril et votre invitation à revenir à la direction de la banque Hampton. Je suis ravi

d'accepter et attends avec impatience le moment de retravailler avec vous.
Amicalement,
Charles HAMPTON.

Fiona relut la lettre et approuva d'un signe de tête : bref et allant droit au fait.
— Veux-tu que je la poste ?
— Oui, s'il te plaît, dit-il en répondant au téléphone.
— 9712, Charles Hampton à l'appareil.
— Charles, bonjour, c'est Simon Kerslake.
— Ah, bonjour Simon, dit Charles en essayant d'avoir l'air content d'entendre son ancien collègue. Que se passe-t-il dans le vaste monde ?
— Pas grand-chose d'amusant. C'est même pour cela que je vous appelle. J'ai été sélectionné à Pucklebridge, pour le siège de sir Michael Harbour-Baker : il a presque 70 ans et a décidé de ne pas se représenter. Comme sa circonscription jouxte la vôtre au sud, j'ai pensé qu'il vous serait facile de lui dire un mot à mon sujet.
— Je serai ravi de le faire, dit Charles. Je parlerai au président de la commission dès ce soir. Comptez sur moi et bonne chance. Je serais très heureux de vous revoir aux Communes.
Simon lui donna son numéro de téléphone personnel, que Charles répéta lentement comme s'il le notait.
— Je vous rappellerai.
— Merci beaucoup pour votre aide.
Simon raccrocha le téléphone.
Elisabeth referma sa revue médicale.

Elle était très vivante, amusante, intelligente et au courant de tout. Il fallut plusieurs jours pour décider Kate Garthwaite à accepter l'invitation de Raymond et, lorsqu'elle alla dîner avec lui aux Communes, elle n'était ni particulièrement excitée, ni flattée, et n'était pas suspendue à chacun de ses mots.

Ils se mirent à se voir régulièrement et, au fil des mois, Raymond se rendit compte qu'elle lui manquait au cours des week-ends qu'il passait à Leeds avec Joyce. Mais Kate semblait apprécier son indépendance et n'avait aucune des exigences de Stéphanie, ne lui demandant jamais de lui consacrer plus de temps ou de laisser des vêtements chez lui.

Raymond savourait son café.

— C'est un repas mémorable, dit-il en se laissant aller dans le fauteuil.

— Pour la Chambre des communes, certainement !

Raymond l'entoura de son bras avant de déposer un baiser sur ses lèvres.

— Quoi ? On m'offre du beaujolais pas cher, et ensuite on me conte fleurette ? dit-elle en se resservant du café.

— J'aimerais bien que tu ne plaisantes pas toujours au sujet de notre relation, dit Raymond en lui caressant les cheveux.

— J'y suis obligée.

— Pourquoi ? demanda Raymond en la regardant dans les yeux.

— Parce que j'ai peur de ce qui pourrait arriver si je prenais la situation au sérieux.

Charles assista à la réunion annuelle en silence : le président fit son rapport concernant l'année fiscale qui se terminait en mars 1974 puis accueillit deux nouveaux directeurs et annonça le retour de Charles Hampton.

Plusieurs questions furent posées par les participants, et Derek Spencer n'eut aucun mal à y répondre. Comme Charles l'avait promis, pas un mot ne fut soufflé à propos de

Mlle Janet Darrow. Mlle Trubshaw avait en effet dit à Fiona que les versements s'étaient arrêtés mais elle était toujours inquiète pour le renouvellement de son contrat.

Lorsque le président conclut la réunion, Charles lui demanda s'il pouvait lui accorder quelques minutes d'entretien.

— Bien sûr, dit Spencer, soulagé que la réunion se soit déroulée sans problème.

— Je pense qu'il vaudrait mieux que nous allions parler dans votre bureau.

Le président l'entraîna à contrecœur dans son bureau.

Charles s'installa confortablement dans le siège de cuir puis sortit quelques papiers de sa poche. Il demanda alors :

— BX41207122, banque Rombert, Zurich. Cela vous dit quelque chose ?

— Vous aviez promis de ne jamais parler de...

— De Mlle Darrow, dit Charles. Et je tiendrai ma promesse. Mais, maintenant, en tant que directeur de la banque, je voudrais savoir ce que c'est que ce compte BX41207122.

— Vous savez pertinemment ce que c'est, dit le président en donnant un grand coup de poing sur la table.

— Je sais que c'est votre compte privé en Suisse, dit Charles en insistant sur le mot « privé ».

— Vous ne pourrez jamais rien prouver.

— Je vous l'accorde, mais ce que je pourrai prouver, poursuivit Charles, en cherchant dans ses papiers, c'est que vous avez utilisé l'argent de la banque Hampton à des fins personnelles, en déposant les bénéfices sur votre compte suisse, sans en informer la direction.

— Je n'ai rien fait qui puisse nuire à la banque, et vous le savez très bien.

— Je sais que l'argent a été restitué avec les intérêts, et je ne peux absolument pas prouver que la banque a été lésée. Néanmoins, la direction ne manquera pas d'apprécier ce coup d'œil sur vos activités, sachant que l'on vous paie quarante mille livres par an pour faire fructifier la banque, et non vos propres capitaux.

— Lorsque les membres de la direction verront les chiffres, ils me donneront un petit coup sur les doigts. Cela n'ira pas plus loin.

— Je parierais que le responsable des valeurs et titres ne sera pas aussi indulgent lorsqu'il verra ces documents, dit Charles en brandissant les papiers qui étaient posés sur ses genoux.

— Vous porterez un coup fatal à la banque.

— Et vous passerez probablement les dix années à venir en prison. Et si, par hasard, vous vous en tirez, vous serez brûlé à Londres et, lorsque vous aurez fini de payer votre amende, il ne restera pas grand-chose de votre bas de laine suisse.

— Que voulez-vous donc cette fois ? demanda Spencer, d'un ton exaspéré.

— Votre place.

— Ma place ? répéta Spencer d'une voix incrédule. Vous vous imaginez que, parce que vous avez été secrétaire d'État, vous êtes capable de diriger une grande banque d'affaires ?

— Je n'ai pas dit que je la dirigerai. Je peux embaucher un P.-D.G. compétent pour ce faire.

— Que ferez-vous donc ?

— Je serai président de la Hampton, ce qui convaincra les institutions de la City que nous souhaitons préserver les traditions prônées depuis des générations par ma famille.

— Je ne crois pas un mot de ce que vous dites.

— Si vous êtes toujours dans cette maison dans vingt-quatre heures, je vous enverrai le responsable des valeurs et titres.

Il y eut un long silence.

— Si j'acceptais, dit Spencer, j'exigerais une compensation de deux années de salaire.

— Un an seulement, dit Charles.

Spencer hésita, puis accepta d'un signe de tête. Charles se leva et rangea les papiers dans sa poche.

Ce n'était rien de plus que le courrier du jour de ses administrés.

⁂

Simon eut l'impression que l'entretien s'était bien passé, mais Elisabeth n'en était pas aussi sûre. Ils attendirent patiemment avec les cinq autres candidats et leurs épouses.

Simon repensa aux réponses qu'il avait faites, et aux huit hommes et quatre femmes qui formaient la commission.

— Il faut bien reconnaître que c'est le meilleur siège de tous ceux pour lesquels j'ai été sélectionné.

— Oui, mais le président de la commission n'a pas cessé de te jeter un regard en coin.

— Mais Millburn m'a dit qu'il avait été à Eton avec Charles Hampton.

— C'est bien ce qui m'inquiète, soupira Elisabeth.

— Une majorité de quinze mille voix aux dernières élections, et à quarante minutes de Londres seulement. Nous pourrions même acheter une petite maison.

— Si tu es invité à les représenter.

— Au moins, cette fois-ci, tu as pu leur dire que tu t'installerais dans la circonscription.

— C'est ce qu'aurait fait toute personne censée, dit Elisabeth.

Le président sortit et demanda à M. et Mme Kerslake s'ils voulaient bien avoir l'obligeance de se présenter à nouveau devant la commission.

« Mon Dieu, se dit Simon, que peuvent-ils vouloir encore savoir ? »

« C'est trop près de Londres pour être de ma faute cette fois-ci », pensa Elisabeth.

Tous les membres de la commission les examinèrent longuement.

— Mesdames et messieurs, dit le président, après une longue délibération, je propose solennellement que M. Simon Kerslake défende Pucklebridge pour les prochaines élections. Pour ?

Douze mains se levèrent.

— Contre ?

— Bien. Nommé à l'unanimité. Voulez-vous dire un mot à la commission ? demanda-t-il à Simon.

Le futur député de Pucklebridge se leva : l'assistance attendait sa déclaration en silence.

— Je ne sais pas vraiment que vous dire, si ce n'est que je suis très heureux et que j'attends les prochaines élections avec une grande impatience.

Toute l'assistance se mit à rire puis se leva pour venir autour de lui.

Une heure plus tard, le président raccompagna Simon et Elisabeth à leur voiture et leur souhaita une bonne nuit.

— J'ai su que vous étiez notre homme, ajouta-t-il, dès que Charles Hampton m'a téléphoné pour me dire qu'il fallait se méfier de vous comme de la peste.

— Pourriez-vous dire à Mlle Trubshaw d'entrer, demanda Charles à sa secrétaire.

Margaret Trubshaw entra quelques instants plus tard et resta debout devant le bureau. Elle ne put s'empêcher de remarquer le changement de mobilier : seul le portrait du onzième comte de Bridgewater était resté à sa place.

— Mademoiselle Trubshaw, puisque M. Spencer a voulu démissionner si brusquement, je pense qu'il est nécessaire d'assurer une certaine continuité à la banque, maintenant que j'en ai repris la direction.

Mlle Trubshaw resta comme une statue grecque, les mains cachées dans ses manches.

— C'est dans cet esprit que nous avons décidé de prolonger votre contrat de cinq années supplémentaires. Vous n'aurez, bien entendu, aucune perte dans votre pension de retraite.

— Merci, monsieur Charles.

— Merci, mademoiselle Trubshaw.

Elle esquissa une révérence en quittant la pièce.

— Mademoiselle Trubshaw...

— Oui, dit-elle, la main sur la poignée de la porte.
— Ma femme attend votre coup de fil : c'est à propos d'un déjeuner au gril du *Savoy*.

CHAPITRE 16

— Une chemise bleue ! dit Raymond en jetant un regard dubitatif à l'étiquette. Une chemise bleue...
— C'est un cadeau de quarantième anniversaire, cria Kate de la cuisine.
« Je ne la porterai jamais », pensa-t-il en souriant.
— Et, qui plus est, tu vas la porter, ajouta-t-elle.
— Tu devines même mes pensées, fit-il mine de se plaindre.
Elle revint de la cuisine et il la trouva fort élégante, comme toujours, dans son tailleur de travail.
— Mais tu es tellement prévisible, Red.
— Comment as-tu su que c'était mon anniversaire ?
— J'ai fait du beau travail de détective, avec l'aide d'un agent extérieur et moyennant un peu d'argent.
— Un agent extérieur ? Qui ça ?
— Le kiosque à journaux du coin, mon chéri. Dans le *Sunday Times*, on vous donne le nom de toutes les célébrités qui vont fêter leur anniversaire dans la semaine. Tu figurais donc parmi une liste de personnes médiocres.
Raymond se mit à rire.
— Maintenant, écoute-moi, Red.
Il faisait semblant de détester ce surnom.
— Pourquoi m'appelles-tu de ce nom insupportable ?
— Oh ! arrête de faire tant d'histoires, et essaie donc ta chemise !
— Tout de suite ?
— Tout de suite.

Il ôta sa veste noire et sa chemise blanche, laissant ainsi apparaître les poils roux qui recouvraient sa poitrine, et enfila rapidement la chemise neuve. L'étoffe en était agréable et douce. Il commença à la boutonner mais Kate se précipita pour ouvrir les deux premiers boutons.

— Tu sais, tu es une parfaite illustration de l'expression « collet monté », mais, avec des vêtements adéquats, tu pourrais même être beau.

Raymond se renfrogna.

— Bien. Où allons-nous célébrer ton anniversaire ?

— A la Chambre des Communes ?

— Mon Dieu, j'ai parlé de célébrer un anniversaire, pas de faire une veillée. Pourquoi n'irions-nous pas chez *Annabel* ?

— Je ne peux pas me permettre d'être vu chez *Annabel*.

— Tu veux dire avec moi ?

— Mais non. Parce que je suis travailliste.

— Si les membres du Parti travailliste n'ont pas le droit de faire un bon repas, il est grand temps pour toi de changer de parti. Dans mon pays, on voit les démocrates dans les meilleurs restaurants.

— Sois sérieuse, je t'en prie, Kate.

— J'essaie de l'être. Que s'est-il passé à la Chambre récemment ?

— Pas grand-chose. Je suis très pris par le barreau et...

— Justement. Tu devrais te dépêcher de faire quelque chose avant que tes collègues oublient ton existence.

— Tu as une idée derrière la tête ? demanda Raymond, les bras croisés sur la poitrine.

— Oui, dit Kate. J'ai lu, toujours dans le même journal, que le Parti travailliste avait du mal à faire annuler la législation concernant les syndicats. Il semble que le gouvernement essaie de biaiser avec des implications à long terme. Pourquoi ne mets-tu donc pas ton beau petit cerveau au service de ces complexités juridiques ?

— Ce n'est pas une mauvaise idée.

Raymond connaissait bien le sens politique de Kate et le lui fit remarquer.

— Une mauvaise habitude de plus que j'ai prise avec mon ex-mari, expliqua-t-elle. Alors, où allons-nous fêter ton anniversaire ?

— Faisons un compromis.

— Je suis tout ouïe.

— Allons au *Dorchester*.

— Si tu veux, concéda Kate sans grand enthousiasme.

Raymond commença à enlever sa chemise.

— Non, non, Red. Tout le monde sait que l'on porte des chemises bleues au *Dorchester*.

— Mais je n'ai aucune cravate qui aille avec cette couleur, répliqua-t-il d'un ton triomphant.

Kate plongea la main dans le sac de *Turnbull and Asser* et en ressortit une cravate en soie bleu foncé.

— Mais il y a un dessin sur cette cravate. Jusqu'où me feras-tu aller ?

— Jusqu'aux lentilles de contact.

Raymond la regarda en souriant.

En sortant, le regard de Raymond se posa sur le paquet que Joyce lui avait posté de Leeds au début de la semaine. Il avait complètement oublié de l'ouvrir.

— Zut, dit Charles en posant le *Times* pour boire son café.

— Qu'y a-t-il ? s'enquit Fiona.

— Kerslake a été choisi pour Pucklebridge, ce qui signifie qu'il est de retour aux Communes pour toute sa vie. De toute évidence, la conversation que j'ai eue avec Millburn n'a eu aucun effet.

— Pourquoi en veux-tu à Kerslake ?

Charles plia le journal et réfléchit un instant.

— C'est assez simple, en fait, ma grande. Je pense qu'il

est le seul de mes contemporains à pouvoir me barrer la route vers la direction du Parti conservateur.

— Et pourquoi donc lui précisément ?

— Je l'ai connu lorsqu'il était à la tête de l'association des étudiants d'Oxford : il était déjà très fort à l'époque, mais maintenant, il est encore meilleur. Il avait des rivaux, mais il les a balayés d'un geste. Non, malgré ses origines, Kerslake est le seul homme qui me fasse peur.

— La route est encore longue, mon chéri, et il peut trébucher.

— Moi aussi. Il faut seulement que je pose quelques embûches sur son chemin, dit Charles en regardant l'heure. Je suis en retard.

Il prit le *Times*, embrassa sa femme sur le front et monta dans sa voiture de fonction.

Dès qu'il fut sorti, le téléphone sonna. Fiona décrocha.

— Ici Fiona Hampton.

— C'est Simon Kerslake. Charles est-il là ?

— Il vient juste de partir. Puis-je lui faire une commission ?

— Oui, je voulais lui dire que j'avais été choisi pour Pucklebridge, et qu'Archie Millburn n'avait pas manqué de m'informer de ce que Charles avait fait pour que j'obtienne satisfaction. Et puisque nous y sommes, je voudrais aussi le remercier de m'avoir donné le programme des Communes avec autant de soin. Je me suis rendu compte que j'étais le seul député à recevoir une telle attention de sa part. Assurez-le que je ne manquerai pas de lui retourner la politesse dès que j'en aurai l'occasion.

Et il raccrocha.

Simon écouta attentivement le rapport de Ronnie au cours de la réunion mensuelle de la direction : deux locataires n'avaient pas payé leur loyer, et une autre échéance trimestrielle arrivait à grands pas. Les avocats de Ronnie avaient déjà envoyé des rappels, suivis un mois plus tard de lettres recommandées, mais ces mesures n'avaient eu aucun effet.

— Cela ne fait que justifier ce que je redoutais le plus.
— Quoi donc ? demanda Simon.
— Ils n'ont tout simplement pas l'argent.
— Remplaçons-les par de nouveaux locataires.
— Simon, la prochaine fois que vous allez de Beaufort Street à Whitechapel, comptez les panneaux A LOUER sur les immeubles de bureaux. Vous pourrez en compter plus d'une centaine sans quitter la City.
— Que pensez-vous donc faire ?
— Il nous faut vendre des biens pour nous procurer des liquidités. Félicitons-nous au moins d'avoir un passif nettement supérieur au volume de nos emprunts. Ce sont les sociétés qui sont dans la situation inverse qui ont commencé à appeler.

Simon pensa à son découvert qui avoisinait maintenant les cent mille livres, et commença à regretter de ne pas avoir accepté l'offre généreuse de Ronnie de racheter ses actions : il se dit qu'il avait laissé passer sa chance.

Après la réunion, Simon alla chercher Elisabeth à Saint Mary's. C'était le jour de l'un de leurs trois voyages hebdomadaires à Pucklebridge : Simon en effet voulait faire le tour de la circonscription avant que Wilson ne décide des élections.

Archie Millburn, qui l'avait accompagné dans toutes ses tournées, lui apparut comme un président très consciencieux.

— Il est très gentil avec nous, dit Elisabeth dans la voiture.
— Absolument, surtout quand on sait qu'il dirige en plus la société Millburn Electronics. Mais, comme il nous le dit si souvent, une fois qu'il nous aura présentés à toutes les notabilités locales, nous serons livrés à nous-mêmes.
— As-tu trouvé pourquoi il n'a pas suivi le conseil de Charles Hampton ?

— Non, il n'a plus mentionné son nom depuis ce soir-là. Tout ce que je sais, c'est qu'ils sont allés à l'école ensemble.
— Que vas-tu faire à propos de Hampton ?
— J'ai déjà réglé ce petit problème.

Raymond était le député dont on parlait le plus.

Il avait fait un discours si brillant lors de la seconde présentation de la loi sur les syndicats que les *whips* l'avaient nommé à la commission restreinte chargée d'examiner les clauses de la loi une par une : une responsabilité stratégique qui permettait à Raymond de mettre en valeur tous ses talents : il pouvait en effet montrer les lacunes du texte juridique à ses collègues et trouver des solutions pour les pallier. Très vite, les dirigeants des syndicats le contactèrent aux Communes et n'hésitèrent pas à l'appeler chez lui pour lui demander son avis sur tel ou tel point. Raymond se montra très patient avec chacun d'entre eux, et, qui plus est, fut d'excellent conseil. Il était très amusé de voir combien tous s'étaient empressés d'oublier son ouvrage *le Plein Emploi, mais à quel prix ?*.

Il fit alors l'objet de quelques entrefilets dans la presse nationale. Le *Guardian* alla même jusqu'à suggérer qu'il serait choquant, quelle qu'ait été son expérience passée, que Raymond Gould ne fasse pas partie du gouvernement dans l'avenir.

— Si tu avais un portefeuille, cela aurait-il une conséquence pour notre relation ? lui demanda Kate.
— Certainement, dit Raymond. J'aurais une excuse en or pour ne pas porter ta chemise bleue.

Harold Wilson réussit à maintenir l'édifice chancelant pendant encore six mois avant d'être acculé à organiser des élections ; il choisit la date du 10 octobre 1974.

Raymond regagna immédiatement sa circonscription pour mener sa cinquième campagne. Lorsqu'il retrouva Joyce à la gare de Leeds, il ne put s'empêcher de penser que cette femme boulotte n'avait que quatre ans de plus que Kate. Il l'embrassa sur la joue, comme une parente éloignée, avant de rentrer avec elle dans leur maison de Chapel Allerton.

Joyce parla beaucoup pendant le trajet : il était clair que la situation était parfaitement maîtrisée dans la circonscription et que Fred Padgett était prêt pour cette campagne électorale.

— Il ne s'est pas vraiment arrêté depuis la dernière campagne, expliqua Joyce, qui, de toute évidence, était encore mieux organisée que lui.

Et en plus, constata Raymond, elle aimait ce qu'elle faisait.

A la différence de ses collègues des circonscriptions rurales, Raymond n'avait pas à faire de discours dans les petites mairies des villages : c'était dans le centre-ville qu'il devait conquérir ses voix. Il devait donc discuter aux heures de pointe avec les commerçants, faire le tour des supermarchés et des pubs, distribuer des poignées de main à longueur de journée.

Joyce lui établit un emploi du temps qui lui permettait de toucher la quasi-totalité de la population de Leeds : certaines personnes le virent même une douzaine de fois au cours des trois semaines de campagne.

Puis Raymond fit la tournée des clubs professionnels, buvant une chope de bière derrière l'autre : il était résigné à prendre deux ou trois kilos pendant chaque campagne et redoutait déjà les commentaires de Kate.

Il réussit chaque jour à trouver quelques minutes pour lui téléphoner : elle avait l'air très occupé et donnait à Raymond des tas de nouvelles, lui laissant l'impression qu'il ne lui manquait pas.

Les syndicalistes locaux le soutinrent à fond, regrettant les étiquettes de « prétentieux » et de « distant » qu'ils lui avaient collées dans le passé. « Il sait où est sa famille », disait-on de lui. Pour lui, ils firent du porte-à-porte, distribuèrent des tracts, conduisirent des électeurs jusqu'aux bureaux de vote : ils se levaient avant lui et étaient toujours occupés à prêcher les convertis au moment de la fermeture des pubs.

Raymond et Joyce déposèrent leurs bulletins de vote au lycée de leur quartier le jeudi du scrutin, pleins d'espoir dans une victoire franche des travaillistes.

Le Parti travailliste emporta les élections avec une majorité de quarante-trois sièges aux Communes sur les conservateurs, mais avec trois sièges d'avance seulement sur l'ensemble des partis. Néanmoins, Harold Wilson se prépara à cinq autres années au gouvernement lorsque la reine l'invita à former son quatrième gouvernement.

Raymond obtint la plus forte majorité de sa carrière avec quatorze mille deux cent sept voix. Il passa toute la journée du vendredi et du samedi à remercier ses électeurs puis s'apprêta à rentrer à Londres le dimanche soir.

— Il est obligé de t'appeler au gouvernement, cette fois, lui dit Joyce.

— Je me demande s'il va le faire, répondit-il en déposant un baiser sur sa joue.

Il lui fit un signe de la main lorsque le train quitta la gare de Leeds et elle y répondit chaleureusement.

— J'aime beaucoup ta nouvelle chemise bleue : elle te va très bien, furent les derniers mots qu'il entendit.

Au cours de la campagne électorale, Charles dut passer beaucoup de temps à la banque à surveiller le cours de la livre. Fiona quant à elle semblait être aux quatre coins de la circonscription en même temps, assurant aux administrés que son mari n'était pas loin.

Après le dépouillement, Charles eut la satisfaction de constater que le mouvement en faveur des travaillistes n'avait pas fait augmenter le score de son concurrent de plus de 1 % : il avait obtenu vingt-deux mille voix. Lorsqu'il apprit les résultats nationaux, il rentra à Londres, résigné à un long passage à vide dans l'opposition. Il retrouva ses collègues conservateurs aux Communes, dont beaucoup disaient ouvertement que Heath devait démissionner après avoir conduit le parti à deux défaites consécutives.

Charles savait qu'il lui faudrait prendre position sur le choix du nouveau président, et que, cette fois, il ne pouvait pas se permettre de se tromper.

Simon fit une campagne brillante : Elisabeth et lui avaient emménagé dans leur nouvelle maison le jour où les élections furent annoncées officiellement, et le salaire d'Elisabeth avait permis d'employer pour Peter et Lucy une gouvernante dont la présence s'imposait maintenant que leur mère travaillait si loin de la maison. Ils étaient toujours modestement meublés et Elisabeth préparait toujours les repas sur une vieille cuisinière à bois. Pendant la campagne, Simon reparcourut les trois cents kilomètres carrés de la circonscription et assura sa femme qu'elle n'aurait pas besoin de prendre plus d'une semaine de congé pour la fin de la campagne.

Les électeurs de Pucklebridge votèrent leur confiance à Simon Kerslake avec dix-huit mille quatre cent dix-neuf voix, la plus forte majorité jamais obtenue par un conservateur : ils avaient tous la conviction d'avoir maintenant un député promis à une carrière nationale.

Kate se garda bien de faire aucune remarque lorsqu'il apparut clairement que le Premier ministre n'allait pas faire appel à Raymond pour son nouveau gouvernement. Elle lui prépara son repas préféré chez elle mais même cela ne put le tirer de son mutisme.

CHAPITRE 17

Dès son retour aux Communes, Simon eut une impression de déjà vu : rien n'avait changé, pas même le policier qui le saluait à l'entrée. Lorsque Edward Heath annonça la composition de son cabinet fantôme, il ne fut nullement surpris de ne pas en faire partie : il n'était en effet pas connu comme l'un des supporters du dirigeant conservateur. Mais il fut étonné, et satisfait, de voir que Charles Hampton n'en faisait pas partie non plus.

— Regrettes-tu d'avoir refusé sa proposition, maintenant que tous les noms des membres du cabinet fantôme ont été annoncés ? demanda Fiona, levant les yeux du *Daily Mail.*
— Cela n'a pas été une décision facile à prendre, mais je suis sûr qu'elle s'avérera judicieuse dans l'avenir, répondit Charles en se beurrant une seconde tartine.
— Que t'a-t-il offert finalement ?
— Le poste de secrétaire à l'Industrie dans le cabinet fantôme.
— Cela a l'air intéressant.
— Tout était intéressant, sauf le salaire, inexistant. N'oublie pas que la banque me donne quarante mille livres par an pour être son président.
Fiona plia son journal.
— Charles, quelle est la vraie raison de ton refus ?
Charles savait qu'il lui était difficile de tromper Fiona.

— La vérité, c'est que je suis loin d'être sûr que Ted Heath dirigera toujours le parti pour les prochaines élections.
— Et alors, si ce n'est pas lui ?
— Ce sera la personne qui aura eu le courage de lui tenir tête.
— Je ne comprends pas très bien, dit Fiona en desservant la table.
— Tout le monde est d'accord pour dire qu'il faut procéder à une élection au sein du parti maintenant qu'il nous a conduits à deux échecs successifs.
— Cela me semble raisonnable.
— Mais, comme il a nommé tous les candidats possibles dans les différents cabinets fantômes au cours des dix dernières années, la personne qui se présentera contre lui aura forcément fait partie de l'une de ses équipes passées et devra avoir une grande envergure.
— Y a-t-il un membre du cabinet fantôme qui désire se présenter contre lui ?
— Deux ou trois personnes y pensent ; mais le problème, c'est que, s'ils perdent cette bataille, cela risque fort de marquer la fin de leur carrière politique, expliqua Charles.
— Et si l'un d'entre eux sort vainqueur de la bataille ?
— Il sera sans aucun doute Premier ministre.
— Dilemme intéressant. Et que comptes-tu faire ?
— Je n'ai pas pris parti pour le moment. Je me contente d'observer, dit Charles en se levant de table.
— Y a-t-il un favori ? demanda Fiona.
— Pas vraiment. Kerslake essaie de rallier des gens autour de Margaret Thatcher ; mais cette bataille me semble perdue d'avance.

— Une femme à la tête du Parti conservateur ? Vous prenez un grand risque, dit Elisabeth en goûtant sa sauce. Le jour où cela arrivera, les poules auront des dents.

— Ne sois pas aussi cynique, Elisabeth. Elle est notre meilleure candidate pour le moment.

— Mais tu penses sérieusement que Heath va abandonner la partie ? J'ai toujours pensé qu'un dirigeant conservateur restait en place jusqu'à ce qu'on le mette dehors. Je ne connais pas Heath personnellement, mais je ne l'imagine pas du tout démissionnant.

— C'est exact, dit Simon. C'est pourquoi la commission 1922 composée de tous les députés devra changer ce mode de fonctionnement.

— Tu veux dire que les députés vont faire pression sur lui pour qu'il démissionne ?

— Non, mais j'en connais bon nombre qui voudraient bien le pousser hors de l'arène en ce moment.

— Si c'est exact, il doit bien se rendre compte que ses chances de tenir sont très minces.

— Je me demande si un dirigeant peut jamais en venir à cette conclusion, dit Simon.

— Tu devrais aller à Blackpool la semaine prochaine, dit Kate en se soulevant sur son oreiller.

— Pourquoi Blackpool ? demanda Raymond.

— Parce que, Red, c'est là que se tient le congrès annuel du Parti travailliste.

— Et qu'espères-tu me voir faire là-bas ?

— Tu montrerais que tu es vivant. Pour l'instant, tu n'existes que par la rumeur syndicale.

— C'est faux, s'indigna Raymond. Je les conseille plus que mes clients.

— Raison de plus pour aller passer quelques jours avec eux.

— Mais si l'on n'est pas ministre ou dirigeant syndical, tout ce que l'on fait à un congrès de ce genre, c'est manger une nourriture très triste, dormir dans des auberges de seconde catégorie et applaudir les discours médiocres des autres.

— Peu importe où tu dors : il faut que tu renoues avec les syndicalistes au cours de ce congrès.

— Mais pourquoi donc ? demanda Raymond. Cela ne peut nullement influencer ma carrière.

— Pas pour l'instant. Mais je te prédis que, comme les Américains le font dans leurs conventions, le Parti travailliste choisira un jour son chef de file au congrès.

— Jamais. Cela restera toujours le privilège des députés.

— C'est tout à fait le genre de réponse obtuse et pompeuse que j'attendrais de la part d'un républicain, dit Kate en enfouissant sa tête sous son oreiller. Puis elle en souleva un coin et lui chuchota : As-tu lu les résolutions qui vont être discutées au cours de ce congrès ?

— Certaines, avoua Raymond tout doucement.

— Alors, tu devrais regarder la contribution d'Anthony Wedgwood.

— Et que nous apprend ce fou de gauchiste, cette fois ?

— Il demande au congrès d'établir que le prochain dirigeant soit élu par les délégués, qui formeraient un collège électoral à partir des militants des différentes fédérations, du mouvement syndical et des députés ; je pense que c'est dans cet ordre.

— C'est de la folie.

— Les extrémistes d'aujourd'hui sont les modérés de demain.

— Ça, c'est le type même de généralisation à l'américaine.

— C'est de Benjamin Disraeli, en fait.

Raymond remit l'oreiller sur sa tête.

Dès que Raymond descendit du train à la gare de Blackpool, il eut la certitude que Kate avait été de bon conseil en insistant pour qu'il assiste au congrès. Il se rendit en taxi jusqu'à son hôtel en compagnie de deux dirigeants syndicaux qui semblaient le considérer comme une éminente personnalité.

Une fois arrivé, il eut l'agréable surprise de découvrir que Jamie Sinclair, actuellement secrétaire à l'Intérieur, était installé dans la chambre voisine : ils convinrent de déjeuner ensemble le lendemain, dans un excellent restaurant suggéré par Sinclair à l'extérieur de la ville : Raymond comprit que c'était un habitué du congrès de Blackpool.

Bien que les deux hommes aient été pendant dix ans ensemble aux Communes, c'était la première fois qu'ils avaient l'occasion de découvrir tout ce qu'ils avaient en commun.

— Vous avez dû être déçu lorsque le Premier ministre ne vous a pas invité au gouvernement, dit Sinclair.

Raymond resta silencieux et lut le menu. Puis il avoua :
— Très déçu.
— Mais c'est une très bonne idée d'être venu à Blackpool, car c'est là que vous êtes fort.
— Vous pensez ?
— Allons ! Tout le monde sait que vous êtes le chouchou des syndicats, et qu'ils ont une influence considérable sur les hommes de pouvoir, de quelque bord qu'ils soient.
— Je n'ai pas remarqué, dit Raymond d'un ton sérieux.
— Vous ne manquerez pas de le remarquer lorsqu'ils choisiront le dirigeant du parti.
— C'est amusant : c'est exactement ce que me disait... Joyce la semaine dernière.
— Joyce est très clairvoyante. Je crains que cela n'arrive dans un proche avenir.
— J'en doute fort, dit Raymond. Je peux vous dire une chose : je combattrai cette idée, même si cela doit mettre fin à ma popularité auprès des syndicats.
— C'est effectivement peut-être risqué pour vous, mais tout parti a besoin d'un homme comme vous. De plus, je suis sûr que les syndicats vous soutiendraient même si vous étiez un militant fasciste.

— Je vais vous faire une confidence : je donnerais tout pour avoir votre poste à l'Intérieur. Je n'ai pas fait de la politique pour végéter sur les bancs du Parlement.

Pendant leur conversation, le président du Syndicat des Chaudronniers lui cria : « Salut, Raymond ! » en passant près de leur table, et ne parut pas reconnaître Jamie. Raymond se retourna pour lui adresser un grand sourire.

— As-tu décidé pour qui tu vas voter pour la direction du parti ? demanda Fiona au cours du petit déjeuner.

— Oui, répondit Charles. Et, à ce moment de ma carrière, je ne peux pas me permettre de faire le mauvais choix.

— Et alors ?

— Puisqu'il n'y a aucun candidat sérieux qui se présente contre Ted Heath, je pense qu'il est de mon intérêt de continuer à le soutenir.

— Il n'y a donc personne dans le cabinet fantôme qui ait le courage de se présenter contre lui ?

— Il semblerait que Margaret Thatcher ait décidé de faire le bouc émissaire. Si elle parvient à imposer un second tour, d'autres candidats sérieux se présenteront peut-être.

— Et si elle l'emportait au premier tour ?

— Allons, Fiona, ne sois pas stupide, dit Charles en s'intéressant à son œuf brouillé. Jamais le Parti conservateur n'élira une femme à sa tête. Nous sommes bien trop traditionnels. C'est le genre d'erreur que la Parti travailliste ferait pour montrer combien il croit dans l'égalité des sexes.

Simon continuait à pousser Margaret Thatcher à se lancer dans la bataille.

— Elle est certainement taillée pour gagner, dit Elisabeth.

※
※※

La bataille pour la direction du Parti conservateur amusa beaucoup Raymond. Il aurait eu tendance à refuser toute chance à Margaret Thatcher si Kate ne lui avait pas rappelé que les conservateurs avaient déjà été les premiers à se donner un dirigeant juif en la personne de Benjamin Disraeli, et un vieux garçon avec Ted Heath.

— Pourquoi ne seraient-ils pas les premiers à élire une femme à leur tête ? suggéra-t-elle.

Il aurait bien voulu argumenter avec elle, mais elle avait eu déjà tant de fois raison dans le passé qu'il cessa toute discussion.

La commission 1922 annonça que l'élection pour la direction du Parti conservateur aurait lieu le 4 février 1975 ; au cours d'une conférence de presse donnée début janvier aux Communes, Margaret Thatcher, qui était alors la seule femme à faire partie du cabinet fantôme, annonça sa candidature. Simon passa alors son temps à essayer de convaincre ses collègues de la nécessité de soutenir « la dame » et adhéra à un petit comité de soutien à sa candidature. Charles Hampton, quant à lui, mit ses amis en garde contre le fait que le parti ne pourrait jamais gagner les élections avec une femme à sa tête. Plus les jours passaient, plus il était difficile de prévoir l'issue du scrutin.

A 16 heures, un jour de février, en pleine tempête, le président de la commission 1922 annonça les résultats suivants :

Margaret THATCHER	130 voix
Edward HEATH	119 voix
Hugh FRASER	16 voix

D'après la réglementation de la commission 1922, le

vainqueur devait avoir une majorité de 15 % : un second tour était donc nécessaire, qui devait avoir lieu une semaine plus tard. Trois anciens ministres déclarèrent immédiatement qu'ils étaient candidats. Ted Heath, qui savait qu'il obtiendrait encore moins de voix au second tour, retira sa candidature.

La semaine qui suivit fut la plus longue de la vie de Simon. Il fit tout ce qu'il put pour maintenir l'unité des supporters de Thatcher ; Charles décida, quant à lui, de jouer cette seconde manche avec une extrême prudence. Lorsque le moment du scrutin arriva, il opta finalement pour l'ancien ministre sous les ordres duquel il avait servi au ministère de l'Industrie et du Commerce.

— C'est un homme de confiance, avait-il dit à Fiona.

Le président annonça finalement que Margaret Thatcher était le vainqueur incontesté avec cent quarante-neuf voix, contre soixante-dix-neuf au candidat arrivé en seconde position.

Simon était ravi, Charles abasourdi. Ils écrivirent tous deux immédiatement un mot à leur nouveau président.

11 février 1975.

Chère Margaret,
Toutes mes félicitations pour votre victoire de première femme à la tête de notre parti. Je suis fier d'avoir apporté ma modeste contribution à ce succès et espère continuer dans cette voie pour les prochaines élections.
Respectueusement,
SIMON.

27, Eaton Square
LONDRES SW1
11 février 1975.

Chère Margaret,
Je n'ai pas caché mon soutien à Ted Heath pour le premier tour, ayant eu le privilège de servir dans son gouvernement.

Mais j'ai été ravi de voter pour vous au second tour. Votre victoire montre combien notre parti sait aller de l'avant en se donnant pour leader une femme qui, sans nul doute, sera le prochain Premier ministre de notre pays. Soyez assurée de mon dévouement.
Respectueusement,
CHARLES.

Margaret répondit à toutes les lettres de ses collègues dans la semaine. Simon reçut une lettre manuscrite l'invitant à la rejoindre au sein du cabinet fantôme au poste de numéro deux à l'Éducation nationale.

Charles reçut un mot dactylographié le remerciant pour sa lettre de soutien.

CHAPITRE 18

La banque Hampton avait traversé la Grande Guerre, la crise des années 30, la Seconde Guerre mondiale, et Charles n'avait aucune intention d'être responsable de sa déroute au cours de ces années 70.

Pourtant, dès son installation au poste de Derek Spencer — à la demande de toute la direction — il découvrit que cette fonction de directeur était plus éprouvante qu'il ne l'avait imaginé : il n'avait pas les connaissances et l'expérience suffisantes pour régler les problèmes quotidiens de la banque.

Il pensait bien qu'elle traverserait la tempête, mais il ne prenait aucun risque : les rubriques financières des journaux abondaient en récits de naufrages bancaires évités de justesse par la Banque d'Angleterre, et de faillites de sociétés immobilières. L'époque où les rentes et les biens fonciers prenaient automatiquement de la valeur était bien révolue.

Une fois à la tête de la banque, Charles décida de nommer un directeur général pour les affaires courantes ; lui, resterait l'interlocuteur de la banque avec les autres hommes d'affaires de la City. Il reçut plusieurs candidats mais aucun ne lui parut convenir pour le poste ; il allait donc s'adresser à un chasseur de têtes lorsqu'il apprit que le nouveau directeur général de la First Bank of America ne voulait plus être obligé de demander à New York l'autorisation de timbrer ses lettres en express.

Charles l'invita immédiatement à déjeuner aux Communes : Clive Reynolds avait en fait un profil qui ressemblait fort à celui de Derek Spencer : des études à l'université des sciences économiques de Londres, puis à l'Institut des affaires de Harvard, suivies de quelques postes haut placés qui le conduisirent à la direction de la First Bank of America. Cette ressemblance n'inquiéta guère Charles : il laissa clairement entendre à M. Reynolds que le directeur général serait en fait l'homme du président.

Reynolds négocia son salaire et finit par obtenir cinquante mille livres par an et un intéressement substantiel aux bénéfices : cela l'empêcherait d'en réaliser pour son compte personnel, et dissuaderait tout autre requin de venir rôder autour de lui.

— Ce n'est pas le type d'homme que nous pourrions inviter à dîner, dit Charles à Fiona, mais sa nomination me permet de dormir tranquille en sachant que la banque est entre de bonnes mains.

Le choix de Charles fut entériné par le conseil d'administration à la réunion suivante, et, plus les mois passaient, plus il devenait évident que la First Bank of America avait perdu l'un de ses meilleurs atouts.

Clive Reynolds était conservateur par nature, et ne prenait jamais de risque sans être sûr des bénéfices qu'il pourrait en tirer. Charles assura donc à la banque sa réputation de prudence et de bonne gestion, tandis que son nouveau directeur réussit quelques beaux coups spectaculaires.

Reynolds avait suffisamment de savoir-faire pour traiter le président avec respect sans tomber dans une déférence excessive, et leurs relations restèrent sur un plan strictement professionnel.

L'une des premières innovations de Reynolds fut de faire procéder à une vérification de tous les comptes dont le solde était supérieur à deux cent cinquante mille livres.

— Lorsque vous vous occupez du compte d'une société pendant de nombreuses années, vous avez plus de mal à vous apercevoir que votre client est en difficulté, expliqua Reynolds, que pour un nouveau client. S'il y a des canards boiteux, découvrez-les avant qu'ils ne sombrent complètement.

Charles appréciait beaucoup ses entretiens tous les matins avec Clive Reynolds, et sa connaissance de la banque, qui se limitait jusque-là à des intuitions et à du bon sens, en fut approfondie. Grâce à son nouveau précepteur, il put très vite égaler un David Rockefeller lorsqu'il se levait pour prendre la parole dans un débat financier à la chambre, et cela contre toute attente.

Charles ne savait rien de la vie privée de Reynolds, si ce n'est ce qui était sur sa fiche : 41 ans, célibataire, vivant à Esher. Mais tout ce que Charles souhaitait, c'était qu'il arrive tous les matins une heure avant lui, et qu'il parte une heure après lui tous les soirs, même pendant les vacances parlementaires.

Charles avait déjà étudié quatorze rapports confidentiels concernant des clients dont l'emprunt dépassait les deux cent cinquante mille livres et Clive Reynolds avait relevé le nom de deux sociétés pour lesquelles, selon lui, la banque devrait revoir son attitude. Mais Charles avait encore deux rapports à étudier avant de présenter le dossier au conseil d'administration.

Un coup frappé discrètement à sa porte lui rappela qu'il était 10 heures et que Reynolds était là pour son compte rendu quotidien : des rumeurs circulaient selon lesquelles le taux de la livre allait augmenter le jeudi suivant, et Reynolds voulait échanger le plus de dollars possible contre de l'or. Dès que la nouvelle fut officielle, Reynolds conseilla à Charles de racheter des dollars avant la reprise des négociations avec les syndicats sur les salaires.

— Je trouve que le dollar est beaucoup trop bas, ajouta-t-il. Avec les syndicats qui demandent une augmentation de 12 %, il faut qu'il remonte. Et puis, je n'aime guère notre participation à Slater Walker, Inc., et je voudrais liquider au moins la moitié de nos actions avant le mois prochain, par petits lots. Il nous faut encore étudier trois gros comptes avant de faire part de nos conclusions au conseil d'administration. Je suis très inquiet quant aux dépenses de l'une des sociétés, mais les deux autres semblent être à peu près stables. Nous devrions étudier ces dossiers ensemble dès que vous le pourrez : demain matin, si c'est possible. Les sociétés en question sont Speyward Laboratories, Blackies Limited et Nethercote. Mais c'est la première qui m'inquiète le plus.

— J'emporterai les dossiers chez moi ce soir pour les étudier, dit Charles, et je vous donnerai mon avis demain matin.

— Merci, monsieur le président.

Charles n'avait jamais proposé à Reynolds de l'appeler par son prénom.

Archie Millburn organisa un petit dîner pour fêter le premier anniversaire de l'élection de Simon comme député de Pucklebridge : ces occasions permettaient normalement au nouveau député de faire connaissance avec les notabilités locales du parti, mais dans le cas de Simon, Archie dut bien admettre que le nouveau député en savait déjà beaucoup plus que lui sur la circonscription et ses habitants.

Elisabeth, Peter et Lucy s'étaient installés confortablement dans leur petite maison tandis que Simon, en tant que membre de l'équipe chargée de l'éducation dans le cabinet fantôme, avait visité des écoles de tous niveaux, des universités, nouvelles et anciennes, des collèges techniques, des instituts artistiques et des maisons de redressement. Il avait lu Butler, Robbins et Plowden, les maîtres de la pédagogie, et avait écouté à la fois des enfants et des professeurs de psychologie. Au bout d'un an, il eut l'impression qu'il commençait à maîtriser le sujet, et il attendait avec impatience des élections législatives qui lui permettraient d'utiliser pour de bon son savoir.

— Cela doit être frustrant d'être dans l'opposition, dit Archie lorsque les dames se furent retirées après le dîner.

— Oui, mais c'est un excellent moyen de se préparer à gouverner et d'acquérir des connaissances fondamentales dans un domaine.
— Mais cela doit être très différent ?
— Bien sûr. Lorsque vous êtes au gouvernement, vous êtes entouré de fonctionnaires qui ne vous laissent pas lever le petit doigt, et qui ne vous accordent pas un instant pour réfléchir, alors que dans l'opposition, vous pouvez penser à la politique, même si vous devez taper vos lettres vous-même.

Archie poussa la bouteille de porto du côté de Simon.

— J'attendais que les femmes s'en aillent pour vous l'annoncer : j'ai décidé d'abandonner la présidence à la fin de l'année.
— Pourquoi donc ? demanda Simon, très surpris.
— J'ai participé à votre nomination comme candidat et à votre installation comme député. Il est temps maintenant que je laisse la place aux plus jeunes.
— Mais vous avez mon âge !
— C'est vrai, mais je ne me consacre pas assez à ma société d'électronique, et le conseil d'administration me le fait sans cesse remarquer. Vous savez comme moi que les temps sont durs.
— C'est triste, dit Simon. C'est toujours quand vous commencez à connaître quelqu'un dans le milieu politique que lui ou vous devez partir.
— Ne craignez rien : je n'ai pas l'intention de quitter Pucklebridge, et je suis sûr que vous serez encore député pendant au moins vingt ans. A ce moment-là, je serai ravi d'accepter une invitation à Downing Street.
— Vous trouverez peut-être Charles Hampton au Numéro 10, dit Simon en allumant un cigare.
— Dans ce cas, je ne serai pas invité, répondit Archie en souriant.

***

Après sa découverte, Charles ne put trouver le sommeil, et il empêcha Fiona de dormir : il avait en effet ouvert le dossier Nethercote juste avant le dîner et, comme toujours lorsqu'il examinait le dossier d'une société, il avait jeté un coup d'œil aux noms des membres du conseil d'administration. Il n'en avait reconnu aucun, quand son regard fut attiré par « S.J. Kerslake, député ». La cuisinière pensa que Monsieur n'avait pas apprécié le dîner, car il n'y toucha pas.

Il arriva à la banque quelques instants après Clive Reynolds et le fit aussitôt venir dans son bureau. Reynolds accourut, surpris de voir le président de si bonne heure. Charles ouvrit le dossier devant lui et lui demanda ce qu'il savait de la société Nethercote.

— C'est une société privée dont l'actif est de dix millions de livres et qui a un découvert de sept millions de livres, dont la moitié chez nous. Une société bien gérée, avec un bon conseil d'administration, qui saura résoudre les problèmes actuels. A mon avis, elle surmontera ses difficultés lorsqu'elle deviendra anonyme.

— Combien en possédons-nous ?

— 7,5 %. Comme vous le savez, la banque ne possède jamais 8 % des actions d'une société : cela nous obligerait à déclarer un intérêt, conformément au paragraphe 23 de la loi de finance. Notre banque a toujours eu pour politique d'investir sans jamais trop s'occuper de la gestion de ladite société.

— Quels sont leurs créanciers principaux ?

— La Midland Bank.

— Que se passerait-il si nous mettions nos 7,5 % en vente et ne renouvelions pas notre accord de découvert à la fin du trimestre ?

— Ils devraient chercher un financement ailleurs.

— Et s'ils ne trouvaient pas ?

— Ils devraient vendre leur actif, ce qui serait problématique pour n'importe quelle société, sinon impossible, dans la conjoncture actuelle.

— Et alors ?

— Il faut que je jette un coup d'œil au dossier et...

Charles lui tendit le dossier et Reynolds le consulta en fronçant les sourcils.

— Ils ont déjà un problème de réserve en liquide à cause du volume de leurs dettes. Si on leur demande de payer tout d'un coup, ils couleront. Je suis tout à fait contre une telle décision, monsieur le président. Nethercote a toujours été une société sûre dans le passé et je pense que nous ferons un beau profit lorsqu'elle sera cotée en Bourse.

— Pour des raisons que je ne peux pas vous exposer, dit Charles, je pense que prêter encore de l'argent à cette société peut causer des ennuis à notre banque.

Reynolds le regarda, étonné.

— Vous informerez donc la Midland Bank que nous ne renouvellerons pas notre prêt le trimestre prochain.

— Mais ils devront chercher une aide ailleurs : la Midland n'acceptera jamais de prêter l'intégralité de ce dont ils ont besoin.

— Et essayez de vous débarrasser des 7,5 % le plus vite possible.

— Mais cela pourrait conduire à une crise de confiance à l'intérieur de la société.

— Eh bien, tant pis, dit Charles en refermant le dossier.

— Je pense vraiment...

— Ce sera tout, monsieur Reynolds.

— D'accord, monsieur le président, dit le directeur général, qui n'avait jamais jusque-là considéré son président comme quelqu'un de déraisonnable.

Mais s'il s'était retourné, il aurait été encore plus étonné par le sourire qui illuminait le visage de Charles Hampton.

— Ils nous enlèvent notre contrat de sécurité, dit Ronnie Nethercote d'un ton rageur.

— Qui ça, « ils » ? demanda Simon qui venait d'entrer dans la pièce.

— La Midland Bank.
— Et pour quelle raison ?
— Un actionnaire extérieur vend son volume d'actions sans préavis, et la Midland ne veut pas être la seule banque à assumer notre découvert : elle n'est pas sûre que l'actif de la société couvre encore la valeur des actions.
— Avez-vous vu le directeur ? demanda Simon avec une inquiétude non dissimulée.
— Oui, mais il ne peut rien pour nous. Il est pieds et poings liés par son conseil d'administration.
— C'est grave ?
— Ils m'ont donné un mois pour trouver une autre banque ; sinon je dois mettre une partie de notre actif en vente.
— Et que se passera-t-il si nous n'arrivons pas à trouver une autre banque ?
— Je ferai faillite dans le mois qui suivra. Connaissez-vous un banquier qui voudrait de cette affaire ?
— Je n'en connais qu'un, et je peux vous assurer qu'il ne lèverait pas le petit doigt.

Charles reposa le téléphone, satisfait. Il se demanda si le mot *confidentiel* signifiait encore quelque chose : il lui avait fallu en effet moins d'une demi-heure pour découvrir l'étendue du découvert bancaire de Kerslake.
— Confidentiel de banquier à banquier, leur avait-il assuré.
Il souriait encore lorsque Reynolds frappa à la porte.
— La Midland n'a guère apprécié, lui dit ce dernier.
— Cela leur passera. Comment va Nethercote ?
— Ce n'est qu'une rumeur pour le moment, mais tout le monde sait qu'ils ont des problèmes et que le président cherche un nouveau financier, dit Reynolds d'une voix impassible. Mais personne ne veut toucher aux sociétés immobilières en ce moment.

— Une fois qu'ils se seront effondrés, qu'est-ce qui nous empêchera de ramasser les morceaux et de faire un beau coup ?

— Une clause de la loi de finance que votre gouvernement a votée il y a trois ans : les peines vont d'une lourde amende au retrait de la licence bancaire.

— Combien de temps vont-ils tenir le coup, à votre avis ?

— S'ils n'ont pas trouvé une banque à la fin du mois, expliqua Reynolds, les créanciers vont sortir leurs griffes.

— Que valent leurs actions ? demanda Charles innocemment.

— Rien pour le moment, répondit le directeur général en le regardant dans les yeux.

Cette fois, il perçut le sourire qui éclaira le visage de Charles au moment où il pensa au découvert de Simon Kerslake : cent quatre-vingt mille livres, couvert par des actions qui ne valaient plus rien. Pucklebridge devrait très bientôt se trouver un nouveau député.

A la fin du mois, aucune banque n'étant venue à son secours, Ronnie Nethercote céda et remplit une fiche de faillite ; il espérait toujours payer ses créanciers même si ses actions ne valaient rien et il était aussi inquiet pour Simon et sa carrière qu'il l'était pour lui-même, mais il savait que la cause était perdue.

Lorsque Simon exposa la situation à Elisabeth ce soir-là, elle ne pleura pas : elle était fataliste et avait toujours eu des craintes pour l'avenir depuis que son mari était entré chez Nethercote.

— Est-ce que Ronnie ne peut pas t'aider ? Après tout, tu as assez fait pour lui dans le passé.

— Non, il ne peut rien, dit Simon, en évitant de lui dire toute la vérité.

— Est-ce que les députés mêlés à une faillite sont obligés de quitter le Parlement ? demanda-t-elle.

— Non, mais je le ferai car je ne pourrai jamais avoir de promotion. Je porterai toujours les stigmates de mon « manque de jugement ».

— C'est injuste : on ne peut rien te reprocher personnellement.

— Des règles différentes s'appliquent aux gens qui choisissent la vie publique, répondit simplement Simon.

— Mais au bout de quelque temps, tu arriveras sans doute...

— Je ne veux pas siéger pendant vingt ans pour entendre murmurer que j'aurais fait un bon ministre si...

La question que lui posa ensuite Elisabeth attrista Simon : elle lui demanda s'il faudrait renoncer à la gouvernante.

— Pas forcément, lui dit-il, mais il faudra que nous fassions tous deux des efforts pour ne la prendre qu'à mi-temps.

— Et mon travail à l'hôpital... commença Elisabeth. Bon. Que va-t-il se passer ?

— Je vais parler de la situation à Archie Millburn ce soir et je lui remettrai ma lettre de démission. Je prendrai un rendez-vous avec le *whip* dès lundi pour lui faire part de ma décision. Il y aura donc une élection partielle à Pucklebridge.

— Tu es sûr que personne ne peut t'aider ?

— Il n'y a pas beaucoup de gens qui sont prêts à payer cent quatre-vingt mille livres pour un paquet d'actions sans valeur.

— Veux-tu que je vienne avec toi pour parler à Archie ? proposa Elisabeth.

— Non, chérie. Merci d'y avoir pensé.

Elisabeth releva la mèche qui était tombée sur le front de Simon : elle ne put s'empêcher de remarquer les quelques cheveux blancs qui avaient fait leur apparition au cours des dernières semaines. Elle eut envie d'étrangler Ronnie Nethercote.

Simon roula lentement pour se rendre à son rendez-vous impromptu avec le président. Archie Millburn, les mains sur les hanches, écouta tristement l'histoire que lui raconta Simon dans son jardin.

— Cela est récemment arrivé à des tas de gens bien. Mais ce que je ne comprends pas, c'est la raison pour laquelle personne n'a encore fait d'offre à cette société.

— Il semble que ce soit une question de confiance, dit Simon. Ah ! Le mot sacro-saint dans la City.

Simon lui tendit alors sa lettre de démission, que Millburn lut rapidement et accepta avec tristesse.

— Je ne parlerai de cette affaire à personne tant que vous n'aurez pas vu le *whip* lundi. Je réunirai le comité de direction mardi soir et les informerai alors de votre décision.

Les deux hommes se serrèrent la main.

— Votre malheur est aussi le nôtre, dit Archie. En très peu de temps, vous avez conquis le respect et l'affection de notre population. On vous regrettera beaucoup.

Simon rentra à Londres et ne fit aucune attention aux nouvelles qui étaient répétées toutes les trente minutes à la radio.

Raymond fut parmi les premiers à entendre l'information et en fut abasourdi : Harold Wilson s'apprêtait à démissionner à moins de la moitié de la législature de cinq ans, sans autre raison apparente que son âge, puisqu'il venait de fêter son soixantième anniversaire. Il proposait de rester Premier ministre tant que le Parti travailliste n'aurait pas choisi son leader qui, Raymond l'espérait, irait cette fois jusqu'au bout de son mandat. Kate et Raymond avaient les yeux rivés sur leur poste de télévision, saisissant le maximum de nouvelles. Ils discutèrent les conséquences de cette décision jusque tard dans la nuit.

— Eh bien, Red, est-ce que cela signifie la réhabilitation de notre héros oublié ?

— Qui peut le dire ?

— Si tu ne le sais pas, qui peut le savoir ?

— Le prochain leader du parti, probablement, dit Raymond.

La bataille pour la direction fut rude entre l'aile gauche qui présentait Michael Foot et l'aile droite dont le candidat était James Callaghan. C'est avec soulagement que Raymond assista à l'élection de Callaghan auquel la reine demanda de former le gouvernement. Comme le veut la tradition, tous les ministres en exercice envoyèrent leur démission à Downing Street afin de permettre au nouveau Premier ministre de choisir son équipe.

Raymond était à la cour lorsqu'un clerc lui apporta une note lui demandant d'appeler Downing Street le plus rapidement possible : il dut attendre une trentaine de minutes, pendant lesquelles le juge donna sa définition de l'homicide, avant de pouvoir s'échapper. Il courut dans le couloir et se précipita sur un téléphone : le cadran semblait mettre des heures à revenir à sa place après chaque numéro.

Après avoir eu trois personnes différentes en ligne, il reconnut enfin la voix rocailleuse du Premier ministre :

— Bonjour, Raymond. Je pense qu'il est grand temps que vous rejoigniez le gouvernement comme secrétaire d'État au Commerce. Vous êtes toujours là, Raymond ?

— Oui, monsieur le Premier ministre. Je suis ravi de ce poste.

Il raccrocha puis fit immédiatement le numéro de la Chase Manhattan Bank pour parler à l'analyste financier en chef.

— Ronnie a appelé pendant que tu étais dans ton bain.

— Je le rappellerai dès que j'arriverai aux Communes.

Tous deux restèrent silencieux pendant quelques instants puis Elisabeth hasarda une question :

— Redoutes-tu cet entretien ?
— Oui, dit Simon. J'ai l'impression d'être un condamné à mort qui fume sa dernière cigarette et le pire, c'est que je dois aller tout seul à l'échafaud.
— Je me demande si nous rirons un jour de cet épisode.
— Sans doute. Le jour où je toucherai ma retraite parlementaire.
— Pourrons-nous en vivre ?
— Difficilement. Je ne la percevrai qu'à l'âge de 65 ans. Il faudra donc trouver un moyen de survivre jusque-là.
Simon se leva.
— Veux-tu que je te dépose à l'hôpital ?
— Non, merci. Je veux encore savourer le plaisir d'avoir deux voitures pendant cette semaine.
Simon embrassa sa femme et se rendit à son rendez-vous avec le *chief whip* aux Communes.

Le policier en faction à la grille le salua.
— Bonjour, répondit Simon.
« La prochaine fois que nous nous verrons, ce sera adieu », pensa-t-il tristement. Il gara sa voiture au second niveau du nouveau parking souterrain puis prit l'ascenseur, se disant que, dix ans plus tôt, il serait monté à pied. Il traversa le vestiaire des députés puis, par habitude, alla voir dans son casier s'il avait du courrier.
— Monsieur Kerslake ! appela l'employé qui se tenait derrière le guichet.
Il lui tendit un colis et un paquet de lettres attachées par un gros élastique. Simon déposa dans son bureau le colis, à en-tête de l'université de Londres, et les lettres. Puis il vérifia l'heure : encore quarante minutes avant son rendez-vous. Il téléphona donc chez Nethercote : Ronnie répondit directement.
— J'ai renvoyé la standardiste vendredi dernier, expliqua-t-il. Il ne reste plus que ma secrétaire et moi.

— Vous m'avez appelé..., dit Simon avec une once d'espoir.

— Oui, je voulais vous dire ce que je ressentais. Pendant tout le week-end, j'ai essayé de vous écrire, mais je ne suis pas très fort devant une feuille de papier. Devant les chiffres non plus d'ailleurs, apparemment. Je voulais simplement vous dire que je suis terriblement désolé de ce qui se passe. Elisabeth m'a dit que vous aviez rendez-vous avec le *whip* ce matin : je serai de tout cœur avec vous.

— C'est très gentil, Ronnie. Mais sachez bien que je me suis lancé dans cette affaire en toute connaissance de cause. En tant que partisan de la libre entreprise, je peux difficilement me plaindre lorsqu'il se trouve que j'en suis victime.

— Voilà une attitude bien philosophique pour cette heure de la matinée.

— Où en est la situation, finalement ?

— L'administrateur judiciaire est en train d'examiner les livres de comptes. Je pense que nous pourrons payer tous nos créanciers et éviter ainsi la honte de la faillite.

Puis il ajouta après un silence :

— Ce n'est pas très délicat de ma part de mentionner cela.

— Ce n'est pas grave, Ronnie. C'est moi qui ai pris la décision d'avoir un découvert.

Simon regrettait seulement de n'avoir pas été aussi franc avec sa femme.

— Il faut que nous déjeunions ensemble un de ces jours, proposa Ronnie.

— Oui, mais il faudra que ce soit dans un endroit qui accepte les tickets-repas, dit Simon sur un ton désabusé.

— Bonne chance, Simon.

Il décida de tuer les trente minutes qu'il lui restait à lire la presse dans la bibliothèque des Communes. Il s'installa dans un coin, sous une petite pancarte qui interdisait aux députés de parler à voix haute et pendant longtemps.

La faillite probable de la société Nethercote était mentionnée longuement dans les pages financières : aucun des articles ne citait le nom de Simon mais il imaginait déjà les gros titres le lendemain : « Grandeur et décadence de Simon Kerslake ». Dix années de travail balayées en un jour.

L'horloge de la bibliothèque lui rappela qu'il ne pouvait attendre plus longtemps : Simon se leva de son fauteuil comme un vieil homme et se dirigea lentement vers le bureau du *chief whip*.

Mlle Norse, la secrétaire, lui sourit en le voyant entrer.

— Bonjour, monsieur Kerslake. Le *whip* est encore avec Mme Thatcher mais je lui ai rappelé que vous aviez rendez-vous et je ne pense pas qu'il vous fera attendre. Voulez-vous vous asseoir ?

— Merci, dit Simon.

Alec Pimkin prétendait que Mlle Norse avait un mot tout prêt pour chaque occasion. Sans doute exagérait-il, se dit Simon.

— J'espère que vous êtes dans une forme olympique, monsieur Kerslake, dit-elle sans lever les yeux de sa machine à écrire.

— Absolument olympique, répliqua Simon en se demandant combien d'histoires tragiques elle avait bien pu entendre depuis le temps qu'elle exerçait ces fonctions.

Elle s'arrêta brusquement de taper et jeta un coup d'œil à son bloc-notes.

— J'aurais dû penser à vous le dire tout de suite : un certain M. Nethercote a appelé.

— Merci, je lui ai déjà parlé aujourd'hui.

Simon regardait distraitement un vieux journal lorsque le *whip* entra dans le bureau.

— Je peux vous consacrer une minute, Simon, une minute et demie si vous démissionnez, ajouta-t-il en riant.

Simon s'apprêtait à le suivre dans le couloir lorsque le téléphone sonna.

— C'est pour vous, monsieur Kerslake, cria Mlle Norse.

— Prenez le numéro, je rappellerai, répondit Simon.

— La personne dit que c'est urgent.

Simon hésita puis demanda au *whip* de l'attendre un instant.

— Simon Kerslake à l'appareil.

— C'est Ronnie. Je viens d'avoir un coup de fil de Morgan Grenfell : un de leurs clients a fait une offre d'une livre vingt-cinq par action pour la société. Ils acceptent d'assumer nos obligations.

Simon essayait de faire des additions dans sa tête.

— Ne vous cassez pas la tête à compter, dit Ronnie. A une livre vingt-cinq l'une, vos actions vaudront soixante-quinze mille livres.

— Ce n'est pas suffisant, coupa Simon. J'ai un découvert de cent huit mille sept cent douze livres.

— Pas de panique : je leur ai dit que je ne signerai pas à moins d'une livre cinquante l'action et la signature se fera dans une semaine, ce qui leur laisse tout leur temps pour vérifier les comptes. Cela fera quatre-vingt-dix mille livres pour vous : vous aurez donc encore un découvert de dix-huit mille livres, mais il faudra apprendre à vivre ainsi, à moins que vous ne décidiez de vendre votre voiture et votre femme.

Simon devina que son ami avait déjà retrouvé son cigare.

— Vous êtes un génie.

— Moi, non. C'est Morgan Grenfell. Je suis sûr qu'ils feront un beau bénéfice à long terme pour leur client anonyme, qui d'ailleurs semble avoir toutes les informations nous concernant. Si vous êtes toujours d'accord pour déjeuner lundi prochain, ce n'est pas la peine d'apporter vos tickets-repas : je vous invite.

Simon reposa le téléphone et embrassa Mlle Norse sur le front. Elle n'avait aucune réponse toute faite pour ce genre de situation et resta muette.

— Une orgie dans mon bureau ? s'inquiéta le *whip*. Vous allez faire la une des journaux à sensation, mademoiselle Norse. Bon, j'ai un problème pour le débat de ce soir et je dois faire revenir une délégation de Bruxelles pour le journal télévisé de ce soir. Est-ce urgent pour vous, Simon ?

— Non, non.

— Parfait. Pouvez-vous venir dans mon bureau, mademoiselle Norse, et vous arracher au charme de James Kerslake 007 ?

Simon sortit et se précipita sur le premier téléphone : il voulait prévenir Elisabeth et Archie Millburn. La première fut enthousiaste tandis que le second ne parut pas surpris du tout.

— Ne penses-tu pas qu'il serait plus raisonnable que nous cessions de nous voir ?
— Pourquoi ? demanda Raymond. Palmerston avait une maîtresse à l'âge de 70 ans, et cela ne l'empêcha nullement de l'emporter aux élections sur ton cher Disraeli.
— Certes, mais c'était avant l'ère des médias. Franchement, un bon journaliste pourrait découvrir notre petit secret en quelques heures.
— Il n'y a aucun danger : j'ai détruit toutes les cassettes !
— Sois sérieux un instant, s'il te plaît.
— Mais tu me dis toujours que je suis trop sérieux.
— Eh bien, maintenant c'est le moment de l'être.

Raymond regarda Kate dans les yeux :
— Je t'aime, lui déclara-t-il. Et je suis sûr que je t'aimerai toujours. Pourquoi ne pas nous marier ?
— Nous en avons déjà parlé des centaines de fois, dit-elle dans un soupir. Je sais que je rentrerai un jour aux États-Unis, et puis je ne pense pas que je ferai une bonne épouse de Premier ministre.
— Trois Américaines ont été dans ce cas autrefois.
— Ah, ça suffit avec tes exemples historiques ! De plus, je déteste Leeds.
— Mais tu n'y es jamais allée.
— Je n'ai aucune envie de savoir s'il y fait plus froid qu'à Londres.
— Il te faudra donc te contenter d'être ma maîtresse.

Raymond la prit dans ses bras et avoua :

— J'ai toujours pensé que, pour être Premier ministre, je pourrais faire tous les sacrifices, mais je ne suis plus si sûr de le vouloir.

— Mais si, cela vaut toujours le sacrifice, dit Kate. Tu verras, lorsque tu seras à Downing Street. Allez viens, le dîner doit être complètement brûlé.

— Tu n'as pas remarqué, dit Raymond en montrant ses pieds.

— Je n'aurais jamais cru que cela arriverait un jour, répliqua Kate en admirant ses nouveaux mocassins dernier cri. Quel dommage que tu deviennes chauve !

Lorsque Simon rentra chez lui, ses premiers mots furent :
— Nous survivrons.

— Mais qu'as-tu fait de ta lettre de démission ? demanda Elisabeth avec anxiété.

— Archie Millburn m'a promis de me la rendre le jour où je serais nommé Premier ministre.

— Ouf ! Maintenant que le pire est derrière nous, je veux que tu me fasses une promesse.

— Tout ce que tu voudras.

— N'adresse plus jamais la parole à Ronnie Nethercote.

Simon marqua un temps d'hésitation avant de dire :

— C'est un peu injuste à son égard : en fait, je t'ai caché une partie de la vérité depuis le début.

Il s'assit alors sur le canapé et raconta toute l'histoire à Elisabeth.

— J'espère que Ronnie me pardonnera, conclut-elle.

— Te pardonner quoi ? demanda Simon.

— Je lui ai téléphoné dès que tu es parti et j'ai passé au moins dix minutes à le traiter de tous les noms. Je lui ai dit que je ne voulais plus jamais le voir.

— Et que t'a-t-il répondu ? s'inquiéta Simon.

— Ce qui est bizarre, c'est qu'il n'a pas protesté. Il m'a simplement présenté ses excuses.

⁂

— Redonnez-moi les chiffres, demanda Charles en arpentant la pièce d'un pas furieux.

— Nethercote a accepté une offre de sept millions cinq cent mille livres, ce qui fait une livre cinquante l'action, dit Clive Reynolds.

Charles nota rapidement les chiffres : quatre-vingt-dix mille livres, cela ne lui laissait qu'un découvert de dix-huit mille livres.

— Zut ! lâcha-t-il.

— Je vous l'accorde, dit Reynolds. J'ai toujours pensé qu'il était trop tôt pour abandonner notre position dans une société de premier rang.

— Voilà un avis que vous êtes prié de garder pour vous.

Clive Reynolds resta silencieux.

— Qu'est-il arrivé à Nethercote lui-même ? demanda Charles qui n'osait s'enquérir directement du sort de Simon Kerslake.

— Je pense qu'il va redémarrer, mais plus modestement. Morgan Grenfell a beaucoup apprécié la façon dont il a conduit les affaires au moment du rachat de sa société. Il faut bien dire que nous la leur avons servie sur un plateau.

— Pouvons-nous acheter des actions de la nouvelle société ? s'enquit Charles.

— J'en doute. Son capital est de un million de livres seulement, bien que Morgan Grenfell lui ait accordé une possibilité de découvert important.

— Bien. Tout ce qui compte maintenant, c'est que l'on ne parle plus de l'affaire.

— Papa, je voudrais un ballon de foot en cuir, s'il te plaît.
— Pourquoi ? Le tien ne fait plus l'affaire ?
— Il est en plastique et ne rebondit pas aussi bien que

ceux que l'on utilise dans les vrais matches. Et, en plus, il est trop petit.

— Pourtant, il faudra bien que tu t'en contentes.

— Mais le père de Martin Henderson lui en a offert un vrai en cuir pour le début de la saison.

— Je suis désolé, mon garçon, mais le père de Martin Henderson est beaucoup plus riche que moi.

— Eh bien, je vais te dire quelque chose, papa : je ne suis pas sûr du tout de vouloir être député quand je serai grand. Je parie que tu ne peux même pas marquer un but contre moi avec ce petit ballon.

— N'oublie pas que nous n'avons que de petits poteaux de buts, dit Simon.

— Cesse de trouver des excuses, papa, et reconnais que tu n'es plus aussi fort qu'avant.

Simon éclata de rire.

— C'est ce que nous allons voir, répliqua-t-il, plus par bravade que par conviction.

A l'âge de 8 ans, Peter était déjà un excellent joueur et faisait preuve d'une assurance impressionnante. Un vieux copain d'école avait d'ailleurs récemment prévenu Simon : à 12 ans, ces gaillards-là commencent à vous battre, et à 15 ans, ils s'appliquent à jouer mal pour ne pas vous faire de peine.

Simon réussit, à grand-peine, à marquer un but contre Peter et prit sa place au poste de goal : il bloqua les buts que son fils tentait de marquer avec rage et remercia le ciel d'avoir des poteaux de petite taille.

Il continua pendant un vingtaine de minutes puis Lucy vint les rejoindre dans le jardin : Simon remarqua qu'elle portait une robe trop petite pour elle.

— Le dîner est prêt, papa, dit-elle avant de rentrer aussitôt dans la maison.

Simon maudit encore les sacrifices que son carriérisme égoïste imposait à sa famille et admira leur constance.

Il ne put s'empêcher de remarquer également l'air las d'Elisabeth : Simon savait qu'elle devait reprendre son service à 8 heures du soir à Saint Mary's. Il remercia le ciel de n'avoir pas épousé Lavinia Maxwell-Harrington : ce n'est pas elle qui se serait contentée de hamburger et de frites pour le dîner !

— Alors, comment cela s'est-il passé ? demanda Elisabeth.

— Je m'en tirerai, répondit Simon qui pensait à son découvert bancaire.

— Je lui ferai la peau la prochaine fois, quand j'aurai un ballon de cuir, dit Peter.

Raymond regarda dans sa serviette.
— Tout va bien, Red ?
— C'est fascinant. Sais-tu...
— Non, je ne sais pas. Tu ne m'as pas parlé depuis au moins trois heures. Quand tu m'adresses la parole, c'est pour me dire ce que tu as fait dans la journée avec ton nouvel amour.
— Mon nouvel amour ?
— Oui, le ministre du Commerce.
— Oh, lui !
— Oui, lui.
— Comment s'est passée ta journée à la banque ? demanda Raymond sans lever les yeux de ses papiers.
— J'ai passé une journée passionnante, répondit Kate. L'un de nos clients a demandé un prêt.
— Un prêt, répéta Raymond toujours plongé dans ses papiers. De combien ?
— De quatre cent dix-sept milliards. Mais je n'ai pas pu conclure l'affaire car la dame n'avait pas plus de cinquante livres à son crédit.
— Sais-tu pourquoi je t'aime ? demanda Raymond en éclatant de rire.
— Pour mon goût en matière de vêtements masculins, peut-être, suggéra Kate.

— Non, pour ton goût en matière d'hommes, tout simplement.

— J'ai toujours cru que les maîtresses étaient censées être couvertes de cadeaux, voyages aux Bahamas, diamants, manteaux de fourrure. Moi, tout ce que j'ai, ce sont tes dossiers.

Raymond ouvrit sa serviette et en sortit un petit paquet qu'il tendit à Kate.

— Qu'est-ce que c'est ?
— Regarde donc.

Kate enleva le papier et trouva dans la boîte une adorable miniature en or de sa serviette de ministre accrochée à une chaîne en or. Derrière le médaillon étaient gravés les mots : CONFIDENTIEL.

— On n'annonce pas les anniversaires des maîtresses des secrétaires d'État dans le *Times*, mais je n'ai pas oublié celui de notre rencontre.

CHAPITRE 19

Après la présentation du budget par le chancelier de l'Échiquier, la discussion de la loi de finance occupa longuement les Communes. Charles se distingua souvent dans le débat, dont il avait une connaissance approfondie. Il avait étudié en détail la nouvelle loi de finance avec Clive Reynolds et avait relevé les sept clauses qui auraient un effet négatif sur les banques.

Reynolds lui donna toutes les explications et suggéra de nombreux amendements qui permirent à Charles de s'attirer le respect de ses collègues ; ils l'écoutaient avec une attention particulière chaque fois qu'il se levait pour prendre la parole. Un matin, après le refus par la Chambre de la clause sur les prêts bancaires, il reçut un mot de félicitations de Margaret Thatcher.

Mais ce que Charles voulait voir rejeter, c'était l'amendement prévoyant le secret du dossier pour un client qui traite avec une banque d'affaires. Conscient de ses capacités en la matière, le chancelier du cabinet fantôme lui demanda de prendre la parole : Charles sentit que, s'il arrivait à obtenir la défaite du gouvernement sur ce point, il serait probablement invité à participer à ce cabinet fantôme.

La clause 110 devait être à l'ordre du jour un jeudi après-midi. Dès le jeudi matin, Charles prépara son argumentation avec Clive Reynolds. En arrivant aux Communes, il trouva un mot du Chancelier du cabinet fantôme lui demandant de l'appeler immédiatement. Le gouvernement, lui dit-il, était prêt à accepter un amendement proposé par les libéraux.

— Pourquoi ? demanda Charles.

— Ils veulent le minimun de changement et préfèrent se garder les voix des libéraux. Alors, soyez prudent et pesez vos mots.

— Bien sûr, promit Charles, ravi de cette responsabilité.

Il alla chercher le texte de la clause 110 et la proposition d'amendement des libéraux, et relut le document une dizaine de fois, puis il gribouilla quelques notes. Il téléphona ensuite à Clive Reynolds à la banque pour lui exposer la situation.

— Êtes-vous libre pour déjeuner ? proposa-t-il.

Reynolds vérifia sur son agenda et décida de charger ses collègues du banquier belge avec lequel il était censé déjeuner.

— Oui, je suis libre.

— Bien, disons 13 heures au *White*.

— D'accord ; j'aurai le temps de réfléchir à la question.

Charles passa le reste de la matinée à récrire son intervention, par laquelle il entendait bien contrer les travaillistes : avec l'aval de Reynolds, il était sûr de son succès. Puis il rangea son document et sauta dans un taxi.

En remontant Saint James' Park, il eut l'impression d'apercevoir sa femme sur le trottoir d'en face : il regarda alors par l'autre vitre de la voiture pour la voir entrer chez *Prunier*. Il se demanda avec laquelle de ses amies elle pouvait bien déjeuner et décida d'aller lui demander si cela lui ferait plaisir de le retrouver après déjeuner aux Communes pour assister à son intervention. Mais en entrant dans le restaurant, il resta figé : Fiona bavardait au bar avec un homme dont Charles reconnaissait la silhouette. Il vit le garçon les conduire vers une table retirée et eut d'abord envie d'aller vers eux pour les confondre, puis il se ravisa.

Pendant un long moment, il resta ainsi à se demander ce qu'il allait faire. Puis il traversa la rue et monta la garde dans l'entrée du bâtiment d'en face : il était décidé à attendre, et oublia complètement son rendez-vous avec Clive Reynolds, à quelques dizaines de mètres de là.

Une heure vingt plus tard, l'homme sortit seul de chez *Prunier*, suivi quelques instants plus tard de Fiona qui prit la même direction. Charles traversa la rue, sans se soucier des automobilistes qui freinèrent brutalement pour l'éviter, et suivit sa femme à une distance raisonnable. Il la vit entrer à l'*hôtel Stafford* et monter dans l'ascenseur dont la lumière s'arrêta au chiffre quatre.

— La salle à manger est-elle au quatrième étage ? demanda-t-il au réceptionniste.

— Non, monsieur, répondit-il d'un air surpris. Elle est au rez-de-chaussée. Il n'y a que des chambres au quatrième.

— Merci, dit Charles en ressortant.

Il retourna à son poste de faction, dans l'immeuble d'en face, et fit les cent pas pendant deux bonnes heures avant de voir l'homme sortir de l'hôtel. Alexander Dalglish prit un taxi en direction de Picadilly.

Fiona quitta l'hôtel vingt minutes plus tard et regagna à pied Eaton Square. Charles la suivit prudemment. Il avait presque traversé Saint James'Park lorsqu'il pensa à regarder sa montre. Il arrêta un taxi et cria :

— Aux Communes, le plus vite possible.

Le taxi mit sept minutes pour le conduire à destination et Charles lui tendit deux billets d'une livre, puis il se précipita à l'intérieur.

Il put alors prendre connaissance des résultats :

OUI ....294 voix
NON ....293 voix

Sur les bancs du gouvernement, l'allégresse régnait tandis que les conservateurs affichaient une mine lugubre.

— Quelle clause a-t-on discutée ? demanda Charles à l'huissier en faction.

— La clause 110, monsieur Hampton.

∴

Simon était l'invité de l'Institut des affaires de Manchester lorsqu'il eut le message d'Elisabeth lui demandant de l'appeler. Elle ne l'avait jamais dérangé ainsi au milieu de la journée et Simon craignit le pire : quelque chose était probablement arrivé aux enfants. Il put téléphoner du bureau du principal de l'Institut.

— Le docteur Kerslake n'est pas à l'hôpital, lui répondit-on.

Il fit alors le numéro de Beaufort Street.

Elisabeth répondit si vite qu'il pensa qu'elle attendait son coup de fil à côté du téléphone.

— J'ai perdu mon emploi, dit-elle.

— Quoi ?

— J'ai été licenciée pour raisons économiques : c'est la nouvelle façon de le dire, pour atténuer le choc. La direction a reçu l'ordre du ministère de la Santé et de la Sécurité sociale de réduire le nombre de postes et nous sommes trois à avoir perdu le nôtre en gynécologie. Je dois partir à la fin du mois.

— Chérie, c'est affreux, dit-il, incapable de trouver des mots plus adéquats.

— Je ne voulais pas t'inquiéter avec tout ça, mais j'avais besoin de parler à quelqu'un. Tout le monde peut se plaindre à son député, alors j'ai pensé que c'était mon tour.

— Normalement, lorsque l'on me soumet un cas de ce type, j'accuse le Parti travailliste.

Simon fut content d'entendre rire Elisabeth.

— Merci de m'avoir rappelée si vite. A demain, dit-elle en raccrochant.

Simon rejoignit le groupe et expliqua qu'il devait rentrer immédiatement à Londres ; puis il prit un taxi pour l'aéroport et sauta dans le premier avion pour la capitale. En moins de trois heures, il était de retour à Beaufort Street.

— Je ne voulais pas que tu rentres, lui dit Elisabeth en le voyant arriver.

— Je suis venu faire une petite fête, lui dit Simon. Ouvrons la bouteille de Champagne que Ronnie nous a donnée lorsqu'il a traité avec Morgan Grenfell.
— Mais pourquoi ?
— Parce que Ronnie m'a appris une chose : il faut toujours fêter les désastres, et non les succès.
Simon accrocha son manteau au portemanteau et alla chercher la bouteille et deux verres.
— Où en est ton découvert ? demanda Elisabeth.
— Seize mille livres.
— Le problème, c'est que je ne vais plus rapporter grand-chose.
— Ne t'inquiète pas, dit Simon en l'embrassant. Tu retrouveras du travail.
— Cela ne sera pas si facile.
— Et pourquoi cela ? demanda Simon d'un ton qu'il voulait enjoué.
— Parce que l'on m'a déjà prévenue que je devais choisir entre être la femme d'un homme politique ou être médecin.
— J'ignorais cela, je suis désolé.
— Je suis responsable de mon choix, chéri, mais il va falloir que je prenne une ou deux décisions si je veux rester dans le milieu médical, surtout si tu dois devenir ministre.
— Je ne veux pas que tu abandonnes la médecine : c'est aussi important pour toi qu'être ministre pour moi. Veux-tu que je parle à Gerry Vaughan ? En tant que ministre de la Santé dans le cabinet fantôme...
— Certainement pas. Si je dois retrouver un autre emploi, ce sera toute seule.

Raymond se rendit aux États-Unis pour la première fois à la demande du ministre du Commerce : il devait présenter les résultats de son pays en matière de commerce extérieur devant le Fonds monétaire international, à la suite d'un prêt consenti à la Grande-Bretagne en novembre de l'année précédente. Ses collaborateurs revirent avec lui plusieurs fois le texte du discours qu'il devait prononcer le mercredi matin. Il arriva à Washington le dimanche et passa les journées du lundi et du mardi à écouter les autres ministres du Commerce de différents pays et à se familiariser avec les écouteurs et les traductions des interprètes.

La veille du grand jour, Raymond eut du mal à trouver le sommeil : il ne cessait de répéter les phrases cruciales et les points importants sur lesquels il devait insister jusqu'à savoir le texte par cœur. A 3 heures du matin, il laissa tomber ses papiers par terre et appela Kate pour parler avec elle avant son départ au bureau.

— J'aimerais bien entendre ton discours, lui dit-elle. Mais je suppose que ce sera à peu près la même chose que toutes les fois que je l'ai entendu dans la chambre.

Tout ce travail de préparation porta ses fruits : lorsqu'il arriva à la dernière page de son texte, Raymond ne savait pas s'il avait convaincu son auditoire, mais était sûr d'avoir prononcé là son meilleur discours. Il leva les yeux et découvrit, dans le sourire de ses auditeurs, la confirmation de son triomphe. Comme le lui fit remarquer l'ambassadeur des États-Unis, tout signe d'émotion était en général banni de ces réunions.

A la fin de la session de l'après-midi, Raymond décida de rentrer à pied à l'ambassade, tout excité par cette expérience triomphale. Il marcha d'un pas alerte, calculant qu'il ne lui restait plus qu'une journée, clôturée par le banquet officiel, et qu'il rentrerait pour le week-end.

Lorsqu'il arriva à l'ambassade, la sentinelle, peu habituée à voir les ministres arriver à pied, vérifia deux fois ses papiers. Raymond s'étonna de constater que le drapeau du bâtiment était en berne.

— Qui donc est mort ? demanda-t-il au majordome qui lui ouvrit la porte.

— Notre ministre des Affaires étrangères, monsieur.

— Anthony Crosland ? Mais j'ai déjeuné avec lui la

semaine dernière, dit Raymond avant de se précipiter sur les télex et les messages.

Raymond passa plusieurs heures dans sa chambre puis, à la stupéfaction du service de sécurité, alla dîner seul à l'*hôtel Mayflower*.

Il revint à la table de la conférence le lendemain matin à 9 heures pour entendre les discours de clôture. Il savourait en pensée le dîner officiel à la Maison-Blanche lorsque sir Peter Ramsbotham lui tapa sur l'épaule pour lui indiquer qu'il voulait lui parler en privé.

— Le Premier ministre veut que vous rentriez par le Concorde ce matin. Cela vous laisse une heure, lui dit-il. En arrivant, rendez-vous directement à Downing Street.

— Pourquoi tout cela ?

— Je n'en ai aucune idée. C'est la seule instruction que j'aie reçue, avoua l'ambassadeur.

Raymond alla s'excuser auprès du président de séance et se rendit immédiatement à l'aéroport.

— Vos bagages suivront, lui dit-on.

Trois heures et quarante et une minutes plus tard, il touchait le sol anglais. Il fut le premier à débarquer et était attendu par une voiture qui le conduisit à Downing Street.

— Bienvenue, Ray, lui dit le Premier ministre. Allons bavarder dans mon bureau.

Dès qu'il fut installé dans un fauteuil, James Callaghan ne perdit pas de temps :

— A la suite de la mort tragique de Toni, j'ai décidé de procéder à un remaniement. J'ai pensé que vous pourriez prendre le poste du ministre du Commerce qui aura, lui, un autre portefeuille.

— J'en serais très honoré, dit Raymond en se redressant sur son siège.

— Vous avez bien mérité cette promotion, Raymond. J'ai entendu dire aussi que vous nous avez représentés avec brio aux États-Unis.

— Merci, monsieur le Premier ministre.

— Votre nomination prend effet immédiatement : vous

aurez donc votre première réunion de cabinet demain matin à 10 heures. Voilà. Je vous prie de m'excuser : je dois retrouver mon hôte.

Raymond demanda au chauffeur de le reconduire chez lui et, pendant le trajet, se laissa aller à un accès d'autosatisfaction. Le plus urgent pour lui était maintenant d'apprendre la nouvelle à Kate. Il trouva son appartement vide et, après un instant de déception, se souvint qu'elle ne l'attendait pas avant le lendemain ; elle n'était pas chez elle non plus.

— Zut ! marmonna-t-il en arpentant la pièce.

Il se décida à appeler Joyce pour la mettre au courant de sa nouvelle promotion : là encore, personne.

Il alla alors voir dans la cuisine s'il pourrait trouver quelque chose à manger : le petit morceau de bacon, la portion de brie déjà bien entamée et les trois œufs qu'il trouva dans le réfrigérateur lui firent penser au festin qu'il avait manqué à Washington.

C'est ainsi que l'honorable Raymond Gould, conseiller de Sa Majesté, député, ministre du Commerce du royaume, en vint à manger une boîte de haricots sur la table de la cuisine.

QUATRIÈME PARTIE

MINISTRES
LE GOUVERNEMENT TRAVAILLISTE
1977-1978

CHAPITRE 20

Charles referma le dossier : il lui avait fallu un mois pour réunir toutes les preuves dont il avait besoin. Albert Cruddick, le détective privé qu'il avait trouvé grâce aux pages jaunes de l'annuaire, lui avait coûté cher mais avait été d'une grande efficacité : il lui avait donné des dates, des heures et des lieux précis. Le seul nom qui apparaissait était celui d'Alexander Dalglish : chaque fois, rendez-vous à l'heure du déjeuner chez *Prunier* suivi d'un passage à l'*hôtel Stafford*. La mission ne fut sans doute pas très excitante pour le détective mais elle avait évité à Charles de monter la garde en face de l'hôtel pendant des heures, et plusieurs fois par semaine.

Il avait lui aussi noté les dates et heures des jours que Fiona disait passer dans la circonscription et vérifia discrètement les dires de son épouse auprès de son état-major dans le Sussex.

Charles essaya de voir Fiona le moins possible pendant cette période, donnant pour prétexte le calendrier chargé que le vote de la loi de finance imposait aux députés. Son mensonge d'ailleurs n'en était pas tout à fait un : il travaillait sans relâche à faire oublier sa responsabilité dans l'échec des conservateurs pour la clause 110.

Il reposa le dossier sur la table et attendit patiemment le coup de téléphone. Il savait où elle se trouvait : cette seule pensée lui donna la nausée. Le téléphone sonna.

— Le sujet est parti il y a cinq minutes, lui dit une voix.
— Merci, dit Charles avant de reposer le combiné.

Il calcula qu'il lui faudrait environ vingt minutes pour rentrer.

— Pourquoi, d'après vous, rentre-t-elle à pied au lieu de prendre un taxi, avait-il demandé un jour à M. Cruddick.

— Pour se débarrasser des odeurs, lui avait-il répondu très prosaïquement.

— Et lui, que fait-il ? demanda-t-il encore.

Il n'arrivait pas à parler de lui en disant Alexander ou Dalglish, mais simplement « lui ».

— Il se rend au *Club Lansdowne,* nage dix longueurs de bassin ou fait une partie de squash avant de rentrer chez lui, expliqua M. Cruddick.

Il entendit la clé dans la serrure : Charles se ressaisit et prit le dossier en main. Fiona entra directement dans le salon et fut visiblement secouée de trouver son mari assis près d'une petite valise.

Mais elle se reprit très vite et alla l'embrasser sur la joue.

— Que fais-tu si tôt à la maison ? Les travaillistes vous ont donné un jour de répit ? plaisanta-t-elle nerveusement.

— Tiens, lui dit-il en lui tendant le dossier.

Elle enleva son manteau qu'elle posa sur le canapé et se mit à lire les documents. Charles ne la quitta pas des yeux : elle pâlit puis s'effondra sur le siège et, finalement, éclata en sanglots.

— C'est faux. Tout est faux, protesta-t-elle.

— Tu sais très bien, au contraire, que tous les détails sont rigoureusement exacts.

— Charles, c'est toi que j'aime. Il ne m'intéresse pas, crois-moi.

— Je ne pourrai plus vivre avec toi, dit Charles.

— Vivre avec toi ? Mais je suis seule depuis le jour où tu es entré au Parlement !

— J'aurais peut-être eu plus envie de rentrer à la maison si tu t'étais montrée plus empressée à fonder une famille.

— Penses-tu que je suis responsable de cette situation ?

Charles éluda la question et poursuivit son réquisitoire :

— Je vais partir pour mon club et j'y passerai la nuit. Je

te donne une semaine pour quitter la maison. A mon retour, je ne veux trouver aucune trace de toi ici.

— Mais où vais-je aller ? demanda-t-elle en pleurant.

— Essaie d'abord ton amant ; mais je ne pense pas que sa femme t'accepte. Il ne te restera plus que la maison de ton père.

— Et si je refuse de partir ?

— Dans ce cas, je serai contraint de te mettre dehors, comme une vulgaire putain, et je citerai Alexander Dalglish dans le procès de divorce.

— Donne-moi une seconde chance. Je ne le regarderai même plus, supplia Fiona en se remettant à pleurer.

— Je crois me souvenir que tu m'as déjà dit ça, et je t'ai effectivement donné ta chance. Mais les résultats n'ont pas été très convaincants, dit-il en désignant le dossier.

Fiona sécha ses larmes lorsqu'elle se rendit compte que cela n'émouvait pas Charles.

— Nous ne nous verrons plus, pendant au moins deux ans, ce qui nous permettra d'obtenir un divorce aussi discrètement que possible, vu les circonstances. Mais je serai sans scrupules si vous me causez un embarras quelconque.

— Tu regretteras ta décision. Je peux t'assurer que tu vas la regretter.

***

Elle savait que son mari ne devait pas être au courant du subterfuge et s'assit, seule, pour réfléchir aux différents moyens d'arriver à ses fins. Après avoir retourné le problème dans tous les sens, elle eut la conviction que tout se passerait bien. Elle feuilleta alors les pages jaunes de l'annuaire et prit un rendez-vous pour le lendemain matin.

La vendeuse l'aida à essayer plusieurs perruques, mais une seule lui convenait vraiment.

— C'est la plus élégante, madame, je vous assure.

Elle savait bien que c'était faux, qu'elle lui allait terriblement mal, mais c'était ce qu'il lui fallait.

Puis elle mit le fard à paupières et le rouge à lèvres qu'elle avait achetés chez *Harrods* et sortit de son tiroir la robe à fleurs qu'elle n'avait jamais aimée. Puis elle se regarda dans la glace et décida de sortir pour se rendre dans la périphérie de Londres. Comment s'en sortirait-elle si on découvrait son subterfuge ? Et lui, serait-il compréhensif, s'il apprenait la vérité ? Arrivée dans la circonscription, elle gara sa voiture dans une petite rue et arpenta la grand-rue. Personne ne semblait la reconnaître, ce qui lui donna confiance. Puis elle le vit.

Elle avait espéré qu'il serait dans la City ce matin mais retint son souffle et avança vers lui.

— Bonjour, lui dit-elle en le croisant.

— Bonjour, répondit-il en souriant, comme à tout administré. Son rythme cardiaque redevint normal et elle retourna dans sa voiture.

Elle était maintenant tout à fait rassurée et répéta encore une fois ce qu'elle allait dire. Tout d'un coup, elle était arrivée à destination. Elle gara sa voiture et prit bravement le petit chemin.

Devant la salle du conseil, Raymond fut félicité par plusieurs de ses collègues. A 10 heures précises, le Premier ministre arriva, salua tout le monde et prit place au centre de la longue table, entouré des vingt et un membres du cabinet. Michael Foot, président du groupe parlementaire majoritaire, s'assit à sa gauche, tandis que le chancelier de l'Échiquier et le ministre des Affaires étrangères se plaçaient en face de lui. Raymond se trouva en bout de table, entre le ministre chargé du Pays de Galles et le ministre de la Culture.

— Je voudrais ouvrir la réunion, déclara le Premier

ministre, en souhaitant la bienvenue à David Owen et à Raymond Gould.

Tous les ministres saluèrent les nouveaux venus : David Owen sourit discrètement tandis que Raymond baissait les yeux. Aujourd'hui, avait-il décidé, il se contenterait d'écouter.

Lorsque Charles rentra chez lui, il sut immédiatement que Fiona était partie et en fut soulagé. Après une semaine passée dans son club, il souhaitait une rupture définitive. Il entra dans le salon et s'arrêta net : quelque chose avait changé, et il mit quelques instants à comprendre ce qui s'était passé.

Fiona avait emporté tous les tableaux de famille : plus de Wellington au-dessus de la cheminée, plus de Turner et de Constable ; seules des traces poussiéreuses indiquaient l'emplacement des œuvres d'art. Dans la bibliothèque également, le Van Dyck, le Murillo et les deux petits Rembrandt avaient disparu. « Ce n'est pas possible », se dit Charles en courant dans la salle à manger : le portrait que Holbein avait fait du premier comte de Bridgewater avait disparu lui aussi.

Il appela immédiatement M. Cruddick.

— Connaissant votre crainte de la publicité, monsieur Hampton, je peux vous proposer deux démarches possibles. Ou bien vous vous résignez, ou bien vous appliquez une méthode que j'ai souvent utilisée dans le passé...

Son nouveau poste ne permettait plus à Raymond de voir Kate autant qu'avant ; quant à Joyce, elle devait se contenter de ses visites bimensuelles à Leeds. Il travaillait à partir de 8 heures du matin jusqu'à ce que le sommeil l'arrache à ses dossiers.

— Et tu ne t'ennuies pas une minute, lui disait Kate lorsqu'il se plaignait.

Raymond percevait les changements discrets survenus dans sa vie depuis qu'il faisait partie du gouvernement : les gens le traitaient différemment, ils se précipitaient pour satisfaire ses moindres désirs, étaient toujours prêts à le flatter. Il se mit à apprécier ce nouveau statut, et Kate lui rappela à maintes occasions que la reine seule pouvait se permettre de s'habituer à ces privilèges.

A la conférence annuelle du parti cette année-là, il manqua de peu l'élection au comité exécutif, avec juste quelques voix de moins que Neil Kinnock, le nouveau chouchou des syndicats.

Au cours de leur déjeuner maintenant traditionnel pendant la conférence, Jamie Sinclair exprima son désespoir de voir le parti glisser à gauche.

— Si certaines résolutions sur les questions de défense sont votées, ma vie va devenir impossible, expliqua-t-il.

— Ne t'inquiète pas : on n'examine jamais très sérieusement les propositions des têtes brûlées.

— Oui, mais certaines de leurs idées folles commencent à faire leur chemin, et pourraient très bien faire la politique de demain.

— Y a-t-il une résolution qui te tracasse particulièrement ?

— Oui. Tony Benn propose que tous les députés soient réélus au sein du parti avant chaque élection. C'est son idée de la démocratie et de la responsabilité.

— Pourquoi donc crains-tu cela ?

— Eh bien, si la direction du parti est menée par une demi-douzaine d'extrémistes, ils pourront renverser un choix fait par quinze mille électeurs.

— Mais on dit cela depuis que le Parti travailliste existe !

— J'espère que tu auras raison, mais je crains que les temps n'aient changé. Il n'y a pas si longtemps, c'était toi qui enviais mon sort.

— Cela peut changer encore une fois, dit Raymond en appelant la serveuse pour commander deux cognacs.

⁂

Charles décrocha son téléphone et composa un numéro qu'il n'avait pas eu besoin de vérifier. Ce fut la nouvelle employée portugaise qui répondit.
— Lady Fiona est-elle là ?
— Non, monsieur. Madame pas là.
— Savez-vous où elle se trouve ? demanda Charles en s'efforçant de parler clairement.
— Madame partie à la campagne. Elle rentréra à siz hores. Jo prends el message ?
— Non, merci. Je rappellerai ce soir, dit-il avant de raccrocher.

Comme toujours, M. Cruddick avait vu juste. Charles l'appela immédiatement et ils décidèrent de se rencontrer comme prévu vingt minutes plus tard.

Il se rendit alors aux Boltons et gara sa voiture à quelques mètres de chez son beau-père, puis attendit.

Quelques minutes plus tard, une camionnette de déménagement s'arrêta devant le numéro 36 : M. Cruddick en surgit, vêtu d'un long tablier et d'une casquette, et accompagné d'un jeune commis qui alla ouvrir la porte arrière du véhicule. Il fit un signe de la tête à Charles avant de sonner à la porte.

La jeune bonne portugaise vint ouvrir.
— Nous venons chercher les affaires de lady Hampton.
— Comprends pas.

M. Cruddick lui présenta alors une longue lettre rédigée sur le papier à en-tête de lady Hampton : la jeune Portugaise ne pouvait pas lire cette lettre que Fiona avait adressée à la présidente de son club de croquet mais reconnut le papier et la signature et ouvrit la porte. Le plan de M. Cruddick pouvait être mis à exécution.

Il fit un signe à M. Hampton pour lui demander de venir

les rejoindre : Charles sortit prudemment de sa voiture, se sentant mal à l'aise dans son bleu de travail et avec cette casquette que M. Cruddick lui avait demandé de porter. Mais la bonne ne parut pas s'étonner de son allure. Ils trouvèrent aisément les tableaux dont la plupart étaient encore entreposés dans l'entrée.

Quarante minutes plus tard, les trois hommes avaient chargé toutes les œuvres à l'exception d'une seule : ils n'avaient pu trouver le portrait du premier comte de Bridgewater.

— Il faudrait partir, suggéra M. Cruddick, légèrement inquiet.

Mais Charles ne voulait pas abandonner les recherches et fouilla la maison pendant plus d'une demi-heure avant de conclure que le tableau avait dû être transporté ailleurs.

— C'était un tableau de valeur, monsieur Hampton ? s'enquit M. Cruddick.

— Un objet de famille qui doit valoir dans les deux millions de livres.

Lorsqu'ils arrivèrent chez Charles, un serrurier avait changé les trois verrous de la porte et les attendait sur le perron.

— Que du liquide, m'sieur. Pas de facture. C'est comme ça que ma femme et moi, on peut aller à Ibiza tous les ans.

Lorsque Fiona rentra de son voyage dans le Sussex, tous les tableaux avaient retrouvé leur place à Eaton Square, à l'exception du portrait de Holbein. M. Cruddick était reparti avec un chèque conséquent, en marmonnant que Charles devrait se contenter de cela.

— C'est formidable, dit Simon lorsqu'il apprit la nouvelle. Et à l'hôpital de Pucklebridge ?

— Oui, j'ai répondu à une petite annonce parue dans le journal des médecins : on demandait un généraliste pour la maternité.

— Je suppose que ton nom t'a été utile.
— Absolument pas, protesta Elisabeth. Je ne me suis pas présentée sous le nom de Kerslake mais sous mon nom de jeune fille : Drummond.

Simon resta sans voix.

— Mais ils t'ont sûrement reconnue, hasarda-t-il.
— J'étais passée chez Estée Lauder avant pour être méconnaissable. Le résultat a été parfait : toi-même, tu es tombé dans le piège.
— N'exagère pas, tout de même, dit Simon.
— Je t'ai croisé dans la grand-rue de Pucklebridge et tu as répondu à mon salut.
— Mais que va-t-il se passer lorsqu'ils découvriront la vérité ? demanda Simon, encore incrédule.
— Ils sont déjà au courant, avoua Elisabeth. Dès qu'ils m'ont offert le poste, je suis allée voir le chef de service pour lui dire la vérité. Il le raconte à tout l'hôpital.
— Et il n'était pas fâché ?
— Pas du tout, au contraire. En fait, il m'a dit que j'avais failli ne pas avoir le poste car il pensait que ce n'était pas raisonnable de me mêler à tous ces médecins célibataires.
— Et qu'en est-il des hommes politiques mariés ?

CHAPITRE 21

Lorsque la reine Elisabeth II inaugura le nouveau métro reliant l'aéroport de Heathrow au centre de Londres, Raymond représenta le gouvernement à la cérémonie. Ce fut l'occasion pour Joyce de faire l'un de ses rares voyages dans la capitale : le couple en effet devait déjeuner avec la souveraine après l'inauguration.

Lorsqu'elle choisit sa nouvelle robe chez *Marks and Spencer*, elle s'assura dans la petite cabine d'essayage que le vêtement lui permettait de faire une révérence : « Bonjour, Majesté », s'entraîna-t-elle à dire tandis que la vendeuse attendait à l'extérieur.

De retour à l'appartement, elle était sûre de bien s'acquitter de sa tâche. Elle espérait ainsi faire plaisir à Raymond, car si elle avait perdu tout espoir de devenir mère, elle n'en tenait pas moins toujours à être une bonne épouse.

Raymond l'avait prévenue qu'il devrait probablement se changer très vite à son retour pour être sûr d'arriver à Heathrow avant la reine. Il avait eu, plusieurs fois déjà, l'occasion de rencontrer la souveraine au cours de ses fonctions officielles, mais pour Joyce, c'était la première fois.

Elle se dépêcha donc de se préparer, sachant que Raymond ne lui pardonnerait jamais de le mettre en retard. Puis elle sortit son habit loué le matin même chez *Moss et Frères* : queue-de-pie, pantalon rayé gris et chemise blanche. Il ne restait plus qu'à arranger une pochette blanche qui dépasserait discrètement de sa poche, comme le duc d'Edimbourg.

Joyce fouilla dans son tiroir, à la recherche d'un mouchoir : lorsqu'elle aperçut le petit bout de papier, elle pensa tout d'abord que c'était un ticket de pressing. Puis elle distingua le mot « chéri ». Elle eut envie d'en savoir plus, en même temps qu'elle éprouvait une impression de nausée.

Red chéri,
Si tu portes un jour cette chemise, je pourrais même accepter de t'épouser.
    KATE.

Joyce, en larmes, se laissa tomber sur le lit : cette journée tant attendue était gâchée. Elle décida immédiatement de l'attitude qu'elle devait adopter : après avoir pris le billet et refermé le tiroir, elle attendit Raymond dans le salon.

Il arriva à la dernière minute et fut ravi de constater que Joyce était prête.

— Il faut que je me presse, dit-il en allant directement dans la chambre.

Joyce le suivit et le regarda se changer.

— Qu'en penses-tu ? lui demanda-t-il sans remarquer la pâleur de ses joues.

— Tu es merveilleux, dit-elle après un instant d'hésitation. Allons, viens vite.

En 1978, la Chambre vota une résolution autorisant la retransmission des débats parlementaires à la radio.

Simon avait soutenu cette résolution, avançant l'argument que c'était là un moyen d'étendre les pratiques démocratiques : les citoyens pouvaient ainsi savoir exactement ce que faisaient leurs députés.

Raymond quant à lui n'approuva pas cette résolution, inquiet du comportement bruyant des députés qui pourrait les faire apparaître comme des enfants dans la cour de l'école : il ne voulait pas donner une fausse impression de ce qui se passait aux Communes.

Charles considéra cette émission parlementaire du matin comme un excellent moyen de se tenir au courant des débats de la veille auxquels il n'avait pas assisté. Chaque matin, seul dans son lit, il écoutait *Hier à la Chambre*. Il ne s'était jamais rendu compte avant cette expérience de son accent aristocratique mais décida de ne rien changer à sa façon de s'exprimer.

***
**

Lorsque Ronnie Nethercote l'invita à déjeuner au *Ritz*, Simon comprit que la situation s'était nettement améliorée. Après avoir pris un apéritif au bar, ils s'installèrent dans la salle de restaurant, l'une des plus prestigieuses de Londres.

Le serveur présenta le menu : Ronnie recommanda la soupe paysanne et la pièce de bœuf.

— Cela me semble être un bon choix, dit Simon.

— Voilà qui compensera notre petite aventure malheureuse. Vous avez encore un gros trou après la faillite de Nethercote ?

— Quatorze mille trois cents livres la dernière fois que j'ai regardé. Je redresse la situation tout doucement.

— Vous pouvez imaginer dans quel état j'étais lorsque nous avions ce découvert énorme, et que la banque avait décidé de se retirer sans préavis.

— Mais je vois que vous n'arrivez plus à fermer votre veston : je suppose que les choses vont mieux.

— C'est vrai, acquiesça Ronnie en riant. C'est pour cette raison que je vous ai invité à déjeuner. Vous êtes la seule personne à avoir perdu de l'argent dans cette histoire. Si vous étiez resté chez nous, comme les autres directeurs, vous auriez encore un salaire annuel de onze mille livres.

Simon fit une grimace.

— Mais j'ai une proposition à vous faire, poursuivit Ronnie. Morgan Grenfell souhaite procéder à une restructuration de la société et va investir beaucoup de capitaux.

Cette nouvelle société, qui s'appellera Whitechapel Properties, m'appartient à 60 %, les 40 % restants étant propriété de la banque. Avant que l'accord soit signé, je vous propose...

— Vous voulez votre viande bien cuite, comme d'habitude, monsieur Nethercote ?

— Oui, Sam, dit Ronnie en glissant un billet au serveur. Je vous propose...

— Et Monsieur ? demanda le serveur en direction de Simon.

— A point, s'il vous plaît.

— Je vous propose 1 % de la nouvelle société, c'est-à-dire une part.

Simon, convaincu que Ronnie n'avait pas terminé, ne dit rien.

— Vous ne me demandez rien ?

— Que devrais-je vous demander ?

— Les hommes politiques ne sont vraiment pas vifs ! Si je vous offre une part, à combien pensez-vous l'avoir ?

— Je ne sais pas

— Eh bien, vous avez 1 % de la société pour une livre.

— Cela vous suffit-il, monsieur ? demanda le serveur en déposant l'assiette de bœuf devant Simon.

— Un instant, Sam, dit Ronnie. Je répète que je vous offre 1 % de la société pour une livre. Maintenant, vous pouvez reposer votre question, Sam.

— Est-ce suffisant, monsieur ?

— C'est plus que suffisant.

— Vous avez entendu, Sam ?

— Oui, monsieur.

— Bien. Simon, vous me devez une livre.

Simon ouvrit son portefeuille en riant et en retira un billet d'une livre.

— Ce que je voulais vous prouver, expliqua Ronnie, c'est que Sam n'est pas la seule personne à pouvoir gagner une livre aujourd'hui.

Sam sourit sans comprendre vraiment ce que racontait M. Nethercote, et déposa une grande assiette devant lui.

Ronnie sortit une enveloppe de sa poche intérieure et la tendit à Simon.

— Dois-je l'ouvrir tout de suite ? demanda ce dernier.
— Oui. Je veux voir votre réaction.

Simon y trouva un certificat lui donnant la propriété d'une part de la nouvelle société pour une valeur réelle de dix mille livres.

— Eh bien, qu'en dites-vous ?
— Je suis sans voix, dit Simon.
— Vous êtes le premier homme politique à souffrir de ce problème.
— Merci, Ronnie, dit Simon en riant. C'est un geste extraordinairement généreux.
— Pas du tout. Vous avez fait preuve d'un grand dévouement à l'égard de l'ancienne société. Il est normal que vous profitiez de la nouvelle.
— Au fait, le nom de Archie Millburn vous dit-il quelque chose ? demanda soudain Simon.
— Non, pourquoi ?
— Ce pourrait bien être lui qui a convaincu Morgan Grenfell de nous aider, expliqua Simon.
— Ce nom ne me dit rien du tout. Mais Morgan Grenfell ne m'a jamais dit d'où il tenait tous ses renseignements, alors qu'il connaissait le moindre détail relatif à notre société. Si j'entends parler de Millburn, je vous tiendrai au courant. Bien. Assez parlé affaires. Dites-moi donc comment va votre femme.
— Elle me trompe.
— Elle vous trompe ?
— Oui, elle se met des perruques et porte des vêtements bizarres.

Charles savait qu'il était temps de consulter son avocat,

sir David Napley, sur la question du Holbein. Six semaines plus tard, après s'être délesté de huit cents livres, il savait qu'il pourrait retrouver l'œuvre d'art, après procès, mais que l'affaire ferait la une des journaux. Charles décida donc de suivre le conseil d'Albert Cruddick et d'abandonner la partie.

Il n'avait pas eu de nouvelles depuis plus d'un an lorsqu'il reçut la lettre. Charles reconnut immédiatement l'écriture et déchira l'enveloppe. Il parcourut la missive et la déchira en petits morceaux avant de partir pour les Communes, dans une colère folle.

Toute la journée, il ne pensa qu'au seul mot qui l'avait frappé : Holbein. Lorsqu'il rentra chez lui dans la soirée, il rechercha les morceaux dans la corbeille à papiers, et passa une heure à les assembler. Il put alors relire la lettre soigneusement.

36, Les Boltons
Londres SW10
Le 11 octobre 1978.

Cher Charles,
Il est grand temps que nous cessions de nous faire la guerre. Alexander et moi souhaitons nous marier et Veronica Dalglish accepte le divorce sans attendre les deux années pour établir une séparation légale.

— Tu attendras les deux années, pas un jour de moins, salope, dit Charles à haute voix. Puis il arriva à la phrase qu'il cherchait.

Je me doute que tu n'apprécieras pas ma requête. Néanmoins si tu ne mets aucun obstacle à la réalisation de nos projets, je te rendrai le Holbein avec plaisir.
FIONA.

Il fit une boule de papier de la lettre avant de la jeter au feu.

Charles resta éveillé jusqu'aux premières heures de l'aube, préparant la réponse qu'il allait faire.

Le gouvernement travailliste batailla jusqu'à l'hiver 1978 au cours d'une session parlementaire que la presse surnomma « l'hiver de la grogne », et qu'il fut heureux de traverser sans plus de remous.

Raymond passa un Noël glacial à Leeds avec Joyce. Il rentra à Londres immédiatement après les fêtes de fin d'année, convaincu que les conservateurs ne tarderaient pas à demander un vote de confiance.

Le débat, lorsqu'il eut lieu, fut cause d'une agitation extrême et s'ajouta à une grève qui entraîna la fermeture des bars de la Chambre.

Quand Mme Thatcher se leva pour prendre la parole le 7 avril devant une Chambre bondée, l'atmosphère était si électrique que le président eut beaucoup de peine à maintenir le calme. Elle s'adressa aux Communes d'un ton ferme qui rassembla ses alliés. Mais l'atmosphère ne se détendit pas au moment de la réponse du Premier ministre. Les deux leaders des partis firent un effort pour surmonter le brouhaha de leurs adversaires mais le président eut le dernier mot en annonçant les résultats du vote :

```
OUI ..................................... 311 voix
NON ..................................... 310 voix
```

Un chahut terrible se déchaîna. Des députés d'opposition brandissaient leur ordre du jour, sûrs maintenant que James Callaghan devrait organiser des élections. Il annonça en effet la dissolution du Parlement et, après un entretien avec la reine, le scrutin fut fixé au 3 mai 1979.

A la fin de cette semaine agitée, les quelques députés encore présents à Westminster furent secoués par une explosion survenue sur le parking de la Chambre : Airey

Neave, spécialiste conservateur de la question d'Irlande du Nord, fut abattu par des terroristes irlandais alors qu'il quittait les Communes au volant de sa voiture.

⁂

Les députés rentrèrent à la hâte dans leurs circonscriptions. Raymond eut du mal à s'échapper de son ministère si rapidement, mais Charles et Simon serraient des mains dans les rues le lendemain de l'annonce de la reine.

Pendant trois semaines, les discussions reprirent pour savoir qui était capable de gouverner le pays. Le 3 mai, les Britanniques élirent leur Premier ministre de sexe féminin en donnant à son parti une confortable majorité de quarante-trois sièges.

⁂

La majorité de Raymond à Leeds baissa légèrement, selon les prédictions de Joyce qui, Raymond le voyait, connaissait sa circonscription bien mieux que lui.

Quelques jours plus tard, de retour à Londres, Kate le trouva déprimé comme elle ne l'avait jamais vu. Elle décida de reporter les nouvelles qu'elle s'apprêtait à lui annoncer lorsqu'il déclara :

— Dieu seul sait quand je serai à nouveau de quelque utilité !

— Tu peux utiliser ton temps dans l'opposition à veiller à ce que le gouvernement ne détruise pas vos réalisations.

— Avec une majorité de quarante-trois sièges, ils peuvent faire ce qu'ils veulent, rétorqua-t-il.

Puis il rangea sa serviette de ministre.

⁂

Simon affirma sa majorité à Pucklebridge avec 19 461 voix, puis Elisabeth et lui passèrent un week-end tranquille avec les enfants, en attendant que Margaret Thatcher sélectionne son équipe.

Simon fut surpris d'entendre le Premier ministre en personne au bout du fil lui demander de venir à Downing Street, honneur réservé aux futurs membres du gouvernement.

Il se rendit immédiatement dans la capitale et passa une trentaine de minutes avec le nouveau Premier ministre. Il fut très impressionné par la proposition que lui fit Mme Thatcher mais accepta sans hésiter ; Margaret Thatcher précisa qu'aucun communiqué officiel ne serait fait avant qu'il n'ait discuté de la question avec Elisabeth et Simon fut sensible à cette marque de considération personnelle.

Il rentra tout de suite à Pucklebridge. Elisabeth écouta sans mot dire le récit de son entretien avec le Premier ministre.

— Mon Dieu ! dit-elle quand il eut fini. Elle t'offre ta chance d'être secrétaire d'État, mais, en échange, nous perdrons notre tranquillité pour le reste de nos jours.

— Je peux encore refuser, avança Simon.

— Ce serait lâche, et tu ne l'as jamais été.

— Alors, je dois téléphoner à Downing Street pour dire que j'accepte.

— Il faut que je te félicite, ajouta Elisabeth.

Charles fut l'un des rares conservateurs à enregistrer une baisse d'électorat : il avait été très embarrassé pour expliquer l'absence de son épouse. Mais il étouffa toute velléité de la remplacer en annonçant qu'il se présenterait comme candidat indépendant s'il ne recevait pas l'investiture du parti.

Sussex Downs l'élit avec une majorité de deux mille dix-sept voix. Il passa le week-end à Eaton Square, mais personne ne le contacta. Il apprit dans le *Telegraph* du lundi la composition du nouveau gouvernement conservateur.

Sa seule surprise fut de voir que Simon Kerslake avait été nommé secrétaire d'État à l'Irlande du Nord.

CHAPITRE 22

— Eh bien, dis quelque chose.
— C'est très flatteur, Kate. Et qu'as-tu donné comme raison pour décliner cette offre ? demanda Raymond qui avait été surpris de la trouver chez lui en rentrant.
— Je n'ai pas eu besoin de donner une raison.
— Et qu'en ont-ils pensé ?
— Tu n'as pas l'air de comprendre : j'ai accepté la proposition.

Raymond retira ses lunettes et essaya de saisir le sens des propos de Kate. Il s'appuya sur la cheminée.

— J'étais obligée d'accepter, chéri.
— La proposition était donc si tentante pour toi ?
— Mais non, idiot. Cela n'a rien à voir avec la proposition. C'était une chance unique pour que ma vie n'aille plus à la dérive. Ne comprends-tu pas que c'est à cause de toi ?
— C'est à cause de moi que tu vas quitter Londres pour New York ?
— Je pars à New York pour remettre un peu d'ordre dans ma vie. Raymond, te rends-tu compte que cela fait cinq ans ?
— Oui, je sais. Mais combien de fois ne t'ai-je pas demandé de m'épouser ?
— Tu sais aussi bien que moi que c'est impossible : il n'est pas si facile d'écarter Joyce et cela pourrait très bien signifier la fin de ta carrière.
— Avec le temps, nous aurions surmonté ces problèmes.
— Cela te paraît facile maintenant. Mais que se passera-t-il si le parti gagne les prochaines élections et que des

hommes moins compétents se voient offrir des postes au gouvernement ?

— Que puis-je faire pour que tu changes d'avis ?

— Rien, mon chéri. J'ai déjà remis ma démission à la Chase ; je prends mon nouveau poste à la Chemical Bank dans un mois.

— Dans quatre semaines seulement, dit Raymond.

— Oui, dans quatre semaines. Je n'ai pas voulu te parler de ma décision avant d'avoir résolu tous les problèmes matériels et donné ma démission pour être sûre de résister à tes efforts.

— Mais sais-tu combien je t'aime ?

— J'espère que tu m'aimes assez pour me laisser partir avant qu'il ne soit trop tard.

En temps ordinaire, Charles aurait refusé l'invitation : il méprisait de plus en plus les cocktails et trouvait généralement les buffets aussi peu à son goût que les conversations. Mais lorsqu'il reçut l'invitation de lord Carrington, ministre des Affaires étrangères, il pensa que cela pourrait le distraire de la routine dans laquelle il était tombé depuis le départ de Fiona. Il était en outre curieux de vérifier les rumeurs qui circulaient sur les restrictions de dépenses du gouvernement. Charles prit son parapluie et partit pour Ovington Square.

Il était séparé de Fiona depuis presque deux ans ; il savait que sa femme vivait maintenant avec Dalglish malgré les obstacles qu'il avait mis au divorce, et il avait gardé la plus grande discrétion quant à la nouvelle vie de Fiona, à l'exception de deux ou trois personnes devant lesquelles il avait laissé échapper quelques renseignements bien choisis. Il s'était ainsi attiré la sympathie tout en restant le mari loyal et magnanime.

Charles avait jusque-là passé presque tout son temps aux Communes. Son discours récent sur le budget avait été bien accueilli à la fois par les députés et par la presse nationale. Clive Reynolds l'avait assisté dans son étude du projet de la loi de finance, et Charles gagna ainsi l'estime et la reconnaissance de tous ; dans le même temps, il se distinguait des « timorés » : ainsi le Premier ministre appelait-elle ceux qui ne soutenaient pas sa politique monétaire. Il avait le sentiment que, s'il poursuivait son effort, il pourrait bien être du prochain remaniement.

En passant ses matinées à la banque, ses après-midi et ses soirées aux Communes, Charles arrivait à combiner ses deux mondes sans perdre de temps pour sa vie privée, inexistante.

Il arriva chez lord Carrington à 18 heures 45. Une employée lui ouvrit la porte et l'introduisit dans le salon où se pressaient une cinquantaine d'invités.

Il se vit offrir sa marque de whisky préféré et alla rejoindre ses collègues des deux Chambres. Il l'aperçut alors par-dessus la tête chauve d'Alec Pimkin.

— Qui est-ce ? demanda-t-il.

— Amanda Wallace, dit Pimkin. Je peux lui dire un mot...

Mais Charles avait abandonné son collègue en plein milieu d'une phrase. Cette femme était si séduisante qu'elle attira les hommes pendant toute la soirée comme des papillons de nuit fascinés par une flamme. S'il n'avait pas été l'un des hommes les plus grands de l'assistance, il n'aurait peut-être même pas pu distinguer la lumière.

Il lui fallut une dizaine de minutes pour atteindre l'autre bout de la pièce. Là, Julian Ridsdale les présenta l'un à l'autre avant d'être entraîné plus loin par sa femme.

Charles se dit qu'elle aurait été belle dans n'importe quelle tenue : son corps élancé était moulé dans une robe de soie blanche, et sa chevelure blonde tombait sur ses épaules nues. Cela faisait des années qu'il n'avait eu autant de difficultés à entamer la conversation.

— Je suppose que vous êtes prise pour le dîner ? hasarda-t-il.

— Non, répondit-elle avec un sourire engageant.

Elle accepta de le retrouver au *Walton* une heure plus tard. Charles tenta alors de s'intéresser aux autres invités, mais ses yeux semblaient toujours retomber sur elle. Il la vit sourire plusieurs fois mais Amanda ne remarqua jamais le sourire qu'il lui adressait en retour, sauf au moment où il quitta les lieux.

Charles attendit pendant une heure au *Walton*. Il s'apprêtait à s'avouer vaincu et à battre en retraite lorsqu'elle apparut. Sa colère tomba dès qu'elle le salua d'un grand sourire.

Il ne fut pas surpris d'apprendre que cette grande femme élégante était mannequin, et il fut tellement sous le charme de ses grandes boucles blondes et de ses yeux bleus qu'il ne remarqua même pas que sa conversation se limitait aux potins mondains.

— Voulez-vous venir prendre le café chez moi ? proposa Charles après le dîner.

Elle accepta d'un signe de tête et il régla l'addition sans même la recompter, contrairement à son habitude.

Il fut ravi de la sentir appuyer sa tête sur son épaule dans le taxi qui les ramenait à Eaton Square. A leur arrivée, son rouge à lèvres avait entièrement disparu. Le chauffeur remercia Charles pour son pourboire généreux et ne put s'empêcher d'ajouter :

— Bonne chance, monsieur.

Charles ne prit pas la peine de faire du café.

Au réveil, il eut la surprise de la trouver encore plus séduisante que la veille et, pour la première fois depuis longtemps, il oublia d'écouter *Hier au Parlement* à la radio.

Elisabeth écouta religieusement les explications que lui donnait l'homme de la Police spéciale à propos des installations de sécurité. Elle recommanda à Peter et à Lucy de ne pas appuyer sur les boutons rouges installés dans toutes les pièces, et qui permettaient d'appeler la police à tout moment. L'électricien avait déjà fait ces travaux à Beaufort Street et il venait de terminer dans la maison.

Devant leur appartement londonien, un policier était en faction jour et nuit mais à Pucklebridge, la maison était tellement isolée qu'on avait dû l'entourer par des lampes à arc.

— Ce n'est pas très pratique, dit Archie Millburn pendant le dîner.

A son arrivée, il avait été fouillé par une patrouille accompagnée de chiens avant de pouvoir serrer la main de son ami.

— C'est peu dire, dit Elisabeth. La semaine dernière, Peter a cassé une fenêtre avec une balle de cricket et tout s'est allumé comme un sapin de Noël.

— Arrivez-vous à garder un peu d'intimité ? s'enquit Archie.

— Seulement quand nous sommes couchés. Et même là, vous pouvez très bien être léchés par un chien-loup.

Archie se mit à rire :

— Ces chiens-loups ont bien de la chance.

Tous les matins, un chauffeur accompagnait Simon à son bureau en compagnie de deux détectives, chacune de leurs deux voitures encadrant la sienne. Il avait toujours cru qu'il n'y avait que deux itinéraires pour aller de Beaufort Street à Westminster mais, au cours des vingt et un premiers jours qu'il passa à son nouveau poste, il n'emprunta jamais la même route.

Lorsqu'il devait se rendre à Belfast, il ne savait ni l'heure de son départ, ni de quel aéroport il devait décoller. Alors que ces précautions exaspéraient Elisabeth, cela apaisait Simon, au contraire. Pour la première fois de sa vie, il ne se sentait pas obligé d'expliquer pourquoi il avait choisi la carrière politique, si ce n'est à Lucy qui demandait :

— Pourquoi le Nord et le Sud ne sont-ils pas amis ?

— Parce que, répondait Simon, la plupart des gens dans le Sud sont catholiques, alors que dans le Nord, ils sont presque tous protestants.

— Et cela les empêche de s'aimer ? poursuivit Lucy avec scepticisme.

— Oui, parce que les protestants du Nord ont peur de perdre tous leurs droits s'ils se séparent de la Grande-Bretagne et sont rattachés à l'Irlande, comme le veulent les catholiques du Sud.

— Mais je croyais que tu m'avais dit que tous les chrétiens étaient égaux devant Dieu.

Simon ne trouva aucune réponse.

Très patiemment, il tenta de réconcilier catholiques et protestants. Parfois, après un mois de discussions positives, il revenait presque à la case départ, sans perdre son calme ni son optimisme. Il pensait qu'avec le temps, on pourrait trouver une solution, si seulement il parvenait à s'entourer d'hommes de bonne volonté des deux bords.

Au cours des réunions qui mettaient face à face les deux factions, tous le traitèrent avec respect, et même, en privé, avec affection. Le leader de l'opposition lui-même dut reconnaître que le choix de Simon Kerslake pour « ce ministère dangereux et ingrat » s'avérait excellent.

— C'est la troisième fois en cinq ans, dit le médecin, essayant de dissimuler sa désapprobation.

— J'ai intérêt à réserver une chambre dans la même clinique que les fois précédentes, dit Amanda très prosaïquement.

— Oui, c'est préférable. N'y a-t-il aucune chance que le père veuille reconnaître l'enfant ?

— Je ne sais pas très bien qui est le père, avoua honteusement Amanda.

Le médecin ne fit aucun commentaire et se contenta de terminer son examen.

— A mon avis, vous êtes enceinte de six semaines, peut-être dix.

— La fin d'une aventure et le début d'une autre, murmura Amanda.

Le docteur regarda sa fiche :
— Pourquoi n'envisageriez-vous pas de mettre l'enfant au monde et de le faire adopter ?
— Mon Dieu, non ! Je gagne ma vie comme mannequin, pas comme mère.
— Bien, soupira le médecin en reposant la fiche.
— Pourriez-vous m'indiquer les tarifs de la clinique ? Je suis sûre qu'ils ont subi l'inflation comme tout le reste.

La gynécologue essaya de se contenir en raccompagnant Amanda jusqu'à la porte. Après son départ, elle rangea la fiche d'Amanda Wallace à la lettre W en se demandant si une maternité changerait l'attitude désinvolte de cette patiente.

Peter et Lucy avaient, de façon évidente, modifié sa vie beaucoup plus profondément qu'elle ne l'aurait cru autrefois.

Raymond accompagna Kate à Heathrow : il portait la chemise rose qu'elle avait choisie et elle, le petit médaillon qu'il lui avait offert. Il avait tant de choses à lui dire qu'il parla à peine. Ces quatre dernières semaines avaient passé à la vitesse de l'éclair et c'était bien la première fois qu'il avait apprécié d'être dans l'opposition.

— Écoute, Red. Nous nous verrons quand tu viendras à New York.
— Mais je ne suis allé aux États-Unis qu'une fois dans ma vie, protesta-t-il.

Elle enregistra ses onze sacs et valises, puis, après cette formalité qui sembla prendre des heures, on lui donna sa carte d'embarquement.

— Vol British Airways numéro 107. Porte 14. Embarquement dans dix minutes.

Elle alla rejoindre Raymond qui était assis à l'extrémité

d'un canapé déjà plein avec deux tasses de café. Ils avaient l'air de deux adolescents qui se sont rencontrés en vacances et doivent rentrer dans des écoles différentes.

— Promets-moi que tu vas porter des lentilles de contact dès que je serai partie.

— Oui, je te le promets.

— Je voudrais te dire tant d'autres choses, dit-elle.

— Les vice-présidents de banque ne pleurent pas, dit-il en essuyant une larme sur sa joue.

— Les futurs Premiers ministres non plus, répondit-elle. Tout ce que je voulais te dire, c'est que si tu te sens vraiment seul...

— Bonjour, monsieur Gould.

Ils levèrent tous deux la tête et aperçurent le visage souriant et affable de quelqu'un qui, de toute évidence, revenait d'un pays au climat plus clément.

— Je suis Bert Cox. Vous ne savez sans doute pas qui je suis.

Raymond lâcha la main de Kate pour serrer celle de M. Cox.

— Nous étions élèves dans la même école primaire à Leeds, Ray. Oui, bien sûr, cela se perd dans la nuit des temps.

« Comment vais-je faire pour me débarrasser de lui ? » se demandait Raymond.

— Et voici madame, dit-il en désignant une dame silencieuse vêtue d'une robe fleurie. Elle est dans un comité avec Joyce, n'est-ce pas, chérie ? poursuivit-il sans attendre sa réponse.

Dernier appel pour le vol British Airways numéro 107. Embarquement porte 14.

— Nous votons toujours pour vous, bien entendu, continua Bert Cox. Madame, dit-il en désignant la dame à la robe à fleurs, pense que vous serez Premier ministre un jour.

— Je dois partir, monsieur Gould ; je vais rater mon avion.

— Excusez-moi un instant, monsieur Cox, dit Raymond.

— Bien sûr. Ce n'est pas tous les jours que j'ai l'occasion de parler à mon député.

Raymond accompagna Kate à la porte d'embarquement.

— Je suis désolé pour cet incident. Malheureusement, les gens sont comme ça à Leeds : un cœur d'or, mais une langue terrible. Que voulais-tu me dire ?

— Simplement que j'aurais été heureuse de vivre à Leeds, malgré le froid. Je n'ai jamais été jalouse de personne avant, mais je suis jalouse de Joyce.

Elle déposa tendrement un baiser sur sa joue et se dirigea vers le contrôle sans lui laisser le temps de répondre.

— Vous vous sentez mal, madame ? demanda l'employé.

— Non, je vais très bien, dit-elle en refoulant ses larmes.

Elle se dirigea lentement vers la porte en pensant qu'elle était heureuse de l'avoir vu dans sa chemise rose aujourd'hui. Elle se demanda s'il avait trouvé le petit mot qu'elle avait glissé dans la poche. S'il avait simplement formulé sa demande une fois de plus...

Raymond resta un instant les bras ballants puis se dirigea vers la sortie.

— Je suppose que la dame est américaine, dit M. Cox. Je suis très fort pour les accents.

— Oui, dit platement Raymond.

— C'était une amie à vous ?

— Ma meilleure amie, répondit Raymond.

Après le débat, Charles rentra chez lui, très satisfait. Il s'était attiré les louanges de toutes les factions du parti et le *chief whip* lui avait clairement signifié que ses efforts avaient été appréciés à leur juste valeur.

Il ouvrit la vitre de sa voiture pour laisser s'échapper la fumée de cigarette et pensa en souriant à Amanda qui devait l'attendre à Eaton Square. A 48 ans, il venait de vivre deux mois extraordinaires, comme jamais il n'en avait même rêvé. Chaque jour, il s'attendait à ce que l'enchantement retombe, mais il ne faisait que croître, et, chaque jour, le souvenir de la veille était encore plus agréable que tout ce qu'il avait connu dans le passé.

Dès que le Holbein eut retrouvé sa place dans la salle à manger, il accepta de divorcer. Il voulait faire des projets d'avenir avec Amanda. Il gara sa voiture ; elle se précipita pour lui ouvrir la porte.

— Allons nous coucher tout de suite, dit-elle. J'en ai envie.

Charles aurait été choqué si Fiona avait tenu ces propos qui, dans la bouche d'Amanda, semblaient tout naturels. Elle était déjà étendue toute nue sur le lit avant même que Charles ait retiré sa veste. Après l'amour, nichée dans les bras de Charles, elle lui annonça qu'elle devait s'absenter quelques jours.

— Pourquoi ? demanda Charles avec étonnement.

— Je suis enceinte, lui dit-elle tout simplement. Il faut que j'aille dans une clinique. Ne t'inquiète pas : je me porterai à merveille en un rien de temps.

— Mais pourquoi ne gardons-nous pas le bébé ? proposa Charles, ravi. J'ai toujours rêvé d'avoir un fils.

— Ne sois pas stupide, Charles. J'ai encore des années devant moi pour cela.

— Mais nous pourrions nous marier ?

— Tu es déjà marié. Et puis, je n'ai que 26 ans.

— Je peux divorcer très rapidement. Et la vie avec moi ne serait pas épouvantable, n'est-ce-pas ?

— Bien sûr que non, Charlie. Tu es le premier homme auquel je sois vraiment attachée.

— Alors penses-y, dit-il avec espoir.

Amanda regarda Charles droit dans les yeux :

— Si j'avais un fils, je voudrais qu'il ait les yeux bleus comme toi.

— Veux-tu m'épouser ? répéta-t-il.

— Je vais y réfléchir. Mais tu pourrais avoir changé d'avis demain matin.

***

Dix jours passèrent et Elisabeth n'eut aucune nouvelle de Mlle Wallace. Elle décida donc de lui téléphoner et vérifia sur sa fiche le dernier numéro qu'elle lui avait donné.

Elle composa les quatre chiffres et attendit quelques instants.

— 9712. Charles Hampton à l'appareil.

Après un long silence, la voix ajouta :

— Qui est-ce ?

Elisabeth ne put prononcer un mot. Elle reposa le combiné, le corps saisi d'une sueur froide, et rangea la fiche d'Amanda Wallace.

CHAPITRE 23

Simon avait consacré presque une année à préparer son projet intitulé *Pour une véritable réunification de l'Irlande*, qui devait être examiné par la Chambre. Le souhait du gouvernement était d'unifier le Nord et le Sud pour une période de dix ans à l'issue de laquelle un statut permanent pourrait être envisagé ; au cours de ces dix années, les deux parties resteraient sous l'administration conjointe de Westminster et de Dublin. Les catholiques et les protestants avaient d'ailleurs été consultés pour l'élaboration de ce que la presse avait appelé « la charte » et Simon avait réussi, au prix d'une patience infinie, à convaincre les leaders politiques d'Irlande du Nord à apposer leurs signatures au bas du projet final s'il était approuvé par les Communes.

Il confia à Elisabeth que cet accord n'était qu'un morceau de papier, mais que c'était le premier pas vers un règlement définitif du problème.

A Londres et à Dublin, les hommes politiques et la presse s'accordaient pour considérer la charte comme une véritable solution.

C'était le ministre de l'Irlande du Nord qui présenterait le projet aux Communes ; Simon, en architecte du projet, devait prononcer le discours final. Il savait que si la Chambre approuvait le document, on lui demanderait probablement de préparer un texte de loi et qu'ainsi, il serait le premier homme politique à ne pas échouer dans cette délicate affaire. S'il arrivait à ses fins, ses efforts n'auraient pas été vains.

Lorsque Elisabeth jeta un coup d'œil au projet final, elle dut reconnaître, pour la première fois, qu'elle ne regrettait pas qu'il ait accepté ce poste.

Peter se précipita dans la maison, couvert de boue.

— Nous les avons battus quatre à trois. A quelle heure est le dîner ? Je meurs de faim.

Simon et Elisabeth éclatèrent de rire.

— Dès que tu auras pris ton bain, répondit sa mère. Et maintenant, mon homme d'État en puissance, dit-elle en se tournant vers Simon, es-tu prêt à dîner comme le commun des mortels ?

— Absolument, et je n'ai pas encore gagné quatre à trois, moi, dit Simon en posant son dossier de cent vingt-neuf pages, qu'il entendait bien compulser encore après le dîner.

Peter dévala de sa chambre quelques minutes plus tard.

— C'est moi qui ai marqué le but de la victoire, papa.

— Pendant la mi-temps ?

— Très drôle. Non, j'étais à droite du terrain quand...

— Zut ! dit Elisabeth dans la cuisine. Je suis en panne de lait.

— J'y vais, proposa Simon.

— Je viens avec toi, papa. Je te raconterai en chemin comment j'ai marqué mon but.

— D'accord, fiston.

Les deux policiers en faction à la porte discutaient lorsque Simon et Peter sortirent.

— Ma femme a besoin d'un litre de lait. L'un d'entre vous peut-il m'accompagner ?

— Je suis désolé, monsieur le ministre, dit le sergent. On m'avait dit que vous ne sortiriez pas de la soirée. J'ai donc renvoyé la voiture officielle. Mais Barker va vous accompagner.

— Ce n'est pas grave : prenons la voiture de ma femme. Peter, va chercher les clés et demande-lui où elle l'a garée.

Peter disparut à l'intérieur de la maison.

— Cela fait longtemps que vous êtes dans la police ? demanda Simon au policier.

— Non, monsieur. Cela fait juste un an.
— Êtes-vous marié ?
— Non.
— Vous ne savez donc pas ce que c'est que de tomber en panne de lait.
— Je ne pense pas qu'ils sachent ce que c'est que le lait à la cantine, monsieur.
— Vous devriez essayer la cantine des Communes. Ce n'est pas mieux.

Le policier se mit à rire tandis que Peter revenait avec les clés.

— Allons-y. Mais je vous préviens, il vous faudra subir le récit de la victoire de mon fils au foot, dit Simon en faisant un clin d'œil au policier.
— Je me dirigeais vers la droite du terrain, commença Peter en ignorant la remarque sarcastique de son père, puis j'ai doublé mon homologue de l'équipe adverse avant d'envoyer le ballon à mon capitaine et d'aller m'aplatir au centre.

Peter s'arrêta un instant pour vérifier que les deux hommes avaient bien saisi les détails.

— Alors le capitaine m'a repassé le ballon que j'ai bloqué du pied gauche puis envoyé dans le coin du but.

Peter marqua une seconde pause.

— Arrête ton suspense, dit Simon en arrivant à la voiture.
— Le gardien de but a plongé et a touché le ballon du doigt, mais c'était trop tard. Je...

Comme tout le monde à Beaufort Street, Elisabeth entendit l'explosion, mais elle fut la première à comprendre ce qui s'était passé. Elle se précipita hors de la maison à la recherche du policier en faction qu'elle vit arriver en courant.

La petite voiture rouge était déchiquetée dans la rue et les vitres étaient pulvérisées sur le trottoir.

Lorsque le sergent aperçut la tête ensanglantée, il tira Elisabeth en arrière. Deux autres corps étaient étendus, sans vie, sur le trottoir.

En quelques instants, six voitures de police et une ambulance furent sur les lieux et le service de sécurité barra le quartier. Il fallut beaucoup de courage pour embarquer la dépouille déchiquetée du policier.

Elisabeth fut conduite à l'hôpital de Westminster où elle apprit que son mari et son fils étaient tous deux dans un état grave. Lorsqu'elle dit au chirurgien qu'elle était médecin, il se montra plus ouvert et répondit à toutes ses questions : Simon souffrait de fractures multiples, de plaies à divers endroits, d'une hanche démise et avait perdu beaucoup de sang. Quant à Peter, les médecins tentaient d'enlever un éclat de verre logé à quelques centimètres de son cœur.

Elle attendit toute seule à l'extérieur du bloc opératoire, dans l'espoir de glaner quelques renseignements sur leur état. Les heures passaient lentement, et Elisabeth pensait à ce que lui avait dit Simon :

— Sois tolérante. Souviens-toi qu'il y a encore des hommes de bonne volonté en Irlande.

Elle avait du mal à ne pas hurler, à ne pas les considérer tous comme des assassins. Son mari avait œuvré sans répit pour eux, il n'agissait pas comme catholique ou protestant, mais comme un homme qui tentait d'accomplir une tâche impossible. Et son fils ne demandait qu'à rentrer à la maison et à continuer son récit du match. Et puis, elle ne cessait de penser qu'au fond, c'est elle qui avait été désignée comme la cible des terroristes.

Elle attendit encore une heure ; elle regardait le policier diriger vers une antichambre les journalistes qui arrivaient de plus en plus nombreux. Enfin, un homme au visage grisâtre sortit par les portes battantes du bloc.

— Votre mari lutte, docteur Kerslake ; il est solide comme un roc. La plupart des gens seraient déjà morts à sa place. Quant à votre fils, nous en saurons plus sur son état à la fin de l'opération. Tout ce que je peux vous dire, c'est que les chirurgiens ont réussi à retirer l'éclat de verre. Puis-je vous trouver une chambre ? Il faut que vous dormiez un peu.

— Non, merci, répondit Elisabeth. Je préfère rester près

d'eux. Je veux savoir comment il a marqué le but final, ajouta-t-elle d'un air absent sans remarquer la surprise du médecin.

Elle téléphona chez elle pour prendre des nouvelles de Lucy. La mère d'Elisabeth, venue immédiatement après l'explosion, tentait d'éloigner Lucy de la radio et de la télévision, ce fut elle qui répondit.

— Comment vont-ils ? demanda-t-elle.

Elisabeth donna les nouvelles qu'elle avait à sa mère ; puis elle parla à Lucy.

— Je prends soin de grand-mère, promit l'enfant.

Elisabeth eut du mal à retenir ses larmes.

— Merci, chérie, dit-elle en raccrochant rapidement.

Elle retourna sur le banc situé à l'extérieur de la salle d'opération, enleva ses chaussures et plia ses jambes sous son corps pour dormir un peu.

Elle se réveilla en sursaut dans les premières heures de la matinée : son dos et son cou étaient douloureux et elle fit quelques pas dans le couloir pour se dégourdir les membres, cherchant quelqu'un qui pourrait lui donner des nouvelles. Enfin, une infirmière lui apporta une tasse de thé et lui assura que son mari et son fils étaient toujours vivants.

Mais que voulait dire « toujours vivants » ?

Elle regarda les visages hagards des personnes qui sortaient des deux salles d'opération et se forçait à ne pas y voir la marque du désespoir. Le chirurgien lui dit qu'il était préférable qu'elle rentre chez elle et qu'elle se repose : il était impossible de se prononcer avant vingt-quatre heures au moins.

Elisabeth ne quitta pas le couloir pendant un jour et une nuit et ne rentra pas chez elle avant d'avoir revu le chirurgien.

Lorsqu'elle apprit la nouvelle, elle tomba à genoux et se mit à pleurer.

Simon vivrait : les chirurgiens avaient pu le sauver. Mais Peter venait de mourir quelques minutes plus tôt. Ils avaient tout tenté.

CHAPITRE 24

— Vous avez le temps de prendre un verre ? demanda Alexander Dalglish.
— Si vous insistez, acquiesça Pimkin.
— Fiona, cria Alexander. C'est Alec Pimkin. Il vient prendre un verre.

Fiona vint les rejoindre : elle portait une robe d'un jaune lumineux et ses cheveux, qu'elle avait laissés pousser jusqu'aux épaules, encadraient très agréablement son visage.

— Cela vous va très bien, fit remarquer Pimkin.
— Merci, dit Fiona. Pourquoi n'allons-nous pas dans le salon ?

Pimkin les suivit et s'installa dans le siège préféré d'Alexander.

— Que prenez-vous ?
— Un grand gin avec un nuage de tonic.
— Eh bien, comment se porte la circonscription depuis ma démission ? demanda Alexander.
— Elle essaie de survivre à la plus grave affaire de mœurs du siècle.
— J'espère que cela n'a pas eu de conséquences politiques.
— Pas du tout, mon vieux, rassurez-vous, dit Pimkin en prenant le verre de cocktail que Fiona lui avait préparé. Au contraire, cela a détourné leur attention de moi. A vrai dire, seule l'annonce du mariage de Charles et de lady Di a mis un terme aux supputations sur le vôtre. Mais la rumeur m'a aussi appris que notre honorable député de Sussex Downs

vous avait fait attendre deux années entières avant de vous permettre d'annoncer votre mariage dans le *Times* ?

— Oui, c'est exact, dit Fiona. Charles n'a pas même pris la peine de répondre à mes lettres. En revanche, il s'est montré plus courtois récemment.

— Cela signifie-t-il qu'il désire lui aussi publier un faire-part dans le *Times* ? demanda Pimkin, qui espérait se faire offrir un second verre.

— Que voulez-vous dire ?

— Eh bien, il est tombé amoureux fou d'Amanda Wallace.

— Amanda ? demanda Fiona d'un ton incrédule. Il est tout de même plus raisonnable que cela.

— Je pense que cela n'a pas grand-chose à voir avec la raison. C'est plutôt d'ordre sexuel.

— Mais il pourrait être son père. De plus, Amanda n'est pas du tout son genre.

— Peut-être, mais je sais de source sûre qu'il lui a demandé de l'épouser.

— Vous plaisantez, dit Fiona.

— Pas du tout, et le mariage doit être précipité car Amanda est de toute évidence enceinte, et Charles espère avoir un fils.

— Ce n'est pas possible. Je vous assure...

Fiona s'interrompit au milieu d'une phrase.

— Et je vous assure que certains de nos camarades sont déjà occupés à deviner le nom du père.

— Alec, vous êtes incorrigible !

— Mais, ma chère, tout le monde sait qu'Amanda a couché avec tout le gouvernement et un nombre impressionnant de députés.

— Cessez d'exagérer, dit Fiona.

— Et qui plus est, poursuivit Alec imperturbablement, si elle ne s'est pas attaquée aux travaillistes, c'est parce que sa mère lui avait fait peur en lui disant qu'ils risquaient de lui passer de mauvaises maladies. Mais je suis sûr que Charles ne s'est pas laissé avoir par le coup de la grossesse, ajouta-t-il en riant. En tout cas, elle n'est peut-être pas très futée, mais j'ai entendu dire qu'ils remettaient à jour le *Kamasutra*.

— Allez, Alec, ça suffit, dit Fiona, gagnée elle aussi par le rire.

— Vous avez raison, dit Pimkin, en constatant que son verre était de nouveau vide. Un homme de ma réputation ne peut se permettre d'être vu en compagnie de gens qui vivent dans le péché. Il faut que je parte tout de suite, mes chéris.

Pimkin reposa son verre et Alexander l'accompagna jusqu'à la porte.

Après son départ, Alexander fit remarquer à Fiona que leur ami n'était jamais à court de renseignements intéressants.

— C'est vrai, reconnut Fiona. On a beaucoup appris pour quelques verres de gin.

— Alors, que vas-tu faire pour le Holbein ? demanda Alexander.

— J'ai signé l'acte définitif ce matin. Charles semble être redevenu raisonnable et veut même activer la procédure.

— Nous savons maintenant pourquoi. Je ne vois pas pourquoi nous céderions si facilement devant son plan.

— A quoi penses-tu ?

— Regarde cela, dit Alexander en lui tendant le dernier numéro du catalogue Sotheby sur les grands peintres.

Trois semaines après l'attentat, Simon quitta l'hôpital, appuyé sur des béquilles, aux côtés d'Elisabeth : les médecins lui avaient dit qu'il ne retrouverait jamais l'usage total de sa jambe droite. Dès qu'il fut dans la rue, une centaine d'appareils-photo tentèrent de saisir le héros tragique, à la demande des rédacteurs en chef avides de documents à sensation, mais aucun des photographes n'osa demander à Elisabeth et à Simon de sourire. Les journalistes les plus blasés furent impressionnés par la dignité du ministre et de sa femme : les photos publiées le lendemain témoignaient bien du fait qu'ils venaient de perdre leur seul fils.

Après un mois de repos complet, Simon, malgré les recommandations des médecins, reprit le document qui devait être discuté deux semaines plus tard à la Chambre.

Le ministre et le sous-secrétaire d'État chargés de la question irlandaise se rendirent plusieurs fois au domicile de Simon : il fut entendu que le sous-secrétaire assurerait l'intérim et prononcerait le discours d'ouverture. Mais pendant l'absence de Simon, tous au ministère avaient compris combien il avait travaillé pour la rédaction de cette charte, et personne n'était prêt à prendre sa place.

L'attentat dont Simon et son fils avaient été victimes avait fait du débat sur la charte un événement national, et la B.B.C. prévit de retransmettre l'intégralité des débats sur B.B.C.4 tous les jours de 15 heures 30 à 22 heures.

Un après-midi, pendant le débat, Simon s'assit dans son lit pour écouter la discussion comme s'il s'agissait du dernier épisode d'un feuilleton radiophonique captivant. La séance commença par une présentation claire et concise du texte de la charte par le ministre, qui rassura Simon sur le soutien que son document obtiendrait aux Communes. Puis le chef de l'opposition souleva, dans une intervention non partisane, un ou deux points à propos de la clause controversée qui prévoyait d'accorder des droits spéciaux aux protestants du Sud et aux catholiques du Nord : il s'inquiétait notamment du sort des catholiques qui refuseraient l'intégration en Irlande du Nord. Mais il assura la Chambre que l'opposition approuvait la charte et n'appellerait donc pas à un vote de refus.

Simon se détendit pour la première fois depuis le début de la session, malgré l'opposition de quelques députés qui souhaitaient gagner du temps et empêcher ainsi le vote du texte. Depuis des générations, des hommes comme ceux-là avaient réussi à bâillonner les espoirs et les aspirations du peuple irlandais et à barrer la route à l'établissement de la paix.

— Comment cela se passe-t-il ? demanda Elisabeth qui vint s'asseoir au bord du lit.
— Pas trop mal. Tout dépend maintenant du leader de l'opposition.

Dès qu'il commença à parler, Simon se rendit compte que cet homme n'avait pas du tout saisi la clause dite des patriotes, et que ce sur quoi Simon était tombé d'accord à Dublin et à Belfast n'était pas correctement présenté à la Chambre. Il n'y avait certes aucune méchanceté dans le discours, mais Simon sentit qu'il allait semer le doute dans l'esprit des députés et qu'un vote de refus était possible.

— Peut-être vaudrait-il mieux attendre que le secrétaire d'État soit lui-même en état de présenter le document à la Chambre, suggéra le député d'opposition chargé de l'Irlande dans le cabinet fantôme.

Simon paniqua : si la charte n'était pas votée ce soir, c'en était fini. Tout son travail, sa bonne volonté seraient réduits à néant. Son fils serait mort pour rien. Il prit alors sa décision.

— Je voudrais une tasse de chocolat chaud, s'il te plaît, demanda-t-il avec naturel.
— Bien sûr, chéri. Veux-tu un petit gâteau aussi ?

Simon dit oui de la tête. Dès qu'Elisabeth eut refermé la porte de la chambre, il se leva et s'habilla aussi vite qu'il le put, saisit la canne que lui avait offerte le Premier ministre irlandais et descendit en silence dans l'entrée, en priant le ciel pour qu'Elisabeth et Lucy ne l'entendent pas. Lorsque le policier en faction devant la porte l'aperçut, Simon lui demanda le silence d'un geste du doigt puis s'installa péniblement au fond de la voiture.

— Mettez la radio, s'il vous plaît, et conduisez-moi le plus vite possible à la Chambre, dit-il au chauffeur.

Simon put entendre la suite de l'intervention du chef de l'opposition : ils arrivèrent à l'entrée des Communes à 21 heures 25.

Les badauds lui firent une haie d'honneur que Simon ne remarqua même pas. Il se hâta comme il put pour arriver avant le discours du chef de la majorité, passa devant un huissier établi et monta à la tribune à 21 heures 29.

Le chef de l'opposition reprit sa place. Le président se leva alors mais n'eut pas même le temps d'annoncer le secrétaire d'État : Simon s'avança lentement vers le tapis vert dans un silence impressionnant, très vite suivi par des applaudissements qui allèrent *crescendo*. Il posa sa canne et s'agrippa à la rampe de bois. Le président l'annonça alors à mi-voix.

Simon attendit que la Chambre eût retrouvé le silence.

— Monsieur le président, je voudrais remercier la Chambre pour le chaleureux accueil qu'elle m'a réservé. Je reviens ce soir parce que, après avoir écouté intégralement le débat à la radio, j'ai ressenti la nécessité d'expliquer aux députés ce que j'avais à l'esprit en rédigeant la clause dite des patriotes. Ce n'était pas là une solution superficielle pour résoudre un problème difficile, mais un acte de bonne foi auquel ont souscrit les représentants des deux parties. Cette clause n'est sans doute pas parfaite, puisque les mots ont des sens différents pour chacun, comme nous le montrent les avocats jour après jour.

L'atmosphère se détendit et plusieurs députés se mirent à rire.

— Mais si nous laissons passer cette occasion aujourd'hui, ce sera une victoire de plus pour ceux qui tiennent à prolonger le drame de l'Irlande du Nord, quels que soient leurs motifs, et une défaite pour les hommes de bonne volonté.

Les députés écoutèrent en silence les explications de Simon sur cette clause et les effets qu'elle aurait à la fois sur les catholiques et les protestants dans le Nord et dans le Sud. Il développa également les autres clauses épineuses du texte, répondant à tous les points qui avaient été soulevés au cours du débat, puis leva la tête et se rendit compte qu'il ne lui restait plus qu'une minute.

— Monsieur le président, nous, qui, dans cette grande maison, avons décidé dans le passé du destin des nations, avons maintenant une occasion de réussir là même où nos prédécesseurs ont échoué. Je vous prie donc d'apporter votre soutien à cette charte, soutien conditionnel mais qui permettra de montrer aux terroristes et aux assassins qu'ici, à Westminster, nous pouvons assurer par notre vote l'avenir des enfants d'Irlande du Nord. Et faisons en sorte qu'au XXI⁰ siècle, le problème irlandais appartienne au passé.

La motion sur la charte fut approuvée à l'unanimité.

Simon rentra chez lui et monta en silence dans sa chambre. Il referma la porte et chercha l'interrupteur. Mais sa lampe de chevet s'alluma et Elisabeth se redressa sur le lit.

— Ton chocolat est froid et j'ai mangé tous tes petits gâteaux, lui dit-elle gaiement. Mais merci d'avoir laissé la radio en marche. Au moins, je savais où tu étais.

Simon éclata de rire.

Elisabeth se mit à pleurer.

— Qu'y a-t-il, chérie ? demanda Simon en venant à ses côtés.

— Peter aurait été tellement fier de toi !

CHAPITRE 25

Charles et Amanda se marièrent à la mairie de Hammersmith puis partirent en week-end à Paris. Charles avait expliqué à sa jeune femme qu'il préférait tenir leur mariage secret une semaine de plus. Il ne voulait pas donner à Fiona une raison supplémentaire de ne pas rendre le Holbein. Amanda ne protesta pas, puis se souvint d'avoir annoncé la nouvelle à quelqu'un. Mais Alec Pimkin n'était pas dangereux, se rassura-t-elle.

Ils arrivèrent le vendredi dans la soirée au *Plaza-Athénée* où ils s'installèrent dans une suite. Amanda fit sensation au cours du dîner tant par la coupe de sa robe que par son appétit. Cette échappée à Paris était bien agréable et pourtant, lorsque Charles lut dans le *Herald Tribune* que Mme Thatcher envisageait un remaniement ministériel, il coupa court à leur lune de miel et décida de rentrer à Londres le dimanche. Amanda n'apprécia guère ce contretemps, d'autant plus que son mari passa une journée entière près du téléphone dans leur maison d'Eaton Square.

Ce même dimanche, le Premier ministre appela Simon Kerslake pour lui annoncer qu'il quittait le ministère chargé de l'Irlande du Nord pour celui des Affaires étrangères.

Il tenta de protester mais Margaret Thatcher ne le laissa pas discuter :

— Je ne veux plus de martyrs, Simon. Votre famille a suffisamment payé.

Elisabeth fut soulagée d'apprendre cette nouvelle, mais Simon se demandait si elle se remettrait du choc qu'elle avait subi : il savait que ses cicatrices à lui étaient apparentes, mais que les siennes étaient beaucoup plus profondes.

*
**

Mme Thatcher appela enfin Charles Hampton le mardi matin alors qu'il attendait un coup de téléphone concernant le Holbein : ses avocats en effet s'étaient arrangés avec Fiona pour que le tableau soit à Eaton Square avant 11 heures ce matin-là. Charles pensait alors que le remaniement était terminé depuis longtemps.

Il se rendit en taxi à Downing Street et fut rapidement introduit dans le bureau de Mme Thatcher : le Premier ministre commença par le féliciter pour son travail accompli tant au gouvernement que dans l'opposition à propos des lois de finance ; et elle lui proposa le secrétariat d'État au Trésor.

Charles accepta puis, après une brève discussion politique, il rentra immédiatement à Eaton Square fêter ses deux succès : Amanda l'attendait impatiemment pour lui annoncer que Fiona avait respecté son engagement et rendu le Holbein à 11 heures.

Il alla dans le salon où il trouva avec grand plaisir le fameux paquet, ravi d'être en compagnie d'Amanda, qui l'avait suivi avec une cigarette et un verre de gin ; cela, en revanche, ne lui plaisait guère mais, dans sa bonne humeur, il décida de laisser passer. Il lui annonça sa nomination, Amanda ne sembla en saisir toute l'importance qu'en voyant son mari déboucher une bouteille de champagne.

Charles en tendit un verre à son épouse :

— C'est un double événement que nous fêtons ! C'est formidable, dit-elle en terminant d'abord son gin.

Charles prit une gorgée de champagne puis défit l'élégant

emballage rouge qui enveloppait l'œuvre d'art et retira les cartons qui la protégeaient : il put enfin regarder avec ravissement le portrait de son ancêtre.

Le premier comte de Brigdewater avait réintégré son domicile. Charles alla le replacer dans la salle à manger, mais il remarqua que la peinture n'était plus très bien fixée dans son encadrement.

— Zut ! laissa-t-il échapper.

— Qu'y a-t-il ? demanda Amanda.

— Rien de grave : il faut simplement que je fasse refixer l'encadrement. Je passerai chez Oliver Swann demain en allant à la banque. J'ai attendu trois ans : je pourrai bien patienter deux jours de plus.

Charles avait encore une disposition à prendre avant d'annoncer publiquement sa nomination au gouvernement. Il se rendit donc à la banque et convoqua Clive Reynolds dans son bureau.

— Clive...

C'était la première fois qu'il l'appelait ainsi.

— ... J'ai une proposition à vous faire.

Reynolds écoutait sans mot dire.

— Le Premier ministre vient de m'offrir un portefeuille dans son gouvernement.

— Toutes mes félicitations. Vous l'avez bien mérité, si je puis me permettre cette remarque.

— Merci, dit Charles. J'ai l'intention de vous proposer d'assurer les fonctions de président-directeur général pendant mon absence.

Clive Reynolds eut l'air surpris.

— Mais il est bien entendu que si les conservateurs se retrouvaient dans l'opposition ou si je perdais mon poste, je reprendrais mes fonctions immédiatement.

— Naturellement. Je serai ravi d'assurer l'intérim.

— Bien. Vous savez sans doute ce qui est arrivé à la dernière personne qui a assuré ces fonctions avant moi.

— Je veillerai à ce que cela ne se reproduise plus, soyez certain de cela.

— Merci, Reynolds. Je n'oublierai pas votre loyauté à mon retour.

— Quant à moi, je ferai respecter les traditions de la banque pendant votre absence.

— Je suis sûr que vous y parviendrez.

Le conseil d'administration accepta la nomination de Clive Reynolds au poste de président-directeur général temporaire et Charles devint secrétaire d'État au Trésor.

Il trouvait qu'il venait de vivre l'une des semaines les plus glorieuses de sa vie. Le vendredi soir, il s'arrêta chez Oliver Swann pour reprendre le tableau.

— Le tableau n'allait pas vraiment dans son cadre, dit M. Swann.

— Je suppose que le bois a travaillé au fil des ans.

— Non, monsieur Hampton. Le cadre a été fixé récemment.

— C'est impossible, protesta Charles. Je me souviens très bien des deux, et le portrait du premier comte de Bridgewater est dans la famille depuis plus de quatre siècles.

— Pas ce tableau.

— Que voulez-vous dire ? demanda Charles avec inquiétude.

— Ce tableau a été vendu chez Sotheby il y a environ trois semaines. Il est certes de l'école de Holbein et a probablement été peint par l'un de ses disciples au moment de sa mort. Mais je pense qu'il en existe environ une douzaine de la sorte.

— Une douzaine ! s'exclama Charles qui avait brusquement pâli.

— Oui, peut-être même plus. Mais cela me permet de résoudre un mystère.

— Quoi donc ? demanda Charles d'une voix étouffée.

— Je n'arrivais pas à comprendre pourquoi lady Fiona faisait monter les enchères pour ce tableau. Puis je me suis souvenu que votre nom était Bridgewater.

*
**

— Voilà au moins un mariage qui a du style, dit Pimkin à Fiona entre deux bouchées au cours de la réception qui suivait son union avec Alexander Dalglish.

Pimkin acceptait toujours les invitations aux mariages car elles lui permettaient de dévorer des montagnes de sandwiches au saumon fumé et de boire du champagne en quantité illimitée.

— J'ai beaucoup aimé le service religieux dans la Guard's Chapel.

— Êtes-vous allé au mariage de Charles ! s'enquit Fiona.

— Ma chère, Amanda était la seule personne à être invitée, et encore, elle a failli ne pas pouvoir y aller. Pour aller chez le médecin, j'entends.

— Et il ne peut pas se permettre un second divorce !

— Non, surtout pas dans sa situation actuelle de membre du gouvernement de Sa Majesté. Un divorce peut passer inaperçu : deux feraient mauvaise habitude.

— Mais combien de temps Charles va-t-il supporter le comportement d'Amanda ?

— Tant qu'il croira qu'elle va lui donner un fils qui héritera du titre. Encore qu'une cérémonie de mariage ne prouve nullement la légitimité de l'enfant.

— Et si elle ne lui donne pas de fils ?

— Peut-être son enfant sera-t-il de quelqu'un d'autre, dit Pimkin en se laissant aller sur une chaise.

— Même s'il est de lui, je vois mal Amanda en mère de famille.

— Certes, mais cela sert ses plans actuels d'être considérée comme une épouse dévouée.

— Avec le temps, cela aussi peut changer.

— J'en doute, dit Pimkin. Amanda est stupide, cela est prouvé, mais elle a un instinct animal : tant que Charles fait avancer sa carrière brillante, ce serait complètement fou d'attirer l'attention sur elle par des frasques qu'elle peut garder secrètes.

— Vous êtes une très mauvaise langue, Alec.

— Je ne le nie pas, reconnut-il.

— Merci pour votre cadeau de mariage, dit Alexander en les rejoignant. Vous avez choisi mon bordeaux préféré.

— Il y a deux bonnes raisons d'offrir une douzaine de bouteilles de bon bordeaux, expliqua Pimkin. Tout d'abord, vous avez la garantie de boire du bon vin lorsque vous êtes invité à dîner. Et ensuite, quand le couple se sépare, vous êtes sûr qu'ils ne se disputent pas pour le partage de votre cadeau.

— Avez-vous fait un cadeau à Charles et Amanda ? demanda Fiona.

— Non, dit Pimkin en saisissant une coupe de champagne sur le plateau d'un garçon qui passait. J'ai trouvé que la transaction du Holbein était suffisante.

— Je me demande où est le tableau maintenant, dit Alexander.

— Il n'est plus à Eaton Square, confia Pimkin sur un ton de grande confidence.

— Mais qui a bien pu acheter cette copie ?

— Nous ne connaissons pas l'identité de l'acheteur, qui vient des colonies de Sa Majesté, mais le vendeur...

— Allez, Alec, arrêtez de plaisanter. Qui est-ce ?

— C'est l'honorable Mme Amanda Hampton, tout simplement.

— Amanda ?

— Absolument. Cette chère créature a, dans sa stupidité, sorti le faux Holbein du grenier où Charles l'avait enfoui.

— Mais elle savait sûrement que c'était un faux ?

— Ma chère, Amanda ne ferait pas la différence entre un Rembrandt et un Picasso. Mais elle a été heureuse d'accepter les dix mille livres qu'on lui en offrait.

— Mon Dieu ! Je ne l'ai payé que huit mille livres.

— Il faudra demander des conseils à Amanda à l'avenir, dit Pimkin. Bien, en échange de ce renseignement inestimable, puis-je savoir où est entreposé le vrai Holbein ?

— Mais bien sûr, Alec. Il attend son heure pour réapparaître, dit Fiona en souriant.

— Où est donc Amanda ? demanda Alexander pour changer de sujet.

— Elle est en Suisse, où elle doit donner le jour à son héritier. Espérons qu'il ressemblera suffisamment à un Caucasien blanc pour convaincre Charles qu'il est le père.

— Mais d'où tenez-vous donc tous ces renseignements ?

— Les femmes ont l'habitude de m'ouvrir leur cœur, y compris Amanda, dit Pimkin en soupirant.

— Et pourquoi le fait-elle ? insista Alexander.

— Elle peut être sûre que je suis le seul homme de sa connaissance à ne pas la désirer, dit Pimkin avant d'engloutir un autre sandwich au saumon fumé.

Pendant qu'Amanda était à Genève, Charles lui téléphona tous les jours : elle le rassurait sur son état de santé et celui du futur bébé. Charles avait jugé prudent d'éloigner Amanda de l'Angleterre pendant sa grossesse et elle ne se plaignit pas de cet arrangement : avec dix mille livres sur un compte suisse, elle était à l'abri du besoin.

Il avait fallu quelques semaines à Charles pour s'habituer au gouvernement après une si longue absence, mais il apprécia la difficulté du ministère du Trésor. Il n'oubliait pas que le Premier ministre accordait une importance particulière à ce poste. Les fonctionnaires à qui l'on demandait ce qu'ils pensaient du nouveau secrétaire d'État avaient des avis variés : capable, compétent, travailleur, efficace ; mais aucun n'exprimait un attachement à sa personne. Et lorsque l'on posait la même question au chauffeur de Charles, dont il oubliait régulièrement le nom, celui-ci répondait :

— C'est le genre de ministre qui ne sait jamais votre nom. Mais je parierais tout de même une semaine de salaire qu'il deviendra un jour Premier ministre.

Amanda eut son bébé au milieu du neuvième mois ; une semaine plus tard, elle fut autorisée à rentrer en Angleterre.

Elle trouva qu'un enfant était encombrant en voyage et fut ravie de s'en débarrasser auprès de la gouvernante que Charles avait envoyée à l'aéroport.

Il n'avait pu venir la chercher lui-même car il était retenu par une délégation d'hommes d'affaires japonais, mais à la première occasion, il abandonna ses hôtes et rentra chez lui. Amanda l'attendait sur le seuil : Charles avait presque oublié combien sa femme était belle.

— Où est mon fils ? demanda-t-il après un long baiser.

— Dans sa nursery, qui est d'ailleurs plus luxueuse que notre propre chambre, fit-elle remarquer d'un ton sec.

Charles monta en courant, suivi par Amanda, et entra dans cette nursery qu'il avait préparée avec tant de soin pendant son absence. Il se pencha sur le futur comte de Bridgewater et fut saisi de stupeur en voyant les boucles brunes et les grands yeux noirs du nouveau-né.

— Mon Dieu ! laissa-t-il échapper.

Amanda, appuyée au chambranle de la porte, avait imaginé mille explications.

— C'est le portrait craché de mon arrière-grand-père. Tu as sauté deux générations, mon petit Harry, dit Charles en prenant l'enfant dans ses bras. Mais tu es un vrai Hampton.

Amanda soupira de soulagement : elle pouvait oublier les réponses qu'elle avait préparées.

— Ce n'est pas deux générations qu'a sautées ce petit bâtard, commenta Pimkin. C'est un continent tout entier. En revanche, cette petite chose, ajouta-t-il en désignant le bébé de Fiona, ressemble terriblement à son père. Pauvre enfant ! Quel départ dans la vie !

— Elle est très belle, protesta Fiona en la prenant dans ses bras.

— Voilà donc pourquoi vous vous êtes mariés si vite !

— Avez-vous vu le fils de Charles ! demanda Fiona.

— Je propose de parler du petit Harold comme du fils d'Amanda. Cela me paraît plus exact.

— Allons, Alec, avez-vous vu le petit Harry ?

— Oui. Et il ressemble tellement à son père que cela ne pourra pas ne pas être remarqué plus tard.

— Nous le connaissons ? demanda Fiona d'un ton inquisiteur.

— Je ne suis pas une mauvaise langue, comme vous savez, mais je connais un certain Brésilien qui fréquente Ascot en été et qui, de toute évidence, aime beaucoup les petites Anglaises.

Pimkin tendit son verre.

CHAPITRE 26

Un jeudi d'avril 1982, l'Argentine attaqua deux petites îles où mille huit cents citoyens britanniques furent forcés de baisser le pavillon britannique pour la première fois en cent ans.

Mme Thatcher envoya immédiatement des forces armées à l'autre bout du globe pour rétablir la souveraineté de son pays dans cette zone. Ses concitoyens se passionnèrent alors tellement pour les informations télévisées que les théâtres londoniens étaient vides, en pleine saison.

Simon fut très excité d'être aux Affaires étrangères à un moment aussi capital. Elisabeth dut se résoudre à le voir partir le matin avant qu'elle ne soit réveillée et rentrer le soir bien après son coucher. Au bout de deux longs mois, les forces britanniques regagnèrent les Malouines. Simon était sûr d'être appelé à rejoindre le cabinet restreint si Margaret Thatcher organisait des élections.

Un peu mieux protégé du regard public, mais soumis à une tension aussi constante, Charles s'occupa au Trésor des problèmes économiques qui avaient précédemment fait tomber la cote de popularité du Premier ministre. Après la présentation du budget en avril, il passa toutes ses journées à la Chambre à défendre la position du gouvernement. Comme Simon, il volait de courts instants pour rentrer chez lui, mais, à la différence d'Elisabeth, sa femme restait au lit jusqu'à midi. Lorsque Charles réussissait à s'échapper du ministère, il passait tout son temps avec Harry, dont il suivait les progrès avec un intérêt ravi.

Le jour où le drapeau britannique flotta de nouveau sur les Malouines, le budget fut accepté.

Charles, lui aussi, pensait qu'il serait appelé au cabinet restreint si les conservateurs gagnaient les élections suivantes.

Raymond approuva la fermeté de Mme Thatcher aux Malouines, en dépit des conséquences sur ses propres espoirs politiques. La popularité de la « Dame de Fer » se trouva considérablement renforcée par la victoire, et Raymond sut que le Parti travailliste avait très peu de chances d'emporter les prochaines élections.

Depuis que Michael Foot avait remplacé James Callaghan à la tête du parti deux ans plus tôt, le mouvement avait opéré un glissement à gauche et les membres les plus modérés avaient quitté Foot pour rejoindre les rangs du Parti social-démocrate. Raymond n'avait pas eu cette tentation car il croyait au remplacement de Michael Foot après les prochaines élections. Et lorsque Foot lui proposa de s'occuper du commerce dans le cabinet fantôme, il tenta de faire preuve d'enthousiasme.

Il souffrit de ne plus partager ses frustrations avec Kate, d'autant que toutes ses prédictions se réalisaient l'une après l'autre, y compris son idée selon laquelle le leader du parti serait élu à la conférence annuelle. Au début, elle lui avait téléphoné une fois par semaine, puis une fois par mois, et elle avait l'air d'être si heureuse qu'il refusait d'avouer combien elle lui manquait. Il en était venu à l'appeler de plus en plus rarement.

Un an après la reconquête des Malouines, Mme Thatcher, constatant que les sondages lui étaient toujours favorables, décida d'organiser des élections, un an avant l'échéance normale.

Lorsque la date en fut annoncée, Charles se dit qu'il ne pouvait plus retarder la présentation d'Amanda dans sa circonscription. Il avait jusque-là expliqué que sa femme avait traversé une période difficile après la naissance de leur fils, et que ses médecins lui avaient recommandé de se reposer pour ne pas faire monter sa tension ; un ou deux administrés avaient répliqué que la vie des conservateurs de Sussex Downs n'aurait pu surmener même un nonagénaire porteur d'une pile cardiaque !

La garden-party annuelle organisée par lord Sussex dans sa propriété de campagne sembla être l'occasion idéale pour montrer Amanda : Charles lui demanda de porter une tenue adaptée aux circonstances.

Il savait bien que les jeans couture étaient très à la mode et que sa femme ne portait jamais deux fois la même toilette ; il savait aussi que les femmes libérées ne mettaient pas de soutien-gorge. Mais il eut un choc terrible lorsqu'il vit Amanda moulée dans un jean qui laissait deviner son slip et vêtue d'un chemisier transparent.

— Ne pourrais-tu pas trouver quelque chose de plus... conservateur ? suggéra-t-il.

— Dans le genre de ce que la vieille Fiona portait ?

Charles ne trouva rien à répondre.

— Cette garden-party va être ennuyeuse à mourir, dit-il en désespoir de cause. Je ferais peut-être mieux d'y aller tout seul.

— Aurais-tu honte de moi ? demanda Amanda en le regardant droit dans les yeux.

Il prit la route en silence et, toutes les fois qu'il la regardait, il avait envie de trouver une excuse pour faire demi-tour. Lorsqu'ils arrivèrent chez lord Sussex, ses pires craintes furent justifiées : tous les invités, hommes et femmes, avaient les yeux rivés sur Amanda qui déambulait en mangeant des fraises. Beaucoup auraient même dit qu'elle avait l'air d'une putain si elle n'était pas la femme du député.

Charles estima s'en être tiré à bon compte lorsqu'il put enfin partir après la blague douteuse qu'Amanda avait racontée à la femme de l'évêque, alors qu'elle avait déjà refusé de présider le concours du plus beau bébé et de tirer la tombola.

Elle n'accompagna pas son mari au cours de la campagne électorale, mais cela n'affecta pas la forte majorité de Charles dans la circonscription de Sussex Downs.

Simon fut surpris d'apprendre que les conservateurs avaient renforcé leur majorité de cent quarante-quatre sièges aux Communes, tandis que Raymond se résignait à passer cinq années de plus dans l'opposition. Il concentrait ses efforts sur sa pratique professionnelle au barreau. Lorsque le procureur général lui proposa de devenir juge à la Cour suprême, ce qui s'accompagnait d'un siège à la Chambre des lords, Raymond hésita et finit par demander à Joyce ce qu'elle en pensait.

— Tu mourras d'ennui dans deux semaines, lui dit-elle.

— Je ne m'ennuierai pas plus que maintenant.

— Ne t'inquiète pas : tu finiras par avoir ce que tu désires.

— Joyce, j'ai presque 50 ans. Si le parti ne gagne pas les prochaines élections, je ne serai jamais plus ministre. N'oublie pas que, la dernière fois que nous avons perdu, nous avons passé treize ans dans l'opposition.

— Quand Michael Foot aura été remplacé, le parti aura une autre allure et tu auras sûrement l'un des postes-clés dans le cabinet fantôme.

— Tout dépend qui est le futur leader du parti. De toute façon, je ne vois pas vraiment la différence entre Neil Kinnock, qui paraît imbattable, et Michael Foot. Ils sont tous deux beaucoup trop à gauche pour nous permettre de gagner les élections.

— Alors, pourquoi ne pas te présenter toi-même ? demanda Joyce.
— C'est trop tôt. Je serai un candidat sérieux la prochaine fois.
— Dans ce cas, attends de voir qui est le prochain leader du parti. Il sera toujours temps de devenir juge après.

Raymond suivit le conseil de Joyce et avisa le procureur général qu'il n'envisageait pas d'accepter le poste de juge.

Quelques jours plus tard, Michael Foot annonça qu'il ne se représenterait pas à la direction du parti : Neil Kinnock et Roy Hattersley se trouvaient donc face à face pour cette bataille. Dans les semaines qui précédèrent la conférence annuelle, plusieurs syndicalistes et députés demandèrent à Raymond de se présenter mais, à tous, il répondit :
— La prochaine fois.

Comme il l'avait prévu, Kinnock fut élu et Hattersley fut secrétaire général adjoint du parti.

Après la conférence, Raymond rentra à Leeds pour le week-end, pensant toujours qu'il se verrait offrir un poste dans le cabinet fantôme, bien qu'il n'ait pas fait campagne pour le vainqueur. Mais lorsque Kinnock lui téléphona, Raymond fut choqué par sa proposition et déclina l'offre sans hésitation. Ce fut une brève conversation.

Joyce vint le retrouver dans son bureau.
— Alors, que t'a-t-il offert ? lui demanda-t-elle.
— Les transports. Pour moi, c'est vraiment rétrograder.
— Qu'as-tu répondu ?
— J'ai décliné l'offre, bien sûr.
— A qui a-t-il donné les postes principaux ?
— Je ne lui ai pas demandé : attendons les journaux de demain pour le savoir. Maintenant, je suis prêt à prendre le premier poste intéressant sur le plan juridique. J'ai perdu suffisamment d'années comme cela.
— Moi aussi, dit Joyce d'un ton tranquille.
— Que veux-tu dire ? demanda Raymond en regardant sa femme pour la première fois depuis qu'elle était entrée dans la pièce.

— Eh bien, si tu prévois un changement radical, moi aussi.

— Je ne comprends toujours pas.

— Cela fait très longtemps que nous nous sommes éloignés l'un de l'autre, Ray, lui dit-elle en le regardant droit dans les yeux. Si tu envisages d'abandonner ta circonscription et de passer encore plus de temps à Londres, je pense qu'il vaut mieux que nous nous séparions.

— Y a-t-il quelqu'un d'autre dans ta vie ?

— Oui. Il y a un homme qui veut m'épouser, si c'est ce que tu veux dire. Nous étions ensemble à l'école à Bradford. Il est comptable et célibataire.

— Tu l'aimes ?

Joyce réfléchit un instant.

— Non, je ne peux pas dire que je l'aime. Mais nous sommes de bons amis. Il est gentil et compréhensif et, ce qui est plus important, il est présent.

Raymond était comme paralysé.

— Cette séparation te permettra de demander à Kate Garthwaite d'abandonner son emploi à New York pour revenir à Londres. Penses-y et dis-moi ce que tu auras décidé.

Joyce quitta brusquement la pièce pour cacher ses larmes.

Raymond resta assis longuement et repensa à toutes ces années avec Joyce, et Kate. Il savait exactement ce qu'il voulait faire, maintenant que l'affaire était discutée au grand jour.

Tous les enfants de 3 ans jugés respectables par la gouvernante furent invités au troisième anniversaire de Harry Hampton. Charles réussit à s'échapper d'une réunion et arriva avec une grande boîte de peinture et un tricycle rouge. En garant sa voiture à Eaton Square, il aperçut la vieille Volvo de Fiona qui s'éloignait mais n'y fit guère attention.

Harry voulut naturellement essayer son tricycle autour de

la table et Charles ne put s'empêcher de remarquer qu'il était petit pour son âge mais se consola en se disant que son arrière-grand-père n'était pas très grand non plus.

Lorsque Harry eut soufflé ses bougies et que la gouvernante eut rallumé la lumière, Charles sentit qu'il manquait quelque chose. C'était un peu comme le jeu d'enfants qui consiste à deviner lequel des objets posés sur un plateau a disparu pendant que l'on avait les yeux fermés.

Il lui fallut quelques instants pour trouver que l'objet manquant était sa petite boîte à cigares en or. Il regarda longuement l'emplacement de ce petit coffret qui lui avait été donné par son arrière-grand-père. Il ne restait plus que le briquet assorti.

Il demanda immédiatement à Amanda si elle savait où il était, mais sa femme était très occupée à organiser un jeu de chaises musicales avec les enfants qu'elle faisait mettre en rang. Charles chercha le coffret partout dans la maison puis téléphona au commissariat de Chelsea.

Un inspecteur arriva immédiatement sur les lieux et nota tous les détails. Charles put même lui donner une photo de l'objet qui était marqué aux initiales C.G.H. Mais il ne mentionna pas le nom de Fiona.

Raymond prit le dernier train pour Londres ce soir-là car il voulait entendre un verdict le lendemain matin à 10 heures. Il passa une nuit agitée à se demander comment il allait vivre le restant de ses jours. Le matin, il commanda une douzaine de roses avant de se rendre au tribunal. Dès que le verdict fut prononcé, il se renseigna sur les horaires d'avion : c'était si rapide maintenant de se rendre là-bas ! Il réserva sa place et se rendit en taxi à Heathrow. Dans l'avion, il pria pour qu'il ne soit pas trop tard.

Lorsqu'elle le vit devant sa porte, elle ne put cacher son étonnement :

— Que fais-tu ici un lundi matin ?

— Je viens essayer de te reconquérir. Mon Dieu, qu'est-ce que cela peut avoir l'air bête !

— C'est la chose la plus adorable que tu me dis depuis des années, dit-elle en s'abandonnant dans ses bras.

Par-dessus l'épaule de Joyce, Raymond apercevait les roses qu'il lui avait fait envoyer le matin.

*
**

Au cours d'un dîner tranquille, Raymond dit à Joyce qu'il avait décidé d'accepter la proposition du procureur général, à la condition qu'elle accepte de vivre à Londres.

Lorsqu'ils rentrèrent chez eux, peu après 1 heure du matin, le téléphone sonnait. Raymond se précipita dans l'obscurité pour répondre.

— Raymond, j'ai essayé de vous joindre toute la nuit.

— Ah bon ? dit Raymond qui avait du mal à garder les yeux ouverts.

— Vous avez l'air de rentrer d'une soirée animée.

— Oui, ma femme et moi avons arrosé l'événement.

— Arrosé l'événement ? Avant d'avoir entendu les nouvelles ?

— Quelles nouvelles ? demanda Raymond en s'effondrant dans un fauteuil.

— J'ai passé la journée à former la nouvelle équipe et je voulais vous demander de faire partie du cabinet fantôme en tant que...

Raymond se reprit très vite et demanda à Neil Kinnock de ne pas quitter.

— Bien sûr, dit-il, surpris.

— Joyce, accepterais-tu de vivre avec moi à Londres même si je ne deviens pas juge ?

Un grand sourire illumina le visage de Joyce lorsqu'elle vit qu'il attendait son accord. Elle fit oui de la tête, plusieurs fois.

— Je serai ravi d'accepter, dit-il.

— Merci, Raymond. Venez me voir dans mon bureau aux

Communes demain et nous pourrons discuter de la politique à adopter dans votre nouveau domaine.

— Oui, bien sûr, dit Raymond. A demain.

Il laissa tomber le téléphone par terre et s'endormit dans son fauteuil en souriant.

Joyce replaça le combiné et dut attendre jusqu'au lendemain pour savoir que son mari était le nouveau ministre de la Défense dans le cabinet fantôme.

Charles n'eut aucune nouvelle du coffret en or pendant trois semaines, et il commençait à désespérer lorsqu'il eut un coup de fil de l'inspecteur lui annonçant que l'on avait retrouvé l'objet de famille.

— Très bonne nouvelle, dit Charles. Pouvez-vous me le rapporter à Eaton Square ?

— Ce n'est pas si simple, lui dit l'officier de police.

— Que voulez-vous dire ?

— Je préfère ne pas en parler au téléphone. Puis-je venir vous voir ?

— Bien sûr, dit Charles, un peu surpris.

Il attendit impatiemment l'arrivée de l'inspecteur, qui était là dix minutes plus tard.

— Êtes-vous seul, monsieur ?

— Oui. Ma femme et mon fils sont allés rendre visite à ma belle-mère au Pays-de-Galles. Vous m'avez dit avoir retrouvé la boîte en or, dit-il, pressé de savoir ce que l'inspecteur avait à lui dire.

— Oui, monsieur, mais je crains qu'il n'y ait des complications.

— Pourquoi donc, si vous l'avez retrouvée ?

— Nous ne sommes pas sûrs que sa disparition soit illégale.

— Que voulez-vous dire, monsieur l'inspecteur ?

— La boîte en or a été proposée à un acheteur de Grafton Street pour deux mille cinq cents livres.

— Et par qui ?

— C'est bien là le problème, monsieur. Le chèque a été rédigé à l'ordre d'Amanda Hampton et la description qui est faite de cette personne correspond à votre femme. L'acheteur a d'ailleurs un reçu prouvant la transaction.

Charles était muet. L'inspecteur lui tendit une photocopie du reçu et Charles reconnut la signature d'Amanda.

— Comme l'affaire a déjà été référée au parquet, j'ai préféré vous voir d'abord, car je suis sûr que vous voudrez arrêter les poursuites.

— Oui, bien sûr. Merci de votre considération, monsieur l'inspecteur, dit Charles d'une voix éteinte.

— Je vous en prie. L'acheteur m'a fait une proposition : il accepte de rendre la boîte à cigares pour la somme qu'il a lui-même payée.

Charles remercia l'inspecteur et le raccompagna à la porte.

Il téléphona immédiatement à Amanda chez sa mère et lui demanda de rentrer sur-le-champ. Elle commença à protester, mais il avait déjà raccroché.

Charles resta chez lui jusqu'à ce qu'ils arrivent à Eaton Square tard dans la nuit. Harry fut envoyé dans sa chambre avec sa gouvernante.

Très vite, Charles découvrit qu'il ne restait plus que quelques centaines de livres de la somme. Lorsque sa femme éclata en sanglots, Charles la gifla si violemment qu'elle tomba sur le sol.

— Si quoi que ce soit disparaît de la maison, tu partiras tout de suite et je veillerai à ce que tu passes un certain nombre d'années en prison.

Amanda quitta la pièce, agitée de sanglots.

Le lendemain, Charles mit une annonce pour trouver une gouvernante à temps plein et installa sa propre chambre au dernier étage pour être plus près de son fils. Amanda ne protesta pas.

**

Raymond quitta son appartement : lui et Joyce emménagèrent dans une petite maison de style classique à Cowley Street, à quelques mètres à peine des Communes.

Joyce décora d'abord le bureau de Raymond puis le reste de la maison avec l'enthousiasme d'une jeune mariée. Les parents de Raymond vinrent passer le week-end à Londres et celui-ci éclata de rire en voyant que son père avait apporté un sac au nom de *Gould, le boucher familial.*

— On a de la viande à Londres, tu sais !

— Mais elle n'est pas aussi bonne que la mienne, mon fils.

Au cours de l'excellent repas, Raymond observa Joyce qui bavardait avec sa mère.

— Heureusement que je me suis réveillé à temps, dit-il à voix haute.

— Que dis-tu ? demanda Joyce.

— Rien, chérie, rien du tout.

Alec Pimkin organisa une soirée pour tous ses collègues qui avaient fait leur entrée à la Chambre en 1964.

— Pour célébrer nos vingt premières années à la Chambre, avait-il dit au cours d'un discours improvisé.

Pimkin observa ses collègues. Beaucoup avaient été éliminés au fil des années et, parmi ceux qui restaient sur la scène politique, deux hommes dominaient.

Les yeux de Pimkin se posèrent d'abord sur Charles Hampton. Pas un seul cheveu blanc n'était visible sur la tête du secrétaire d'État au Trésor. Pimkin voyait toujours Amanda de temps en temps : elle avait repris ses activités de mannequin et voyageait beaucoup à l'étranger. Charles la voyait sans doute plus sur les couvertures des magazines que chez lui. Pimkin était très surpris de voir combien de temps il consacrait à son fils Harry : c'était bien le dernier homme dont il aurait pensé qu'il serait un papa gâteau.

Certes, son ambition ne s'était en rien émoussée, et Pimkin ne voyait qu'un seul concurrent sérieux en face de lui pour la direction du parti.

Il se tourna alors vers celui que les responsabilités ne semblaient pas effrayer. Simon Kerslake était engagé dans une conversation animée sur les négociations pour le désarmement qui avaient lieu entre Mme Thatcher, Tchernenko et Reagan. Pimkin observa longuement le secrétaire aux Affaires étrangères : il se dit que s'il avait eu lui-même un physique aussi favorable, il n'aurait jamais eu de crainte pour sa petite majorité.

Les rumeurs concernant ses ennuis financiers avaient cessé depuis longtemps et Kerslake avait un avenir brillant devant lui.

Les députés prirent congé l'un après l'autre, non sans l'avoir remercié pour cette soirée qu'ils qualifièrent tous de « formidable » et de « mémorable ». Lorsque le dernier invité fut parti, Pimkin termina son cognac et se dit en soupirant qu'il n'avait aucune chance de devenir un jour ministre.

Il décida alors de jouer le rôle de ces intrigants qui font et défont les rois, puisque c'était la seule consolation qui lui restait pour les vingt années à venir.

Raymond fêta ses vingt ans au Parlement en invitant Joyce à dîner près de Berkeley Square. Il admira la robe longue que sa femme avait choisie pour la circonstance, et remarqua même qu'une ou deux femmes la regardèrent plusieurs fois.

Il fit, lui aussi, le bilan de ses vingt années aux Communes et dit à Joyce qu'il espérait bien passer au moins vingt ans au gouvernement. 1984 était une année difficile pour les conservateurs et Raymond avait déjà quelques idées pour compliquer la vie de ses adversaires en 1985.

***

Au cours de l'hiver 1985, le chômage et le taux d'inflation ne firent que s'aggraver, ce qui renforça la position des travaillistes dans les sondages. Lorsque le chancelier de l'Échiquier proposa un budget d'urgence, la popularité des conservateurs tomba à son niveau le plus bas depuis cinq ans.

Margaret Thatcher saisit cette indication pour introduire du sang neuf dans son gouvernement et donna les noms de ceux qui contribueraient à faire la politique du gouvernement avant la bataille des élections.

CINQUIÈME PARTIE

MINISTRES
LE GOUVERNEMENT CONSERVATEUR
1985-1988

CHAPITRE 27

Raymond apprit la nouvelle à la radio dans sa voiture, alors qu'il se rendait aux Communes. Cela s'était sûrement passé pendant la nuit puisqu'il n'en était pas question dans les journaux du matin. Il entendit d'abord seulement un flash d'information qui ne donnait aucun détail : le *Broadsword*, une frégate britannique de type T.K.22, traversait le golfe entre Tunis et Benghazi, lorsqu'elle fut arrêtée par un groupe de mercenaires qui se firent passer pour des membres de la police des frontières, et qui montèrent à bord au nom du colonel Kadhafi.

Raymond, qui resta près d'un poste de radio toute la matinée, apprit que le *Broadsword* était maintenant aux mains d'une centaine de terroristes. Ils exigeaient la libération de tous les prisonniers libyens qui se trouvaient dans les prisons britanniques en échange des deux cent dix-sept membres de l'équipage gardés en otages dans la salle des machines.

Vers midi, le téléscripteur des Communes était pris d'assaut par les députés et les salles à manger étaient tellement bondées que de nombreux députés durent se passer de repas.

Le palais de Buckingham fut également pris d'assaut : les correspondants politiques attendaient comme des vautours dans la salle des députés, espérant glaner les opinions et les informations des hommes politiques qui se rendaient d'une chambre à l'autre.

A 15 heures 27, le Premier ministre, suivi du ministre des

Affaires étrangères et du ministre de la Défense, fit son entrée aux Communes : tous trois avaient l'air particulièrement préoccupé.

A 15 heures 30, le président de la Chambre se leva et demanda le silence.

— Deux déclarations seront faites à propos du *Broadsword* avant que la Chambre aborde les affaires galloises, annonça-t-il de son militaire avant d'appeler le ministre de la Défense.

Simon Kerslake se leva et posa le texte de son discours devant lui.

— Monsieur le président, avec votre permission et celle de la Chambre, je voudrais faire une déclaration concernant la frégate *Broadsword*. A 7 heures 40 G.M.T. ce matin, le *Broadsword* passait entre Tunis et Benghazi lorsqu'un groupe de terroristes qui se firent passer pour des employés de la police des frontières monta à bord et prit en otage le commandant Lawrence Packard et les membres de l'équipage. Les terroristes, qui disent représenter l'armée populaire libyenne, maintiennent le commandant et son équipage dans la salle des machines. D'après notre ambassade à Tripoli, il n'y a eu aucune perte humaine jusqu'à présent. Tout tend à prouver que le *Broadsword* n'était impliqué dans aucune affaire : cet acte terroriste est donc considéré comme un acte de piraterie qui tombe sous la législation de la Convention de Genève de 1958. Les terroristes exigent la libération de tous les prisonniers gardés dans les prisons britanniques en échange de l'équipage du *Broadsword*. Le ministre de l'Intérieur vient de m'informer qu'il n'y avait que quatre prisonniers libyens dans nos prisons actuellement, dont deux ont été condamnés à trois mois d'emprisonnement pour vol à l'étalage avec récidive, alors que les deux autres sont condamnés à des peines plus lourdes pour trafic de drogue. Le gouvernement de Sa Majesté ne peut ni ne veut empêcher le cours normal de la justice, et n'a aucune intention de relâcher ces hommes.

Des applaudissements fusèrent de tous les coins de la Chambre.

— Mon ami le ministre des Affaires étrangères a déjà exprimé clairement sa position à l'ambassadeur libyen en précisant que le gouvernement de Sa Majesté ne pouvait tolérer un tel traitement infligé à des sujets et à des biens britanniques. Nous avons exigé que le gouvernement libyen prenne des mesures immédiates.

Simon s'assit sous les acclamations tandis que Raymond se levait pour prendre la parole. Les députés se turent immédiatement pour entendre la position du Parti travailliste.

— Monsieur le président, commença Raymond, nous, travaillistes, condamnons sévèrement cet acte de terrorisme ; je voudrais d'autre part demander au ministre de la Défense ce qu'il compte faire pour récupérer le *Broadsword*.

Simon se leva à nouveau.

— Monsieur le président, nous cherchons pour le moment une solution diplomatique. Mais nous ferons une autre déclaration devant la Chambre demain après la réunion des chefs des armées.

Raymond se leva à son tour pour répondre.

— Puis-je me permettre de demander à M. le ministre combien de temps il compte poursuivre les négociations alors qu'il est bien connu dans le monde de la diplomatie que Kadhafi n'est pas fiable, et que nous ne pouvons compter sur les Nations unies pour régler ce problème ?

D'après la réaction de nombreux députés, il semblait évident que la majorité d'entre eux partageait son inquiétude.

— Je comprends tout à fait le point de vue de mon collègue, mais il sait probablement, puisqu'il a été ministre lui-même, que je ne suis pas en mesure de dévoiler toute information qui pourrait compromettre l'issue des négociations.

Raymond approuva d'un signe de tête.

De nombreuses questions furent posées à Simon et il y

répondit avec une telle assurance qu'un étranger aux Communes aurait eu du mal à croire qu'il n'occupait ses nouvelles fonctions de ministre que depuis cinq semaines.

A 16 heures 15, après avoir répondu à toutes les questions, il se rassit pour écouter la déclaration du ministre des Affaires étrangères : celui-ci se leva et plaça ses notes devant lui. Tous les yeux étaient braqués sur ce grand homme élégant qui faisait là sa première déclaration officielle depuis sa nomination.

— Monsieur, avec votre permission et celle de la Chambre, je voudrais faire une déclaration concernant le *Broadsword*. Dès que nous avons appris ce matin la prise de notre frégate par des terroristes, nous avons immédiatement envoyé un message très ferme au gouvernement libyen. L'ambassadeur libyen a été appelé au ministère des Affaires étrangères et je dois le rencontrer tout de suite après cette séance.

Raymond leva la tête vers la galerie des visiteurs : l'une des ironies de cette diplomatie moderne voulait que l'ambassadeur libyen fût présent au Parlement pendant la déclaration du ministre. Il était impossible d'imaginer le colonel Kadhafi invitant l'ambassadeur de Grande-Bretagne à écouter le discours qu'il adressait dans sa tente à ses hommes. Raymond fut content de voir cependant que l'ambassadeur n'était pas autorisé à prendre des notes : un interdit qui datait de l'époque où les débats étaient tenus à huis clos. C'était maintenant Charles Hampton qui parlait.

— Notre ambassadeur aux Nations unies vient de présenter une résolution qui doit être discutée cet après-midi par l'Assemblée générale, et qui demande aux représentants de soutenir la Grande-Bretagne devant cette violation flagrante de la Convention de Genève. Je pense avec confiance que nous aurons le soutien du monde libre. Le gouvernement de Sa Majesté fera tout ce qui est en son pouvoir pour qu'une solution diplomatique soit trouvée et que soit épargnée la vie de deux cent dix-sept militaires britanniques.

Le débat se poursuivit jusqu'à 16 heures 30, heure à

laquelle le président annonça la fin de la séance. Il refusa la demande du député travailliste Carson d'entamer une procédure de débat d'urgence et n'accepta aucune protestation.

— Cela ne veut pas dire, toutefois, que je ne réexaminerai pas la question plus tard, ajouta-t-il.

Puis il appela le ministre du Pays de Galles qui devait ouvrir le débat sur l'industrie minière galloise. La Chambre se vida progressivement et il ne resta plus que les trente-huit députés gallois qui attendaient ce moment depuis des semaines.

Simon retourna au ministère de la Défense et Charles au ministère des Affaires étrangères où on lui annonça, dès son arrivée, qu'il était attendu par l'ambassadeur de Libye.

— A-t-il quelque chose de nouveau à nous dire ? s'enquit Charles.

— Franchement, non.

— Bien. Faites-le entrer.

Charles écrasa sa cigarette et attendit l'ambassadeur debout près de la cheminée : c'était la première fois qu'il le rencontrait.

M. Kadir, cheveux noirs, tenue impeccable, entra dans la pièce.

— Monsieur le ministre des Affaires étrangères ? demanda-t-il.

Charles fut surpris de voir qu'il portait la cravate d'Eton.

— Le gouvernement de Sa Majesté souhaite faire savoir clairement à votre gouvernement, commença Charles sans laisser parler son interlocuteur, que nous considérons la prise du *Broadsword* comme un acte de piraterie.

— Puis-je me permettre de vous dire... ? tenta M. Kadir.

— Non, laissez-moi terminer. Tant que notre bateau n'a pas été libéré, nous ferons tout ce qui est en notre pouvoir, à la fois par les voies diplomatiques et par les voies économiques, pour faire pression sur votre gouvernement.

— Mais je voudrais juste vous dire...

— Mon Premier ministre veut également que vous sachiez qu'elle désire parler à votre chef d'État le plus vite possible et qu'elle espère entrer en contact avec vous dans l'heure qui suit.

— Bien. Puis-je...

— Vous pouvez d'autre part annoncer que nous nous réservons le droit d'intervenir à tout moment que nous jugerons opportun si vous ne parvenez pas à obtenir la libération du *Broadsword* et de son équipage avant demain midi.

— Bien, monsieur le ministre. Puis-je vous demander...

— Au revoir, monsieur Kadir.

Après le départ de l'ambassadeur libyen, Charles ne put s'empêcher de se demander ce que ce dernier pouvait bien avoir à lui demander.

— Qu'allons-nous faire maintenant ? demanda-t-il au secrétaire permanent.

— Nous allons jouer au jeu diplomatique le plus ancien du monde : qui vivra verra. Nous sommes d'ailleurs très bons à ce jeu, que nous pratiquons depuis mille ans.

— Bien. Donnons au moins quelques coups de fil. Je vais d'abord parler à Kirkpatrick à Washington, puis à Gromyko.

*
* *

Lorsque Simon retourna à la Défense, il était attendu pour une réunion au sommet.

— Bonjour, messieurs. Asseyez-vous, je vous prie. Pouvez-vous me dire exactement où nous en sommes, sir John ?

L'amiral sir John Fieldhouse, responsable du personnel de la défense, remonta ses lunettes demi-lune sur son nez et jeta un coup d'œil à ses notes.

— Rien de changé depuis une heure, monsieur, commença-t-il. Le Premier ministre n'a toujours pas réussi à contacter le colonel Kadhafi. Il nous faut donc conclure maintenant que la prise du *Broadsword* est un acte de terrorisme pur et simple, à rapprocher de l'occupation, il y a sept ans, de l'ambassade américaine en Iran par des étudiants khomeynistes. Nous allons donc nous livrer à une partie de bras de fer : notre bureau a déjà établi un plan détaillé pour permettre de reprendre le *Broadsword*.

— Êtes-vous en mesure de me soumettre un projet d'intervention que je pourrai présenter au gouvernement ? demanda Simon.

— Certainement, monsieur le ministre, dit sir John en ouvrant un grand dossier bleu.

Simon écouta attentivement la suggestion de sir John : autour de la table, les dignitaires de l'armée, de la marine et de l'aviation approuvèrent ce premier plan d'action. Simon ne put s'empêcher de penser qu'il n'était que second lieutenant. Pendant une heure, il posa à ses interlocuteurs des questions qui allaient de la plus élémentaire aux plus complexes. Lorsqu'il quitta la pièce pour se rendre au Conseil des ministres, les chefs des armées étaient déjà occupés à retravailler ce projet d'intervention.

Simon regagna à pied Downing Street, accompagné de son garde du corps. La célèbre rue était bondée de gens curieux de surprendre les allées et venues des ministres impliqués dans ce problème. Il fut touché par les applaudissements qui saluèrent son arrivée au Numéro 10, où des journalistes et des équipes de télévision l'attendaient. Simon se refusa à tout commentaire et fut surpris de voir les journalistes, en général si blasés, lui crier : « Bonne chance » et « Ramenez-nous nos hommes ! »

Il entra dans la salle du Conseil où vingt-deux de ses collègues l'attendaient déjà. Quelques instants plus tard, le Premier ministre entra elle aussi et prit place au centre de la table, en face de Charles et de Simon.

Mme Thatcher commença par annoncer à ses ministres qu'elle n'avait pas réussi à établir de contact avec le colonel Kadhafi. Ils devaient donc décider d'un plan d'action qui se passerait de son approbation ; puis elle invita le ministre des Affaires étrangères à faire le point de la situation.

Charles exposa donc les actions diplomatiques en cours ; il raconta son entrevue avec l'ambassadeur Kadir, annonça qu'une résolution venait d'être proposée aux Nations unies et qu'elle était déjà discutée en séance extraordinaire de l'Assemblée générale. Il expliqua au Conseil des ministres que demander aux Nations unies d'appliquer la résolution 12-40 à la Grande-Bretagne permettait d'avoir les mains libres sur le plan diplomatique et de s'assurer de la sympathie internationale : le vote, précisa-t-il, devait avoir lieu dans la soirée. Il espérait bien qu'il témoignerait d'un soutien massif à la Grande-Bretagne et serait considéré comme une victoire morale par le monde entier. Il avait le plaisir d'annoncer au gouvernement que les États-Unis et l'U.R.S.S. avaient déjà accordé leur soutien au pays, à condition qu'il n'engage aucune action punitive. Charles termina son intervention en rappelant à ses collègues qu'il était capital de montrer au cours des négociations qu'ils considéraient cette affaire comme un acte de terrorisme et non comme un problème à régler par le gouvernement libyen lui-même.

Simon regarda ses collègues : ils étaient de toute évidence impressionnés par la performance de Charles, qui avait réussi à rallier les deux superpuissances à la cause britannique. Seul le visage du Premier ministre restait impénétrable : elle invita Simon à donner son avis.

Celui-ci précisa que, depuis la dernière réunion du Conseil, le *Broadsword* avait été remorqué dans le golfe de la Grande-Syrte où il avait jeté l'ancre ; on ne pouvait donc espérer monter à bord autrement que par la mer. Le commandant Packard et ses deux cent dix-sept membres de l'équipage étaient toujours gardés dans la salle des machines ; d'après des rapports confirmés, ils seraient attachés et bâillonnés, et le système de ventilation aurait été arrêté.

— A mon avis, poursuivit Simon, nous n'avons plus le choix : nous devons tenter une opération de sauvetage afin d'éviter d'interminables négociations qui ne feraient que démoraliser toutes nos forces armées. Plus nous retardons cette décision, plus notre tâche sera difficile. Les chefs des armées mettent la dernière touche à un plan dont le nom de code est « Vol à l'étalage » et qui doit, d'après eux, être tenté dans les quarante-huit heures si l'on veut sauver les hommes et le navire.

Simon ajouta qu'il espérait que les contacts diplomatiques ne seraient pas coupés pendant l'opération afin de ménager un effet de surprise.

— Et si le plan échoue ? interrompit Charles. Nous risquons non seulement de perdre le *Broadsword* et son équipage mais aussi la sympathie du monde libre.

— Vous ne trouverez aucun officier de la marine britannique désireux d'abandonner le *Broadsword* dans les eaux territoriales libyennes au bon vouloir des terroristes, pour négocier, sans parler de l'humiliation que subirait notre marine. Kadhafi peut se moquer des Nations unies : il a pris l'une de nos frégates les plus modernes et s'est emparé de la une de la presse mondiale ; c'est lui qui tient les rênes. Les gros titres peuvent conduire à une démoralisation générale dans le pays et à une défaite électorale, comme celle qu'a connue Carter après la débâcle de l'ambassade américaine en Iran.

— Mais il serait fou de prendre des risques ! protesta Charles. Attendons au moins quelques jours de plus.

— Ce que je crains, si nous attendons plus longtemps, c'est que l'équipage soit transféré dans une prison militaire. Ainsi nous n'aurions plus une seule cible mais deux, et Kadhafi aurait alors tout le temps qu'il désire.

Simon et Charles s'affrontèrent tandis que le Premier ministre tentait de voir si une majorité se dégageait parmi les ministres en faveur de l'une ou l'autre des positions. Trois heures plus tard, alors que chacun avait donné son avis, elle écrivit 14-9 sur son carnet.

— Je pense que nous avons tout dit, messieurs, conclut-elle. Ayant écouté l'avis de chacun, je pense qu'il faut donner le feu vert au ministre de la Défense pour que soit appliqué le plan « Vol à l'étalage ». Je propose donc la constitution d'une sous-commission composée du ministre des Affaires étrangères, du ministre de la Défense, de l'attorney général et de moi-même qui, avec l'aide d'une équipe de spécialistes, examinera le plan d'intervention. Le secret d'État sera exigé, bien sûr ; tous les ministres peuvent regagner leur ministère et reprendre le cours normal de leurs activités : n'oublions pas que le pays ne doit pas cesser d'être gouverné. Merci, messieurs.

Le Premier ministre demanda à Charles et à Simon de l'accompagner dans son bureau.

Dès que la porte fut fermée, elle se tourna vers Charles :

— Faites-moi parvenir les résultats du vote à l'Assemblée générale de l'O.N.U. dès que vous les aurez. Puisque le Conseil a opté pour une intervention militaire, il est important que nous apparaissions aux yeux du monde comme étant à la recherche d'une solution diplomatique.

— Oui, madame le Premier ministre, dit froidement Charles.

Puis Margaret Thatcher se tourna vers Simon :

— Quand pourrai-je connaître les détails du plan d'action ?

— Nous avons prévu de travailler sur la stratégie toute la nuit, madame, et je pourrai vous présenter le plan final demain matin à 10 heures.

— Pas plus tard, Simon. Notre autre problème est le débat d'urgence prévu pour demain. Le président répondra sans doute par l'affirmative à la seconde requête de Raymond Gould. Nous ne pouvons nous soustraire à un débat de fond sans nous attirer les foudres de l'opposition. Il nous faut donc prendre le taureau par les cornes.

Les deux hommes se regardèrent, excédés à la pensée des heures précieuses qu'ils allaient perdre aux Communes.

— Charles, vous ouvrirez le débat pour le gouvernement. Vous, Simon, vous le conclurez. La discussion ayant lieu jeudi après-midi, on peut espérer que bon nombre de nos collègues seront rentrés chez eux pour le week-end, mais j'en doute. Avec un peu de chance, nous nous serons déjà assurés une victoire morale auprès des Nations unies et donnerons cela en pâture à l'opposition. Lorsque vous prendrez la parole, Simon, contentez-vous de répondre aux questions posées. Prévenez-moi directement s'il y a du nouveau : je ne dormirai pas cette nuit.

Charles regagna les Affaires étrangères, content qu'Amanda soit partie en Amérique du Sud.

Simon, lui, alla retrouver les chefs des armées qui avaient épinglé une grande carte murale représentant les eaux territoriales libyennes : les généraux, les amiraux et les commandants des forces aériennes étudiaient les contours et la profondeur des mers comme des enfants avant un contrôle de géographie.

Ils se levèrent tous lorsque Simon entra dans la pièce. Et lorsqu'il leur annonça que le Conseil des ministres avait décidé de soutenir le ministre de la Défense, un sourire éclaira le visage de sir John.

— Cette bataille sera sans doute la plus difficile que nous aurons eue à mener, dit-il à mi-voix.

— Exposez-moi à nouveau le plan, dit Simon sans répondre au commentaire de sir John. Je dois le présenter au Premier ministre demain matin à 10 heures.

Sir John montra du bout de sa baguette de bois un *Broadsword* miniature situé au centre d'un golfe bien protégé.

⁂

Charles trouva sur son bureau des masses de télégrammes et de télex soutenant une solution diplomatique. Le secrétaire permanent lui rapporta que le débat aux Nations unies permettait de prévoir une majorité écrasante. Charles sentait qu'il avait les mains liées, sans avoir pour autant abandonné tout espoir de combattre le plan de Simon. Il espérait bien que cette histoire se solderait par un succès pour les Affaires étrangères et non pour ces guerriers de la Défense.

Oliver Milas, ancien ambassadeur de Grande-Bretagne, avait été rappelé de sa propriété et installé près des Affaires étrangères afin que Charles puisse le consulter à tout moment du jour et de la nuit.

Charles se mit en rapport avec l'ambassadeur britannique à l'O.N.U. et continua à tenter de joindre Kadhafi.

Simon écouta sir John lui donner les dernières précisions sur l'opération « Vol à l'étalage » : trente-sept hommes du S.B.S., une section spéciale du régiment S.A.S., qui avait déjà participé au siège de Saint James' Square en avril 1984, se trouvaient maintenant à Rosyth, sur la côte écossaise, et se préparaient à prendre d'assaut le *Brillant*, navire jumeau du *Broadsword*.

Les hommes devaient quitter un sous-marin à environ un kilomètre du port de Rosyth et faire les deux kilomètres qui les séparaient du bateau à la nage, sous l'eau. Ils monteraient à bord du *Brillant* et maîtriseraient ce qui était censé représenter un équipage libyen en douze minutes. Puis ils conduiraient le navire à un mille marin au large de la côte écossaise : l'opération devait être bouclée en une heure. Cette simulation serait faite trois fois avant l'aube et son temps d'exécution réduit.

Simon avait déjà confirmé l'ordre d'envoyer deux sous-marins de la flotte basée en Méditerranée en direction des côtes libyennes : le reste de la flotte devait poursuivre ses activités de routine, alors que le ministère des Affaires étrangères continuait à chercher une solution diplomatique.

Il téléphona à Elisabeth pour lui expliquer pourquoi il ne rentrerait pas de la nuit. Une heure plus tard, le ministre de la Défense gagnait Rosyth en hélicoptère.

Charles suivit les débats à l'O.N.U. dans son bureau : le vote donna cent quarante-sept voix en faveur de la Grande-Bretagne contre trois oppositions et vingt-deux abstentions. Il se demanda si ce succès ne suffirait pas à convaincre le Premier ministre d'abandonner le plan de Kerslake. Il regarda attentivement la liste des pays qui avaient voté : les Soviétiques, ainsi que tous les pays du pacte de Varsovie, et les Américains avaient tenu parole et voté pour la Grande-Bretagne. Seuls la Libye, le Sud-Yémen et Djibouti avaient voté contre. Charles donna les dernières nouvelles au Premier ministre qui, malgré la satisfaction évidente que lui donnait ce résultat, refusa de modifier son plan tant qu'elle n'avait pas eu de contact avec Kadhafi. Charles raccrocha et fit convoquer l'ambassadeur Kadir au ministère une seconde fois.

— Mais il est 2 heures du matin, monsieur, protesta le secrétaire.

— Je sais parfaitement l'heure qu'il est ; mais je ne vois pas pourquoi, alors que nous passons tous une nuit blanche, monsieur l'ambassadeur pourrait dormir tranquillement.

Lorsque M. Kadir se présenta au ministère, Charles fut irrité de constater qu'il était toujours aussi frais et dispos : il venait de toute évidence de se raser et de mettre une chemise propre.

— Vous m'avez demandé de venir, monsieur le ministre ? demanda poliment Kadir comme s'il avait été invité à prendre le thé.

— Oui, dit Charles. Je voulais m'assurer que vous étiez bien au courant des résultats du vote qui a eu lieu il y a une heure à l'O.N.U.

— Oui, monsieur.

— Au cours de ce vote, 90 % des dirigeants du monde ont condamné votre gouvernement.

— Oui, monsieur.

— Mon Premier ministre attend toujours un signe de votre chef d'État.

— Oui, monsieur.

— Avez-vous pris contact avec le colonel Kadhafi ?
— Non, monsieur.
— Mais vous avez une ligne directe qui vous relie à son quartier général !
— Vous comprendrez, monsieur, que je n'ai pas pu lui parler, dit Kadir en souriant.
— Je vous appellerai toutes les heures, monsieur Kadir. Je voudrais simplement vous recommander de ne pas abuser de l'hospitalité de mon pays.
— Non, monsieur.
— Bonne nuit, monsieur l'ambassadeur.
— Bonne nuit, monsieur le ministre.

M. Kadir se fit reconduire dans son ambassade en maudissant Charles Hampton : cet homme ne se rendait-il pas compte qu'il n'était pas retourné en Libye, sauf pour rendre visite à sa mère, depuis l'âge de 4 ans ! Le colonel Kadhafi le méprisait tout autant qu'il ignorait le Premier ministre britannique. Il regarda sa montre : il était 2 heures 44 du matin.

L'hélicoptère de Simon atterrit en Écosse à 2 heures 45. Sir John et lui furent immédiatement conduits sur les quais puis transportés jusqu'au *Brillant* dans la nuit brumeuse. Le commandant du navire ne cacha pas sa surprise en voyant arriver ses visiteurs inattendus ; il les accompagna sur le pont.

— Quand la prochaine expédition doit-elle avoir lieu ? demanda Simon, qui ne voyait pas à plus de quelques mètres devant lui.

— Les hommes quittent le sous-marin à 3 heures : ils devraient arriver au *Brillant* à 3 heures 20 environ. Ils espèrent prendre les commandes du navire en onze minutes et être à un kilomètre au-delà des eaux territoriales en moins d'une heure.

Simon regarda l'heure : il était 3 heures moins 5. Il pensa

à l'équipe qui se préparait à accomplir sa tâche sans savoir que le ministre de la Défense et le chef d'état-major les attendaient à bord. Il remonta le col de son manteau et, tout à coup, fut poussé et sentit une main noire et huileuse lui bâillonner la bouche avant qu'il puisse protester. On lui attacha les mains dans le dos et on lui fixa un bandeau sur les yeux. Il essaya de riposter mais reçut un violent coup dans les côtes. Puis il fut traîné dans un escalier étroit et jeté sur un parquet de bois. Il resta ainsi pendant ce qu'il estima une dizaine de minutes, puis il entendit le moteur du navire et sentit son mouvement sous lui. Le ministre fut immobilisé pendant encore une quinzaine de minutes.

— Relâchez-les, entendit-il dire dans un anglais parfait.

On défit sa corde et son bandeau. Devant lui se tenait un homme grenouille du S.B.S., noir de la tête aux pieds. Simon ne comprenait toujours pas ce qui s'était passé quand il vit que l'on détachait également sir John.

— Je vous dois des excuses, monsieur le ministre, lui dit ce dernier. J'avais dit au commandant de ne pas informer le commandant du sous-marin de notre présence à bord. Je voulais voir de quoi ces hommes étaient capables.

Simon s'écarta du colosse qui le regardait toujours en souriant.

— Heureusement que le Premier ministre ne nous a pas accompagnés, dit sir John.

— Oui. Elle se serait brisé les reins, dit-il en jetant un coup d'œil au commando.

Tout le monde éclata de rire, à l'exception de l'homme grenouille.

— Qu'a-t-il ? s'enquit Simon.

— S'il prononce le moindre mot pendant ces soixante minutes, il ne sera pas sélectionné pour faire partie de l'équipe.

— Le parti conservateur aurait besoin de quelques députés comme lui, dit Simon, notamment demain lorsque j'expliquerai devant la Chambre pourquoi je ne fais rien.

A 3 heures 45 du matin, le *Brillant* était à nouveau dans les eaux territoriales.

**

Les gros titres des journaux du lendemain allaient de « Victoire diplomatique » dans le *Times* à « Kadhafi le terroriste » dans le *Mirror*.

Simon raconta la répétition de l'opération « Vol à l'étalage » au cours d'une réunion du Conseil restreint.

Charles fonça dans la brèche :

— Après les résultats du vote en notre faveur à l'O.N.U., il me semble plus raisonnable de ne pas engager une action qui pourrait très bien être considérée comme un acte de pure agression.

— Si l'opération n'est pas menée demain matin, nous perdons toute chance de la voir réussir, dit Simon.

Tous les yeux se tournèrent vers lui.

— Pourquoi donc ? demanda Margaret Thatcher.

— Parce que le ramadan se termine demain. Donc, c'est un jour de fête pour les musulmans. Les terroristes seront moins sur leurs gardes. C'est notre seule chance. J'ai assisté à la répétition de l'opération à Rosyth et je peux vous dire que l'équipe du S.B.S. est déjà en route vers les sous-marins. Tout est minutieusement préparé, madame le Premier ministre, et je ne voudrais pas gâcher une aussi bonne occasion de sauver nos hommes.

— Oui, c'est bien pensé, acquiesça la Dame de Fer. Prions pour que tout soit terminé à la fin du week-end. Et jouons le jeu de la négociation cet après-midi aux Communes ; j'attends une performance très convaincante de votre part, Charles.

Lorsque Raymond se leva à 15 heures 30 le jeudi aprèsmidi afin de demander pour la seconde fois un débat d'urgence, le président accéda à sa requête et précisa que l'urgence de la situation exigeait que le débat commençât à 19 heures le soir même.

La Chambre se vida rapidement et tous les députés allèrent préparer leurs interventions. Le président quitta lui aussi la Chambre et ne revint qu'à 18 heures 55.

A 19 heures, lorsque Charles et Simon firent leur entrée aux Communes, les trente-sept hommes du S.B.S. étaient déjà à bord du sous-marin le *Conquérant*, à une soixantaine de milles nautiques de la côte libyenne. Le *Courageux*, un second sous-marin, était posté une quinzaine de kilomètres plus loin. Le silence radio avait été respecté par les deux navires depuis douze heures.

A huit heures de l'opération de sauvetage, le Premier ministre n'avait toujours pas eu de contact avec le colonel Kadhafi. A la Chambre, l'atmosphère était tendue. Le silence se fit lorsque le président donna la parole à Raymond Gould.

Raymond commença par expliquer la gravité et l'urgence de la situation ; puis il demanda au ministre des Affaires étrangères de confirmer l'issue des négociations et, dans le cas où elles n'auraient pas de résultat concluant, exigea du ministre de la Défense une action immédiate pour sauver le *Broadsword*. Simon se contenta de hocher tristement la tête.

— Kadhafi n'est qu'un terroriste, conclut Raymond. Pourquoi tenter de négocier avec lui ?

Cette formule bien préparée déchaîna les applaudissements des députés. Simon écoutait religieusement et approuva secrètement les propos de Raymond, sachant bien que si les rôles avaient été inversés, il aurait fait comme lui.

Lorsque Raymond regagna sa place, les applaudissements se prolongèrent pendant plusieurs minutes encore. M. Kadir regardait la scène d'un air impassible et essayait de retenir les points importants et la réaction des députés afin de pouvoir, si jamais il en avait l'occasion, en rendre compte au colonel Kadhafi.

— Le ministère des Affaires étrangères, annonça le président.

Charles se leva et s'approcha de la tribune ; les députés refirent le silence.

Charles commença par insister sur l'importance du vote des Nations unies, qui constituait une solide base de négociation. Puis il expliqua que la priorité était de sauver les deux cent dix-sept membres de l'équipage du *Broadsword* ; le secrétaire général espérait entrer en contact personnellement avec Kadhafi pour lui faire part de la désapprobation quasi unanime de l'Assemblée. Charles insista sur le fait que toute autre intervention ne ferait pour le moment que retirer au pays le soutien du monde libre. Lorsqu'il regagna sa place, il sentit bien que les députés n'étaient guère convaincus.

Les interventions qui suivirent confirmèrent au Premier ministre et à Simon qu'ils avaient apprécié correctement l'état d'esprit du pays. Mais tous deux s'efforcèrent de ne laisser apparaître aucun sentiment sur leur visage et de ne pas donner d'espoir à ceux qui souhaitaient une intervention militaire.

Lorsque Simon se leva pour conclure à 21 heures 30, cela faisait exactement deux heures et demie qu'il écoutait les conseils de ses collègues qui lui suggéraient de faire ce qu'il faisait déjà en réalité. Courageusement, il soutint la position de la négociation diplomatique. A 22 heures, il avait terminé et se rassit sous les cris de « Démission » qui venaient à la fois des bancs de l'opposition et de certains de ses alliés.

Raymond regarda Kerslake et Hampton quitter la Chambre, et il se demanda ce qui pouvait bien se passer derrière la porte close de Downing Street.

A son retour chez lui après le débat, Joyce le félicita pour son discours, tout en remarquant que cela n'avait guère fait réagir Kerslake.

— Il prépare quelque chose, dit Raymond. J'aimerais bien être dans son bureau ce soir pour savoir ce que c'est.

Simon retourna dans son bureau et téléphona à Elisabeth pour lui dire qu'il allait encore passer la nuit au ministère de la Défense.

— Certains hommes ont les maîtresses les plus étranges,

dit-elle. Au fait, ta fille voudrait savoir si tu auras le temps d'assister à son match de hockey samedi.

— Quel jour sommes-nous aujourd'hui ?

— Nous sommes toujours jeudi, dit-elle. Et dire que tu es responsable de la défense de la nation.

Simon savait que l'opération de sauvetage serait terminée, bien ou mal, le lendemain à midi. Pourquoi ne pourrait-il pas assister au match de hockey de sa fille ?

— Dis à Lucy que je serai là.

Bien qu'on n'attendît rien avant 6 heures du matin, les chefs des trois armes ne quittèrent pas la pièce. Le silence radio fut respecté toute la nuit et Simon tenta de s'occuper en réglant d'autres questions : il profita de la présence des autorités militaires pour se faire expliquer certains points qu'il aurait mis un mois à élucider tout seul.

A minuit, on lui apporta la première édition des journaux du matin. Simon épingla l'article du *Telegraph* sur le tableau d'affichage : le journal se demandait en substance comment le héros de l'Irlande du Nord pouvait être aussi indécis alors que des marins britanniques étaient prisonniers dans des eaux territoriales étrangères. Quant au gros titre du *Daily Express*, il tenait en un seul mot : « Démission. »

— Je ne comprendrai jamais pourquoi on peut avoir envie de faire de la politique, dit sir John qui venait de jeter un coup d'œil à la presse. Puis il annonça : Nos navires de reconnaissance viennent de nous faire savoir que le *Conquérant* et le *Courageux* sont à leur poste.

Simon prit sa canne et partit pour Downing Street. De nombreux balayeurs qui partaient au travail le saluèrent d'un « Bonjour, Simon ! ». Plusieurs lui demandèrent :

— Quand récupérerons-nous notre bateau ?

« Demandez-moi cela dans trois heures », avait-il envie de répondre.

Margaret Thatcher était dans la salle du Conseil en robe de chambre.

— Je n'ai pas pu dormir, lui dit-elle.

Simon passa en revue tous les détails de l'opération et lui assura que tout serait terminé avant que la plupart des Britanniques soient assis devant leur petit déjeuner.

— Appelez-moi dès que vous saurez quelque chose, même si cela vous semble sans importance, conclut-elle. Un jour, vous aurez peut-être la responsabilité de ces choses-là.

Simon la quitta en souriant et regagna son bureau de l'autre côté de Whitehall. La pleine lune éclairait la cathédrale Saint Paul.

A 1 heure du matin, il alla rejoindre les chefs militaires. Aucun d'entre eux ne semblait accuser la fatigue : ils se racontaient des souvenirs de Suez et des Malouines et des éclats de rire fusaient fréquemment.

Lorsque Big Ben sonna 1 heure, Simon pensa qu'il était 3 heures en Libye. Il imaginait parfaitement les hommes plongeant dans les eaux profondes et gagnant à la nage le *Broadsword*.

Il retourna dans son bureau pour passer l'heure la plus longue de sa vie.

Lorsque la sonnerie du téléphone brisa enfin le silence, Simon décrocha rapidement pour entendre la voix de Charles Hampton.

— Simon, dit-il, j'ai enfin pu joindre Kadhafi : il accepte de négocier.

Simon jeta un coup d'œil à sa montre : les hommes devaient être à quelques mètres du *Broadsword*.

— Trop tard. Je ne peux pas arrêter l'opération maintenant.

— Ne faites pas l'idiot. Donnez-leur l'ordre de revenir. Ne comprenez-vous pas que nous venons d'obtenir une victoire diplomatique ?

— Kadhafi pourrait très bien négocier pendant des mois et finir par nous humilier. Non, je ne ferai pas machine arrière.

— Nous verrons bien comment le Premier ministre réagira à votre arrogance, conclut Charles en raccrochant violemment.

Simon resta assis près du téléphone à attendre un appel. Il se demanda s'il ne serait pas plus raisonnable de décrocher ce foutu appareil : c'est comme si Nelson avait placé sa longue vue devant son œil borgne, se dit-il finalement.

La sonnerie retentit quelques instants plus tard.

— Pouvez-vous les arrêter si je vous en donne l'ordre ? lui dit une voix qu'il reconnut immédiatement.

— Oui, madame le Premier ministre, répondit-il après un instant d'hésitation.

— Mais vous voudriez poursuivre l'opération, n'est-ce pas ?

— Il me faut quelques minutes pour la mener à terme.

— Mesurez-vous les conséquences d'un échec, alors que Charles se félicite d'avoir obtenu une victoire diplomatique ?

— Vous auriez ma démission dans l'heure.

— Il faudrait que la mienne suive, j'en ai peur, dit Margaret Thatcher. Auquel cas Charles sera Premier ministre demain à la même heure... Kadhafi est sur l'autre ligne, ajouta-t-elle après un instant de silence. Je vais lui dire que je souhaite négocier. Espérons que cela vous laissera suffisamment de temps et que ce sera lui qui sera confronté aux problèmes de démission demain à l'heure du petit déjeuner.

Simon eut envie d'applaudir.

— Savez-vous ce qui m'a été le plus difficile dans toute cette histoire ?

— Non.

— Eh bien, lorsque Kadhafi a appelé au milieu de la nuit, j'ai dû faire semblant d'être endormie parce que je ne voulais pas qu'il sache que j'étais assise près du téléphone.

Simon se mit à rire.

— Bonne chance, Simon. Je vais appeler Charles pour lui expliquer ma décision.

Il était 2 heures 30 du matin.

Lorsqu'il retrouva les chefs militaires, ils étaient crispés, tapotant sur la table ou faisant les cent pas, et Simon devina ce qu'avaient pu ressentir les Israéliens en attendant les nouvelles d'Entebbe.

Le téléphone sonna encore : il savait que ce ne pouvait être le Premier ministre, puisqu'elle était connue pour être la seule femme du pays qui ne change jamais d'avis. C'était Charles Hampton.

— Je veux vous préciser très clairement, Simon, que je vous ai annoncé la négociation avec Kadhafi à 2 heures 30. C'est noté afin qu'il n'y ait qu'une seule démission demain.

— Je sais exactement où vous voulez en venir, Charles, et je suis sûr que, quoi qu'il arrive, vous êtes du genre à sentir la rose pendant que vous remuez le fumier.

Simon raccrocha brutalement tandis que 3 heures sonnaient.

A 4 heures 7, le silence radio fut enfin interrompu par un message : « Voleur à l'étalage appréhendé. Je répète : voleur à l'étalage appréhendé. »

Les chefs militaires réagirent comme des enfants qui viennent de marquer un but au foot. Le *Broadsword* était maintenant dans des eaux neutres. Simon s'assit à son bureau et appela Downing Street.

— Voleur à l'étalage appréhendé, dit-il au Premier ministre.

— Félicitations. Continuez comme prévu, obtint-il pour toute réponse.

Il fallait ensuite s'assurer que tous les prisonniers libyens seraient déposés à Malte et renvoyés chez eux sains et saufs. Simon attendit avec impatience le message radio qui était prévu pour 5 heures.

Lorsque 5 heures sonnèrent à Big Ben, le commandant Packard intervint pour faire un rapport complet de l'opération à Simon : un terroriste libyen avait été tué et onze blessés. Il n'y avait eu aucun tué chez les Britanniques et quelques blessés légers seulement. Les trente-sept hommes du S.B.S. étaient à nouveau à bord des sous-marins le *Conquérant* et le *Courageux*. Le *Broadsword* avait pris le chemin du retour : *God Save The Queen !*

Simon félicita le commandant et se rendit une fois de plus à Downing Street : les journalistes qui le virent arriver n'avaient aucune idée de ce qui allait être annoncé. Simon, une fois de plus, se garda bien de répondre à leurs questions. En entrant dans la salle du Conseil, il trouva Charles qui l'avait devancé auprès du Premier ministre. Il leur annonça la nouvelle. Les félicitations de Charles sonnaient très faux.

Il fut décidé que Margaret Thatcher ferait une déclaration à 7 heures : ils en préparèrent le texte puis le Premier ministre alla donner à la presse les détails de ce qui s'était passé au cours des six dernières heures.

Sous les flashes des appareils photographiques et devant les caméras de télévision, Mme Thatcher fit sa déclaration entourée de Charles Hampton à sa droite et de Simon Kerslake à sa gauche : ils étaient maintenant les deux concurrents à sa succession.

— Je dois reconnaître que mon opinion sur Charles Hampton s'est améliorée, dit Elisabeth dans la voiture qui les conduisait au match de hockey de Lucy.

— Que veux-tu dire ? demanda Simon.

— Je viens de le voir à la télévision : il a déclaré avoir soutenu ta position pendant toute cette affaire alors qu'il était obligé de faire semblant de mener des négociations inutiles. Il a même ajouté que c'était la première fois de sa vie qu'il s'était senti fier de mentir.

Elisabeth ne comprit pas la réponse de son mari qui marmonna :

— Il sent la rose, c'est bien cela.

⁂

Simon s'amusa beaucoup à voir sa fille se battre dans la boue juste quelques heures après avoir craint de subir le même traitement que Kadhafi.

— Elle va peut-être faire comme vous et nous surprendre à la seconde mi-temps, dit la maîtresse de Lucy.

⁂

Le samedi matin suivant, à 8 heures, Simon apprit que le *Broadsword* était attendu à Portsmouth pour 3 heures de l'après-midi, juste une semaine après la défaite de sa fille zéro à huit. Simon n'avait pu consoler Lucy de cet échec, d'autant plus qu'elle était goal.

Sa secrétaire vint le déranger dans ses pensées pour lui annoncer qu'il était attendu une heure plus tard. Juste au moment où il quittait la pièce, le téléphone sonna.

— Dites à la personne qui m'appelle que je suis déjà en retard, dit-il.

— Je ne peux pas, répondit la secrétaire.

— Qui est-ce ?

— Sa Majesté la reine.

Simon prit la communication et écouta la souveraine. Lorsqu'elle eut terminé, Simon la remercia et promit de transmettre son message au commandant Packard dès qu'il le verrait à Portsmouth. Simon s'y rendit en hélicoptère, d'où il vit des milliers de gens qui étaient venus eux aussi accueillir le *Broadsword*.

Le ministre attendit sur le quai la frégate qu'il apercevait déjà à la jumelle : elle était entourée d'une flottille d'embarcations et il était d'ailleurs difficile de la reconnaître.

Sir John lui dit que le commandant Packard l'invitait à le rejoindre sur le pont dès qu'ils seraient à quai.

— Non, merci, dit Simon. C'est son jour de gloire, pas le mien.

Lorsque le *Broadsword* entra dans le port, l'équipage du

bateau était sur le quai en uniforme. Le navire lui aussi était rutilant comme une Rolls Royce juste sortie d'usine.

Le commandant fut acclamé à sa descente du bateau par une foule de cinq mille personnes en liesse. Lorsqu'il salua le ministre de la Défense, celui-ci lui chuchota à l'oreille le message de la reine :

— Bienvenue, amiral Lawrence Packard.

CHAPITRE 28

Il trouva sur son bureau l'article du *Standard* que Joyce avait découpé pour lui en ajoutant la suggestion suivante : « cela pourrait très bien faire la une des journaux nationaux. »

Raymond approuva tout à fait cette idée.

Sans doute, il consacrait presque tout son temps à élaborer une stratégie destinée à mettre en place le futur gouvernement travailliste, mais il avait, comme tous les hommes politiques, ses sujets de prédilection. Depuis l'époque où il vivait avec sa grand-mère à Leeds, il s'était occupé des pensions de guerre. Jamais il n'oublia le choc qu'il avait eu en découvrant, peu après la fin de ses études à l'université, que sa grand-mère avait vécu pendant trente ans avec une pension hebdomadaire qui ne payait même pas un seul repas dans un restaurant londonien correct.

Dès son entrée au Parlement, il s'était concentré sur les problèmes de pensions de veuves de guerre et le courrier qui ne cessait de lui parvenir prouvait bien que c'était devenu un problème sérieux. Il s'était battu sans relâche pour obtenir leur augmentation et rêvait de devenir ministre de la Défense pour entreprendre une action plus efficace encore.

Il tenta d'en parler à son collègue du cabinet fantôme qui semblait, quant à lui, plus préoccupé par la série de grèves d'un jour prévues par les syndicats de l'imprimerie que par le problème de Mme Dora Benson.

Raymond relut attentivement les détails de ce cas et se rendit compte qu'il ne se singulariserait guère de tous ceux qu'il avait eu l'occasion d'étudier au fil des ans : Dora Benson était l'une des rares veuves survivantes de la Première Guerre mondiale ; son mari avait été tué au cours d'une attaque allemande dans les tranchées de la Somme et elle avait travaillé ensuite comme femme de chambre dans un hôtel pendant plus de cinquante ans. Tout ce qu'elle possédait se résumait à quelques obligations de guerre qui valaient seulement vingt-cinq livres l'une. Le cas de Mme Benson serait probablement passé inaperçu si elle n'avait décidé de vendre aux enchères la décoration de son mari.

Raymond, qui connaissait tous les détails de l'affaire, prépara une question orale au ministre de la Défense, demandant s'il était enfin prêt à honorer les promesses maintes fois répétées du gouvernement à ce sujet. Ce fut une Chambre ensommeillée qui écouta Simon Kerslake répondre qu'il accordait la plus grande attention à ce problème et qu'il espérait présenter un rapport au chancelier dans un très proche avenir. Simon alla se rasseoir, pensant avoir apaisé la combativité de Gould, mais celui-ci sortit brusquement les députés de leur torpeur.

— M. le ministre se rend-il compte qu'une veuve de 83 ans, dont le mari a été tué au champ de bataille et été décoré, a un revenu inférieur à un engagé de 16 ans ?

Simon se leva, déterminé à conclure sur ce sujet afin de pouvoir étudier ce cas précis en détail.

— Je n'étais effectivement pas au courant de cette situation et assure mon collègue que je vais apporter la plus grande attention au sujet qu'il vient de soulever.

Simon était convaincu que le président allait passer à la question suivante, mais Raymond se leva une fois de plus, soutenu par tous les députés d'opposition.

— M. le ministre se rend-il compte également qu'un amiral, dont les revenus sont indexés sur le coût de la vie, peut espérer terminer sa carrière avec une solde hebdomadaire de cinq cents livres, alors que la pension de Mme Dora Benson est toujours de quarante-sept livres par semaine ?

Des deux côtés de la Chambre, on exprima sa surprise.

Simon eut le sentiment désagréable de n'être pas préparé aux attaques de Gould et décida d'y mettre un terme le plus rapidement possible.

— J'ignorais cet état de fait également mais, une fois de plus, je veux assurer mon collègue que j'étudierai la question avec la plus grande vigilance.

Simon, horrifié, vit Raymond se lever une troisième fois. De toute évidence, les députés travaillistes appréciaient le spectacle.

— M. le ministre se rend-il compte que la pension accordée au titre de la *Victoria cross* est de cent livres par an seulement ? Nous payons davantage nos footballeurs de second ordre !

Simon s'apprêta à répondre pour la quatrième fois, l'air visiblement épuisé par cette séance, et fit une remarque qu'il regretta immédiatement après l'avoir formulée :

— Je tiens à assurer mon collègue que je m'occuperai de ce problème, dit-il avec précipitation. Mais je voudrais ajouter que je suis tout à fait fasciné par l'intérêt soudain qu'il porte au cas de Mme Benson. Je me permettrai d'insinuer que cette considération a probablement été soufflée par la publicité dont le cas a fait l'objet dans la presse nationale.

Raymond ne daigna même pas répondre et se contenta de rester les bras croisés et les pieds sur la table, tandis que ses amis injuriaient Simon.

Le lendemain, les journaux nationaux publiaient des photos de Dora Benson, déformée par l'arthrite et brandissant son seau et son balai, ainsi que des photos de son mari en uniforme. La plupart des articles faisaient état du courage d'Albert Benson qui lui avait valu sa Croix de Victoria et reprenaient les arguments de Raymond.

Seul un journaliste du *Guardian* traita le sujet sous un angle différent : il dévoila effectivement que Raymond Gould avait posé quarante-sept questions à la Chambre au sujet des pensions des veuves de guerre, et qu'il avait abordé le problème au cours de trois débats sur le budget et cinq sur les affaires sociales. Le journaliste révéla enfin que Raymond donnait cinq cents livres par an à l'hôpital Erskine pour les soldats blessés. Les députés comprirent à la lecture de cet article que Simon Kerslake devrait retirer son attaque contre Gould et lui présenter des excuses publiques.

A 15 heures 30, le président annonça à une Chambre au complet que le ministre de la Défense désirait faire une déclaration.

Simon s'avança vers la tribune d'un air gauche.

— Monsieur le président, commença-t-il, avec votre permission et celle de la Chambre, je voudrais faire une déclaration personnelle. Au cours de la question qui m'a été posée hier, j'ai mis en cause l'intégrité de mon collègue député de Leeds-Nord. J'ai depuis mesuré l'injustice que j'ai ainsi commise et voudrais lui présenter mes excuses les plus sincères et l'assurance que je ne remettrai pas en cause son honnêteté une troisième fois.

Les jeunes députés ne comprirent pas l'allusion, mais Raymond la saisit immédiatement. L'assistance, consciente du caractère exceptionnel de ce type de déclarations dans le cours de la vie parlementaire, attendait impatiemment la réponse de Raymond.

— Monsieur le président, j'accepte les excuses civiles de mon collègue et espère qu'il ne perdra pas de vue l'objet initial de ma question, c'est-à-dire les pensions de veuves de guerre, et notamment le problème de Mme Dora Benson.

Le lendemain matin, on pouvait lire dans l'éditorial du *Times* : « A une époque où la gauche formule des revendications de plus en plus catégorielles, le Parlement et le Parti travailliste viennent de trouver un nouveau Clement Attlee. Le pays n'a plus de crainte à avoir quant à la dignité et aux droits de l'homme si Raymond Gould accède au poste de responsabilité dont il est digne. »

De nombreux députés d'opposition reprochèrent à Raymond de ne pas avoir enfoncé Simon quand il le pouvait.

Mais ce n'était pas son avis : il lui suffisait de savoir que son adversaire n'était pas infaillible.

※
※※

L'épisode du *Broadsword* resta beaucoup moins gravé dans la mémoire des électeurs que la victoire des Malouines et, en six mois, l'avance des conservateurs dans les sondages d'opinion avait baissé de 3 %.

— Mais il ne faut pas oublier, déclara Raymond au cours d'une réunion du cabinet fantôme, que Margaret Thatcher a déjà passé presque huit ans à Downing Street et qu'aucun Premier ministre n'a jamais rempli deux mandats complets à la suite, et encore moins trois, depuis lord Liverpool en 1812.

Margaret Thatcher ne se soucia nullement de lord Liverpool et des précédents historiques : elle organisa des élections en juin, mois qui lui avait toujours été favorable dans le passé.

— Il est grand temps que le pays décide qui va le gouverner au cours des cinq années à venir, déclara-t-elle à l'émission *Panorama*.

— Bien sûr, cela n'a rien à voir avec sa légère remontée dans les sondages, commenta amèrement Joyce.

— Une avance qu'elle pourrait très bien perdre dans les semaines qui viennent, ajouta Raymond.

Il ne fit que trois jours de campagne dans le Yorkshire car, en temps que porte-parole du parti, il dut faire le tour du pays, de réunion en réunion. De nombreux journalistes suggérèrent à ce moment que si Raymond était à la tête du parti, les travaillistes seraient dans une bien meilleure posture pour les élections.

Lorsqu'il retourna à Leeds, il eut beaucoup de plaisir à faire campagne et, pour la première fois de sa vie, se sentit totalement à l'aise avec ses administrés. Mais il se rendit compte aussi de son âge lorsqu'il découvrit que le candidat conservateur de Leeds-Nord était né en 1964, l'année où il

était lui-même entré au Parlement. Et il supporta mal d'être appelé « sir » par son concurrent.
— Appelez-moi donc par mon prénom, demanda-t-il.
— Bien Raymond, obtempéra le jeune homme.
— Non, Ray, précisa-t-il.

Les résultats du scrutin ne furent connus que le vendredi à 16 heures. Tout se jouait à quelques milliers de voix près :

Conservateurs	317 sièges
Travaillistes	288 sièges
Alliance Parti libéral/Parti social-démocrate	24 sièges
Parti irlandais	17 sièges
Président et autres	4 sièges

Margaret Thatcher n'avait pas obtenu plus de voix que les autres partis réunis mais elle était à la tête du plus grand parti du pays et restait à Downing Street. Elle ne procéda qu'à des changements mineurs dans la constitution du gouvernement, désireuse de préserver l'impression de continuité. Charles passa à l'Intérieur et Simon devint ministre des Affaires étrangères. La presse titra alors : « Le gouvernement du replâtrage. »

Le calme post-électoral ne devait durer qu'une semaine. Tony Benn troubla en effet la quiétude de l'été en annonçant sa candidature à la direction du Parti travailliste pour la conférence d'octobre.

Il déclara que la démarche naïve et maladroite de Kinnock était seule responsable de l'échec du parti et fut soutenu dans son analyse par de nombreux travaillistes qui pensaient néanmoins que la situation aurait été bien pire si Benn avait été à la tête du parti.

Mais sa candidature permit à d'autres candidats potentiels d'entrer dans la course : ce fut le cas notamment de Roy

Hattersley et de John Smith. De nombreux députés et syndicalistes poussèrent Raymond à se présenter et Joyce fut la plus virulente à ce sujet :

— Si tu ne te présentes pas, tu es un homme politique mort.

— Mais c'est justement à l'avenir que je pense, rétorqua-t-il.

— Que veux-tu dire ?

— Je veux être secrétaire adjoint. Je serai le numéro deux du parti, et cela ne m'empêchera pas d'avoir un poste clé dans le cabinet fantôme. D'autre part, cela me permettra d'assurer mes arrières dans le parti pour la prochaine conférence.

Raymond annonça sa candidature une semaine plus tard. Avec quatre candidats pour la direction du parti, chacun savait que le premier tour ne permettrait pas d'élire le nouveau leader. Kinnock confia à Raymond que s'il arrivait après la deuxième place, il demanderait à ses électeurs de voter pour le candidat modéré susceptible de battre Benn au second tour.

Tout se passa comme prévu, et Benn arriva en tête. Le second tour ne surprit personne, à l'exception de Raymond. Les électeurs de Kinnock avaient reporté leurs voix sur le plus proche concurrent de Benn et avaient ainsi permis l'élection d'un leader modéré.

A 23 heures cette nuit-là, le secrétaire général du parti annonça qu'avec 3 % d'avance, Raymond était devenu le nouveau secrétaire adjoint. Il fut alors nommé chancelier de l'Échiquier dans le cabinet fantôme. Parmi les nombreuses lettres qu'il reçut, il y eut le message suivant de Mme Kate Wilberhoff :

Félicitations. Avez-vous lu l'article 5-4 de la constitution du parti ?

Raymond ne l'avait pas lu et lui adressa la réponse suivante :

Je ne l'avais pas lu. J'ai réparé cette lacune. Espérons que ce sera un présage.

Depuis presque dix ans que la Dame de Fer était au pouvoir, Raymond sentait un désir de changement dans le pays. La nouvelle équipe travailliste semblait neuve et pleine d'idées alors que l'image de Mme Thatcher commençait à s'user.

Au cours du long et rigoureux hiver 1988, les conservateurs essuyèrent plusieurs défaites aux Communes. La trêve des fêtes de fin d'année fut de courte durée puisque deux députés conservateurs âgés moururent en janvier. La presse affubla le gouvernement du surnom de « canard boiteux ». Ces deux élections partielles, qui eurent lieu en mai, furent moins graves que prévu pour les conservateurs qui réussirent à sauver l'un des deux sièges. Pour la quatrième fois, Margaret Thatcher organisa des élections en juin.

Le taux de chômage, l'inflation et les chiffres de la balance commerciale annoncés régulièrement compliquaient beaucoup la campagne des conservateurs. Et lorsque le Premier ministre répétait qu'un gouvernement ne devait pas être jugé sur les chiffres d'un seul mois, elle était peu convaincante. Une semaine avant le scrutin, la seule question était de savoir si les travaillistes l'emporteraient avec une majorité suffisamment forte pour pouvoir gouverner.

Raymond s'abandonna au sommeil vers 4 heures du matin, avant la proclamation définitive des résultats. Il fut réveillé en plein rêve par les cris de Joyce qui était dans la cuisine :

— On a gagné ! On a gagné !

Lui n'avait pas gagné en rêve.

Raymond et Joyce firent le tour de la circonscription le matin avant d'aller déjeuner avec les parents de Raymond. Lorsqu'ils quittèrent la boucherie cet après-midi-là, ils furent acclamés par une foule de sympathisants. Ils se rendirent immédiatement à Londres où ils arrivèrent juste à temps pour voir à la télévision le premier Premier ministre travailliste depuis 1979 sortir du palais de Buckingham et se rendre à Downing Street.

Cette fois, Raymond n'attendit pas longtemps le coup de téléphone qui fit de lui le nouveau chancelier de l'Échiquier. Joyce et lui emménagèrent immédiatement au 11, Downing Street et mirent leur maison de Cowley Street en location avec un bail à court terme : le Parti travailliste, en effet, ne l'avait emporté qu'avec quatre sièges d'avance.

Charles eut beaucoup de mal à quitter l'Intérieur. Le lundi après le scrutin il prévint Amanda qu'il envisageait de retourner à la banque Hampton. Son salaire serait suffisant pour que sa pension lui soit toujours versée, à condition qu'elle veille à avoir une conduite correcte. Amanda approuva d'un signe de tête et quitta la pièce sans mot dire. Harry arriva à la table du petit déjeuner.

C'était un grand matin pour lui, puisque son père devait le conduire pour la première fois à l'école de Hill House. Charles avait tenté de le convaincre que cela marquait le début d'un aventure extraordinaire, mais Harry avait l'air inquiet.

Après avoir déposé un petit garçon de 8 ans en larmes dans le bureau du directeur, Charles se rendit dans la City, ravi par la perspective de retrouver le monde de la banque.

Il fut accueilli par la secrétaire de Clive Reynolds qui le fit immédiatement entrer dans son bureau et lui proposa une tasse de café.

— Merci, dit Charles en retirant ses gants et en s'installant à la place du président. Pouvez-vous dire à M. Reynolds que je suis là ?

— Bien sûr, dit la secrétaire.

Clive Reynolds arriva quelques instants plus tard.

— Bonjour, monsieur Hampton. C'est agréable de vous voir, depuis tout ce temps.

— Bonjour, Clive. Je suis content de vous voir aussi. Et

je veux tout de suite vous féliciter pour la manière dont vous avez mené les affaires de la banque pendant mon absence.

— Merci beaucoup, monsieur Hampton.

— J'ai été notamment très impressionné par le rachat de Distillers. Cela a surpris la City.

— C'était un beau coup, n'est-ce pas ? Et il y en a un autre à propos des pipelines.

— J'attends les détails avec impatience.

— Je crains que cela ne soit encore confidentiel, dit Clive en s'asseyant.

— Je comprends, mais maintenant que je suis de retour, j'aimerais être mis au courant le plus rapidement possible.

— Malheureusement, les actionnaires ne peuvent être avisés d'une affaire que lorsque nous sommes sûrs de l'avoir conclue. Nous ne pouvons prendre le risque de gâcher nos chances de traiter une affaire par des bavardages imprudents, n'est-ce pas ?

— Mais je ne suis pas un actionnaire comme les autres, rétorqua Charles d'un ton sec. Je suis à nouveau le président de la banque.

— Non, monsieur Hampton, répondit tranquillement Reynolds. C'est moi qui suis le président de cette banque.

— Savez-vous à qui vous parlez ?

— Oui, je pense. Je m'adresse à l'ancien ministre des Affaires étrangères, ancien ministre de l'Intérieur, ancien président de la banque et actionnaire propriétaire de 2 % de nos actions.

— Mais vous n'ignorez pas que le conseil d'administration a convenu de me redonner la direction de la banque dès que les conservateurs seraient dans l'opposition ?

— La composition du conseil d'administration a beaucoup changé depuis, dit Reynolds. Vous avez probablement été trop occupé à diriger le monde pour vous tenir au courant de ce qui se passait à Threadneedle Street.

— Je vais réunir le conseil.

— Vous n'en avez pas l'autorité.

— Dans ce cas, je demanderai une assemblée générale extraordinaire, dit Charles.
— Et que direz-vous aux actionnaires ? Que vous aviez un accord qui prévoyait votre retour à la tête de la banque quand vous le voudriez ? Cela n'est pas très digne d'un ancien ministre des Affaires étrangères.
— Je veux que vous partiez dans les vingt-quatre heures, dit Charles en haussant le ton.
— Je ne pense pas que vous pourrez me faire partir, monsieur Hampton. Mlle Trubshaw a terminé ses cinq années et nous a quittés pour la retraite. D'autre part, vous aurez beaucoup de mal à prouver que j'ai un compte privé en Suisse ou une maîtresse à combler de cadeaux.

Charles devint tout rouge.
— Je vous ferai partir, Reynolds. Vous ne mesurez pas vraiment mon influence.
— J'espère pour vous que je ne partirai pas, répondit Reynolds calmement.
— C'est une menace ?
— Absolument pas, monsieur Hampton. Mais je n'aimerais guère devoir expliquer comment la banque a perdu plus de cinq cent mille livres avec la société Nethercote simplement parce que vous vouliez ruiner la carrière politique de Simon Kerslake. Sachez que si la banque s'est bien tirée de cette affaire, c'est parce que j'ai recommandé à Morgan Grenfell de ramasser les morceaux.

Charles saisit ses gants et son parapluie et sortit. Juste à ce moment-là, la secrétaire entra avec deux tasses de café.
— Une seule suffira, mademoiselle Bristow, dit Reynolds.

Charles sortit sans mot dire et claqua la porte.

Vous ne connaissez donc aucun autre restaurant ?
— Si, mais eux ne me connaissent pas, répondit Ronnie Nethercote sur le chemin du *Ritz*, où les deux hommes se rendaient pour la première fois depuis deux ans.

Les gens se retournaient sur leur passage et chuchotaient le nom de Simon.

— Alors, que se passe-t-il en ce moment ? Je suis sûr que l'opposition ne vous occupe pas à plein temps, dit Ronnie en prenant place à table.

— Oui, c'est vrai. On pourrait presque dire que je fais partie des quatre millions de chômeurs.

— Justement, je voulais aborder le sujet, mais je veux d'abord vous recommander la soupe campagnarde. Bien. Maintenant que vous n'avez plus toutes les forces armées à vos ordres et tous les ambassadeurs à votre service, pourquoi ne venez-vous pas siéger dans notre société ?

— C'est très gentil de votre part de me faire cette proposition, Ronnie, mais la réponse doit être non.

Ils commandèrent leur repas avant de reprendre la conversation.

— Je vous offre un salaire de vingt-cinq mille livres par an.

— Je dois reconnaître que cela m'aiderait bien à satisfaire les exigences vestimentaires de Lucy : depuis qu'elle est à Oxford, j'ai bien l'impression qu'elle va plus à des soirées qu'aux cours.

— Alors, pourquoi refuser ?

— Parce que je suis un homme politique engagé, répondit Simon. Je ne veux plus avoir d'autre activité lucrative.

— Cela vous empêcherait-il de devenir Premier ministre ?

Simon hésita un instant devant le franc-parler de Ronnie puis répondit :

— Franchement, oui. J'ai de très bonnes chances d'y parvenir et ce serait complètement fou de les gâcher en me dispersant.

— Mais chacun sait bien que, dès que Margaret Thatcher laissera la place, vous la remplacerez.

— Non, Ronnie, ce n'est pas aussi simple que cela.

— Alors, dites-moi, qui pourrait vous barrer la route ?

— Charles Hampton, par exemple.

— Hampton ? Ce snobinard !

— Il a beaucoup d'amis au parti et ses origines aristocratiques comptent pour les conservateurs.

— Allons, dit Ronnie. Vous n'en ferez qu'une bouchée !

— Le temps seul pourra nous le dire. Que faites-vous en ce moment ? demanda Simon pour changer de sujet.

— J'ai préparé le dossier en vue de devenir société anonyme, et c'est pour cela que je vous invitais à revenir.

— Vous ne lâchez décidément pas le morceau !

— Non. J'espère que vous n'avez pas abandonné vos 1 % d'actions.

— Elisabeth les a rangées quelque part.

— Vous avez intérêt à trouver la clé du coffre.

— Pourquoi ? demanda Simon.

— Parce que, quand je mettrai les dix millions d'actions sur le marché, une seule de celles que vous possédez en vaudra cent mille du nouveau paquet. Je sais que vous n'avez jamais été chancelier de l'Échiquier, mais vous pouvez compter que cela fera trois cent mille livres.

Simon resta sans mot dire.

— Alors, que dites-vous de cela ?

— Honnêtement, j'avais complètement oublié l'existence de ces actions.

— Eh bien, je peux vous dire que ce n'est pas un mauvais investissement pour une livre, et que vous ne le regretterez pas.

Au moment de son premier débat de budget comme chancelier, Raymond eut l'impression que les journées étaient trop courtes, même s'il ne dormait pas. Il eut beau étudier les prévisions avec les fonctionnaires du Trésor, il sentit bien au fil des semaines qu'il lui faudrait faire des sacrifices et il répugnait à remettre à l'année suivante des améliorations qui lui tenaient à cœur depuis si longtemps.

Il finit par admettre les compromis et les suspensions budgétaires mais parvint à préserver les réformes auxquelles il était le plus attaché. Le matin du débat, les fonctionnaires lui donnèrent le texte de son discours : cent quarante-trois pages qui devaient le tenir deux heures et demie à la tribune.

A 15 heures 10, il sortit du 11, Downing Street, vêtu d'un costume élégant, très détendu devant les photographes qui se pressaient pour la photo traditionnelle.

A 15 heures 15, les députés attendaient cette séance qui revêtait les aspects d'une première théâtrale.

A 15 heures 25, Raymond fit son entrée dans les Communes sous les acclamations de ses collègues et de ses adversaires. Il remarqua que tous les sièges étaient occupés, à l'exception du sien, et leva la tête pour voir si Joyce était bien dans la galerie des visiteurs. A 15 heures 30, lorsque le Premier ministre eut répondu aux dernières questions, le président se leva pour annoncer :

— Présentation du budget. Monsieur le chancelier de l'Échiquier.

Raymond plaça son texte devant lui et s'adressa à la Chambre pendant une heure et demie sans dévoiler aucune des réformes fiscales qu'il envisageait, suivant la tradition selon laquelle aucune décision irréversible ne pourrait être annoncée avant la fermeture de la Bourse. Il but une gorgée d'eau lorsqu'il arriva à la page soixante-dix-huit : il en avait terminé avec la théorie et s'apprêtait à aborder les questions pratiques.

— Les pensions de retraite seront augmentées substantiellement, ainsi que les allocations de parents isolés et les pensions d'invalidité. Les pensions des veuves de guerre bénéficieront d'une augmentation de 50 % et les obligations de guerre seront honorées à leur valeur réelle.

Raymond fit une pause et sortit une feuille jaunie de sa poche : il cita une phrase du premier discours qu'il ait jamais prononcé : « Nulle femme dont le mari a sacrifié sa vie pour la nation ne devra subir l'ingratitude de son pays. » Il fut longuement applaudi et reposa sa fameuse composition pour en revenir au texte de son discours.

Il reprit dès que le silence fut rétabli.

— L'impôt sur les salaires supérieurs à trente mille livres par an passera à 85 % du revenu imposable et l'impôt sur les bénéfices à 50 %.

Plusieurs conservateurs firent mauvaise mine. Le chancelier poursuivit en annonçant un programme de développement dans les régions destiné à stimuler l'emploi ; il fit le détail du programme, région par région, et fut applaudi par les députés concernés.

Enfin il termina son discours par ces mots :

— Le but de ce premier gouvernement travailliste en dix ans n'est pas de voler les riches pour donner aux pauvres, mais d'aider, par les impôts de ceux qui vivent dans une relative aisance, ceux qui sont dans le besoin. Je voudrais préciser à l'opposition que ce n'est que le cinquième de ce que nous voulons accomplir pendant cette législature à l'issue de laquelle nous espérons que la société britannique sera plus juste et plus égalitaire. Nous voulons créer une société dans laquelle la notion de classe deviendra désuète, une société qui n'aura pour valeurs que le talent, le travail et l'honnêteté, une démocratie enfin qui suscitera l'envie de l'Est comme de l'Ouest. Ce budget, monsieur le président, est le plan conçu par un architecte dont c'est le rêve le plus ardent. Je souhaite avoir assez de temps pour le voir se réaliser.

Lorsque Raymond regagna sa place après deux heures vingt d'allocution, il fut acclamé par ses collègues qui agitaient leurs papiers comme des drapeaux.

Le chef de l'opposition dut remplir la tâche impossible de répondre immédiatement : elle se contenta de relever une ou deux faiblesses dans la philosophie du chancelier, au milieu de l'inattention générale.

SIXIÈME PARTIE

CHEFS DE PARTI
1988-1990

CHAPITRE 29

Margaret Thatcher comprit très vite que des changements s'imposaient dans la composition du cabinet fantôme après le succès du premier budget annoncé par Raymond Gould : elle nomma donc Simon à l'Intérieur et Charles au Trésor pour résoudre les graves problèmes soulevés par Raymond Gould.

Charles, au poste de chancelier de l'opposition, s'entoura rapidement d'une équipe jeune et dynamique d'économistes, de banquiers et de comptables qui formaient la nouvelle génération des députés.

Malgré les critiques dont son budget était l'objet, l'état de grâce de Raymond se maintint. Le Parti travailliste emporta les deux premières élections partielles qui eurent lieu après le décès de deux députés. Ces résultats ne firent qu'amplifier la rumeur selon laquelle Denis Thatcher demandait à sa femme de se retirer de la vie politique.

L'ancien Premier ministre adressa une lettre au président de la commission 1922 lui signifiant qu'elle ne briguerait plus la direction du parti : elle expliquait qu'elle aurait 65 ans au moment de la prochaine élection et aurait dirigé le parti pendant quatorze ans à cette date, ce qui constituait un record depuis Churchill ; elle souhaitait passer le flambeau à la nouvelle génération.

Tout en prononçant les phrases habituelles de regret quant au départ de la Dame de Fer, les conservateurs cherchaient déjà leur prochain leader. Les journalistes politiques donnaient deux favoris : Charles Hampton et Simon Kerslake.

Charles mena sa campagne avec sa précision habituelle : il se choisit des lieutenants chargés de rallier les nouveaux députés élus après 1964. Quant à Simon, il chargea Bill Travers de former son équipe ; Travers, en bon paysan, se levait tôt le matin pour faire une bonne moisson.

Simon et Charles furent sélectionnés en vingt-quatre heures et, dès le week-end, il apparut clairement que ce serait une bataille entre les deux hommes.

Les deux candidats faisaient la une de tous les journaux du dimanche qui les présentaient avec leurs femmes. Malheureusement pour Charles, la seule photo que les journalistes trouvèrent d'Amanda et de lui avait été prise en 1981, au moment où les minijupes étaient revenues à la mode ; Charles et sa femme apparaissaient plutôt comme un père avec sa fille.

Les points forts de la biographie de Simon allaient de ses origines dans la classe moyenne à sa victoire difficile à Coventry ; puis venait la liste de ses nominations : premières charges à l'Intérieur, secrétaire d'État à l'Irlande du Nord, ministre de la Défense et, enfin, des Affaires étrangères. Mais tous les journalistes insistaient sur la charte irlandaise et le tragique attentat auquel il avait miraculeusement réchappé, qui avait coûté la vie à son fils, et sur son attitude très ferme pendant l'épisode du *Broadsword*.

Charles était décrit comme un conservateur traditionnel ; fils jumeau du comte de Bridgewater, il était entré aux Communes après des études accomplies à Eton et à Oxford et trois années passées dans le régiment des grenadiers. Toute la presse insistait sur son activité de *whip* puis son passage au ministère du Trésor, ainsi que sur le rôle modérateur qu'il avait joué aux Affaires étrangères, notamment au moment de l'épisode du *Broadsword*, sans oublier la manière compétente et efficace dont il avait usé pour critiquer le budget proposé par Raymond Gould.

Le *Sunday Times* procéda même à un sondage réalisé à

partir de l'intention de vote exprimée par deux cent vingt-huit députés conservateurs sur deux cent cinquante-sept et put annoncer à ses lecteurs que cent un députés entendaient voter pour Simon Kerslake et quatre-vingt-dix-huit pour Charles Hampton, tandis que vingt-neuf refusèrent de donner leur opinion. L'article titrait « Légère avance pour Kerslake » et ne cachait pas que, bien que les deux hommes soient toujours très polis l'un envers l'autre en public, aucun des deux ne prétendait être l'ami de l'autre.

Le lundi, le *Sun* titrait « Le roi Kerslake » et prédisait la victoire de Simon mais celui-ci restait sceptique : il savait bien qu'il ne fallait pas sous-estimer le député de Sussex Downs. Elisabeth en convint puis lui montra un petit encart du journal qui avait échappé à Simon : la nouvelle société de Ronnie était devenue société anonyme et les actions avaient pris une grande valeur.

— Voilà au moins une prévision qui s'est réalisée, commenta-t-il en souriant.

Douze heures avant la fin des candidatures, un nouveau candidat fit son apparition, à la surprise générale : personne ne s'était jusque-là soucié d'Alec Pimkin. Comme il était évident que les supporters de Pimkin auraient dû soutenir Charles, cette candidature de dernière minute était pour lui une véritable gifle, encore que les observateurs s'accordent pour dire que Pimkin ne rassemblerait pas plus de sept ou huit voix sur son nom.

Charles tenta de négocier avec lui le retrait de sa candidature, mais celui-ci refusa obstinément : il confia plus tard à Fiona qu'il avait beaucoup apprécié ce bref moment de gloire. Il tint une conférence de presse aux Communes, donna de nombreuses interviews à la télévision et constata que, pour la première fois depuis le débat sur le Marché commun, les caméras étaient braquées sur lui.

— Ma majorité est tombée de douze mille à trois mille deux cents à Littlehampton depuis ma première élection et les sociaux-démocrates en prennent un peu trop à leur aise, expliqua-t-il à Alexander Dalglish qui lui demandait ce qui avait motivé sa candidature.

— Mais combien de voix espérez-vous obtenir ? demanda Fiona.

— Bien plus que ne le disent ces salauds de scribouillards. J'ai déjà neuf voix assurées, sans compter la mienne, et je pourrai peut-être aller jusqu'à quinze.

— Comment donc ? demanda Fiona, qui se rendit immédiatement compte de l'indélicatesse de sa question.

— C'est très simple, ma chère, expliqua Pimkin. Il y a dans notre parti certains députés qui ne souhaitent ni un type issu des classes moyennes, sorti d'une école médiocre, ni un aristocrate arrogant pour diriger notre organisation. En votant pour moi, ils manifestent clairement leur mécontentement.

— Mais n'est-ce pas un peu irresponsable de votre part ? insista Fiona.

— Certes, mais vous ne pouvez imaginer toutes les invitations qui m'ont été adressées ces jours derniers. Cela devrait se poursuivre pendant au moins un an après l'élection.

Personne n'avait pensé que Tom Carson jouerait un rôle décisif dans cette campagne interne au Parti conservateur, lorsqu'il lança sa bombe, le jeudi avant l'élection, au cours du débat sur le budget qui permettait aux Communes de faire salle comble. Raymond et Charles se livraient à leur joute verbale habituelle tandis que Simon, qui n'était pas vraiment concerné puisqu'il n'avait pas le portefeuille des finances dans le cabinet fantôme, attendait passivement en marquant les points.

Tom Carson s'était inscrit pour toutes les questions et, à 14 heures 30, il s'était déjà levé une bonne douzaine de fois. L'horloge indiquait très précisément 15 heures 12 lorsque le président, agacé, lui accorda la parole pour une question qui paraissait tout à fait hors de propos sur les profits tombés du ciel.

Carson fixa l'assistance et se tut un instant avant de poser sa question.

— Que dirait mon honorable ami d'un homme qui investit une livre dans une société et qui, cinq ans plus tard, reçoit un chèque de trois cent mille livres, sans être au conseil d'administration de cette société ni avoir un lien quelconque avec elle ?

Raymond resta interloqué : il ne savait absolument pas de quoi voulait parler Carson et ne remarqua pas la pâleur soudaine de Kerslake.

Raymond se leva et monta à la tribune.

— Je voudrais vous rappeler, dit-il, que je porte l'impôt sur les bénéfices à 50 %, ce qui devrait apaiser l'ardeur de ce monsieur.

C'était le premier trait d'humour que Raymond hasardait cette année à la tribune, ce qui expliqua qu'il fut accueilli par de nombreux éclats de rire. Mais Carson se releva tandis que Simon faisait passer un mot à Raymond.

— Monsieur le chancelier considère-t-il qu'un tel homme a le droit d'être Premier ministre ou leader de l'opposition ?

Les députés commencèrent à se demander qui était visé. Raymond reprit la parole pour dire à Carson que sa question ne valait même pas la peine que l'on y réponde. L'incident aurait été clos, si Charles n'avait saisi la balle au vol.

— Monsieur le président, le chancelier se rend-il bien compte que cette attaque personnelle vise mon ami le député de Pucklebridge, et que c'est une insulte grave à son intégrité ? Le député de Liverpool Dockside devrait retirer ses propos sur-le-champ.

Les conservateurs applaudirent la magnanimité de leur collègue tandis que Simon se taisait, conscient que Charles avait ainsi réussi à faire de cette histoire la une des journaux du lendemain. Tom Carson, les bras croisés, affichait un air satisfait. Le président passa rapidement aux questions au Premier ministre.

Charles se rassit, content de son effet. Il évita de regarder du côté de Simon, qui était visiblement encore tout tremblant.

⁂

Simon parcourut les journaux pendant son petit déjeuner le vendredi matin : il put constater qu'il n'avait pas surestimé l'effet de l'intervention de Charles. Tous les détails de sa transaction avec la société Nethercote y étaient relatés : certains des journaux se disaient même « en droit de demander » ce que Nethercote espérait gagner ainsi, ignorant tous que Simon avait fait partie du précédent conseil d'administration pendant cinq ans, qu'il avait investi soixante mille livres dans cette société et qu'il venait juste de finir de payer le découvert qui était supérieur à la somme qui lui revenait maintenant.

Le dimanche, Simon fit une déclaration de presse pour rectifier ce qui avait été dit, et la plupart des journaux la publièrent. Cependant, le rédacteur du *Sunday Express* n'arrangea pas la situation par son commentaire :

Je ne veux pas dire ici que Simon Kerslake ait fait quoi que ce soit qui puisse être qualifié de malhonnête, mais au moment où toutes les lumières sont braquées sur lui, il se trouvera sans nul doute des députés qui refuseront de prendre le risque d'élire un dirigeant susceptible d'être ruiné du jour au lendemain. M. Hampton, quant à lui, n'a rien caché de son point de vue : il n'a pas voulu retourner dans sa banque familiale une fois dans l'opposition tant qu'il espérait avoir des responsabilités politiques.

Les journaux du lundi publièrent une dernière prévision du scrutin et donnaient Hampton gagnant. Certains journalistes allèrent même jusqu'à dire qu'Alec Pimkin pourrait tirer profit de l'incident et que des députés tenteraient ainsi d'imposer un second tour pour le verdict définitif.

Simon reçut de nombreuses lettres de sympathie pendant la semaine, dont une de Raymond Gould dans laquelle le chancelier l'assurait qu'il n'avait pas été prévenu de l'intervention de Carson et s'excusait de l'embarras que sa première réponse avait pu lui causer.

— Cela ne m'était pas venu à l'esprit que sa réponse ait pu être gênante, dit Simon à Elisabeth.

— Le *Times* avait raison, dit-elle après avoir lu la lettre. C'est un homme très équitable.

Simon lui tendit alors une autre lettre :

15 mai 1989   *Hampton's Bank*
                                          202 Cheapside
                                          London ECI

Cher Monsieur Kerslake,
Je voudrais apporter une correction à la déclaration que la presse n'a cessé de citer. Charles Hampton, ancien président-directeur général de la banque, a bien tenté de retrouver son poste lorsque les conservateurs sont passés dans l'opposition et souhaitait obtenir un salaire de quarante mille livres par an.

Le conseil d'administration de la banque Hampton a refusé sa réintégration.

Je vous prie de croire, Cher Monsieur, à mes sentiments dévoués.
   Clive REYNOLDS.

— Vas-tu utiliser cette lettre ? demanda Elisabeth après l'avoir lue.

— Non, cela ne fera qu'attirer l'attention sur le sujet.

Elisabeth regarda son mari qui dépouillait son courrier et se souvint qu'elle avait toujours en sa possession une fiche au nom d'Amanda Wallace. Elle se dit qu'elle n'en parlerait pas à Simon mais qu'il était temps de faire trembler un peu Charles Hampton.

Le lundi matin, Simon prit place sur les bancs du gouvernement pour écouter les débats sur la loi de finance. Charles ne laissait rien passer et intervenait à la moindre faille, et l'opposition se régalait du spectacle. Simon regardait les voix lui échapper, conscient de son impuissance à empêcher le processus.

Des trois candidats, Pimkin fut le seul à bien dormir la veille de l'élection.

Le scrutin commença à 9 heures le lendemain dans la Grande Salle des Communes. Il était clair que Margaret Thatcher avait décidé de rester neutre. A 15 heures 10, tous les électeurs avaient voté. Le *chief whip* surveilla l'urne jusqu'à 16 heures.

A cette heure précise, on la transporta dans son bureau et les bulletins furent comptés deux fois en moins d'un quart d'heure. Lorsqu'il sortit de son bureau, il fut interpellé par des journalistes qui espéraient glaner quelques informations mais il était décidé à ne rien laisser filtrer avant d'arriver devant la commission 1922 qui l'attendait avec impatience.

Dans la salle 14 s'entassaient deux cent cinquante des deux cent cinquante-sept députés conservateurs. Le président de la commission se leva, déplia la feuille que lui avait remise le *chief whip*, et mit ses lunettes. Il marqua un instant d'hésitation en voyant les résultats.

— Voici les résultats du scrutin pour l'élection du président de notre parti :

>   Charles HAMPTON .... 121 voix
>   Simon KERSLAKE .... 119 voix
>   Alec PIMKIN .... 16 voix

A la stupeur du premier instant succéda un immense brouhaha et le président eut le plus grand mal à rétablir l'ordre.

— Un second tour aura donc lieu mardi prochain sans M. Pimkin, ajouta-t-il.

Les journalistes assaillirent Pimkin à sa sortie des Communes dans l'espoir de savoir en faveur de qui il se désisterait. Mais Pimkin, qui, de toute évidence, s'amusait comme un fou, déclara avec une certaine arrogance qu'il avait l'intention de rencontrer prochainement les deux candidats pour leur poser une ou deux questions. Il devint alors le pion principal de l'échiquier et le téléphone n'arrêta pas de sonner chez lui et à son bureau. Bon gré mal gré, Simon et Charles acceptèrent de le rencontrer avant qu'il donne une consigne de vote à ses électeurs.

Elisabeth ressortit la fiche jaunie qu'elle n'avait pas consultée depuis des années. Seule dans son bureau, elle avala un verre de cognac et tenta de se faire violence : ses années de formation et son respect du serment d'Hippocrate allaient à l'encontre de ce qu'elle s'apprêtait à faire. Toute la nuit, alors que Simon dormait profondément, elle avait pesé le pour et le contre de son acte ; puis elle avait pris sa décision. La carrière de Simon passait avant tout. Elle décrocha le téléphone, composa le numéro et attendit. Elle eut envie de raccrocher lorsqu'une voix lui répondit :

— 9712. Charles Hampton à l'appareil.

Son corps fut agité d'un tremblement.

— C'est Elisabeth Kerslake, dit-elle d'une voix qu'elle voulut assurée.

Il y eut un long silence à l'autre bout du fil.

— Ne raccrochez pas, monsieur Hampton, ajouta-t-elle après une petite gorgée de cognac. Je suis sûre que ce que j'ai à vous dire ne manquera pas de vous intéresser.

Charles ne dit toujours rien.

— Je vous observe de loin depuis des années et j'ai la certitude que votre réaction à la question de Carson la semaine dernière aux Communes n'avait rien de généreux.

Charles se racla la gorge mais ne dit toujours rien.

— Si quoi que ce soit d'autre se produit cette semaine qui empêche mon mari de gagner cette élection, soyez bien certain que je ne resterai pas impassible.

Elisabeth était toujours seule à parler.

— J'ai sous les yeux la fiche de Mlle Amanda Wallace. Si vous désirez que ce document reste secret, je vous conseille de ne pas vous manifester à nouveau car je vous assure que je connais un ou deux journaux qui ne feraient qu'une bouchée de ces informations.

Face au silence de Charles, Elisabeth prenait confiance.

— Inutile de me dire qu'un tel acte me ferait rayer de l'ordre des Médecins, mais cette punition ne serait rien en comparaison du plaisir que j'aurais à vous voir souffrir les affres que mon mari a connues cette semaine... Au revoir, monsieur Hampton, ajouta-t-elle après un instant de silence.

Elisabeth raccrocha et avala le reste de cognac. Elle pria pour avoir été suffisamment convaincante car elle savait qu'elle n'aurait jamais le courage de mettre sa menace à exécution.

Charles invita Pimkin à dîner au *White*, club auquel Alec avait toujours rêvé d'appartenir.

Très vite, il lui posa la question essentielle :

— Pourquoi te livres-tu à cette mascarade ? Ne te rends-tu pas compte que j'aurais gagné au premier tour si tu ne t'étais pas présenté ?

— Je ne me suis pas autant amusé depuis des années, rétorqua Pimkin.

— Mais qui t'a obtenu ton siège de député ?

— Oui, oui, je me souviens très bien. Mais maintenant, c'est à moi d'imposer ma musique, et je te demanderai quelque chose d'assez différent.

— Que veux-tu ? Le portefeuille de chancelier de l'Échiquier dans mon premier gouvernement ? dit Charles qui avait peine à refréner son ton sarcastique.

— Non, pas du tout. Je sais ce dont je suis capable. Je ne suis pas fou.

— Alors, que veux-tu ? Une introduction au *White* ? Je pense que je peux te l'obtenir.

— Rien de si mondain. Mais si je t'aide à arriver à Downing Street, je veux être transféré des Communes à la Chambre des lords.

Charles hésita un instant : il pouvait toujours donner sa parole à Pimkin. Qui d'autre que ce dernier serait au courant de l'affaire s'il ne tenait pas sa promesse ?

— Si toi et tes quinze amis votez pour moi mardi prochain, je te ferai entrer à la Chambre des lords, dit-il finalement. Tu as ma parole.

— Bien, dit Pimkin. Juste une petite chose, ajouta-t-il en pliant avec soin sa serviette.

— Bon Dieu ! Que veux-tu d'autre ? demanda Charles d'une voix exaspérée.

— Comme toi, je veux conclure notre marché sur le papier.

Charles réfléchit encore mais comprit qu'il n'avait pas le choix.

— D'accord, accepta-t-il.

— Marché conclu, dit Pimkin. Il nous faut célébrer cela au champagne, ajouta-t-il en cherchant le garçon des yeux.

Lorsque Pimkin fit la même proposition à Simon deux jours plus tard, ce dernier prit son temps avant de répondre.

— C'est une question qu'il me faudrait étudier au moment voulu, dit-il enfin, si je deviens Premier ministre et quand je le serai.

« Quel petit arrogant ! se dit Pimkin en quittant le bureau de Simon. Je lui offre les clés du Numéro 10 et il me traite comme un serrurier. »

Charles quitta les Communes après avoir passé la soirée à faire le tour de ses supporters : il fut rassuré de constater qu'ils le soutenaient fermement. Dès qu'il sortait dans les couloirs du Parlement, des députés, isolés ou en groupes, l'abordaient pour l'assurer de leur appui. De toute évidence, les trois cent mille livres que venait de gagner Kerslake avaient fait sensation. Mais Charles savait aussi qu'Elisabeth avait réussi à faire cesser toute attaque contre son mari.

Lorsqu'il arriva chez lui, il fut surpris de trouver Amanda

qui l'attendait dans le salon. C'était bien la dernière personne qu'il avait envie de voir à ce moment précis.

— Je croyais t'avoir dit de ne pas revenir avant le milieu de la semaine prochaine ?

— Eh bien, tu vois, j'ai changé d'avis, Charlie, dit Amanda.

— Et pourquoi donc ? demanda-t-il d'un ton soupçonneux.

— Je trouve que je mérite une petite récompense pour avoir été une aussi bonne épouse.

— Qu'as-tu derrière la tête ?

— Un dédommagement.

— Pour quoi ?

— Pour les droits tous pays du récit de ma vie.

— Pour quoi ? demanda Charles, incrédule. Qui va donc s'intéresser à toi ?

— Ce n'est pas moi qui les intéresse, Charlie, c'est toi. *News of the World* m'a offert cent mille livres pour le récit complet de ma vie avec le second fils d'un comte qui s'apprête à devenir Premier ministre.

— Tu plaisantes, dit Charles.

— Absolument pas. J'ai pris quelques notes au fil des années : comment tu t'es débarrassé de Derek Spencer mais n'as pas réussi ton coup avec Clive Reynolds, comment tu as tenté d'écarter Simon Kerslake des Communes, comment ta première femme t'a dérobé le fameux portrait du premier comte de Bridgewater. Mais l'histoire qui plaira le plus est celle où je révèle le nom du vrai père de Harry.

— Salope, tu sais très bien que Harry est mon fils, dit Charles en s'approchant d'elle sans réussir à l'intimider.

— Et je pourrais même ajouter un chapitre sur les pratiques sexuelles primaires auxquelles tu te livres derrière les portes de ta respectable maison de Eaton Square.

— Alors, que veux-tu ? interrompit Charles.

— Je me tais pendant le restant de mes jours si tu m'offres cinquante mille livres maintenant et cinquante mille autres lorsque tu seras élu.

— Tu es devenue folle.
— Ce n'est pas moi qui suis folle, Charlie. Moi, j'ai toujours été saine d'esprit. Ce n'est pas moi qui suis paranoïaque à l'égard du pauvre Rupert. *News of the World* aimera beaucoup cela aussi, maintenant qu'il est le quinzième comte.
— Ils n'imprimeront jamais ça.
— Ils le feront lorsqu'ils découvriront qu'il est pédé et que, par conséquent, ton fils unique doit hériter du titre alors qu'il n'y a pas droit.
— Personne n'y croira. Et, de toute façon, quand ils imprimeront ton histoire, ce sera trop tard pour empêcher quoi que ce soit.
— Pas du tout, dit Amanda. Mon agent m'a assurée que la démission du chef du Parti conservateur ferait la une mieux encore que celle d'un simple candidat.
Charles se laissa tomber dans le siège le plus proche.
— D'accord, murmura-t-il, en se levant pour quitter la pièce.
— Un instant, Charlie. N'oublie pas que nous avons déjà conclu des marchés dans le passé.
— Que veux-tu d'autre ?
— Simplement l'autographe du prochain leader du Parti conservateur, dit-elle en lui tendant un chèque.
— Où as-tu donc trouvé cela ? demanda Charles.
— Je l'ai pris dans ton chéquier, répondit Amanda innocemment.
— Ne joue pas à ce jeu-là avec moi.
— Bien. Je l'ai trouvé dans le premier tiroir de ta commode.
Charles le lui arracha des mains et faillit changer d'avis. Puis il pensa à son frère à la Chambre des lords, à son fils unique qui risquait de ne pas hériter du titre, au poste qui risquait de lui échapper. Il sortit son stylo et signa le chèque avant de sortir de la pièce où il laissa sa femme riche de cinquante mille livres. Elle vérifia de près la date et la signature.

Simon avait appris par un journaliste que Pimkin avait l'intention de faire campagne pour son vieux copain. Il emmena Elisabeth à la campagne pour le week-end tandis que les photographes assiégeaient Eaton Square.

— Un beau geste, dit Elisabeth à la table du petit déjeuner le lendemain, en voyant la photo qui faisait la une de l'*Observer*.
— Encore une photo de Hampton qui nous expose ce qu'il fera lorsqu'il sera Premier ministre ? demanda Simon sans lever les yeux du *Sunday Times* dans lequel il était plongé.
— Non, dit Elisabeth en lui tendant le journal.
Simon regarda le portrait de Holbein du premier comte de Bridgewater illustré par le titre : « Un don à la nation. »
— Bon Dieu ! dit Simon. Il ne reculera donc devant rien pour gagner cette élection.

— Eh bien, ma chère, on peut dire que vous lui avez donné le coup de grâce, dit Pimkin à Fiona ce dimanche-là au cours du déjeuner.
— J'ai pensé que cela vous plairait, dit Fiona en lui versant un verre de vin.
— Cela m'a beaucoup plu, et j'ai surtout aimé le commentaire du directeur de la National Gallery : « Le geste d'offrir cet inestimable tableau au musée est celui d'un homme généreux. »
— Certes. Une fois que l'histoire était parvenue jusqu'aux journalistes, Charles n'avait plus le choix, dit Alexander Dalglish.

— Absolument, et j'aurais donné une douzaine de bouteilles de mon meilleur vin pour voir la tête de Charles lorsqu'il a compris que le portrait venait de lui échapper pour toujours. S'il refusait d'en faire don au pays, cela aurait fait un tel bruit qu'il était sûr de perdre l'élection mardi.

— En tout cas, il n'a même pas osé dire que cela avait été fait sans son consentement.

— Ah, j'adore ! dit Pimkin. On m'a dit que la princesse Diana devait entériner le don au cours d'une cérémonie officielle. Soyez sûrs que je ne vais pas manquer cela.

— Charles sera-t-il présent ? demanda Fiona.

Le lundi matin, le frère de Charles l'appela du Somerset pour lui demander pourquoi il n'avait pas été consulté avant le don du Holbein.

— C'était mon tableau, et j'étais libre d'en disposer comme je l'entendais, répondit Charles en raccrochant violemment le téléphone.

A 9 heures le mardi matin, lorsque le scrutin commença, les deux candidats avaient parlé à presque tous les électeurs. Charles alla rejoindre ses amis dans la salle à manger des Communes tandis que Simon emmenait Elisabeth dans une agence de voyages de Marsham Street. Elle lui montra une brochure en couleurs sur un voyage en Orient-Express, qui lui semblait le moyen idéal d'aller à Venise. Mais elle espérait qu'ils n'auraient pas le temps de s'y rendre. Simon ne parla pas du vote ; aucun des deux, cependant, n'arrivait à l'oublier.

A 15 heures 15, tous les députés conservateurs avaient voté mais le *chief whip* n'enleva l'urne qu'à 16 heures précises. A 16 heures 15, il connaissait le nom du vainqueur, mais il garda le secret jusqu'à 17 heures, moment où la commission 1922 devait se réunir. A 16 heures 50 il informa le président du résultat.

Une fois de plus, le président de la commission 1922 monta sur la petite estrade.

— Mesdames et messieurs, dit-il dans un silence attentif, voici le résultat du second tour de l'élection à la direction du Parti conservateur :

    Charles HAMPTON .... 119 voix
    Simon KERSLAKE .... 137 voix

La moitié des députés se levèrent pour acclamer le nom du vainqueur tandis que Bill Travers courait jusqu'au bureau de Simon pour être le premier à lui annoncer la nouvelle.

— On dirait que tu viens de courir un marathon, dit Simon.

— Je suis le messager de la victoire.

Le nouveau leader du Parti conservateur resta muet pendant quelques instants. De toute évidence, Pimkin avait pris parti pour lui ; déjà la nuit dernière, un ou deux députés avaient déclaré avoir changé d'avis en sa faveur au cours de la deuxième semaine parce qu'ils n'avaient pas apprécié l'opportunisme dont Charles avait fait preuve en faisant don d'un tableau d'une valeur inestimable à la nation juste quelques jours avant le vote.

Le lendemain matin, Fiona téléphona à Pimkin pour lui demander pourquoi il avait pris cette décision.

— Ma chère Fiona, répliqua-t-il, j'ai senti que j'aimerais mourir en emportant avec moi le conviction que j'avais accompli un acte honorable au moins une fois dans ma vie.

CHAPITRE 30

En une semaine, la petite maison de Simon à Beaufort Street fut transformée et le quartier, habituellement calme, fut assiégé par des hordes de journalistes et de photographes, et par des camions de télévision. Certains voisins se demandèrent comment Elisabeth parvenait à garder un sourire aussi serein chaque matin alors qu'elle devait se frayer un chemin à travers les journalistes qui campaient en permanence sur son perron. Mais tous remarquèrent que Simon lui aussi faisait face à la situation comme s'il s'agissait d'une pure routine. Il avait passé les deux premières semaines après l'élection à choisir l'équipe de son cabinet fantôme, et il fut en mesure d'en annoncer la composition quatorze jours après sa nomination à la tête du parti. Un seul choix fut guidé par le cœur : celui de Bill Travers à l'Agriculture.

Lorsque, au cours d'une conférence de presse, on lui demanda pourquoi son rival ne faisait pas partie du cabinet fantôme, Simon expliqua qu'il avait offert à Charles Hampton le poste de secrétaire adjoint du parti et le portefeuille de son choix, mais que Charles avait décliné l'offre en disant qu'il préférait s'en tenir à ses fonctions de député pour le moment.

Charles était parti pour l'Écosse ce matin-là et devait passer quelques jours avec son fils Harry au bord de la rivière Spey. Bien que très déprimé par l'issue du vote, Charles fut consolé par les efforts qu'Harry faisait pour pêcher : il fit même la plus grosse prise.

Amanda, de son côté, mesurait ses chances de prendre un autre poisson. Elle rouvrit les négociations pour l'histoire de sa vie avec *News of the World*.

Lorsque l'éditeur lut les notes d'Amanda, il en arriva à deux conclusions : il lui faudrait un nègre et il faudrait baisser de moitié l'offre initiale.

— Pourquoi ? demanda-t-elle.

— Parce qu'il est impossible d'imprimer la moitié de votre histoire.

— Mais pourquoi donc ?

— Personne n'y croirait.

— Mais tout est vrai, insista-t-elle.

— Je ne mets pas en doute votre honnêteté, lui dit l'éditeur, mais la capacité de vos lecteurs à croire à votre histoire.

— Ils ont bien accepté qu'un homme grimpe par-dessus les murs du palais de Buckingham pour s'introduire dans la chambre de la reine !

— Certes, répliqua l'éditeur, mais seulement une fois après avoir lu la confirmation de la reine. Or je doute fort que Charles Hampton soit aussi coopératif.

Amanda resta silencieuse pendant un long moment et son agent conclut le marché.

La version expurgée de *Ma vie avec Charles Hampton* parut quelques mois plus tard, et coïncida avec le divorce de Charles, mais ne fit guère de bruit dans les milieux politiques. Charles n'avait plus beaucoup de chances de diriger le parti et appartenait déjà au passé pour les médias.

Amanda sortit de la bataille du divorce avec cinquante mille livres de plus mais perdit la garde de Harry. C'était la seule préoccupation de Charles : il espérait d'ailleurs très fort que les aveux irresponsables d'Amanda mettant en doute sa paternité seraient vite oubliés.

C'est à ce moment que Rupert l'appela pour lui demander de le voir.

⁂

Lorsque Raymond aborda sa deuxième année aux Finances, les sondages indiquaient que les deux grands partis, une fois de plus, se livraient une bataille serrée. Le sursaut de popularité des conservateurs n'était guère surprenant après le changement de direction ; en outre, Simon avait fait preuve d'une énergie et d'un dynamisme qui avaient étonné ses proches collaborateurs. Raymond était de plus en plus conscient des emprunts constants que Simon faisait au programme de la majorité. Cela le faisait redoubler d'efforts pour que sa politique soit adoptée définitivement.

⁂

Simon savait pertinemment qu'il avait fait une bonne première année à la direction du parti. Son score dans les sondages d'opinion était menaçant pour le gouvernement.
Mais aux Communes, il éprouvait souvent un sentiment de frustration. Les observateurs politiques déclarèrent qu'ils assistaient à la lutte la plus serrée depuis des années. Tant que les travaillistes avaient la majorité, Simon avait beau l'emporter dans la discussion, il perdait tout de même au moment du vote.

⁂

Ils étaient assis l'un en face de l'autre dans le salon de Eaton Square.

— Je suis désolé de soulever un sujet aussi embarrassant, dit Rupert, mais il est de mon devoir de le faire.
— Ton devoir, allons donc ! dit Charles en écrasant sa cigarette. Je te dis qu'Harry est mon fils et qu'il héritera du titre. D'ailleurs, c'est le portrait craché de notre arrière-

grand-père. Cela devrait être une preuve suffisante pour tout le monde.

— Si les circonstances étaient normales, je serais d'accord avec toi, mais l'article de *News of the World* est arrivé jusqu'à moi et je...

— Ce torchon de journal à sensation, dit Charles d'un ton sarcastique. Tu ne les crois tout de même pas plus que moi ?

— Certes non, mais si l'on doit croire Amanda, Harry n'est pas ton fils.

— Comment puis-je le prouver ? demanda Charles, tentant de se maîtriser. Je n'ai pas noté toutes les fois où j'ai couché avec ma femme.

— J'ai pris conseil auprès de mes avocats, poursuivit Rupert, et il est apparu qu'un examen sanguin permettra de vérifier si Harry peut prétendre au titre de comte. Nous avons tous deux un groupe sanguin rare, comme notre grand-père et notre arrière-grand-père, et si Harry est du même groupe, je ne mentionnerai plus jamais le sujet. Mais, dans le cas contraire, le titre reviendra à notre second cousin d'Australie.

— Et si je refuse de soumettre mon fils à cet examen ridicule ?

— Alors je chargerai les avocats de la famille de l'affaire, dit Rupert qui semblait perdre son calme, et ils feront ce qu'ils considèrent comme la bonne marche à suivre.

— Il faut éviter cela, dit Charles d'une voix basse.

— Cela se passera ainsi, dit Rupert.

Lorsque le Premier ministre fut hospitalisé pour une intervention bénigne, la presse spécula immédiatement sur sa démission. Dix jours plus tard, il apparut en public, plus en forme que jamais, et les rumeurs cessèrent aussitôt. En l'absence du Premier ministre, Raymond assura l'intérim, présida le Conseil des ministres et répondit aux questions aux Communes. Cela permit aux observateurs de déclarer, comme les devins qui regardaient dans les entrailles, que Raymond était *primus inter pares*.

Raymond apprécia particulièrement cet intermède.

Il aima jouer le rôle de Premier ministre tout en sachant qu'il ne devait pas s'y habituer. Mais lorsque l'officiel locataire de Downing Street réintégra le Numéro 10, il assura Raymond que l'opération avait très bien réussi et que le chirurgien lui avait garanti une guérison définitive ; puis il ajouta qu'il espérait conduire le parti à une deuxième victoire électorale, qu'à ce moment-là il approcherait des 70 ans, âge auquel il avait prévu de se retirer. Enfin il conclut tout de go qu'il souhaitait que Raymond lui succède.

— Papa, papa, regarde mon bulletin scolaire !

Charles n'avait pas encore ouvert le courrier et embrassa Harry. Il savait que rien ne pouvait plus les séparer, mais il craignait qu'Harry ne découvre qu'il n'était peut-être pas son vrai père.

— Papa, ouvre-le s'il te plaît, insista-t-il.

On avait demandé au médecin scolaire de faire un prélèvement sanguin à Harry ainsi qu'à six autres garçons du même âge afin que cela ne lui semble pas bizarre. Le médecin lui-même n'était pas au courant du motif de l'examen.

Harry sortit l'enveloppe du tas de lettres et la tendit à son père. Il était très excité et incapable de se contenir. Charles avait promis à son frère qu'il lui téléphonerait dès qu'il aurait les résultats de l'examen sanguin. Il avait eu envie d'appeler le médecin des centaines de fois mais il s'était toujours retenu pour ne pas éveiller sa curiosité.

— Allons, papa, regarde mon bulletin. Tu verras que c'est vrai.

Charles ouvrit l'enveloppe et sortit le bulletin qui indiquait les résultats des efforts de Harry tout au long du trimestre. Il survola les diverses matières : latin, anglais, histoire, géographie, art, éducation religieuse, sports, appréciation du directeur. Puis il arriva à la dernière page, une feuille jaune intitulée *Bulletin médical* qui commençait ainsi : « Harry Hampton, 10 ans, 1,45 mètre, 33 kilos. »

Il regarda Harry qui n'en pouvait plus d'impatience.

— Alors, c'est vrai, papa ?

Charles continua à lire sans répondre à l'enfant. Au bas de la page figurait un mot signé du médecin que Charles dut relire trois fois : « Comme prévu, j'ai fait un prélèvement sanguin à Harry et l'ai analysé. Le résultat indique qu'il a un groupe sanguin rare... »

— Alors, c'est vrai, papa ? redemanda Harry.

— Oui, mon fils, c'est vrai.

— Je te l'avais dit, papa. Je savais que je serais premier. Je serai chef de classe le trimestre prochain, comme toi papa.

— Oui, comme moi, dit Charles en saisissant le téléphone pour composer le numéro de son frère.

CHAPITRE 31

Au congrès d'octobre du Parti travailliste, Raymond prononça un discours-programme exposant le projet de budget pour le pays. Il exhorta les syndicats à soutenir le gouvernement dans son effort pour juguler les maux du moment : le chômage et l'inflation.

— Ne laissons pas un gouvernement conservateur effacer les réalisations de trois années, dit-il à une assistance enthousiaste. J'espère, camarades, présenter encore cinq budgets travaillistes afin de rendre impossible toute victoire éventuelle des conservateurs.

Raymond fut l'un des rares ministres en exercice à recevoir une ovation au cours d'un congrès travailliste. Nul n'avait jamais douté de ses compétences ; au fil des années, les dirigeants syndicaux avaient pu apprécier son honnêteté et sa capacité de jugement.

Une semaine plus tard, Simon s'adressa aux délégués qui assistaient au congrès du Parti conservateur. La tradition voulait que le président reçoive une ovation de plusieurs minutes après son discours prononcé le dernier jour.

— Il serait applaudi plusieurs minutes, confia Pimkin à un collègue, même s'il leur lisait *le Capital.*

Simon avait passé des semaines à préparer son intervention puisqu'il était convaincu que ce serait le dernier congrès avant les élections. Il eut l'agréable surprise de recevoir de

Charles Hampton des propositions pour une réforme fiscale que celui-ci souhaitait voir intégrer au discours de Simon.

Charles avait récemment fait quelques interventions utiles à la Chambre au cours du débat de finance, et Simon espérait bien le voir revenir prochainement dans les rangs des ministres. Il ne pensait pas, comme bon nombre de ses collègues, que son vieux rival avait baissé et perdu toute ambition ; de plus, en dépit de toute inquiétude personnelle, il avait terriblement besoin d'une personne de la compétence de Charles pour tenir tête à Raymond Gould aux Finances. Simon intégra donc les propositions de Charles dans son discours et lui écrivit un petit mot de remerciement. Il ne reçut pas de réponse.

Ce vendredi matin-là à Brighton, devant deux mille délégués et des millions de téléspectateurs, Simon présenta un programme complet et détaillé de ce qu'il espérait réaliser si les conservateurs revenaient au gouvernement.

Puis les délégués se levèrent pour une ovation qui dura plusieurs minutes. Lorsque le silence fut revenu, on entendit Pimkin déclarer :

— Je crois que j'ai fait le bon choix.

Charles Hampton demanda un entretien privé au *chief whip* qui le lui accorda sans difficulté : il espérait en effet, tout comme Simon, que Charles était désormais prêt à reprendre des responsabilités et qu'il entendait se servir de lui comme d'un intermédiaire. L'ensemble des députés étaient ravis de voir Charles s'intéresser de nouveau à la vie des Communes et sa cote de popularité était plus haute que jamais.

Le lendemain matin, Charles arriva dans le bureau du *chief whip* : ses cheveux avaient blanchi et les rides qui marquaient son visage lui donnaient une expression plus affable. Le *chief whip* ne put s'empêcher de remarquer que son port altier s'était légèrement voûté.

Il fut abasourdi par la requête de Charles. Le *chief whip* avait imaginé plusieurs raisons pour lesquelles Charles pouvait souhaiter le rencontrer, mais le grand rival de Simon Kerslake était bien la dernière personne à qui il aurait pensé pour cette fonction : cela le privait de toute possibilité d'être à la tête du parti.

— Mais vous savez bien que Simon souhaite que vous fassiez partie du cabinet fantôme et que vous soyez le prochain chancelier de l'Échiquier, lui dit-il.

— C'est très gentil de sa part, rétorqua sèchement Charles, mais je préfère la vie paisible d'un arbitre à celle d'un combattant. Le différend entre Simon et moi ne pourra jamais, je le crains, être vraiment résolu ; et j'ai, de toute façon, perdu tout désir de me battre sans répit. Depuis plus de vingt ans, Simon a l'avantage d'avoir une épouse et une famille qui l'équilibrent ; moi, je n'ai cela avec Harry que depuis trois ou quatre ans.

Le *chief whip* poussa un long soupir de déception puis lui dit brièvement :

— Je transmettrai votre demande au président du parti.

Il se demanda si Simon serait aussi déçu que lui, ou s'il serait soulagé de voir son vieil adversaire quitter le front.

Tout député a un grand moment aux Communes. Pour Alec Pimkin, ce fut ce jour-là.

L'élection du Président de la Chambre n'est pas une mince affaire : par tradition, nul n'est censé montrer son désir de briguer le poste et il est rare que plus d'une personne soit proposée pour la fonction. Pendant le règne de Henri VI, trois présidents ont été décapités en une année bien que, de nos jours, ce soit plutôt la charge énorme de cette fonction qui soit responsable de leur décès prématuré.

Alec Pimkin se leva pour annoncer que « l'honorable Charles Hampton assurerait désormais les fonctions de président de la Chambre ». Vêtu d'un costume bleu sombre, portant un œillet rouge à la boutonnière et son nœud papillon préféré, Pimkin prononça un discours à la fois solennel et plein d'humour, dans les formes mais avec une note personnelle : il retint l'attention de ses collègues pendant neuf minutes avant de conclure : « son vieil ami est très fier de lui », puis reprit sa place. L'expression qui pouvait se lire sur le visage de Charles ne laissait aucun doute sur la réciprocité de ce sentiment, quelles qu'aient été les inimitiés passées.

La tradition veut que, après l'annonce de la désignation du nouveau président, ce dernier soit porté sur une chaise : cet usage, qui est toujours l'occasion de rires et de plaisanteries, fut encore plus comique cette fois-là lorsque les députés virent le petit Pimkin bedonnant et son homologue travailliste s'efforcer de soulever l'ancien officier des gardes et le transporter du troisième rang jusqu'à son siège.

Charles exprima tout d'abord ses remerciements pour le grand honneur que la Chambre venait de lui faire ; puis il scruta les Communes du haut de sa nouvelle situation stratégique. Lorsqu'il se leva, sa stature imposante convainquit tous les députés qu'ils s'étaient choisi le bon président. Il n'avait peut-être plus la langue aussi acide que par le passé mais sa fermeté garantissait à tous ses collègues, même les plus agités, qu'il saurait maintenir l'ordre pendant de nombreuses années.

Raymond s'inquiéta lorsqu'il apprit que les conservateurs avaient renforcé leur majorité dans la circonscription du nouveau président et gagné une autre circonscription le même jour. Il était clair que, si les conservateurs et le Parti social-démocrate faisaient alliance, le gouvernement et l'opposition seraient alors représentés par le même nombre de députés, ce qui entraînerait des élections anticipées. Il voulait avant tout que le gouvernement tienne quatre semaines de plus et lui permette ainsi de présenter son troisième budget d'avril, afin que le parti ait un programme solide pour se lancer dans la bataille électorale.

Simon savait que si Raymond Gould avait l'occasion d'exposer son troisième budget en avril, le Parti travailliste pourrait gagner l'épreuve des urnes. Il ne restait donc plus qu'une seule solution : refuser la motion de confiance avant la fin de mars. Simon appela le siège du Parti social-démocrate dont le secrétaire général accepta avec empressement de le rencontrer dans l'après-midi.

Raymond avait accepté une invitation à prononcer un discours devant un important rassemblement qui devait avoir lieu à Cardiff le week-end qui précédait le « vote de défiance ». Il prit le train à Paddington et relut le texte de son intervention ; lorsque le train entra en gare de Swindon, un responsable des chemins de fer vint lui demander un entretien particulier. Raymond écouta attentivement les nouvelles qui lui étaient annoncées puis rangea le texte de son discours dans sa serviette, descendit du train, changea de quai et reprit le premier train pour Londres.

Pendant le voyage du retour, il tenta de mesurer les conséquences de ce qu'il venait d'apprendre.

A son arrivée à la gare de Paddington, il dut se frayer un chemin parmi la foule de photographes et de journalistes qu'il l'attendaient, mais se garda bien de dire quoi que ce soit. Une voiture l'emmena immédiatement à l'hôpital de Westminster : le Premier ministre était assis dans son lit.

— Pas de panique, lui dit ce dernier avant que Raymond ait pu prononcer un seul mot. On peut dire que je suis en forme si l'on considère que j'ai plus de soixante ans et que je viens d'avoir une année épuisante.

— Mais qu'avez-vous donc ? demanda Raymond en s'asseyant près du lit.

— Toujours mon vieux problème. Mais cette fois les médecins disent qu'il faudra opérer. Je serai sorti d'ici dans un mois, six semaines au pire, et on m'assure que je vivrai aussi vieux qu'Harold Macmillan. Bon, venons-en aux choses sérieuses : vous êtes secrétaire adjoint du parti, je veux donc que vous assuriez l'intérim. Cela signifie que vous devrez prendre la parole à ma place pour le « vote de défiance » mercredi. Si la motion de confiance nous est refusée, je démissionnerai de la direction du parti.

Raymond tenta de protester : dès qu'il avait appris les ennuis de santé du Premier ministre, il avait mesuré les implications d'une telle situation. Celui-ci lui fit signe de l'écouter et poursuivit :

— Aucun parti ne peut se lancer dans une bataille électorale avec un leader cloué au lit pendant six semaines. Les électeurs ont le droit de savoir qui va diriger le parti.

Tout en l'écoutant parler, Raymond pensa au télégramme que Kate lui avait envoyé le jour où il avait été élu secrétaire adjoint du parti : « Et bien sûr, si des élections s'avèrent nécessaires avant le congrès d'octobre, le bureau exécutif national et le cabinet fantôme devraient se réunir et automatiquement te désigner pour prendre la direction du parti. »

— Oui, l'importance de cet article du règlement de notre parti m'a déjà été exposée, dit Raymond.

— Par Joyce, probablement ? demanda le Premier ministre en souriant.

— Non. Elle s'appelait Kate.

Le chef du gouvernement eut un instant de surprise puis reprit :

— Il faut bien que vous sachiez que vous serez sans doute candidat au poste de Premier ministre dans trois semaines. Bien entendu, si nous l'emportons pour le vote de confiance mercredi, je reviendrai mener la barque et, dans ce cas, nous pourrons organiser des élections une fois que vous aurez annoncé votre troisième budget.

— Je suis incapable de vous dire à quel point nous vous regretterons à la tête du parti, dit simplement Raymond.

— L'essentiel pourtant, c'est ma voix pour le vote de

confiance. Veillez à faire le meilleur discours que vous ayez jamais prononcé aux Communes. Et n'oubliez pas que, pour la première fois, les caméras de télévision seront autorisées à pénétrer dans la Chambre : il faut donc que Joyce vous choisisse l'une de ces élégantes chemises que vous portez parfois.

Raymond passa les derniers jours avant le vote de la motion de confiance à préparer son discours ; il annula tous ses engagements à l'exception du dîner offert par le président de la Chambre à l'occasion du soixante-cinquième anniversaire de la reine, où il devait représenter le Premier ministre.

Les *whips* de la majorité et de l'opposition passèrent le lundi et le mardi à s'assurer que tous les députés seraient présents le mercredi à 22 heures. Charles déclara à la presse, qui se fit l'écho de cette décision, que si le vote se soldait par un match nul, il respecterait la tradition et voterait au second tour pour le gouvernement en place.

Le lendemain, les députés arrivèrent des heures avant le début du débat et la galerie des visiteurs était réservée depuis des jours et des jours, tandis que nombre d'ambassadeurs et de conseillers privés ne purent recevoir l'assurance qu'ils auraient une place. La galerie de la presse était également bondée et l'on pouvait voir des journalistes assis par terre au pied des bureaux.

Entre 14 heures 30 et 15 heures 30, le président Hampton ne put obtenir le silence pendant les questions à M. Meacher, le ministre de l'Éducation. Mais, à 15 heures 30, il remit de l'ordre aisément en annonçant simplement :

— Le chef de l'opposition.

Simon se leva sous les applaudissements ; il fut un instant surpris par le dispositif lumineux éblouissant qui avait été installé puis retrouva son calme. Sans notes, il s'adressa à la Chambre pendant cinquante minutes, faisant alterner les menaces proférées à l'encontre du gouvernement et l'exposé de la politique de son parti. Il termina son intervention en décrivant le Parti travailliste comme « le parti des occasions gâchées » puis ajouta, en pointant son doigt vers Raymond :

— Mais vous serez remplacé par un parti d'idées et d'idéaux.

Les applaudissements durèrent un certain temps avant que Charles pût rétablir l'ordre.

Lorsque ce fut au tour de Raymond de clore le débat au nom du gouvernement, de nombreux députés se demandèrent comment il allait bien pouvoir se faire entendre dans le brouhaha général. Il se dirigea vers la tribune et, l'air grave et la tête baissée, chuchota presque ses premiers mots :

— Monsieur le président, je sais bien que tous les députés souhaitent que je commence mon intervention en disant combien nous sommes tous attristés que le Premier ministre soit dans l'impossibilité de venir lui-même en ce lieu. Tous les députés joindront leurs vœux aux miens, j'en suis sûr, pour que son opération se passe bien.

La Chambre était alors silencieuse et Raymond put prononcer ce discours qu'il avait préparé avec tant de minutie ; en voyant Simon parler sans notes, il avait déchiré les siennes et fit ainsi la liste des réalisations du gouvernement au cours des deux années et demie, tout en précisant qu'il n'en était qu'à la moitié de son mandat de chancelier. A la fin de son discours, il remarqua qu'il était couvert de sueur à cause des puissants projecteurs.

— Nous verrons, monsieur le président, le retour d'un gouvernement travailliste pour une législature complète, conclut-il à 22 heures précises.

Le président se leva et ses premiers mots se perdirent dans le brouhaha lorsqu'il annonça le texte de la motion : *La Chambre n'a pas confiance dans le gouvernement de Sa Majesté.*

— Ceux qui soutiennent cette opinion doivent voter « oui », poursuivit-il. Les autres, « non ».

— Non, crièrent quelques députés de la majorité.

Les députés se dirigèrent alors vers les vestibules de vote. Quatorze minutes plus tard, les scrutateurs vinrent donner les résultats du scrutin à un employé qui les nota sur une feuille. Ce fut l'un des *whips* d'opposition qui annonça :

— Oui, trois cent vingt-trois voix. Non, trois cent vingt-deux.

Puis il passa la feuille au président qui répéta les chiffres dans le brouhaha.

Quelques députés seulement l'entendirent dire :

— Les « oui » l'ont emporté, les « oui » l'ont emporté.

Raymond regarda les conservateurs qui se réjouissaient comme s'ils avaient déjà gagné les élections. Il pensa que si le Premier ministre avait été présent pour introduire le vote, la partie aurait pu être sauvée.

CHAPITRE 32

La reine rendit visite au Premier ministre vingt-quatre heures après son opération réussie : le chef du gouvernement suggéra à la souveraine de dissoudre le Parlement la semaine suivante et de prévoir les élections pour le 9 mai, lui expliquant qu'il entendait abandonner la direction du parti mais qu'il resterait Premier ministre tant que les résultats des élections n'étaient pas connus.

Alors qu'il croyait l'entretien terminé, la reine le surprit en lui demandant conseil pour une question personnelle dont elle savait que les effets pourraient affecter le résultat des élections. Le Premier ministre lui dit que, dès que le Parti travailliste aurait officiellement élu Raymond Gould à sa tête, ce dernier pourrait conseiller la souveraine sur un sujet aussi délicat.

Le comité exécutif du Parti travailliste se réunit à huis clos. Trois heures et vingt minutes plus tard, un communiqué de presse d'une ligne fut publié : « M. Raymond Gould a été invité à conduire le Parti travailliste dans la bataille des élections législatives à venir. »

La presse ne parvint pas à entendre d'autres sons de cloche ; comme le fit remarquer un journaliste du *Sunday Express*, « le Parti travailliste a su faire preuve d'autant d'unité que le Parti conservateur pour le choix de son leader ». Le seul détail que la presse put se mettre sous la dent fut que « le discours de remerciement de Raymond Gould avait impressionné toutes les personnes présentes ».

Le même journaliste précisa néanmoins que, dans l'hypothèse où le Parti travailliste perdrait les élections, Raymond Gould en assurerait la direction pendant la plus courte période de son histoire puisque, conformément à l'article 5-14 de la constitution, sa nomination devait être confirmée au congrès suivant du parti.

Raymond parvint enfin à quitter la salle et à échapper à la presse deux heures plus tard. Il se rendit directement à l'hôpital de Westminster au chevet du Premier ministre : l'opération l'avait de toute évidence affecté et il admit qu'il était content d'échapper à l'éreintante campagne électorale. Après l'avoir félicité pour sa nomination, il poursuivit :

— Vous dînez avec la reine ce soir ?

— Oui, pour fêter son soixante-cinquième anniversaire, dit Raymond.

— Préparez-vous à apprendre une nouvelle d'importance, lui dit le Premier ministre avant de lui raconter la conversation privée qu'il avait eue la veille avec la souveraine.

— Sa décision dépendra-t-elle de nous trois ?

— Je suppose que oui.

— Quelle est votre position ?

— Peu importe maintenant. Ce qui compte, c'est ce que vous, vous considérez comme la meilleure solution pour le pays.

Raymond sentit vraiment, pour la première fois, qu'il dirigeait le parti.

Elisabeth redressa la cravate blanche de Simon et recula pour le regarder.

— Eh bien, on peut au moins dire que tu as l'air d'un Premier ministre, lui dit-elle en souriant.

Son mari regarda sa montre : il avait encore quelques minutes avant de se rendre chez le président de la Chambre. Elisabeth l'aida à mettre son manteau puis se rendit compte qu'il avait encore perdu ses gants.

— J'espère que tu prends plus soin des biens de l'État que des tiens, soupira-t-elle.

— Il est tout de même plus difficile de perdre le pays qu'une paire de gants.

— Mais n'oublie pas que Raymond Gould y veille.

— Oui, c'est vrai. J'aimerais tellement plus me battre contre le Premier ministre actuel.

— Pourquoi donc ? demanda Elisabeth.

— Parce que Gould n'est pas né dans le bon camp, dit-il en embrassant sa femme, et de plus en plus d'électeurs en viennent à cette conclusion.

Le policier en faction devant les grilles de New Palace Yard salua Simon à son arrivée. Celui-ci regarda une fois de plus sa montre en entrant : encore dix minutes. Les Communes étaient désertes, la plupart des députés se trouvant déjà dans leur circonscription pour la campagne électorale.

Simon passa la tête dans le fumoir. Quelques députés y traînaient, essentiellement les titulaires de sièges sûrs : ils n'avaient aucun besoin de faire du zèle. Pimkin, entouré de ses fans habituels, interpella son président et sourit en voyant l'habit de cérémonie de Simon.

— Garçon, pour moi, ce sera un double gin-tonic.

Simon demanda au serveur de mettre la consommation de Pimkin sur son compte, puis passa quelques minutes à aller de groupe en groupe pour bavarder avec les députés de la situation électorale dans leur propre circonscription. Pimkin l'assura que les conservateurs emporteraient une victoire aisée.

— J'aimerais que tout le monde soit aussi confiant que vous, lui dit Simon avant de se rendre dans les appartements privés du président de la Chambre.

Il fut accueilli par son majordome en queue-de-pie qui l'introduisit dans l'antichambre où un Charles Hampton tout à fait détendu attendait ses hôtes. Charles serra solennellement la main de Simon qui lui trouva très bonne mine en comparaison de la sienne, sur laquelle on pouvait lire la fatigue de cette longue bataille électorale à l'intérieur du parti. Les deux hommes étaient toujours mal à l'aise l'un en face de l'autre.

— Gould s'est illustré brillamment aujourd'hui, dit Charles tandis que Simon se balançait d'un pied sur l'autre avec embarras. Il ne ferait pas un mauvais Premier ministre.

Devant son visage énigmatique, Simon ne savait pas si Charles venait de faire une remarque anodine ou si son vieux rival exprimait là le désir d'assister à sa défaite.

Il décidait de le sonder, lorsque le majordome annonça :
— M. le député Raymond Gould.

Charles s'avança pour accueillir son hôte.

— Toutes mes félicitations pour votre élection à la tête du parti, lui dit-il. Avec la semaine mouvementée que vous venez de passer, vous devez être épuisé.

— Grisé plutôt, dois-je avouer, répondit Raymond avant de se tourner vers Simon qui lui présenta, lui aussi, ses félicitations.

Les deux hommes se serrèrent la main, tels deux chevaliers du Moyen Age avant la joute finale. Charles rompit le long silence qui suivit.

— J'espère que ce sera un combat loyal, dit-il à la manière d'un arbitre.

Les deux hommes se mirent à rire.

Le majordome vint annoncer au président que la reine venait de quitter le palais de Buckingham et devait arriver dans quelques minutes. Charles pria ses invités de l'excuser et les deux leaders reprirent leur conversation.

— Connaissez-vous le véritable motif de cette soirée ? demanda Raymond.

— Le soixante-cinquième anniversaire de la reine n'est-il pas un motif suffisant ?

— Non, c'est un prétexte pour que nous puissions nous réunir sans éveiller les soupçons. La souveraine a une proposition importante à nous faire : il vaut mieux que vous le sachiez, je crois.

Simon écouta Raymond lui raconter le contenu de l'entretien qu'il avait eu avec le Premier ministre.

— C'est très gentil de votre part de m'avoir mis au courant, lui dit-il.

— Je suis sûr que vous en auriez fait autant à ma place, répondit Raymond.

Charles accueillit la reine sur le perron. Deux policiers à moto franchirent les grilles de New Palace Yard, suivis de la Rolls-Royce marron familière qui n'arborait pas de plaque minéralogique. Dès que le véhicule fut arrêté, un valet descendit pour ouvrir la portière.

La reine sortit de la Rolls, accueillie par celui que la tradition désigne comme « l'homme du monarque ». Les seuls bijoux qu'elle portait étaient une rangée de perles et une petit broche de diamants. Charles s'inclina devant elle avant de lui serrer la main et de la conduire vers ses appartements. La reine salua d'abord le nouveau secrétaire général du Parti travailliste, Raymond Gould, et le félicita pour sa nomination de l'après-midi, demandant également des nouvelles du Premier ministre. Puis elle serra la main du chef de l'opposition, Simon Kerslake, et le questionna sur le travail de son épouse à l'hôpital de Pucklebridge. Simon était toujours étonné de voir combien la reine se souvenait des conversations passées qui, d'ailleurs, ne duraient jamais plus de quelques instants.

Elle accepta le gin-tonic qui lui fut offert et jeta un regard circulaire sur la pièce.

— Mon mari et moi-même sommes de grands admirateurs de la Renaissance en architecture. Venant rarement à

Westminster, nous devons malheureusement nous contenter d'en admirer les plus beaux exemples à la hâte.

Les trois hommes sourirent. Après une conversation mondaine de quelques minutes, Charles proposa de passer dans la salle à manger où la table était préparée pour quatre personnes et parée de couverts d'argent et de bougies. Ils attendirent que la souveraine prenne place en bout de table.

Charles avait placé Raymond à droite de la reine et Simon à sa gauche. Il s'assit en face d'elle.

Lorsque le champagne fut servi, les trois hommes levèrent un toast à la santé de leur hôte. Elle leur rappela alors que son anniversaire n'avait lieu que deux semaines plus tard et expliqua qu'elle avait vingt-quatre festivités officielles au cours de ce mois pour célébrer l'événement, sans compter les soirées familiales.

— Je me contenterais de moins, mais la reine mère a assisté à des festivités plus nombreuses encore l'année dernière pour son quatre-vingt-dixième anniversaire : je me demande où elle puise tant d'énergie.

— Peut-être voudrait-elle prendre ma place pour la campagne électorale ? suggéra Raymond.

— Ne lui donnez pas cette idée, je vous en prie, répondit la reine. Elle sauterait sur l'occasion.

Le chef avait préparé un dîner simple : saumon fumé, agneau sauce au vin, entremets. Sa seule originalité était le gâteau d'anniversaire qui avait la forme d'une couronne, sans bougies.

Une fois la table desservie et le cognac versé, les serviteurs les laissèrent seuls. Les trois hommes étaient particulièrement détendus lorsque la reine les interrompit brutalement en leur posant une question.

Elle attendait une réponse.

Aucun des trois ne prononça un mot.

— Peut-être devrais-je m'adresser à vous en premier, dit-elle en se tournant vers Raymond, puisque vous représentez ici le Premier ministre.

— Je suis favorable, madame, répondit Raymond sans hésiter. Et je suis sûr que le pays approuvera votre décision.
— Merci, dit la reine avant de se tourner vers Simon.
— Je suis également favorable à votre décision, Majesté, dit-il. Je suis traditionaliste de cœur, mais j'avoue que, sur ce sujet, j'approuve ce qu'il est convenu d'appeler une démarche moderne.
— Merci, répéta-t-elle en regardant Charles Hampton.
— Je suis contre, madame, mais on ne peut pas dire que je sois un moderniste.
— Ce n'est pas une mauvaise chose pour un président d'assemblée, dit la souveraine avant d'ajouter : Puisque j'ai un consensus chez mes chefs de parti, je mettrai donc ma décision à exécution. J'avais demandé, il y a quelques années déjà, au chancelier de l'époque de faire les formalités : il m'a alors donné l'assurance que, si les leaders étaient favorables au principe, l'acte juridique pourrait être rédigé pendant la session parlementaire.
— C'est exact, madame, confirma Charles. Cela ne prendra que deux ou trois jours si tout a été préparé préalablement. La décision devra être proclamée dans les deux Chambres et cela ne nécessitera pas de vote.
— Parfait, monsieur le président. L'affaire est réglée.

SEPTIÈME PARTIE

PREMIER MINISTRE
1991

CHAPITRE 33

La proclamation fut acceptée par la Chambre des lords et les Communes. Une fois le choc passé, le pays se plongea dans la bataille électorale.

Les premiers sondages donnèrent deux points d'avance aux conservateurs. La presse expliqua cette indication par le fait que le leader travailliste était relativement peu connu. Mais à l'issue de la première semaine, les conservateurs avaient déjà perdu un point et Raymond fait l'objet d'éloges dans les journaux.

— Une semaine, c'est très long en politique, répondit-il. Et il y en a encore deux qui nous séparent du scrutin.

Les experts prétendirent que Raymond avait joui d'une popularité plus grande au cours de cette première semaine car la presse s'était beaucoup intéressée à lui en tant que nouveau leader des travaillistes. Mais il avertit les responsables des relations publiques que cela pourrait bien être la lune de miel la plus courte de l'histoire du parti : la presse ne le traiterait probablement pas comme un jeune marié pendant les trois semaines de la campagne. Les premiers signes de dissension apparurent lorsque le ministère du Travail annonça que l'inflation avait augmenté pour la première fois depuis neuf mois.

— Et qui est chancelier depuis trois ans ? demanda Simon ce soir-là dans son discours prononcé à Manchester.

Raymond fit mine de considérer ce chiffre comme un accident, mais, le lendemain, Simon insista en annonçant que d'autres mauvaises nouvelles suivraient. Lorsque le ministère du Commerce déclara que le déficit de la balance commerciale était le plus grave depuis quatorze mois, la déclaration de Simon prit l'allure d'une prophétie et les conservateurs s'assurèrent une avance confortable.

— Lune de miel, dispute et séparation, le tout en deux semaines, constata amèrement Raymond. Que va-t-il se passer dans la semaine à venir ?

— La réconciliation, peut-être, hasarda Joyce.

Le Parti social-démocrate avait, pendant un temps, jugé que le siège d'Alec Pimkin pouvait être gagné ; il avait choisi un jeune candidat compétent qui s'était occupé assidûment de la circonscription au cours des trois dernières années, et qui brûlait de détrôner Pimkin.

Ce dernier finit par apparaître à Littlehampton, sommé par le secrétaire local du parti de quitter son appartement londonien pour venir mettre un frein à la progression des sociaux-démocrates.

— Ne comprenez-vous donc pas que j'ai de grandes responsabilités aux Communes ? protesta Pimkin.

— Certes, mais la loi que la reine veut faire passer a déjà été discutée trois fois sans qu'un vote ait lieu.

Pimkin maudit en lui-même le jour où la télévision avait été autorisée à pénétrer dans les Communes.

— Allez, dit-il pour le calmer. Je suis là ; les électeurs n'oublieront sûrement pas que j'ai une longue et brillante carrière parlementaire derrière moi. Souvenez-vous tout de même que j'ai été candidat à la direction du Parti conservateur.

« Et combien de voix avez-vous obtenues ? » avait envie de demander le secrétaire local. Mais il respira profondément et se contenta d'insister pour que le candidat rentre dans sa circonscription le plus rapidement possible.

Pimkin arriva sept jours avant le scrutin et, comme pour les précédentes campagnes, établit son quartier général au

Swann Arms, le seul pub correct de la ville, comme il le dit aux personnes qui prirent la peine de venir l'écouter.

— Mais le candidat du Parti social-démocrate a fait la tournée de tous les pubs de la ville, fit remarquer le secrétaire local.

— Il se ridiculise d'autant plus en ayant l'air d'en profiter pour faire la tournée générale, répondit Pimkin en éclatant de rire.

Toute appréhension abandonna Pimkin lorsqu'il lut dans un journal du soir que les travaillistes et les conservateurs arrivaient à égalité dans les sondages avec 42 % pour chacun des deux partis alors que le Parti social-démocrate recueillait 12 % seulement des intentions de vote.

Raymond passa la dernière semaine avant les élections à sillonner le pays. Puis il rentra à Leeds la veille du scrutin. Il fut accueilli à la gare par le maire de la ville qui l'accompagna jusqu'à la mairie où il devait prononcer son dernier discours électoral devant deux mille personnes.

— Ray est revenu au pays, dit le maire en guise d'introduction.

La fatigue se lisait clairement sur le visage de cet homme qui n'avait dormi que quelques heures par nuit au cours de ce dernier mois, mais on percevait aussi l'énergie et la détermination qui allaient lui permettre de prononcer ce dernier discours.

Il termina en faisant un signe à ses partisans qui hurlèrent leur enthousiasme. Mais alors il sentit ses jambes faiblir et se fit raccompagner par Joyce et Fred Padgett : il s'endormit dans la voiture. Ses deux gardes du corps durent l'aider à monter dans sa chambre et le déshabiller pour qu'il puisse enfin dormir jusqu'au lendemain 6 heures.

Simon retourna à Pucklebridge la veille de l'élection pour prononcer lui aussi son discours de clôture à la petite mairie du village. Quatre cent dix-huit électeurs se pressaient à l'intérieur pour l'écouter tandis que quatre cents autres devaient se contenter, dans la fraîcheur du soir, d'entendre le discours retransmis par haut-parleur et que quatorze millions de téléspectateurs le regardaient au journal de 22 heures. Le discours très enlevé de Simon se termina par une exhortation à aller voter :

— N'oubliez pas de vous rendre aux urnes demain : chaque bulletin comptera.

Il ne savait pas à quel point sa prophétie allait se réaliser.

*
**

Le grand jour, les deux leaders se levèrent à 6 heures. Après avoir accordé des interviews aux chaînes de télévision pour les journaux du matin, tous deux posèrent pour la traditionnelle photo du candidat qui se rend aux urnes avec sa femme. Simon fut content de retrouver Pucklebridge et de serrer la main de ses administrés. Les deux candidats passèrent la journée à aller d'un endroit à l'autre, n'ayant d'autre occasion de s'asseoir que les trajets en voiture. A 22 heures, à la clôture du scrutin, ils s'effondrèrent d'épuisement, laissant faire les ordinateurs.

Raymond et Joyce restèrent à Leeds pour suivre la soirée électorale à la télévision tandis que Simon et Elisabeth rentraient à Londres pour aller attendre les résultats au siège du parti.

Le premier résultat arriva de Guilford à 23 heures 21 et donnait 2 % d'avance aux conservateurs.

— Ce n'est pas suffisant, dit Simon en voyant ce premier chiffre.

— Cela risque de ne pas être suffisant, déclara Raymond lorsque les résultats de deux autres circonscriptions donnèrent un léger avantage aux travaillistes.

La nuit allait être longue.

Lorsque les cent premiers sièges furent pourvus, les analystes n'avaient qu'une certitude : le résultat final était toujours incertain. Les avis des experts et de l'homme de la rue étaient encore flous à 1 heure du matin alors que deux cents résultats définitifs étaient tombés, et ils ne furent guère plus précis à 2 heures avec trois cents sièges pourvus.

Lorsque Raymond alla se coucher, il menait sur Simon avec deux cent trente-six sièges contre cent quatre-vingt-onze mais savait que rien n'était encore joué. Ni lui ni Simon ne parvinrent à trouver le sommeil. Dès 6 heures le lendemain matin, les spécialistes électoraux occupaient l'antenne à la radio et à la télévision et reprirent tous la une du *Daily Mail* : « Impasse. » Raymond et Joyce rentrèrent à Londres au début de l'après-midi, dès qu'ils surent avec certitude que Raymond avait été réélu à Leeds-Nord avec une majorité énorme. Simon quant à lui retourna à Pucklebridge où il remporta une victoire tout aussi éclatante.

A 15 heures 47, Raymond arrivait au 11, Downing Street et les travaillistes étaient tombés à deux cent quatre-vingt-sept sièges contre deux cent soixante-seize. Mais à 16 heures, les sociaux-démocrates enregistrèrent une victoire à Brighton-Est avec soixante-douze voix d'avance seulement. Simon en fut attristé, plus que pour tout autre siège perdu.

— La Chambre ne sera plus la même sans Alec Pimkin, dit-il à Elisabeth.

A 16 heures 23 ce vendredi après-midi, les deux grands partis avaient chacun trois cent trois sièges et on n'attendait plus que les résultats de vingt circonscriptions. Simon en gagna deux et afficha un visage souriant. Raymond emporta les deux suivants et se détendit. Il manquait encore six résultats et l'ordinateur lui-même avait cessé toute prévision finale.

A 17 heures précises, le plus ancien journaliste de la B.B.C. annonça les résultats définitifs des élections de 1991 :

Parti conservateur	313 sièges
Parti travailliste	313 sièges
Parti social-démocrate	18 sièges
Parti irlandais	19 sièges
Président	1 siège

Il fit remarquer que la situation était sans précédent dans l'histoire politique de la Grande-Bretagne et que, dans ces conditions, « il fallait s'en remettre à la décision du palais de Buckingham ».

Puis il ajouta, en conclusion, que « cela ne faisait qu'amplifier l'importance de la décision récente de la souveraine ».

Dans la salle d'audience du palais de Buckingham, le chancelier exposait au souverain la situation juridique que les résultats des élections avaient établie. Il lui fit remarquer que si, dans le passé, la ratification de Sa Majesté avait valeur symbolique pour ratifier le choix du peuple, la décision cette fois devait venir du palais.

Il se permit toutefois de conseiller au souverain de consulter un homme qui, malgré son dévouement passé à un parti et ses sentiments personnels, saurait donner un avis fiable : le président de l'Assemblée en effet lui dirait lequel des deux candidats il jugeait le plus apte à diriger le gouvernement.

Le souverain approuva d'un signe de tête ; plus tard dans la soirée, il invita Charles Hampton à venir le rejoindre. Le président eut un tête-à-tête de quarante minutes avec le roi : comme l'avait suggéré le chancelier, Hampton donna une appréciation juste et équitable des deux candidats tout en disant clairement lequel des deux il considérait comme le plus capable d'assurer les fonctions de Premier ministre. Il ajouta que cet homme était digne du plus grand respect.

Après le départ de Charles Hampton, le souverain chargea son secrétaire particulier de contacter Simon Kerslake et Raymond Gould pour leur annoncer qu'il prendrait sa décision le lendemain matin.

Lorsque Raymond apprit que Charles Hampton avait été consulté, il ne put s'empêcher de se dire que, malgré le rôle traditionnellement neutre du président, les origines conservatrices de Hampton ne pourraient qu'influencer son appréciation finale.

Quand Simon vit Charles quitter le palais au journal télévisé de 22 heures ce soir-là, il éteignit son récepteur en déclarant à Elisabeth :

— Je suis sûr que cet homme vient de me porter son dernier coup.

CHAPITRE 34

Le roi Charles III prit la décision finale. Il demanda à son secrétaire particulier de convoquer Raymond Gould à se rendre au palais.

Au moment précis où 10 heures sonnaient à Big Ben ce samedi matin, Raymond quittait le siège du Parti travailliste sous les acclamations de la foule de ses partisans, devant les caméras de télévision et une assemblée de journalistes. Il se contenta de sourire et de faire des signes, sachant bien qu'il était trop tôt pour faire une déclaration. Protégé par un cordon de police, il se glissa sur le siège de sa Daimler qui passa devant le siège du Parti conservateur : Raymond se demanda alors ce qui pouvait bien traverser l'esprit de Simon Kerslake à ce moment précis.

Le chauffeur se dirigea vers Millbank, passa devant les Communes et contourna Westminster Square avant de prendre le Mall.

Scotland Yard avait été prévenu de ce déplacement et la voiture ne s'arrêta pas une seule fois jusqu'au palais.

Enfin le palais de Buckingham apparut devant Raymond. A tous les carrefours, un policier arrêtait la circulation avant de le saluer. Tout d'un coup, tout prenait sens : Raymond repensa à toutes ces années puis envisagea l'avenir. Il eut d'abord une pensée pour Joyce, regrettant de ne pas l'avoir près de lui. Puis il fronça les sourcils en revoyant les moments difficiles de sa carrière : l'épisode presque catastrophique du chantage, sa démission et les années d'exil politique. Puis il sourit en repensant aux bons moments : sa première nomination à un poste ministériel, sa participation au cabinet restreint, la présentation de son premier budget, la joie de gravir tous les échelons jusqu'à la direction du parti, et Kate. Il imaginait déjà le télégramme qu'elle allait lui envoyer à la fin de la journée. Enfin il revit en pensée la petite chambre au-dessus de la boucherie où, déjà, il avait été mis par sa grand-mère sur la piste de Downing Street.

La Daimler arriva au bout du Mall et fit le tour de l'imposante statue de la reine Victoria avant de franchir les grilles du palais de Buckingham. Une sentinelle portant l'uniforme rouge des grenadiers présenta les armes. La foule des curieux qui attendait depuis l'aube tentait d'apercevoir l'heureux élu. Raymond sourit et fit des signes auxquels certains répondirent avec enthousiasme tandis que d'autres affichaient leur déception.

La Daimler passa sous le porche et s'arrêta devant l'entrée latérale. Raymond sortit de la voiture et fut accueilli par le secrétaire particulier du souverain qui le conduisit en silence jusqu'à un escalier semi-circulaire. Ils passèrent devant le portrait de George III avant d'arriver dans la salle d'audience. Raymond resta seul avec le souverain.

Il sentit son pouls se précipiter au moment où il s'avança pour faire une révérence.

Le monarque, âgé de 43 ans, ne semblait nullement inquiet au moment de remplir sa première fonction officielle, pourtant particulièrement délicate.

— Monsieur Gould, commença-t-il, j'ai pris de nombreux avis, y compris celui du président de la Chambre, et j'ai tenu à vous voir le premier.

»J'ai pensé qu'il serait plus courtois de vous expliquer en détail pourquoi j'ai décidé d'inviter M. Simon Kerslake à être mon Premier ministre.

TABLE DES MATIÈRES

PREMIÈRE PARTIE

Au parlement
1964-1966 7

DEUXIÈME PARTIE

Premières charges
1966-1972 51

TROISIÈME PARTIE

Secrétaires d'État
1973-1977 177

QUATRIÈME PARTIE

Ministres, le gouvernement travailliste
1977-1978 255

CINQUIÈME PARTIE

Ministres, le gouvernement conservateur
1985-1988 327

SIXIÈME PARTIE

Chefs de parti
1988-1990 371

SEPTIÈME PARTIE

Premier ministre
1991 413

Dépôt légal : avril 1986
N° d'éditeur : 11399

Cet ouvrage a été imprimé et relié par les soins
de Nuovo Istituto Italiano d'Arti Grafiche
à Bergame (Italie)